HEYNE BÜCHER

SCIENCE FICTION

Herausgegeben
von Wolfgang Jeschke

Von William Gibson erschienen in der Reihe
HEYNE SCIENCE FICTION & FANTASY:

Neuromancer · 06/4400
Cyberspace · 06/4468
Biochips · 06/4529
Mona Lisa Overdrive · (in Vorb.)

WILLIAM GIBSON

BIOCHIPS

Zweiter Roman
der Neuromancer-Trilogie

Science Fiction

Deutsche Erstausgabe

WILHELM HEYNE VERLAG
MÜNCHEN

HEYNE SCIENCE FICTION & FANTASY
Band 06/4529

Titel der amerikanischen Originalausgabe
COUNT ZERO
Deutsche Übersetzung von Reinhard Heinz
Das Umschlagbild schuf Tiziano Cremonini

Redaktion: Wolfgang Jeschke

Printed in Germany 1988
Umschlaggestaltung: Atelier Ingrid Schütz, München
Satz: Schaber, Wels
Druck und Bindung: Ebner Ulm

ISBN 3-453-02777-9

FÜR D

Quiero hacer contigo
lo que la primavera
hace con los cerezos

NERUDA

Inhalt

1

Startschuß

Sie setzten in New Delhi einen Knallfrosch auf Turner an, der auf seine Pheromone und seine Haarfarbe programmiert war. In einer Straße, die Chandni Chauk hieß, holte er Turner ein und kam durch einen Wald nackter brauner Beine und Rikscharäder zu seinem gemieteten BMW gekrochen. Sein Kern war ein Kilo rekristallisiertes Hexogen und Blättchen-TNT.

Turner sah ihn nicht kommen. Das letzte, was er von Indien sah, war die rosa Stuckfassade eines gewissen Khush-Oil Hotels.

Da er einen guten Agenten hatte, hatte er einen guten Vertrag. Da er einen guten Vertrag hatte, war er eine Stunde nach der Explosion in Singapore. Zum größten Teil zumindest. Der holländische Chirurg beliebte zu scherzen, daß ein gewisser Prozentsatz von Turner den ersten Flug vom Palam International nicht geschafft und die Nacht dort in einem Hangar in Nährlösung verbracht habe.

Der Holländer und sein Team brauchten drei Monate, um Turner wieder zusammenzustoppeln. Sie klonten ihm einen Quadratmeter Haut, die sie auf Collagenplättchen und Haiknorpel-Polisacchariden heranzüchteten. Sie kauften Augen und Genitalien auf dem freien Markt. Grün waren die Augen.

Er verbrachte einen Großteil der drei Monate in einer ROM-gespeisten* Simstim-Konstruktion einer Bilderbuchkindheit im New England des vorigen Jahrhunderts. Die Visiten des Holländers waren graue Morgenträume, Alpträume, die verblaßten, wenn der Himmel

* ROM = Nur-Lesespeicher, d.h. der nur abrufbar ist, aber nicht gelöscht oder verändert werden kann. – *Anm. d. Übers.*

über seinem Zimmer im zweiten Stock hell wurde. Man roch spät nachts den Spanischen Flieder. Turner las Conan Doyle im Schein einer 60-Watt-Birne unterm Pergamentschirm, der mit Klipperschiffen bedruckt war. Er masturbierte in die frisch duftende Bettwäsche und dachte an Cheergirls. Der Holländer fand eine Hintertür in sein Hirn und spazierte herein, um Fragen zu stellen, aber am Morgen rief ihn die Mutter herunter zu Cornflakes, Eggs and Bacon und Kaffee mit Milch und Zukker.

Und eines Morgens erwachte er in einem fremden Bett. Der Holländer stand an einem Fenster mit tropischem Grün und Sonne, die weh tat in den Augen. »Sie können jetzt heimgehen, Turner. Wir sind fertig mit Ihnen. Sie sind praktisch wie neu.«

Er war praktisch wie neu. Wie gut war er? Er hatte keine Ahnung. Er nahm die Sachen, die der Holländer ihm gab, und flog weg von Singapore. Sein Daheim war der nächste Flughafen Hyatt.

Und der nächste. Und so fort.

Er flog weiter. Sein Kredit-Chip war ein spiegelndes schwarzes Rechteck mit Goldrand. Die Leute hinter Schaltern lächelten, wenn sie den Kredit-Chip sahen, und nickten. Türen gingen auf und hinter Turner wieder zu. Räder hoben vom Stahlbeton ab, Drinks wurden gebracht, Dinner serviert.

In Heathrow löste sich ein großer Brocken Erinnerung aus der flimmernden Airporthimmelskuppel und fiel auf ihn. Er kotzte – im Gehen – in einen Plastikbehälter. Als er den Schalter am Ende des Korridors erreichte, änderte er sein Ticket um.

Er flog nach Mexico.

Und erwachte vom Scheppern von Blechkübeln auf Fliesen, dem feuchten Wutsch von Schrubbern, von der Wärme eines weiblichen Körpers an seiner Haut.

Der Raum war eine große Höhle. Von den blanken weißen Fliesen hallte jeder Laut überdeutlich wider; von irgendwo drang durchs Klappern der Hausmädchen im morgendlichen Innenhof das Rauschen des Meeres. Die Bettwäsche, an der er sich festklammerte, war aus grobem Batist, den häufiges Waschen weichgemacht hatte.

Turner erinnerte sich ans Sonnenlicht in einer breiten, getönten Scheibe. Eine Airport Bar, Puerta Vallarta. Er hatte zwanzig Meter vom Flugzeug gehen müssen und dabei die Augen vor der Sonne zugekniffen. Er erinnerte sich an eine tote Fledermaus, die plattgedrückt wie ein dürres Blatt auf dem Rollfeldbeton gelegen hatte.

Er erinnerte sich an eine Busfahrt, eine Bergstrecke, den Auspuffgestank, die postkartengroßen Heiligen-Hologramme in Blau und Pink, mit denen die Scheiben eingerahmt waren. Ihn hatte nicht die bergige Landschaft interessiert, sondern eine Kugel aus pink Acrylharz mit bibberndem Quecksilber innen drin. Der Knauf krönte den gebogenen Stahlhebel der Getriebeschaltung und hatte gut Baseballgröße. Es war eine zusammengeduckte, aus klarem Glas geblasene Spinne eingegossen, die halb mit Quecksilber gefüllt war. Das Quecksilber hopste und kullerte, wenn der Bus durch S-Kurven tuckerte, und schwappte und zitterte auf geraden Strecken. Der Knauf war lächerlich, handgemacht, unheilvoll; er sollte Turner wieder willkommen heißen in Mexico.

Unter dem Dutzend oder so Microsofts, die der Holländer ihm gegeben hatte, war eins, das einigermaßen fließendes Spanisch ermöglichen würde, aber in Vallarta hatte er hinterm linken Ohr herumgemacht und statt dessen einen Staubschutz hineingefummelt, der Buchse und Stecker unter einem rechteckigen hautfarbenen Micropor-Pflaster verbarg. Ein Fahrgast ziemlich hinten im Bus hatte ein Radio gehabt. Der Ansager hatte in Abständen die blecherne Popmusik unterbrochen, um eine Art Litanei zu sprechen, zehnstellige Serien, die Gewinnzahlen des Tages der nationalen Lotterie.

Die Frau neben ihm rührte sich im Schlaf.

Er stützte sich auf den Ellbogen und sah sie sich an. Es war ein fremdes Gesicht, aber kein solches, wie ihn das Leben in Hotels zu erwarten gelehrt hatte. Er hätte die übliche Schönheit erwartet, Produkt von billiger, wunschorientierter plastischer Chirurgie und dem unerbittlichen Darwinismus der Moden, einen Archetyp aus den wichtigsten Mediengesichtern der letzten fünf Jahre.

Einen Zug Midwest im Kinn, archaisch und amerikanisch. Die blaue Bettdecke war über die Hüften gerutscht; die Sonne, die durch den Hartholzfensterladen einfiel, zauberte ein goldenes Streifenmuster auf ihre langen Oberschenkel. Die Gesichter, neben denen er in den Hotels der Welt erwachte, schlafende Frauengesichter ... identisch und einsam, nackt, hinaus in die Leere weisend. Dieses Gesicht freilich war anders. Schon hatte es irgendwie eine Bedeutung. Bedeutung und einen Namen.

Er setzte sich auf und schwang die Beine aus dem Bett. Die Fußsohlen registrierten knirschenden Strandsand auf den kühlen Fliesen. Es roch leicht nach den allgegenwärtigen Insektiziden. Nackt stand er auf, der Kopf brummte. Er setzte die Beine in Bewegung. Ging, probierte die erste der zwei Türen, fand weiße Kacheln und wieder weiße Bodenfliesen, eine wulstige, verchromte Brause an einem rostfleckigen Eisenrohr. Die Hähne am Waschbecken gaben spärlich gleiches blutwarmes Wasser. Eine altmodische Armbanduhr lag neben einem Plastikbecher, eine mechanische Rolex mit hellem Lederband.

Die Fenster im Bad mit den geschlossenen Läden hatten keine Scheiben, sondern ein feines grünes Plastikgitter. Turner lugte durch die Hartholzstäbe hinaus und zuckte zusammen unter der heißen, klaren Sonne und sah einen Trinkbrunnen mit geblümten Kacheln und das rostige Wrack eines VW-Käfers.

Allison. So hieß sie.

Sie trug fransige Khakishorts und eins seiner weißen T-Shirts. Ihre Beine waren sehr braun. Die mechanische Rolex mit dem matten rostfreien Stahlgehäuse und Schweinslederband war ums linke Handgelenk geschnallt. Sie gingen spazieren, folgten der Strandbucht Richtung Barre de Navidad. Sie hielten sich auf dem schmalen Streifen über der Wasserlinie, wo der Sand naß und fest war.

Schon hatten sie eine gemeinsame Geschichte; er erinnerte sich, wie sie an jenem Morgen bei einem Stand im überdachten *Mercado* der kleinen Stadt eine große Keramiktasse Filterkaffee in beiden Händen gehalten hatte. Während er zu Tortilla Eier und Salsa vom gesprungenen weißen Teller stocherte, hatte er den Fliegen bei ihrem Reigen um die Sonnenstrahlen zugeschaut, die durch Palmblattdach und Wellblechwände drangen. Knappe Unterhaltung über ihren Job bei einer Anwaltskanzlei in Los Angeles, ihr Single-Leben auf einer klapprigen Pontonkolonie von Redondo. Er hatte ihr erzählt, daß er auf dem Personalsektor arbeite. Jedenfalls gearbeitet habe. »Vielleicht werd ich mich beruflich verändern ...«

Aber das Reden war wohl dem, was zwischen ihnen war, untergeordnet, und jetzt stand ein Fregattvogel über ihnen, stellte sich gegen den Wind, glitt zur Seite, drehte ab und war weg. Sie schauderten ob der Freiheit, des unbekümmerten Dahingleitens. Sie drückte Turners Hand.

Eien blaue Gestalt kam über den Strand gestapft, ein Militärpolizist auf dem Weg in die Stadt. Die blitzblank polierten schwarzen Stiefel wirkten irreal auf dem weichen, hellen Strand. Als der Mann vorbeiging mit seinem dunklen, starren Gesicht hinter der verspiegelten

Brille, bemerkte Turner den Steiner-Optic-Laser, Karabinerkaliber, mit Fabrique Nationale-Visier. Der blaue Kampfanzug war makellos sauber und hatte messerscharfe Bügelfalten.

Turner war selber die meiste Zeit Soldat gewesen, obwohl er nie eine Uniform getragen hatte. Ein Söldner. Die großen Konzerne seiner Arbeitgeber kämpften insgeheim um die Kontrolle ganzer Wirtschaftssysteme. Er war Spezialist im Abwerben von Topkräften aus Management und Forschung. Die Multis, für die er tätig wurde, würden nie zugeben, daß es Leute wie Turner gab ...

»Hast dich gestern abend fast durch 'ne ganze Flasche Heradura gekämpft«, sagte sie.

Er nickte. Ihre Hand, die er hielt, war warm und trokken. Er beobachtete, wie sich bei jedem Auftreten ihre Zehen spreizten, deren pink Nagellack abblätterte.

Die Brecher rollten, im Kamm transparent wie grünes Glas, herein.

Die Gischt perlte von ihrer Sonnenbräune.

Nach ihrem ersten gemeinsamen Tag lebten sie nach einem simplen Muster. Sie frühstückten im *Mercado* an einem Stand mit einer Betontheke, die glattgescheuert wie polierter Marmor war. Sie gingen am Vormittag schwimmen, bis die Sonne sie zum Rückzug ins kühle Hotel zwang, wo sie sich hinter geschlossenen Läden unter den trägen Holzflügeln des Deckenventilators liebten. Dann schliefen sie. An den Nachmittagen erkundeten sie das Gassen-Labyrinth hinter der Avenida oder wanderten in den Bergen. Am Abend aßen sie in Strandrestaurants und tranken auf weißen Hotelterrassen. Der nasse Strandstreifen glänzte im Mondlicht.

Und mit der Zeit brachte sie ihm ohne Worte eine neue Liebestechnik bei. Jetzt kniete er in der weißen Höhle auf den Fliesen. Er senkte den Kopf und leckte sie. Salz des Pazifiks mischte sich mit ihren Säften, kühl waren ihre Schenkelinnenseiten an seinen Wangen. Er faßte sie an der Taille, hielt sie, hob sie wie einen Kelch, drückte die Lippen an und suchte mit der Zunge die Stelle, den Punkt, die Frequenz, die sie erhitzte, bis sie kam. Dann bestieg er sie lächelnd, drang ein und stieß, bis er selber so weit war.

Manchmal redete er danach, erging sich abschweifend in langatmigen Worten, die hervorsprudelten und ins Rauschen des Meers einstimmten. Sie sagte sehr wenig, aber das wenige, das sie sagte, hatte er schätzen gelernt. Und immer hielt sie ihn fest und hörte zu.

Eine Woche verging. Und noch eine. Dann kam der letzte gemeinsame Tag im selben kühlen Zimmer. Er wachte auf und fand sie neben sich. Beim Frühstück bildete er sich ein, eine Wandlung in ihr zu spüren, eine Verkrampfung.

Sie sonnten sich und schwammen, und im vertrauten Bett vergaß er die aufkommende Beunruhigung.

Am Nachmittag schlug sie einen Strandspaziergang in Richtung Barre vor – wie an jenem ersten Morgen.

Turner zog den Staubschutz aus der Buchse hinterm Ohr und legte ein Mikrosoft-Plättchen ein. Die Struktur der spanischen Sprache durchsetzte ihn wie ein gläserner Turm; unsichtbare Tore waren auf Präsens und Futur, Konditionalis und Futurum exactum aufgehängt. Er ließ sie allein im Zimmer, überquerte die Avenida und ging in den Markt. Er kaufte einen Strohkorb, gekühltes Dosenbier, Sandwiches und Obst. Auf dem Rückweg kaufte er eine neue Sonnenbrille bei einem Händler in der Avenida.

Seine Sonnenbräune war gleichmäßig und intensiv. Die Nahtwinkel, von der Kunst des Holländers zurückgeblieben, waren verschwunden, und sie hatte ihn die Einheit seines Körpers gelehrt. Wenn ihm morgens im Badezimmerspiegel die grünen Augen begegneten, dann als die seinen, und der Holländer plagte ihn nicht länger mit seinen schlechten Witzen und seinem trokkenen Husten im Traum. Manchmal träumte er noch bruchstückhaft von Indien, einem Land, das er kaum kannte. Bunte Splitter, Chandni Chauk, der Geruch von Staub und frischem Fladenbrot ...

Die Mauern der Hotelruine standen beim ersten Viertel im Bogen der Bucht. Die Brandung war hier stärker, jede Welle eine Detonation.

Sie schleppte ihn zu den Mauern. Etwas Neues lugte aus ihren Augenwinkeln, eine Spannung. Möwen kreisten über ihnen, als sie Hand in Hand über den Strand näherkamen und in die türlosen Aussparungen in den Wänden spähten. Der Sand hatte nachgegeben, so daß die Fassade eingebrochen, die Mauer verschwunden war und die Zwischendecken der drei Geschosse wie riesige Schindeln an fingerdickem Baustahl hingen. Sie unterschieden sich jeweils durch eigene Farben und Bodenmuster.

HOTEL PLAYA DEL M war in kindlichen Lettern aus Muscheln über einem großen Betonbogen zu lesen. »Mar«, ergänzte Turner, obwohl er das Microsoft wieder rausgenommen hatte.

»Es ist vorbei«, sagte sie und stellte sich unter den Schatten des Bogens.

»Was ist vorbei?« Er folgte ihr. Der Strohkorb scheuerte an seiner Hüfte. Der Sand war hier kalt und trocken und ließ die Zehen einsinken.

»Vorbei. Erledigt. Dieser Bau. Seine Zeit ist um. Keine Zukunft mehr.«

Er schaute sie an, blickte an ihr vorbei zu einem Haufen rostiger Sprungfedern von Matratzen in einer Ecke zwischen zwei brüchigen Mauern. »Stinkt nach Pisse«, sagte er. »Gehen wir Schwimmen!«

Das Meer half gegen das Fröstelgefühl, aber die Distanz zwischen ihnen blieb. Sie setzten sich auf die Decke aus

Turners Zimmer und aßen wortlos. Der Schatten der Ruine wurde länger. Der Wind spielte mit Allisons sonnengebleichtem Haar.

»Du erinnerst mich an Pferde«, sagte er schließlich.

»So«, meinte sie, als wollte sie damit zutiefst erschöpft aufseufzen, »sind ja schließlich erst seit dreißig Jahren ausgestorben.«

»Nein«, sagte er, »ihr Haar. Das Haar auf ihrem Nakken beim Laufen.«

»Die Mähne«, sagte sie, und es waren Tränen in ihren Augen. »Scheiße.« Ihre Schultern hoben sich. Sie holte tief Luft. Sie warf die leere Carta Blanca-Dose auf den Strand. »Es, ich, was macht das schon?« Wieder die Arme um ihn. »Ach komm, Turner, komm!«

Als sie sich zurücklegte und ihn mit sich zog, bemerkte er etwas; ein Schiff, das auf die Entfernung wie ein weißer Gedankenstrich aussah, dort wo Wasser und Himmel verschmolzen.

Als er sich aufsetzte und seine abgeschnittene Jeans anzog, sah er die weiße Jacht. Sie war jetzt viel näher und glitt anmutig durchs Wasser. Tiefes Wasser. Der Strand mußte hier jäh abfallen, der Brandung nach zu urteilen. Das war auch der Grund, warum die Hotels aufhörten, wo sie jetzt weiter droben standen, und warum die Ruine nicht überdauert hatte. Die Wellen hatten das Fundament unterspült.

»Gib mir den Korb!«

Sie knöpfte sich gerade die Bluse zu. Er hatte sie ihr in einem der müden, kleinen Läden an der Avenida gekauft. Neonblaue mexikanische Baumwolle, schlecht verarbeitet. Die Kleidung, die man in den Läden zu kaufen bekam, hielten selten länger als ein, zwei Tage. »Ich sagte, gib mir den Korb.«

Sie tat es. Er wühlte in den Resten ihres Nachmittagsmahls und fand sein Fernglas unter einem Beutel mit Ananas in Scheiben, die mit Limone beträufelt und mit Cayenne bestäubt waren. Er zog ihn hervor, den kompakten 6 × 3 Feldstecher. Er schob die Schutzkappen von den Objektiven und den gepolsterten Augenstücken und warf einen Blick auf das Hosaka-Logo mit seinen windschlüpfrigen Ideogrammen. Ein gelbes Schlauchboot umrundete das Heck und hielt auf den Strand zu.

»Turner, ich ...«

»Steh auf!« Er stopfte die Decke und ihr Handtuch in den Korb. Er nahm einen letzten Schluck aus der warmen Carta Blanca-Dose im Korb und legte sie neben das Fernglas. Er stand auf, zog sie schnell auf die Beine und drückte ihr den Korb in die Hand. »Vielleicht täusche ich mich«, sagte er. »In dem Fall verschwinde. Lauf zu der zweiten Palmenreihe!« Er deutete. »Geh nicht ins Hotel zurück! Fahr mit dem Bus nach Manzanillo oder Vallarta! Geh heim!« Schon hörte er den Außenbordmotor brummen.

Er sah, wie ihr Tränen in die Augen schossen, aber sie gab keinen Laut von sich, als sie sich umdrehte und an der Ruine vorbei losrannte. Sie klammerte den Korb an sich, stolperte auf einer Sanddüne, blickte nicht zurück.

Nun wandte er sich um und schaute zur Jacht hinaus. Das Schlauchboot hopste durch die Brandung. Die Jacht hieß *Tsushima*. Zuletzt hatte er sie in der Bucht von Hiroshima gesehen. Er hatte das rote Shinto-Tor bei Itsukushima von ihrem Deck aus gesehen.

Er brauchte das Fernglas nicht, um zu wissen, daß der Passagier im Schlauchboot Conroy, der Lenker ein Ninja* von Hosaka war. Turner setzte sich im Schneidersitz auf den kühlenden Sand und öffnete seine letzte Dose mit mexikanischem Bier.

Er blickte zurück auf die Reihe weißer Hotels, die Hände auf die Teakholzreling der *Tsushima* gestützt. Hinter den Hotels leuchteten die drei Hologramme des Städt-

* Ninja = jap., ein in Kampfkunst Ausgebildeter. – *Anm. d. Übers.*

chens: Banamex, Aeronaves und die Sechs-Meter-Maria der Kathedrale.

Conroy stand neben ihm. »Knallharter Job«, sagte Conroy. »Du weißt, wie's ist.« Conroys Stimme war flach und gleichförmig, als wäre sie einem billigen Sprach-Chip nachempfunden. Sein Gesicht war breit und blaß, totenblaß. Er hatte dunkle Ringe unter den tiefsitzenden Augen und wasserstoffblonde Haare, die aus der breiten Stirn gekämmt waren. Er trug ein schwarzes Polohemd und eine schwarze Hose. »Rein«, sagte er und wandte sich um. Turner folgte ihm und trat geduckt durch die Kabinentür. Weiße Rollos, helle, makellose Kiefer – Tokyos nüchterner Firmen-Schick.

Conroy ließ sich auf einem niedrigen, rechteckigen schiefergrauen Ultrasuède-Polster nieder. Turner stand da und ließ die Arme hängen. Conroy nahm einen geriffelten silbernen Inhalator vom niedrigen Emailtisch zwischen ihnen. »Cholinverstärker?«

»Nein.«

Conroy rammte sich den Inhalator ins Nasenloch und schnaubte. »Möchtest du etwas Sushi?« Er legte den Inhalator auf den Tisch zurück. »Wir haben vor etwa 'ner Stunde ein paar rote Schnapper gefangen.«

Turner blieb stehen, wo er war, und schaute Conroy an.

»Christopher Mitchell«, sagte Conroy. »Maas Biolabs. Ihr Chef-Hybridologe. Er wird zu Hosaka gehen.«

»Nie was gehört von dem.«

»Quatsch! 'nen Drink?«

Turner schüttelte den Kopf.

»Silizium ist auf'm Rückmarsch, Turner. Mitchell ist der Mann, der Biochips entwickelt hat, und Maas hockt auf den wichtigen Patenten. Das weißt du. Er ist der Mann fürs Monoklonale. Er will raus. Du und ich, Turner, wir werden ihm beim Wechsel helfen.«

»Ich denke, ich bin beurlaubt, Conroy. Hab mich hier sauwohl gefühlt.«

»Sagt auch das Psychoteam in Tokyo. Ich meine, es ist ja nicht das erste Mal draußen für dich. Sie ist Feldpsychologin in Hosakas Diensten.«

Ein Muskel in Turners Oberschenkel fing zu zucken an.

»Sie sagen, du bist so weit, Turner. Sie waren etwas besorgt nach New Delhi, also wollen sie checken. Bißchen Therapie obendrein. Schadet nie, was?«

2

Marly

Sie hatte sich bestmöglich angezogen für das Vorstellungsgespräch, aber es regnete in Brüssel, und sie hatte kein Geld für ein Taxi. Sie ging zu Fuß von der Eurotrans-Station.

Ihre Hand in der Tasche ihrer guten Jacke – ein Sally Stanley-Modell, allerdings schon fast ein Jahr alt – hielt krampfhaft ein zerknülltes Telefax. Obwohl sie es nicht mehr brauchte, da sie die Adresse auswendig wußte, konnte sie es nicht loslassen, um die Trance nicht zu brechen, in der sie sich jetzt befand, während sie ins Schaufenster eines teuren Herrenausstatters starrte und zwischen stoischen Flanellhemden und dem Spiegelbild ihrer dunklen Augen hin und her blickte.

Sicher würden allein die Augen sie den Job kosten. Da war das nasse Haar nicht mehr nötig, das Andrea doch hätte schneiden sollen, wie sie nun fand. Die Augen enthüllten Schmerz und Trägheit, was jedem auffiel und was ganz bestimmt auch Herr Josef Virek, der unwahrscheinlichste aller potentiellen Arbeitgeber, bald merken würde.

Als das Telefax ankam, hatte sie es stur als grausamen Scherz, als neuerliche Belästigung angesehen. Damit war sie dank der Medien reichlich bedient – so reichlich, daß Andrea ein Sonderprogramm für das Telefon in der Wohnung beantragt hatte, das alle eingehenden Anrufe von einem Anschluß, der nicht in ihrem permanenten Adressenverzeichnis enthalten war, aussonderte. Aber das, so hatte Andrea gemeint, sei wiederum der Grund fürs Telefax. Wie sonst konnte man sie erreichen?

Aber Marly hatte den Kopf geschüttelt und sich tiefer in Andreas alten Frotteebademantel gekuschelt. Warum sollte Virek, der steinreiche Sammler und Mäzen, die verschriene Ex-Betreiberin einer winzigen Pariser Galerie einstellen wollen?

Nun war's Andrea gewesen, die den Kopf schüttelte in ihrer Ungeduld mit der verschriebenen Marly Kruschkowa, die nun tagelang in der Wohnung rumhing und sich manchmal nicht mal die Mühe machte, sich anzuziehen. Der versuchte Verkauf einer einzigen Fälschung sei in Paris kaum die Sensation, als die Marly sie ansehe, hatte sie gesagt. Wenn die Presse nicht dermaßen erpicht darauf gewesen wäre, den widerlichen Gnass als den Idioten bloßzustellen, der er ganz bestimmt sei, fuhr sie fort, wäre die Sache kaum eine Schlagzeile wert gewesen. Der reiche, derbe Gnass war gerade recht für einen Weekend-Skandal. Andrea lächelte. »Wenn du nicht so attraktiv wärst, hättest du viel weniger Aufsehen erregt.«

Marly schüttelte den Kopf.

»Und die Fälschung war Alains Werk. Du warst unschuldig. Hast du das vergessen?«

Marly ging, in den abgetragenen Bademantel gekuschelt, ins Bad und erwiderte nichts.

Hinter dem Wunsch der Freundin, zu trösten, zu helfen, spürte Marly bereits eine gewisse Ungeduld, die sich einstellt, wenn man notgedrungen sein winziges Aparment mit einem miesepetrigen, nichtzahlenden Gast teilen muß.

Und Andrea mußte ihr das Geld für den Eurotrans borgen.

Mit einem bewußten, schmerzhaften Willensakt riß sie sich von diesen Gedanken los und schloß sich dem dichten, aber stoischen Strom der seriösen Belgier auf Einkaufsbummel an.

Ein Mädchen in greller Röhrenjeans und übergroßer Lodenjacke eines Freundes schob sich vorbei, streifte sie und lächelte. An der nächsten Kreuzung bemerkte Marly ein Geschäft mit der Mode, auf die sie in ihrer

Studentenzeit gestanden hatte. Die Sachen wirkten unmöglich jung.

In ihrer verkrampften, verborgenen Hand das Telefax.

Galerie Duperey, 14 Rue au Beurre, Bruxelles.

Josef Virek.

Die Empfangsdame im kühlen, grauen Vorzimmer der Galerie Duperey machte den Eindruck, dort gewachsen zu sein als reizende, wahrscheinlich giftige Pflanze, die hinter einer polierten Marmorplatte mit eingelegter emaillierter Tastatur Wurzeln geschlagen hatte. Sie hob ihren lüsternen Blick, als Marly nähertrat. Marly stellte sich das Klicken und Surren von Blenden vor, sah ihr durchnäßtes Ebenbild in irgendeine ferne Ecke von Josef Vireks Imperium verschwinden.

»Marly Kruschkowa«, sagte sie und wehrte sich gegen den Impuls, das zerknüllte Telefax hervorzuziehen und auf dem kühlen, makellosen Marmor kläglich glattzustreichen. »Für Herrn Virek.«

»Fräulein Kruschkowa«, sagte die Dame vom Empfang, »Herr Virek kann heute leider nicht in Brüssel sein.«

Marly starrte auf die perfekten Lippen. Sie spürte den Schmerz, den diese Worte verursachten, und zugleich die schrille Lust, die sie neuerdings Enttäuschungen abgewann. »Verstehe.«

»Er hat jedoch verfügt, das Gespräch fernsensorisch zu führen. Wenn Sie bitte durch die dritte Tür links eintreten würden ...«

Der Raum war kahl und weiß. An den Wänden hingen ungerahmte Bilder aus scheinbar vom Regen aufgeweichten Kartontafeln, die wiederholt mit verschiedensten Instrumenten durchstochen waren. *Katatonenkunst*. Konservativ. Arbeiten von der Sorte, wie man sie den Ausschüssen anbietet, die vom Vorstand holländischer Privatbanken ausgesandt werden.

Sie setzte sich auf eine niedrige, ledergepolsterte

Bank und ließ endlich das Telefax los. Sie war allein, vermutete aber, daß sie irgendwie beobachtet wurde.

»Fräulein Kruschkowa.« Ein junger Mann in dunkelgrüner Technikerkluft stand in der Tür, die derjenigen, durch die sie gekommen war, gegenüberlag. »Sie gehen dann bitte gleich durchs Zimmer und durch diese Tür. Umgreifen Sie den Knauf langsam, aber fest, bitte, so daß größtmöglicher Kontakt zur Haut ihrer Handinnenflächen hergestellt wird. Treten Sie vorsichtig durch die Tür. Die räumliche Desorientierung sollte sich in Grenzen halten.«

Sie blinzelte. »Ich ...«

»Fernsensorik«, sagte er und verschwand. Die Tür ging hinter ihm zu.

Sie stand auf, versuchte, das feuchte Revers ihrer Jacke glattzuziehen, griff sich ans Haar, ließ aber doch die Finger davon, holte tief Luft und schritt zur Tür. Nach den Worten der Dame vom Empfang war sie auf die einzige sensorische Verbindung gefaßt, die sie kannte: das Simstim-Signal via Bell Europa. Sie hatte angenommen, sie würde einen mit Dermatroden gespickten Helm bekommen, und Virek würde sich eines passiven Beobachters als menschliche Kamera bedienen.

Aber Vireks Reichtum bewegte sich in einer ganz anderen Größenordnung.

Als sich ihre Finger um den kalten Messingknauf legten, schien er sich zu winden und im ersten Moment des Kontakts ein ganzes Spektrum von Oberflächenstrukturen und Temperaturen zu durchlaufen.

Dann wurde er wieder zu Metall, zu grünlackiertem Eisen, das sich hinausschwang und perspektivisch entzerrte zu einem alten Geländer, an dem sie sich nun verdutzt festhielt.

Ein paar Regentropfen wirbelten ihr ins Gesicht.

Ein Gewirr kleinster Details, ihre Erinnerung an ein feuchtfröhliches Kunstakademie-Picknick, bekriegte sich mit Vireks perfekter Illusion.

Unter ihr lag unverkennbar das Panorama von Barcelona. In dunstiger Höhe die eigentümlichen Türmchen der Kirche der Sagrada Familia. Sie hielt sich auch mit der rechten Hand am Geländer fest, als ihr schwindelig wurde. Sie kannte den Ort. Sie war im Güell Park, Antonio Gaudís Märchenland auf den kargen Hängen hinterm Stadtzentrum. Zu ihrer Linken war eine Riesenechse aus Flickwerk-Keramik mitten auf einer groben Steinrutsche erstarrt. Sein Springbrunnenmaul berieselte ein Beet schlapper Blumen.

»Sie haben die Orientierung verloren. Verzeihen Sie mir.«

Josef Virek saß unterhalb von ihr auf einer der lindwurmförmigen Parkbänke. Seine breiten Schultern waren in einen weichen Mantel verspreizt. Seine Züge waren ihr vage bekannt. Aus irgendeinem Grund erinnerte sie sich jetzt an ein Foto von ihm an der Seite des Königs von England. Er hatte einen großen, ebenmäßigen Kopf mit kurzen, steifen, dunkelgrauen Haaren. Seine Nasenlöcher waren ständig aufgebläht, als schnüffelte er in einem fort in Kunst und Kommerz. Seine Augen waren sehr groß hinter der runden, randlosen Brille, die sein Markenzeichen war, und hellblau und seltsam sanft.

»Bitte.« Er klopfte mit der schmalen Hand auf das wirre Tonscherbenmosaik der Bank. »Sie müssen mir verzeihen, daß ich mich der Technik bediene. Ich muß seit über einem Jahrzehnt in Nährlösung liegen. In einem scheußlichen Industrievorort von Stockholm. Oder in der Hölle selber. Ich bin nicht gesund, Marly. Setzen Sie sich neben mich!«

Mit einem tiefen Atemzug stieg sie die Steinstufen hinunter und ging über den Schotter. »Herr Virek«, sagte sie, »ich habe Sie vor zwei Jahren in München bei einem Vortrag gesehen. Eine Kritik an Faessler und seinem autistischen Theater. Sie sind mir recht gesund vorgekommen ...«

»Faessler?« Vireks sonnengebräunte Stirn legte sich

in Falten. »Da haben Sie ein Double gesehen. Ein Hologramm vielleicht. Vieles wird in meinem Namen verbrochen, Marly. Aspekte meines Reichtums haben sich nach und nach verselbständigt; zuweilen bekriegen sie sich sogar. Rebellion in den fiskalischen Extremitäten. Jedenfalls wurde aus Gründen, die dermaßen komplex sind, daß sie völlig okkult wirken müssen, meine Krankheit nie publik gemacht.«

Sie setzte sich neben ihn und betrachtete das schmutzige Pflaster zwischen den abgestoßenen Spitzen ihrer schwarzen Pariser Stiefel. Da sah sie einen grauen Kieselsplitter, eine rostige Büroklammer, den staubigen Körper einer vertrockneten Wespe oder Hornisse. »Erstaunlich, diese Details ...«

»Ja«, sagte er, »die neuen Maas Biochips. Sie sollten wissen«, fuhr er fort, »daß ich Ihr Privatleben praktisch ebenso detailliert kenne. Ich kenne Sie in gewissen Punkten besser als Sie sich selbst.«

»Wirklich?« Es war am einfachsten, wenn sie die Stadt betrachtete und die Wahrzeichen suchte, die sie von ihrem halben Dutzend Studienaufenthalten kannte. Dort, genau dort müßten die Ramblas sein, die Papageien und Blumen, die Tavernen mit dunklem Bier und Tintenfisch.

»Ja. Ich weiß, es war Ihr Liebhaber, der Sie überzeugte, ein verlorenes Cornell-Original gefunden zu haben ...«

Marly schloß die Augen.

»Er gab die Fälschung in Auftrag, heuerte zwei begabte Kunsthandwerker und einen angesehenen Kunsthistoriker in einer privat schwierigen Lage an ... Er bezahlte sie mit Geld, das er bereits aus der Galerie abgezweigt hatte, wie Sie sicher längst bemerkt haben. Sie weinen ...«

Marly nickte. Ein kühler Zeigefinger pochte auf ihren Handrücken.

»Ich habe Gnass gekauft. Ich habe die Polizei geschmiert, die Sache fallenzulassen. Die Presse zu kaufen, das lohnte sich nicht; es lohnt sich selten. Und jetzt entwickelt sich Ihre kleine Nachlässigkeit vielleicht zu Ihrem Vorteil.«

»Herr Virek, ich ...«

»Einen Moment, bitte. Paco! Komm her, Kind.«

Marly öffnete die Augen und sah ein Kind von etwa sechs Jahren, das steif in einer dunklen Jacke und Kniebundhose, hellen Strümpfen und hohen schwarzen Lackstiefeln steckte. Das weiche braune Haar fiel wellig über die Stirn. Der Junge hielt etwas in den Händen, eine Art Kästchen.

»Gaudí begann seinen Park im Jahre 1900«, sagte Virek. »Paco trägt die Kleidung jener Zeit. Komm her, Kind! Zeig uns, was du Schönes hast.«

»Señor«, lispelte Paco, verbeugte sich und trat vor, um zu zeigen, was er hielt.

Marly machte große Augen. Ein Kästchen aus schlichtem Holz mit gläserner Front. Gegenstände ...

»Cornell«, sagte sie und hatte die Tränen vergessen. »Cornell?«* Sie wandte sich an Virek.

»Natürlich nicht. Das Ding, das in das Knochenstück eingelassen ist, ist ein Braun Biomonitor. Es ist das Werk eines lebenden Künstlers.«

»Gibt es mehr? Mehr Kästen?«

»Ich habe sieben gefunden innerhalb von drei Jahren. Die Virek-Kollektion, sehen Sie, ist eine Art Schwarzes Loch. Die unnatürliche Konzentration meines Reichtums übt eine unwiderstehliche Anziehung aus auf die erlesensten Werke des menschlichen Geistes. Ein autonomer Prozeß, dem ich normalerweise wenig Beachtung schenke ...«

Aber Marly war in den Kasten vertieft, der das Gefühl

---

* Joseph Cornell (1903–1972): amerik. Künstler; schuf »Assemblagen«, Objekte in Kastenform mit »Environment« hinter Glas. – *Anm. d. Übers.*

von unmöglicher Distanz, von Verlust und Sehnsucht wachrief. Er war melancholisch, sanft und irgendwie kindlich. Er barg sieben Gegenstände:

Den schlanken, geriefelten Knochen, der bestimmt zum Fliegen geschaffen war, bestimmt vom Flügel eines großen Vogels stammte. Drei altertümliche Leiterplatten mit ihren goldenen Labyrinthen. Eine glatte weiße Kugel aus gebranntem Ton. Ein vom Alter schwarzes Stück Spitze. Ein fingerlanges Fragment, vermutlich von einem menschlichen Unterarmknochen, grauweiß, feinsäuberlich eingelassen mit dem Siliziumschaft eines kleinen Instruments, das einst wohl bündig auf der Haut aufgelegen hatte; allerdings war das Instrument verkohlt und rußig.

Der Kasten war ein Universum, ein Gedicht an der Grenze menschlicher Erfahrung.

»*Gracias,* Paco.«

Kasten und Knabe waren verschwunden.

Sie sperrte den Mund auf.

»Ah, verzeihen Sie. Ich habe vergessen, daß diese Übergänge zu abrupt für Sie sind. Nun müssen wir aber Ihren Auftrag besprechen.«

»Herr Virek«, sagte sie, »was ist ›Paco‹?«

»Ein Subprogramm.«

»Verstehe.«

»Sie sind eingestellt, um den Schöpfer des Kastens zu finden.«

»Aber, Herr Virek, bei Ihren Mitteln ...«

»Wozu nun auch Sie zählen, Kind. Wollen Sie die Stelle nicht? Als mir zu Gehör kam, daß Gnass mit einem gefälschten Cornell betrogen wurde, dachte ich, daß Sie in dieser Sache von Nutzen sein könnten.« Er zuckte die Achsel. »Sie müssen zugeben, daß ich ein gewisses Talent habe, zu erreichen, was ich mir in den Kopf setze.«

»Sicher, Herr Virek. Und ja, ich will für Sie arbeiten!«

»Sehr schön. Sie bekommen ein Gehalt. Sie haben Zugang zu bestimmten Geldern. Sollten Sie allerdings größere Anschaffungen für nötig finden, sagen wir Immobilien ...«

»Immobilien?«

»Oder eine Firma oder ein Raumschiff – nun, in dem Fall bedarf es meiner Vollmacht, die Sie ziemlich sicher bekommen werden. Ansonsten haben Sie freie Hand. Ich schlage freilich vor, daß Sie den Rahmen, der Ihnen zusagt, selbst abstecken. Andernfalls laufen Sie Gefahr, Ihre Intuition zu verlieren, und Intuition ist in einem Fall wie diesem von entscheidender Bedeutung.« Noch einmal erstrahlte für sie das berühmte Lächeln.

Sie holte tief Luft. »Herr Virek, was ist, wenn ich versage? Wie lange soll ich diesen Künstler suchen?«

»Bis zum Ende Ihres Lebens«, sagte er.

»Verzeihen Sie«, hörte sie sich zu ihrem Entsetzen sagen, »aber soweit ich verstanden habe, leben Sie in ... in Nährlösung?«

»Ja, Marly. Und aus dieser ziemlich endgültigen Perspektive kann ich Ihnen nur raten, zu versuchen, jede Stunde im eigenen Fleisch zu leben. Nicht in der Vergangenheit, wenn Sie mich verstehen. Ich spreche als jemand, der diesen simplen Zustand nicht mehr verträgt, nachdem die Körperzellen zu spinnen angefangen und individuelle Karrieren eingeschlagen haben. Ich meine, einen Mann in einer glücklicheren Lage oder mit weniger Finanzkraft hätte man längst sterben lassen oder codiert in ein Stück Hardware gepackt. Mich jedoch hält ein monströses Netz von Umständen davon ab, das, soweit ich weiß, ein Zehntel meiner jährlichen Einkünfte verschlingt, was mich wohl zum teuersten Invaliden der Welt macht. Ihre Herzensangelegenheiten sind mir nahe gegangen, Marly. Ich beneide Sie um den intakten Körper, dem diese entspringen.«

Und einen Moment lang schaute sie direkt in die sanften blauen Augen und ahnte mit der Gewißheit des

Säugetierinstinkts, daß die Steinreichen nicht einmal mehr annähernd Menschen waren.

Nacht senkte sich über Barcelona, als wären riesige Jalousien dichtgemacht worden. Virek und Güell waren verschwunden, und Marly fand sich wieder auf der niedrigen, lederbezogenen Bank und starrte auf die beklecksten Kartons.

3

Bobby baut 'nen Wilson

Passiert schnell, der Tod. Das wurde ihm jetzt klar. Passiert einfach. Du greifst um Haaresbreite daneben, und schon kommt er kalt und geruchlos daher, entsteigt den vier blöden Ecken des Zimmers, des Barrytown-Wohnzimmers deiner Mutter.

Scheiße, dachte er. Two-a-Day lacht sich den Bauch voll. Das erste Mal draußen, und schon bau ich 'nen Wilson.

Das einzige Geräusch im Zimmer stammte von seinen klappernden Zähnen, der supersonischen Schüttellähmung, als sich die Rückkopplung in sein Nervensystem fraß. Er betrachtete seine erstarrte, fein zitternde Hand Zentimeter vor dem roten Plastikknopf, der die Verbindung, die ihn umbrachte, abbrechen könnte.

Scheiße.

Er war heimgekommen und die Sache gleich angegangen, hatte den von Two-a-Day gemieteten Eisbrecher eingelegt und eingesteckt und sich zur Datenbasis durchgeklimpert, die er zum ersten Live-Target erwählt hatte. Dachte sich, so geht man's an; willst du's tun, dann *tu's.* Obwohl er den kleinen Ono-Sendai erst seit einem Monat hatte, stand für ihn längst fest, daß er mehr sein wollte als so'n Barrytown-Crack. Bobby Newmark alias Count Zero, aber das war schon vorbei. So hört kein Film auf, nicht gleich am Beginn. In einem Film würde das Girl des Cowboyhelden oder sein Kumpel reinlaufen, die E-troden runterreißen, den kleinen AUS-Schalter drücken. Damit du es überstehst, es schaffst.

Aber Bobby war jetzt allein, und sein autonomes Nervensystem war lahmgelegt von einer Datenbasis, die dreitausend Kilometer von Barrytown entfernt war. Und er wußte, was Sache war. Die drohende Dunkelheit hatte eine magische Chemie, die ihm den unendlich verlockenden Liebreiz des Zimmers vor Augen führte mit seinem teppichbodenfarbenen Teppichboden und seinen gardinenfarbenen Gardinen, seiner schmutzigfarbenen Sitzgruppe, dem chromfarbenen Winkelgestell mit den Komponenten eines sechs Jahre alten Unterhaltungscenters.

Jene Gardinen hatte er in Vorbereitung seines Laufs sorgfältig zugezogen, konnte jetzt aber trotzdem irgendwie hindurchsehen zu den Eigentumswohnungen von Barrytown, die sich als Betonwelle aufbäumten und hinten an den dunkleren Projekt-Türmen brachen. Die Wohnanlage sträubte ihren Insektenflaum aus Antennen, zwischen die Wäsche zum Trocknen aufgehängt war. Seine Mutter zog gern darüber her; sie hatte einen Trockner. Er erinnerte sich an ihre weißen Fingerknöchel am Handlauf aus Bronzeimitat des Balkongeländers, an die pergamentenen Falten am gebeugten Handgelenk. Er erinnerte sich an einen toten Jungen, der auf einer Alu-Bahre vom großen Spielplatz getragen wurde und in Plastikfolie von der gleichen Farbe wie das Bullenauto gehüllt war. Fiel und schlug mit dem Kopf auf. Fiel. Kopf. Wilson.

Sein Herz blieb stehen. Er hatte das Gefühl, es kippte seitlich und strampelte wie ein Tier in einem Zeichentrickfilm.

Sechzehnte Sekunde von Bobby Newmarks Tod. Tod des Cracks.

Und da lugte etwas herein, unaussprechliche Größe von jenseits aller Grenzen seiner Vorstellung, und berührte ihn.

::: WAS TUST DU? WARUM MACHEN SIE DAS MIT DIR?

Mädchenstimme, braunes Haar, dunkle Augen ...

: BRINGT MICH UM BRINGT MICH UM NIMM'S WEG NIMM'S WEG.
Dunkle Augen, Leitstern, dunkle Bluse, Mädchenhaar ...
:: ABER DAS IST'N TRICK, KLAR? DU BILDEST DIR NUR EIN, DASS ES DICH KRIEGT, SCHAU. ICH PASSE HIER REIN, UND DU KRATZT NICHT DIE KURVE.

Und sein Herz kippte ganz, legte sich flach und jagte mit roten Comics-Beinen sein Lunch wieder hinaus. Galvanische Froschschenkelzuckungen rissen seinen Arsch hoch und zerrten die E-Troden von der Stirn. Seine Blase entleerte sich, als er mit dem Kopf gegen die Kante des Hitachi knallte, und jemand sagte Scheiße Scheiße Scheiße in den staubig-muffigen Teppichboden. Mädchenstimme weg, kein Leitstern, flüchtige Empfindung von kühlem Wind und glattgespültem Stein ...

Dann explodierte sein Kopf. Er sah es ganz klar von irgendwo weit entfernt. Wie eine Leuchtgranate.

Weiß.

Licht.

4

Stechuhr

Die schwarze Honda schwebte zwanzig Meter über dem achteckigen Deck der aufgegebenen Ölbohrinsel. Der Morgen graute, und Turner konnte die ausgebleichte Form eines Kleeblatts auf dem Hubschrauberlandeplatz ausmachen, das einen biologischen Gefahrenbereich kennzeichnete.

»Habt ihr'n Biorisiko da unten, Conroy?«

»Keins, das du nicht gewohnt wärst«, sagte Conroy.

Eine Gestalt in rotem Overall signalisierte dem Hubschrauberpiloten mit flotten Armbewegungen. Die Rotoren bliesen Fetzen von Packabfall ins Meer, als der Hubschrauber aufsetzte. Conroy löste sein Gurtschloß und beugte sich über Turner, um die Luke zu öffnen. Das Getöse der Rotoren dröhnte in den Ohren, als die Luke aufging. Conroy stupste ihn an der Schulter und gestikulierte ihm mit der nach oben gekehrten offenen Hand, er solle endlich aufstehen. Er deutete zum Piloten.

Turner stieg aus und sprang hinunter. Die Rotoren brausten wie Donner. Schon war Conroy in geduckter Haltung neben ihm. Sie räumten das ausgebleichte Kleeblatt im krummbeinigen Schweinsgalopp, wie auf Hubschrauberlandeplätzen üblich; im Wind der Honda flatterten ihre Hosenbeine um die Knöchel. Turner trug einen schlichten grauen Koffer aus kugelsicherem ABS, was sein einziges Gepäckstück war. Jemand im Hotel hatte ihm den Koffer gepackt; er hatte schon auf der *Tsushima* bereitgestanden. Ein plötzliches Aufkreischen der Rotoren verriet, daß die Honda abhob. Sie flog gellend Richtung Küste ohne Licht. Als der Lärm verklang, hörte Turner das Geschrei von Möwen und das Rauschen und Platschen des Pazifiks.

»Hat jemand versucht, hier'n Datenparadies aufzuziehen«, sagte Conroy. »Internationales Gewässer. Damals lebte noch niemand im Orbit, also war das für die paar Jahre ganz vernünftig ...« Er ging auf einen rostigen Wald von Pfeilern zu, die die Aufbauten der Plattform trugen. »Hosaka hat sich das so ausgedacht, daß wir Mitchell hier herholen, checken, auf die *Tsushima* setzen und Volldampf ins gute Japan verschiffen. Hab ihnen gesagt, sie sollen so'n Scheiß vergessen. Die von Maas kriegen es spitz und gehn auf das Ding hier los, wie sie wollen. Hab ihnen gesagt, ihr Gelände im D.F.* ist die Lösung, klar? Viel Rabatz würde Maas dort nicht veranstalten, nicht mitten in Mexico City ...«

Eine Gestalt löste sich aus dem Schatten, deren Kopf von den aufgeblähten Glotzern eines Bildverstärkers entstellt wurde. Die Gestalt winkte sie vorwärts mit den stumpfen, dichtgepackten Läufen eines Lansing Flé-chette-Gewehrs. »Biorisiko«, sagte Conroy, als sie die Gestalt passierten. »Zieh den Kopf ein! Und paß auf, die Stufen sind oft glitschig!«

Auf der Plattform stank es nach Rost und Vernachlässigung und See. Fenster gab es nicht. Von den kalkweißen Wänden ging die Farbe ab; Roststellen zeigten sich. Batteriebetriebene Leuchtstofflampen hingen alle paar Meter von den Deckenträgern und verbreiteten ihr unheimliches fahles Licht, das intensiv und zugleich fürchterlich ungleichmäßig war. Mindestens ein Dutzend Leute arbeiteten in diesem zentralen Raum; sie bewegten sich mit der lässigen Präzision guter Techniker. Profis, dachte Turner. Man sah sich kaum an, und es wurde wenig gesprochen. Es war kalt, saukalt, und Conroy hatte ihm einen riesigen Parka mit Schlaufenschließen und Reißverschlüssen gegeben.

Ein bärtiger Mann in einer kurzen Lammfelljacke be-

* Distrito Federal, mexik. Bundesdistrikt. – *Anm. d. Übers.*

festigte mit silbernem Klebeband gebündelte Glasfaseroptikstränge an einem verbeulten Schott. Conroy setzte sich im Flüsterton mit einer Schwarzen auseinander, die den gleichen Parka wie Turner trug. Der bärtige Techniker schaute von seiner Arbeit auf und sah Turner. »Schei-ße«, sagte er, noch kniend. »Dachte, es sei was Großes, aber schätze, daß es was Großes wird.« Er stand auf und wischte sich automatisch die Hände an der Hose ab. Wie das übrige technische Personal trug er Chirurgenhandschuhe. »Du bist Turner.« Er grinste, blickte kurz in Conroys Richtung und zog einen Flachmann aus schwarzem Kunststoff aus der Jackentasche. »Davon wird's einem warm. Du erinnerst dich an mich. Hab bei dem Job in Marrakesch mitgemischt. IBM-Knabe, der zu Mitsu-G ging. Hab die Ladung in den Bus installiert, den du und der Franzose ins Hotelfoyer gefahren habt.«

Turner nahm die Flasche, zog den Deckel ab und setzte an. Bourbon. Er brannte die Kehle hinunter, bis sich hinterm Brustbein Wärme ausbreitete. »Danke.« Er gab die Flasche zurück, und der Mann steckte sie ein.

»Oakey«, sagte der Mann. »Heiße Oakey. Erinnerst du dich?«

»Klar«, log Turner. »Marrakesch.«

»Dein Partner da«, sagte Oakey mit einem zweiten Blick auf Conroy, »der ist nicht gerade locker drauf, was? Ich meine, nicht wie in Marrakesch, stimmt's?«

Turner nickte.

»Brauchste was«, sagte Oakey, »dann rühr dich.«

»Was, zum Beispiel?«

»Noch'n Schluck. Oder ich hab da noch peruanischen Schnee, den echten gelben.« Oakey grinste wieder.

»Danke«, sagte Turner, der sah, daß Conroy sich von der Schwarzen abwandte. Oakey sah's auch, kniete sich rasch wieder hin und riß einen neuen Streifen des silbernen Klebebands ab.

»Wer war das?« fragte Conroy, nachdem er Turner

durch eine schmale Tür mit einer brüchigen schwarzen Gummidichtung ringsum geführt hatte. Conroy drehte das Rad, das die Tür verriegelte. Frisch geölt.

»Heißt Oakey«, antwortete Turner, der den neuen Raum inspizierte. Er war kleiner. Zwei von den Lampen, Klapptische, Stühle, alles neu. Auf den Tischen irgendwelche Geräte unter schwarzen Plastikschutzhauben.

»Freund von dir?«

»Nein«, sagte Turner. »Hat mal für mich gearbeitet.« Er ging zum nächsten Tisch und klappte eine Schutzhaube hoch. »Was is'n das?« Die Konsole machte den nüchternen, halbfertigen Eindruck eines firmeninternen Prototyps.

»Maas Neotek Cyberspace Deck.«

Turner zog die Brauen hoch. »Gehört euch?«

»Wir haben zwei. Eins ist vor Ort. Von Hosaka. Das offenbar überhaupt Schnellste in der Matrix. Hosaka kann nicht mal die Chips zerlegen, um sie nachzumachen. Ganz andere Technik.«

»Und die haben sie von Mitchell?«

»Das sagen sie nicht. Daß sie sie rausgerückt haben, nur um unsre Burschen aufzumöbeln, zeigt, daß sie den Mann unbedingt haben wollen.«

»Wer sitzt am Gerät, Conroy?«

»Jaylene Slide. Habe gerade mit ihr gesprochen.« Er deutete mit einem Kopfnicken in Richtung Tür. »Der Mann vor Ort ist'n Typ aus L.A. namens Ramirez.«

»Taugen die was?« Turner deckte die Schutzhaube wieder darüber.

»Das sollten sie bei dem Preis, den sie verlangen. Jaylene hat sich in den letzten zwei Jahren einen guten Namen gemacht, und Ramirez ist ihr Ersatzmann. Naja.« Conroy zuckte die Achseln. »Du kennst ja diese Cowboys. Total verrückt ...«

»Woher hast du sie? Woher hast du übrigens Oakey?«

Conroy lächelte. »Von *deinem* Agenten, Turner.«

Turner sah ihn groß an und nickte dann. Er wandte sich ab und lüftete die nächste Schutzhaube. Behälter aus Plastik und Styropor waren säuberlich auf dem kalten Metalltisch gestapelt. Er berührte eine blaue Plastikbox mit dem Silbermonogramm S&W.

»Dein Agent«, sagte Conroy, als Turner den Deckel aufklappte. In hellblauen Schaumstoff gebettet lag dort eine Pistole, ein massiver Revolver mit häßlichem Gehäuse, das sich unterm kurzen Lauf aufblähte. »S&W Tactical .408 mit Xenon-Projektor«, erklärte Conroy. »Würdest du dir, sagte er, wünschen.«

Turner nahm die Kanone in die Hand und drückte mit dem Daumen den Batterietestknopf für den Projektor. Eine rote LED im nußbraunen Griff blinkte zweimal. Er klappte den Zylinder heraus. »Munition?«

»Auf'm Tisch. Von Hand zu laden, Explosivkopf.«

Turner fand einen transparenten Würfel aus bernsteinfarbenem Plastik, öffnete ihn mit der Linken und zog eine Patrone heraus. »Warum haben sie mich dafür ausgewählt, Conroy?« Er begutachtete die Patrone und steckte sie dann behutsam in eine der sechs Kammern des Zylinders.

»Weiß ich nicht«, erwiderte Conroy. »Hab das Gefühl, sie haben dich von Anfang an ins Auge gefaßt, wenn's um Mitchell ging ...«

Turner versetzte den Zylinder in Drehung und klappte ihn in den Rahmen zurück. »Ich sagte: ›Warum haben sie mich dafür ausgewählt, Conroy?‹« Er hob die Pistole mit beiden Händen, streckte die Arme aus und hielt sie Conroy unter die Nase. »Bei so 'ner Knarre kann man manchmal durch den Lauf sehen, wenn's Licht günstig ist, und erkennen, ob 'ne Kugel drinsteckt.«

Conroy schüttelte andeutungsweise den Kopf.

»Oder man sieht sie vielleicht in einer der übrigen Kammern ...«

»Nein«, sagte Conroy ganz sachte. »Ausgeschlossen.«

»Vielleicht haben die Psychos gemurkst, Conroy? Wie steht's damit?«

»Nein«, sagte Conroy mit ausdruckslosem Gesicht. »Haben sie nicht, und du wirst das nicht tun.«

Turner drückte ab. Der Schlaghebel traf auf eine leere Kammer. Conroy blinzelte einmal, öffnete den Mund, machte ihn wieder zu und sah zu, wie Turner die Smith & Wesson senkte. Ein einziger Schweißtropfen perlte von Conroys Haaransatz und wurde von der Braue aufgesogen.

»Und?« fragte Turner, der die Kanone hängen ließ.

Conroy zuckte die Achseln. »Mach so'n Scheiß nicht«, sagte er.

»Brauchen sie mich so sehr?«

Conroy nickte. »Es ist deine Show, Turner.«

»Wo ist Mitchell?« Er klappte den Zylinder wieder auf und lud die fünf restlichen Kammern.

»Arizona. Etwa fünfzig Kilometer von der Grenze zum mexikanischen Sonora in einer Forschungsarcologie*, die auf einer Bergkuppe steht. Maas Biolabs North America. Ihnen gehört alles in der Gegend, alles bis zur Grenze, und der Berg liegt im Bereich von vier Aufklärungssatelliten. Recht dicht, der Laden.«

»Wie sollen wir reinkommen?«

»Gar nicht. Mitchell kommt raus, von selber. Wir warten nur auf ihn, lesen ihn auf und schaffen ihn unversehrt zu Hosaka.« Conroy fischte mit dem angewinkelten Zeigefinger unter dem offenen Kragen seines schwarzen Hemds und förderte eine schwarze Nylonkordel zutage, an der ein schwarzer Nylonbeutel mit Klettverschluß hing. Er öffnete ihn vorsichtig und entnahm einen Gegenstand, den er Turner in die offene Hand legte. »Hier. Das hat er geschickt.«

---

* Arcologie: Kunstwort aus **arc**hitectural ec**ology:** ein einziger Gebäudekomplex von enormer Größe, der eine ganze Stadt aufnimmt. – *Anm. d. Übers.*

Turner legte die Knarre auf den nächsten Tisch und nahm das Ding von Conroy. Es glich einem zu dick geratenen Microsoft; ein Ende hatte den üblichen Neurokontakt, das andere ein seltsames rundes Gebilde, wie er es noch nie gesehen hatte. »Was ist das?«

»Ein Biosoft. Jaylene hat es sich reingequetscht und sagt, ihr kam's vor wie die Ergüsse einer AI*. Ist eine Art Dossier über Mitchell mit einer Nachricht für Hosaka hintendran. Solltest es dir selber reinziehn; solltest baldmöglichst im Bilde sein ...«

Turner blickte von dem grauen Ding auf. »Wie hat es Jaylene gepackt?«

»Sie sagt, man sollte sich dabei flachlegen. Anscheinend hat's ihr nicht recht gefallen.«

Maschinelle Träume verursachen besonderen Schwindel. Turner legte sich auf eine jungfräuliche Matratze aus grünem Temperschaum im provisorischen Schlafraum und steckte Mitchells Dossier rein. Die Sache kam langsam in Gang; er hatte Zeit, die Augen zu schließen.

Zehn Sekunden später waren seine Augen offen. Er klammerte sich an den grünen Schaumstoff und kämpfte gegen den Brechreiz an. Wieder drückte er die Augen zu. Wieder kam es langsam in Gang; ein flackernder, nichtliniearer Schwall von Informationen und Sinneseindrücken, eine Geschichte praktisch, die in surrealen, sprunghaften Schnitten und Überlappungen erzählt wurde. Es war entfernt vergleichbar mit einer Achterbahnfahrt kreuz und quer durchs Dasein in unmöglich schnellen Intervallen, wobei Höhe, Schwung und Richtung mit jedem nichtigen Moment wechselten, das Wechseln aber nichts mit physischer Orientierung zu tun hatte, sondern sich eher als blitzschnelle Änderung im Paradigma- und Symbolsystem vollzog. Die

---

* AI = **A**rtificial **I**ntelligence – künstliche Intelligenz. – *Anm. d. Übers.*

Daten waren nicht für menschlichen Gebrauch gedacht.

Mit offenen Augen riß er den Anschluß aus der Buchse und hielt das Ding in der schweißnassen Hand. Es war wie ein Alptraum gewesen. Keine Horrorvision, wo einfließende Ängste einfach schreckliche Gestalt annehmen, sondern ein Traum von der ungleich aufwühlenderen Sorte, wo alles vollkommen und grauenhaft normal ist, aber doch nichts stimmt ...

Die *Intimität* an der Sache war tückisch. Er kämpfte gegen eine Woge von Transferenz an und mußte alle Willenskraft aufbieten, um ein Gefühl zu zerschlagen, das mit Liebe verwandt war: die zwanghafte Zuneigung, die ein Beobachter für die Person entwickelt, die er längere Zeit überwacht. Tage oder Stunden später würden, wie er wußte, die kleinsten Einzelheiten aus Mitchells akademischem Werdegang in seinen Gedanken auftauchen oder der Name einer Geliebten, der Duft ihres dichten roten Haars im Sonnenlicht ...

Er setzte sich schnell auf, so daß die Kunststoffsohlen seiner Schuhe aufs rostige Deck plumpsten. Noch trug er den Parka, und die Smith & Wesson in der Seitentasche schlug unsanft gegen seine Hüfte.

Es wird sich wieder geben. Mitchells psychische Fährte würde sich ebenso auflösen wie die spanische Grammatik im Lexikon nach jedem Gebrauch. Was er erfahren hatte, war ein gesicherter Dossier von Maas, den ein empfindungsfähiger Computer zusammengestellt hatte, mehr nicht. Er steckte das Biosoft wieder in Conroys kleinen Beutel, strich mit dem Daumen den Klettverschluß zu und hängte sich die Kordel um den Hals.

Er wurde aufmerksam auf die Wellen, die gegen die Bohrinsel schwappten.

»Heh, Boß«, sagte jemand hinter der braunen Militärdecke, die den Eingang zum Schlafraum verschloß. »Conroy sagt, es wird Zeit, daß du die Treppe inspizierst. Danach fährst du mit ihm wieder los, um noch weitere Teile zu holen.« Oakeys bärtiges Gesicht lugte an der Decke herein. »Ich würd dich sonst nicht wekken, klaro?«

»Ich habe nicht geschlafen«, sagte Turner und stand auf. Wie im Reflex massierte er die Haut um die implantierte Buchse.

»Schade«, sagte Oakey. »Ich hab Pflästerchen, die legen dich echt flach. 'ne Stunde exakt, dann der verdiente Muntermacher, der törnt dich an, du bist voll drauf, ungelogen ...«

Turner schüttelte den Kopf. »Bring mich zu Conroy.«

5

Der Job

Marly mietete sich in ein kleines Hotel ein, wo es Grünpflanzen in großen Messingtöpfen gab und die Korridorböden wie abgegriffene Marmorschachbretter gefliest waren. Der Aufzug war ein gedrehter, vergoldeter Käfig mit Rosenholztäfelung, die nach Limonenöl und Zigarillos roch.

Ihr Zimmer lag im fünften Stock. Ein einziges großes Fenster bot Blick auf die Straße; es war so ein Fenster, das man richtig öffnen konnte. Als der lächelnde Boy gegangen war, sank Marly in einen Sessel, dessen Plüschbezug sich angenehm vom dumpfen belgischen Teppich absetzte. Sie öffnete die Reißverschlüsse ihrer Pariser Boots zum letztenmal, stieß sie von sich und betrachtete das Dutzend glänzender Tragetaschen, das der Boy auf dem Bett deponiert hatte. Morgen, dachte sie, wollte sie Gepäck kaufen. Und eine Zahnbürste.

»Ich bin im Schock«, sagte sie zu den Taschen auf dem Bett. »Ich muß aufpassen. Nichts erscheint mir mehr real.« Sie schaute nach unten und sah, daß ihre Strümpfe an den Zehen Löcher hatten. Sie schüttelte den Kopf. Ihre neue Handtasche lag auf dem weißen Marmortisch beim Bett; sie war schwarz, aus Rindsleder gefertigt, das dick und weich wie flämische Butter war. Sie hatte mehr gekostet, als sie Andrea als Mietanteil für einen Monat schuldete, aber das galt auch für eine einzige Übernachtung in diesem Hotel. In der Handtasche waren ihr Paß und der Kredit-Chip, der ihr in der Galerie Duperey ausgehändigt worden und auf ein Konto ausgestellt war, das bei einer Orbitalzweigstelle der Nederlands Algemeen Bank auf ihren Namen eingerichtet war.

Sie ging ins Bad und drehte an der glatten Messingarmatur der großen weißen Badewanne. Heißes, sprudelndes Wasser strömte durch einen japanischen Filter aus. Das Hotel stellte Badesalze, Cremetuben und Duftöle zur Verfügung. Sie kippte ein Fläschchen Öl in die vollaufende Wanne und fing an, sich auszuziehen. Es gab ihr einen Stich, als sie ihr Sally Stanley hinter sich warf. Bis vor einer Stunde war die ein Jahr alte Jacke ihr liebstes Stück und wohl überhaupt teuerster Besitz gewesen. Jetzt war sie zum Wegschmeißen gut; vielleicht würde sie den Weg zu einem der Flohmärkte finden, wo sie als Kunststudentin manchem Gelegenheitskauf nachgejagt war ...

Die Spiegel beschlugen sich und liefen an, als duftender Dampf den Raum erfüllte; ihr nacktes Spiegelbild wurde verschwommen. War es wirklich so einfach? Hatte Vireks dünner goldener Kredit-Chip sie aus ihrem Elend in dieses Hotel verpflanzt, wo die Handtücher weiß und dick und flauschig waren? Sie war sich eines geistigen Taumels bewußt, als zitterte sie am Rande eines Abgrunds. Sie fragte sich, wie mächtig Geld eigentlich machen könnte, falls man genug, wirklich genug hätte. Sie nahm an, daß nur die Vireks der Welt das wirklich wissen konnten, aber praktisch wahrscheinlich nicht in der Lage wären, das zu wissen; Virek fragen, das wäre wie die Befragung eines Fisches über Wasser. Ja, meine Liebe, es ist naß; ja, mein Kind, es ist gewiß warm, duftend, flauschig. Sie stieg in die Badewanne und legte sich hinein.

Morgen wollte sie sich die Haare schneiden lassen. In Paris.

Andreas Telefon hatte sechzehnmal geläutet, bevor Marly das Sonderprogramm einfiel. Es war bestimmt noch zugeschaltet, und das teure Brüsseler Hotel war nicht auf der Liste. Sie beugte sich vor und stellte das Telefon auf den Marmorplattentisch. Es läutete ein Mal kurz.

»Ein Bote hat ein Paket für Sie abgeliefert von der Galerie Duperey.«

Als der Boy – diesmal ein jüngerer Mann, dunkler Typ, vielleicht Spanier – gegangen war, trug sie das Paket zum Fenster und drehte es hin und her. Es war verpackt mit einem einzigen Bogen, einem handgeschöpften dunkelgrauen Papier, das auf jene mysteriöse japanische Art gefaltet und ineinandergesteckt war, daß es ohne Bänder und Kleber hielt. Freilich wußte sie, daß sie es nicht mehr so würde hinkriegen können, sobald sie es geöffnet hätte. Name und Anschrift der Galerie waren an einer Ecke aufgeprägt, und ihr Name und der Name ihres Hotels standen in vollendeter Handschrift in der Mitte.

Sie entfaltete das Papier und hielt schließlich einen neuen Braun Holoprojektor und eine Klarsichthülle in der Hand. Die Klarsichthülle enthielt sieben numerierte Holofiches. Hinter dem eisernen Miniaturbalkon ging die Sonne unter und tauchte die Altstadt in goldenes Licht. Sie hörte Autos hupen und Kinder schreien. Sie schloß das Fenster und ging zum Schreibtisch. Der Braun war ein glatter schwarzer Kasten, der mit Solarzellen arbeitete. Sie prüfte den Ladezustand, nahm das erste Holofiche aus der Hülle und legte es ein.

Der Kasten, den sie in Vireks Simulation des Güell Parks gesehen hatte, erstrahlte über dem Braun in kristallklarer Auflösung bester, museumstauglicher Holographie. Knochen und Goldschaltungen, alte Spitze und eine matte weiße Murmel, aus Ton gerollt. Marly schüttelte den Kopf. Wie war es möglich, daß jemand aus solchem Zeug, solchem Plunder ein Arrangement zaubern konnte, das einem zu Herzen ging und das Gemüt fesselte wie ein Angelhaken? Aber dann nickte sie. Es war möglich, wie sie wußte; es war vor vielen Jahren schon von einem Mann namens Cornell gemacht worden, der ebenfalls Kästen schuf.

Dann blickte sie nach links, wo das elegante graue

Papier auf dem Schreibtisch lag. Sie hatte dieses Hotel zufällig gewählt, als sie vom Einkaufen müde war. Sie hatte niemandem gesagt, daß sie hier wohnte, und schon gar niemandem von der Galerie Duperey.

6

Barrytown

Er blieb etwa acht Stunden lang liegen nach der Uhr am Hitachi seiner Mutter. Als er zu sich kam, starrte er auf die staubige Uhr und spürte etwas Hartes unterm Bein. Der Ono-Sendai. Er rollte zur Seite. Es roch nach alter Kotze.

Dann stand er unter der Dusche, obwohl er nicht genau wußte, wie er hineingekommen war, und drehte den Hahn auf, obwohl er noch angezogen war. Er rieb und kratzte sich das Gesicht. Es fühlte sich an wie eine Gummimaske.

»Es ist was passiert.« Etwas Schlimmes, Böses; was, das wußte er nicht genau.

Seine feuchten Kleider türmten sich allmählich auf dem nassen Fliesenboden der Dusche. Schließlich kam er heraus, ging zum Waschbecken, schüttelte die nassen Haare aus dem Gesicht und betrachtete sich im Spiegel. Bobby Newmark, kein Problem.

»Nein, Bobby, doch 'n Problem ...«

Er hängte sich das Handtuch über die Schultern und ging triefend durch den schmalen Flur in sein Zimmer, einem winzigen, keilförmigen Kabäuschen im hintersten Winkel der Wohnung. Sein Holoporno ging an, als er eintrat. Ein halbes Dutzend Girls lächelten ihn an und beäugten ihn mit offensichtlichem Wohlgefallen. Scheinbar standen sie hinter den Zimmerwänden in einer dunstigen, kobaltblauen Vision. Strahlendes Lächeln, stramme Figur, junge Körper im Neonglanz. Zwei der Girls traten vor und begannen an sich herumzufummeln.

»Stop«, sagte er.

Der Projektor schaltete sich auf seinen Befehl hin aus; die Traumgirls lösten sich auf. Die Kiste hatte ursprünglich Ling Warrens älterem Bruder gehört; die Frisuren und die Kleidung der Girls waren aus der Mode und wirkten etwas albern. Man konnte mit ihnen reden und sie auffordern, sich selber oder gegenseitig zu befriedigen. Bobby erinnerte sich, als er dreizehn und in Brandi verliebt war, das Girl mit der hautengen blauen Hose. Jetzt schätzte er die Projektion in erster Linie wegen der Illusion von Raum, die sie in das kleine provisorische Schlafzimmer zauberte.

»Irgend'ne Scheiße passiert«, sagte er, während er eine schwarze Jeans und ein fast sauberes Hemd anzog. Er schüttelte den Kopf. »Was? *Was* denn, Scheiße?« Spannungsspitzen im Netz? Irgendein zufälliger Vorgang drüben bei Fission Authority? Vielleicht hatte die Basis, in die er hatte eindringen wollen, irgendeine Störung oder war gerade von anderer Seite angegriffen worden ... Freilich blieb in ihm das Gefühl zurück, daß er jemandem *begegnet* war, jemand mit ... Er hatte unwillkürlich die rechte Hand geöffnet und die Finger beschwörend gespreizt. »Verdammt«, sagte er. Die Finger ballten sich zur Faust. Dann kam es zurück; zuerst der Eindruck von etwas Großem, echt Großem, das durch den Cyberspace nach ihm gegriffen hatte, und dann der Mädchen-Eindruck. Eine braunhaarige Schlanke, die in einer seltsam hellen Dunkelheit voller Sterne und Wind kauerte. Aber es entglitt ihm jedesmal, wenn er danach tastete.

Hungrig zog er seine Sandalen an und ging zur Küche, wobei er sich mit dem feuchten Handtuch die Haare rubbelte. Auf dem Weg durchs Wohnzimmer bemerkte er die Kontrollampe am EIN-Knopf des Ono-Sendai, die ihm vom Teppich aus entgegenleuchtete. »O Scheiße.« Da stand er nun und biß die Zähne zusammen. Das Ding war noch eingesteckt. Vielleicht noch mit der Basis verbunden, die er knacken wollte? Könnten die wissen, daß er nicht tot war? Er hatte keine Ahnung. Eins stand allerdings fest; sie hatten seine

Nummer. Er hatte sich nicht mit den Kinkerlitzchen aufgehalten, die eine Fangschaltung verhindert hätten.

Sie hatten seine Adresse.

Der Hunger war vergessen, als er kehrtmachte und ins Bad flitzte und in seinen nassen Kleidern wühlte, bis er seinen Kredit-Chip fand.

Er hatte zweihundertzehn Neue Yen, die im hohlen Plastikgriff eines Wechselschraubenziehers steckten. Nachdem Schraubenzieher und Kredit-Chip sicher in der Jeans verstaut waren, schlüpfte er in seine ältesten, schwersten Stiefel und zog unter dem Bett ungewaschene Kleidung hervor. Er angelte sich eine schwarze Segeltuchjacke mit mindestens einem Dutzend Taschen, wovon eine ein großer Beutel im Rückenteil, eine Art integrierter Rucksack war. Es lag ein japanisches Messer mit orangefarbenem Griff unterm Kopfkissen; das wanderte in eine schmale Tasche im untern Teil des linken Ärmels.

Die Traumgirls schalteten sich ein, als er das Zimmer verließ. »Bobby, Bob-by, komm zurück, komm spielen ...«

Im Wohnzimmer riß er den Stecker des Ono-Sendai aus dem Hitachi, rollte das Glasfaserkabel zusammen und stopfte es in eine Tasche. Ebenso verfuhr er mit den E-troden, dann packte er den Ono-Sendai in die Rükkentasche.

Die Gardinen waren noch zugezogen. Freudige Erregung überkam ihn. Er wollte abhauen. Er *mußte* abhauen. Schon hatte er die pathetische Zuneigung vergessen, die der flüchtige Kuß des Todes ausgelöst hatte. Er teilte vorsichtig die Gardinen und lugte durch den daumenbreiten Spalt hinaus.

Es war später Nachmittag. In wenigen Stunden würden die ersten Lichter angehen in den dunklen Türmen der Projekte. Der große Spielplatz lag da wie ein Meer aus Beton; am andern Ufer erhoben sich die

Projekte, geradlinige Klötze, die durch willkürlich aufgesetzte, nachgerüstete Balkone, Wintergärten, Fischbecken, Solaranlagen und die allgegenwärtigen Parabolantennen aufgelockert wurden.

Two-a-Day war irgendwo da droben und schlief in einer Welt, die Bobby nie gesehen hatte, die Welt der Arcologie. Two-a-Day kam herunter, um vor allem mit den Cracks von Barrytown Geschäfte abzuwickeln, und ging dann wieder hoch. Es hatte immer sehr verlockend ausgesehen für Bobby, da droben. Da tat sich was abends auf den Balkonen; da waren rote Tupfer vom Grillfeuer, da tollten Kinder in Unterwäsche herum wie Affen – so winzig, daß man sie kaum erkennen konnte. Manchmal, wenn der Wind drehte, trieb Kochgeruch über den großen Spielplatz, und zuweilen konnte man einen Ultralight von einer verborgenen Dachlandschaft hoch droben starten sehen. Und ständig der Rhythmussalat aus Millionen Lautsprechern, wenn der Wind Musikfetzen herantrug.

Two-a-Day redete nie darüber, wie und wo er lebte. Two-a-Day redete nur vom Geschäft oder – wenn er sich gesellig gab – von den Weibern. Wenn Two-a-Day von den Weibern redete, wollte Bobby mehr denn je weg aus Barrytown. Aber Barry wußte, daß nur das Geschäft sein Ticket nach draußen wäre. Jetzt brauchte er den Dealer freilich in einer anderen Funktion, denn jetzt hing er total in der Luft.

Vielleicht konnte er von Two-a-Day erfahren, was gespielt wurde. Eigentlich hätte die Basis harmlos sein sollen. Two-a-Day hatte sie für ihn ausgewählt und ihm dann die Software vermietet, die er brauchte, um reinzukommen. Und Two-a-Day war bereit, alles weiterzuverhökern, was er rausholen würde. Also mußte Two-a-Day es wissen. Zumindest ein bißchen was wissen.

»Ich hab nicht mal deine Nummer, Mann«, sagte er zu den Projekten und ließ die Gardinen zufallen. Sollte er seiner Mutter was hinterlassen? Eine Nachricht?

»Nichts wie weg, du Arsch!« sagte er zum Zimmer hinter sich. Und dann war er draußen vor der Tür und ging durch den Korridor zum Treppenhaus. »Für *immer*«, sagte er und stieß die Haustür auf.

Auf dem großen Spielplatz war alles normal, außer daß ein hemdloser, einsamer Zoffi in ein zorniges Gespräch mit Gott vertieft war. Bobby machte einen weiten Bogen um den Zoffi, der brüllte und hüpfte und mit Karatehieben die Luft zerteilte. Er hatte angetrocknetes Blut an den Fußsohlen und die Reste einer Lobe-Frisur auf dem Kopf.

Der große Spielplatz war neutrales Gelände, zumindest theoretisch, und die *Lobes* waren mehr oder weniger mit den *Gothicks* verbündet. Bobby unterhielt recht stabile Beziehungen zu den Gothicks, blieb aber unabhängig. Barrytown war ein gefährliches Pflaster für die Unabhängigen. Immerhin – so dachte er, als das Gekeife des Zoffis hinter ihm verklang – geben die Gangs dem Ganzen Struktur. Wenn du'n Gothick bist und von den *Kasuals* vermöbelt wirst, so gibt das Sinn. Mochten die eigentlichen Motive auch beknackt sein, so herrschten immerhin Regeln. Aber die Unabhängigen wurden von Zoffis erledigt und von durchziehenden, räuberischen Chaoten, die bis von New York kamen – wie dieser Typ im Sommer, der Penissammler, der seine Beutestücke in einer Plastiktüte in der Tasche herumtrug ...

Bobby hatte, zumindest empfand er's so, seit dem Tag seiner Geburt nach einer Chance gesucht, dieser Umgebung zu entkommen. Nun plumpste ihm mit jedem Schritt das Cyberspace-Deck in der Rückentasche ins Kreuz, als wollte es ihn zur Flucht antreiben. »Komm schon, Two-a-Day«, sagte er zu den düster aufragenden Projekten, »beweg deinen Arsch runter und sei im Leon's, wenn ich dort bin, okay?«

Two-a-Day war nicht im Leon's.

Kein Mensch war da außer Leon selbst, der das

mysteriöse Innenleben eines Großbild-Converters mit einer zurechtgebogenen Büroklammer erkundete.

»Warum nimmste nicht einfach 'nen Hammer und haust auf das Mistding ein, bis es geht?« fragte Bobby. »Bringt etwa das gleiche.«

Leon schaute vom Converter auf. Er war wohl in den Vierzigern, aber das war schwer zu schätzen. Er schien keiner bestimmten Rasse anzugehören oder in mancherlei Hinsicht eine Rasse zu verkörpern, der kein anderer angehörte. Stark hypertrophische Gesichtsknochen und eine lockige, nicht glänzende schwarze Mähne. Sein Piratenclub im Keller war seit zwei Jahren eine feste Institution in Bobbys Leben.

Leon musterte Bobby mit seinen unheimlichen Augen, den perlmuttgrauen Pupillen, über denen ein feiner olivgrüner Schimmer lag. Bei Leons Augen mußte Bobby immer wieder an Muscheln und Nagellack denken, zwei Dinge, die ihm in Verbindung mit Augen nicht behagten. Die Farbe glich dem Barhockerbezug.

»Ich mein halt, so'n Ding kriegt man nicht wieder ganz hin mit ein bißchen Herumstochern«, fügte Bobby verlegen hinzu. Leon schüttelte langsam den Kopf und widmete sich wieder seiner Suche. Die Leute zahlten in dem Laden Eintritt, da Leon, der Kino und Simstim vom Kabel klaute, viel Zeug vorführte, das sich Barrytowner anderweitig nicht leisten könnten. Im Hintergrund wurde gedealt, und man spendierte Geld für seine Drinks, meist Fusel aus Ohio mit synthetischem Orange-Mix, das Leon en gros einkaufte.

»Ah, sag mal, Leon«, begann Bobby wieder, »haste in letzter Zeit Two-a-Day hier gesehen?«

Die schrecklichen Augen richteten sich wieder auf Bobby und starrten ihn viel zu lange an. »Nein.«

»Gestern abend vielleicht?«

»Nein.«

»Vorgestern abend?«

»Nein.«

»Tja. Okay. Danke dir.« Es war zwecklos, Leon auszuquetschen, und auch nicht ratsam. Bobby sah sich in dem schummrigen Raum um, betrachtete die Simstim-Einheiten und die dunklen Großbildschirme. Der Club bestand aus einer Reihe von nahezu identischen Räumen im Untergeschoß eines Blocks in einem Mischgebiet, wo viele Singels lebten und diverse Leichtindustrien angesiedelt waren. Gute Schallisolierung: Man hörte draußen die Musik praktisch nicht. Wenn Bobby oft nachts aus dem Leon's kam und einen Brummschädel hatte vom Lärm und von Tabletten, fand er sich in einer magischen Stille, einem Vakuum wieder, so daß ihm den ganzen Heimweg über den großen Spielplatz die Ohren sausten.

Jetzt blieb ihm noch eine Stunde oder so, bis die ersten Gothicks auftauchen würden. Die Dealer, meist Schwarze aus den Projekten oder Weiße aus der City oder einem andern Vorort würden erst auftauchen, wenn ein paar Gothicks als Kundschaft versammelt waren. Es gab nichts Schlimmeres für einen Dealer, als untätig herumzusitzen, denn das bedeutete, daß man nichts los hatte; daß ein echt heißer Dealer nur zum Vergnügen im Leon's herumhing, das gab es nicht. Im Leon's traf sich die lokale Szene, schauten sich Weekend-Typen mit billigen Decks japanisches Eisbrecher-Kino an ...

Aber Two-a-Day war anders, redete Bobby sich ein, als er die Betontreppe hinaufstieg. Two-a-Day war auf dem besten Weg, von den Projekten, von Barrytown und vom Leon's wegzukommen. Er würde den Sprung in die City schaffen. Den Sprung nach Paris vielleicht, oder Chiba. Der Ono-Sendai drückte ins Kreuz. Ihm fiel ein, daß er noch mit Two-a-Days Eisbrecher-Kassette geladen war. Dafür wollte er niemandem Rechenschaft ablegen müssen. Er passierte einen Zeitungskiosk. Ein gelbes Fax der New Yorker *Asahi Shimbun*-Ausgabe lief an der Plastikscheibe in der verspiegelten Seitenwand ab. Eine Regierung in Afrika abgelöst, russische Meldung vom Mars ...

Es war diese Tageszeit, wo man alles sehr klar sehen konnte, wo man auf die Ferne jedes kleine Detail in den Straßen erkannte: das knospende Grün an den schwarzen Zweigen der Bäume in ihren Löchern im Beton, der aufblitzende Stahlbeschlag an einem Damenstiefel einen Block weiter. Es war, als würde man durch ein besonderes Wasser schauen, das die Sehkraft verstärkte, obwohl es schon finster wurde. Bobby drehte sich um und blickte zu den Projekten hinauf. Ganze Etagen da oben blieben immer finster; sie waren entweder unbewohnt oder verdunkelt. Was spielte sich dahinter ab? Vielleicht sollte er Two-a-Day mal fragen.

Er schaute auf die Coke-Uhr des Kiosks. Seine Mutter wäre mittlerweile daheim von Boston; wenn nicht, würde sie eines ihrer liebsten Rührstücke verpassen. Neues Loch im Kopf. Sie war sowieso nicht klar im Kopf, was nicht an der Buchse lag, die sie schon vor seiner Geburt gehabt hatte und deren statisches Rauschen und schlechte Auflösung sie jahrelang beklagt hatte, weshalb sie sich schließlich einen Kredit besorgte und das Ding in Boston billigst auswechseln ließ. War so'n Laden, wo man nicht mal einen OP-Termin kriegt. Da geht man hin und kriegt das Ding gleich verpaßt ... Er kannte sie, ja. Wenn sie zur Tür hereinkam mit einer eingepackten Flasche unterm Arm, zog sie nicht mal den Mantel aus, sondern ging schnurstracks rüber und koppelte sich an den Hitachi, um sich für geschlagene sechs Stunden Schmalz ins Hirn zu pumpen. Ihr Blick wurde immer starr, und manchmal sabberte sie auch ein bißchen, wenn die Geschichte echt gut war. Etwa alle zwanzig Minuten fiel ihr ein, einen damenhaften Schluck aus der Flasche zu nehmen.

Sie war schon immer so gewesen, seit er denken konnte, und allmählich immer tiefer abgeglitten in ihr halbes Dutzend synthetischer Leben, den Simstim-

Phantasien in Fortsetzungen, die sich Bobby sein Leben lang anhören mußte. Er hegte noch immer den unheimlichen Verdacht, daß gewisse Charaktere, von denen sie faselte, Verwandte von ihm wären: reiche, schöne Tanten und Onkel, die vielleicht eines Tages aufkreuzen würden, wenn er nur nicht so'n kleines Arschloch wäre. Vielleicht, so dachte er jetzt, hatte es in gewisser Hinsicht auch gestimmt; sie hatte sich den Scheiß auch während der Schwangerschaft voll reingezogen, das hatte sie ihm selber gesagt, also hatte er, der fötale Newmark, der im Bauch steckte, an die tausend Stunden *People of Importance* und *Atlanta* abbekommen. Allerdings dachte er nicht gern daran, daß er in Marsha Newmarks Bauch gesteckt hatte. Er bekam Schweißausbrüche davon und ein flaues Gefühl im Magen.

Marsha-Mami. Erst im letzten Jahr oder so hatte Bobby die Welt soweit verstanden, daß er sich fragte, wie sie es schaffte, in ihr zu bestehen, auch wenn sie am Rande dahinvegetierte in Gesellschaft ihrer Flasche und des Zaubers aus der Steckdose. Wenn sie in Stimmung war und das richtige Quantum intus hatte, versuchte sie noch immer, ihm etwas über seinen Vater vorzumachen. Obwohl er schon mit vier wußte, daß diese Geschichten Quatsch waren, da die Details mit der Zeit wechselten, hatte er dennoch jahrelang Spaß daran gehabt.

Er fand wenige Blöcke vom Leon's eine Laderampe, die von der Straße durch einen frischgestrichenen blauen Müllcontainer abgeschirmt war. Die frische Farbe glänzte noch auf dem genarbten, verbeulten Eisen. Über die Rampe hing eine einzige Halogenlampe. Er fand einen bequemen Betonvorsprung, auf den er sich setzte, wobei er darauf achtete, den Ono-Sendai nicht zu verkratzen. Manchmal muß man eben einfach warten. Das war eine der Lektionen, die er von Two-a-Day gelernt hatte.

Der Container quoll über von Industrieabfällen. Barrytown hatte seinen Anteil an der Erzeugung grauer Ware, dem »grauen Markt«, wie die Gesichter in den Nachrichten sich auszudrücken pflegten, aber Bobby gab nichts auf die Gesichter in den Nachrichten. Geschäft. Alles Geschäft.

Nachtfalter schwirrten um die Lampe. Bobby verfolgte ohne Interesse, wie drei Kinder, die höchstens zehn waren, die blaue Wand mit einem dreckigen weißen Nylonseil und einem provisorischen Haken, der vielleicht von einem Kleiderständer stammte, erkletterten. Als das letzte Kind den Rand überwunden hatte und auf den Plastikabfall plumpste, wurde die Leine rasch eingeholt. Im Abfall fing es zu rumoren an.

Wie ich, dachte Bobby. Ich hab den Scheiß auch gemacht und mir mit komischem Zeug aus dem Müll das Zimmer vollgestellt. Einmal fand Lin Warrens Schwester einen fast kompletten Menschenarm, der in grüne, mit Gummiringen befestigte Folie gewickelt war.

Marsha-Mami bekam zuweilen ihre religiösen Anfälle, die zwei Stunden dauerten; dann marschierte sie in Bobbys Zimmer und warf die besten Müllfunde hinaus und heftete irgendein selbstklebendes gottesfürchtiges Hologramm übers Bett. Ob Jesus oder Hubbard oder die Jungfrau Maria, es spielte keine große Rolle für sie, wenn sie nur in Stimmung war. Bobby war jedesmal stinksauer, bis er eines Tages groß genug war und mit einem Hammer ins Wohnzimmer ging und vor dem Hitachi ausholte. Rühr noch mal mein Zeug an, und ich bring deine Freunde um, Mom, allesamt. Daraufhin versuchte sie es nicht wieder. Freilich hatten die aufgeklebten Hologramme durchaus eine Wirkung auf Bobby; immerhin hatte er sich nun mit Religion beschäftigt und das Thema erledigt. Im Prinzip erklärte er es sich so, daß es halt Leute gab, und zwar schon immer, die so'n Zeug brauchten, wozu er sich nicht zählte.

Jetzt rückte eins der Müllkinder näher und inspizierte schlitzäugig die nächste Nähe, dann verschwand es wieder. Dann Klappern und Scheppern. Weiße Händchen bugsierten einen verbeulten Alukanister aus dem Müll und über den Rand und seilten ihn ab. Guter Fang, dachte Bobby; bei einem Altwarenhändler kriegte man schon ein bißchen was dafür. Sie ließen das Ding etwa einen Meter von Bobbys Stiefeln auf dem Pflaster ab. Beim Aufsetzen drehte es sich zufällig, so daß Bobby das auf biologische Gefahren hinweisende Kleeblatt sah. »He, Scheiße«, sagte er und zog im Reflex die Beine an.

Eins der Kinder glitt am Seil herunter und hielt den Behälter. Die beiden andern folgten. Wie er sah, waren sie jünger, als er gedacht hatte.

»He«, sagte Bobby, »ihr wißt, das könnte echt schlimmes Zeug sein. Krebserregend oder so.«

»Nun geil dich mal ab, Alter«, riet ihm der kleine Junge, der als erster heruntergekommen war, während die andern den Haken losrüttelten, das Seil aufrollten und den Kanister um den Container herum außer Sicht schleppten.

Bobby gab sich anderthalb Stunden Zeit. Zeit genug: im Leon's war schon ordentlich was los.

Mindestens zwanzig Gothicks hingen im Mittelraum herum wie eine Schar von Dinosaurierbabies. Ihre gelackten Haarkämme hüpften und wackelten. Die Mehrheit entsprach dem Ideal der Gothicks: groß, schlank, muskulös, aber auch etwas hektisch. Junge, noch unverbrauchte Athleten. Die Grabesblässe war obligatorisch und das Haar zwangsläufig schwarz. Bobby wußte, daß man die wenigen, die es nicht schafften, ihren Körper so zu stylen, daß er der Szene-Vorgabe entsprach, am besten mied; ein kleinwüchsiger Gothick brachte Ärger, ein fetter Gothick war mörderisch.

Jetzt beobachtete er, wie sie posierten und glitzerten im Leon's, als wären sie ein zusammengesetztes Wesen, ein schleimiges Etwas mit einer puzzelartigen Oberfläche aus schwarzem Leder und rostfreien Nieten. Die meisten hatten nahezu identische Gesichter, die alten, aus Filmarchiven zusammengesuchten Vorbildern nachempfunden waren. Bobby entschied sich für einen besonders herausgeputzten Dean, dessen Haar wie der Kamm einer balzenden Nachtechse wippte. »Kumpel«, begann Bobby, der sich nicht sicher war, ob er den Burschen schon kannte.

»Eh, Kumpel«, erwiderte der Dean schlaff. Ein Harzklumpen machte seine linke Backe dick. »Der Count, Baby«, sagte er leise zu seinem Girl. »Count Zero.« Die lange, blasse Hand mit frischem Wundschorf auf dem Rücken befummelte den Arsch der Kleinen durch den schwarzen Lederrock. »Count, das ist meine Süße.« Das Gothick-Girl betrachtete Bobby einigermaßen gelangweilt, ohne ihn irgendwie zu erkennen, als schaute sie sich eine Werbung an für ein Produkt, das sie kannte, aber nicht kaufen wollte.

Bobby ließ seinen Blick durch die Menge wandern. Nichtssagende Gesichter, die er nicht kannte. Kein Two-a-Day. »He, sag mal«, meinte er vertraulich, »ich such 'nen engen Freund von mir, Geschäftsfreund ...« – dabei nickte der Gothick klug mit seinem Kamm – »Name ist Two-a-Day ...« Er machte eine Pause. Der Gothick glotzte nichtssagend und kaute auf seinem Harz. Das Girl wirkte gelangweilt, etwas nervös. »Software-Händler«, fügte Bobby hinzu und runzelte die Stirn. »Schwarzer Software-Händler.«

»Two-a-Day«, sagte der Gothick. »Sicher. Two-a-Day. Klar doch, Baby?« Sein Girl schüttelte den Kopf und schaute weg.

»Kennst ihn?«

»Klaro.«

»Er da heut' abend?«

»Nö«, sagte der Gothick und grinste nichtssagend.

Bobby machte den Mund auf, schloß ihn, zwang sich zu einem Nicken. »Danke, Kumpel.«

»Aber gern doch, du«, sagte der Gothick.

Noch eine Stunde und mehr von der Sorte. Zuviel Weiß, kreidebleiches Gothick-Weiß. Die leeren, glänzenden Augen ihrer Girls mit den nadelspitzen schwarzen Hacken. Bobby wollte den Simstim-Raum meiden, wo Leon eine Art wüste Dschungelorgie laufen ließ, die einen ständig in das diverse Viehzeug reinspielte und 'ne Menge irre Action in den Bäumen droben bot, wovon Bobby etwas schwindelig wurde. Er war nun so hungrig, daß er sich benommen fühlte, was vielleicht auch von dem herrührte, was ihm widerfahren war. Aber es fiel ihm jetzt schwer, sich zu konzentrieren und seine Gedanken beisammenzuhalten. Beispielsweise grübelte er nach, wer auf die schlangenverseuchten Bäume geklettert war, um ein Paar Ratten für Simstim zu präparieren?

Wer auch immer, die Gothicks fuhren darauf ab. Sie trampelten und stampften und stiegen voll ein in die Baumrattenidentifikation. Das Leon's hatte einen neuen Renner, meinte Bobby.

Gleich links von ihm, aber nicht mehr in Simstim-Reichweite, standen zwei Projektgirls, deren barocke Aufmachung sich deutlich vom Schwarzweiß der Gothicks absetzte. Langer schwarzer Frack über enger roter Weste aus Seidenbrokat, lange weiße Hemdzipfel bis unterm Knie. Das dunkle Gesicht steckte unter der Krempe eines weichen Filzhuts, der mit allerlei antikem, goldenem Schnickschnack bestückt war: mit Haarnadeln, Amuletten, Zähnen, mechanischen Uhren. Bobby beobachtete sie verstohlen; die Kleidung verriet, daß sie Geld hatten, aber jemand würde dafür sorgen, daß du es dir schwer verdienen müßtest, hättest du es darauf abgesehen. Einmal war Two-a-Day in seinem zartblauen Velours-Anzug mit den diamantenen Knieschnallen von den Projekten heruntergekommen, als hätte er keine Zeit zum Umziehen gehabt, aber Bobby hatte sich benommen, als wäre der Software-Händler in seiner üblichen Lederkluft erschienen, da er sich dachte, eine weltoffene Einstellung sei ausschlaggebend im Geschäft.

Er versuchte sich vorzustellen, wie er locker zu ihnen ging und sie einfach darauf ansprach. He, ihr Hübschen werdet sicher meinen guten Freund, Mr. Two-a-Day, kennen, oder? Aber sie waren älter als er und größer und gaben sich so vornehm, was ihn einschüchterte. Bestimmt würden sie ihn nur auslachen, aber das wollte er auf gar keinen Fall riskieren.

Was er jetzt wollte, wollte und unbedingt brauchte, war etwas zum Essen. Er betastete durch den Denim der Jeans seinen Kredit-Chip. Er wollte über die Straße gehn und sich ein Sandwich holen ... Dann fiel ihm wieder ein, warum er hier war, und plötzlich war ihm klar, daß es gar nicht klug wäre, den Chip zu benutzen. Wenn er nach seinem mißglückten Angriff geortet worden war, so hätten sie mittlerweile seine Chip-Nummer festgestellt. Wenn er sie benutzte, würde er auf sich aufmerksam machen im Cyberspace, denn sie würde ihn im Gitter von Barrytown groß herausstellen wie ein Suchscheinwerfer in einem finstren Stadion. Er hatte sein Bargeld, aber damit konnte man kein Essen kaufen. Es war zwar nicht illegal, so was zu besitzen, aber es wickelte einfach niemand legitime Transaktionen damit ab. Er müßte also einen Gothick mit Chip finden, sich für einen Neuen Yen einkaufen, wofür er wohl einen argen Nachlaß gewähren müßte, um sich dann vom Gothick das Essen bezahlen zu lassen. Aber wie sollte er bloß das Wechselgeld einkassieren?

Vielleicht bist du nur erschrocken, sagte er sich. Er wußte nicht sicher, ob er durch eine Fangschaltung geortet worden war, und die Basis, die er knacken wollte, war nicht gesetzeswidrig. Gerade deshalb hatte Two-a-Day ihm gesagt, er brauche sich keine Gedanken zu machen wegen schwarzem Eis. Wer packte einen Laden schon mit tödlichen Rückkopplungsprogrammen voll, der Softpornos vermietete? Die Idee war gewesen, ein paar Stunden digitalisiertes Kino abzuzapfen, neues Material, das auf dem Schwarzmarkt noch nicht zu haben war. Es war nicht die Art von Beute, für die man jemanden umbringen würde ...

Aber es war versucht worden. Und es war noch mehr passiert. Was ganz andres. Bobby schlurfte wieder die Stufen hinauf und verließ das Leon's. Er wußte, daß er viel nicht wußte über die Matrix, aber so etwas Merkwürdiges war ihm noch nicht zu Ohren gekommen ... Klar gibt's Spukgeschichten und Cracks, die schwören, seltsames Zeug erlebt zu haben, aber Bobby hielt das für 'nen Wilson, der auf Dope reingeht: halluzinieren ließ es sich in der Matrix ebensogut wie sonstwo ...

Vielleicht ist genau das passiert, dachte er. Die Stimme war bloß ein Teil vom Sterben, vom Hirntod, die der Verstand herzauberte, damit dir wohler wurde, und am andern Ende stimmte was nicht, kam's vielleicht zum Stromausfall in ihrem Teil des Gitters, womit das Eis die Kontrolle über sein Nervensystem verlor.

Vielleicht. Aber sicher war er sich nicht. Er war auf fremdem Gebiet. Seine Ingoranz hatte sich seit kurzem in ihm festgefressen und hielt ihn davon ab, die richtigen Schritte zu tun. Er hatte zwar noch nicht viel darüber nachgedacht, wußte aber wirklich nicht recht gut Bescheid. Bis er anfing mit dem Geschäft, war er der Meinung gewesen, alles zu wissen, was er wissen mußte. Und das traf auch auf die Gothicks zu und war der Grund, warum die Gothicks hierblieben und sich mit Dope fertigmachten und von den Kasuals erledigen ließen. Dieser Verschleißprozeß ließe den Prozentsatz von ihnen übrig, der irgendwie zum nächsten Schwung kinderkriegender, Wohneigentum kaufender Barrytowner würde, womit das Ganze von neuem anfinge.

Er war wie ein Kind, das an der Küste aufgewachsen war und das Meer ebenso als gegeben akzeptierte wie den Himmel, obwohl es nichts über Strömungen, Schifffahrtsstraßen oder das Auf und Ab des Wetters wußte. Er hatte in der Schule Decks benutzt, Spielzeuge, die einen durch die unendlichen Weiten des Raums transportierten, der kein Raum war: den unvorstellbar komplexen, reflektorischen Halluzinationen des Menschen, die Matrix, den Cyberspace, wo der Kern der Multis leuchtete wie Neonnovae in seiner Datendichte, die eine sensorische Überlastung einbrachte, wenn man mehr als bloße Umrisse zu erfassen versuchte.

Seit er anfing als Crack ahnte er, wie herzlich wenig er allgemein wußte – nicht nur über das Funktionieren der Matrix. Das Maß war irgendwie voll und lief über, so daß er sich zu wundern anfing und sich fragte, wie Barrytown funktionierte, was seine Mutter antrieb, warum die Gothicks und Kasuals so viel Energie investierten, um sich gegenseitig auszuschalten. Oder warum Two-a-Day schwarz war und droben in den Projekten lebte, und was das für einen Unterschied ausmachte.

Als er so ging, suchte er weiter nach seinem Dealer. Weiße Gesichter, mehr weiße Gesichter. Sein Magen rebellierte allmählich lautstark; er dachte an das frische Päckchen Weizenschnitten im Kühlschrank daheim. Hau sie dir in die Pfanne mit 'n bißchen Soja und mach dir dazu Krillwaffeln auf ...

Als er wieder am Kiosk vorbeikam, sah er auf die Coke-Uhr. Jetzt war Marsha bestimmt zu Hause und ins komplexe Labyrinth von *People of Importance* versunken, dessen Heldin sie seit fast zwanzig Jahren per Buchse durchs Leben begleitete. Das Fax der *Asahi Shimbun* lief nach wie vor hinter dem kleinen Fenster ab, und er trat näher und sah gerade noch die erste Meldung vom Bombenanschlag auf Block A, 3. Etage, Covina Concourse Courts, Barrytown, New Jersey ...

Dann war's aus und vorbei, und es folgte die Meldung über das feierliche Begräbnis des Clevelander Yakuza-Bosses. Streng nach Tradition. Alle trugen schwarze Regenschirme.

Barry wohnte von Kindheit an in Nummer 503, Block A.

Das monströse Etwas lugte herein, hatte Marsha Newmark und ihre Hitachi-Wohnung ausgelöscht. Und das hatte natürlich ihm gegolten.

»Da ist jemand, der fackelt nicht lange rum«, hörte er sich sagen.

»He! Kumpel! Count! Ausgeklingt! He! Wo willst'n hin!«

Die Blicke von zwei Deans folgten ihm auf seiner panischen Flucht.

7

Der Weg

Conroy bog mit der blauen Fokker vom erodierenden Highway aus der Vorkriegszeit ab und nahm Gas weg. Die Fahne aus hellem Staub, die sie seit Needles hinter sich herzogen, senkte sich allmählich ab; unterm Hovercraft sackte das Luftkissen zusammen, als es zum Stehen kam.

»Hier ist der Treffpunkt, Turner.«

»Was hat hier denn zugeschlagen?« Rechteckige Betonplatten lagen zwischen schiefen Mauern aus verwittertem Schlackenstein.

»Die Wirtschaftslage«, sagte Conroy. »Vorm Krieg. Wurde nie fertiggebaut. Zehn Kilometer westlich stehn ganze Parzellen, nur gepflastertes Wegnetz, keine Gebäude, nichts.«

»Wie groß ist die Mannschaft vor Ort?«

»Neun sind's ohne dich. Und die Ärzte.«

»Was für Ärzte?«

»Hosakas Ärzte. Maas arbeitet mit biologischer Ware, richtig? Da weiß man nie, wie unser Knabe präpariert ist. Also hat Hosaka eine kleine neurochirurgische Ambulanz eingerichtet und mit drei Kapazitäten besetzt. Zwei davon gehören zur Firma, der dritte ist 'ne Koreanerin, die die schwarze Chirurgie von beiden Seiten kennt. Der Med-Container steht in dem langen Ding dort.« Er deutete. »Da ist das Dach teilweise erhalten.«

»Wie habt ihr den da hinbekommen?«

»In einem Tankzug von Tucson. Panne simuliert. Rausgeholt und hergerollt. Mußten alle zupacken. Sache von drei Minuten oder so.«

»Maas«, sagte Turner.

»Sicher.« Conroy stellte die Motoren ab. »Dein Risiko«, sagte er in die plötzliche Stille hinein. »Vielleicht haben sie's übersehen. Unser Mann, der im Tankzug hockte, meldete sich über CB bei seinem Spediteur, jammerte über den Scheißkühler, der im Eimer sei, und wie lange es dauern würde, um den wieder hinzukriegen. Schätze, das haben die aufgeschnappt. Hättest du 'ne bessere Idee gehabt?«

»Nein – vorausgesetzt, der Klient will das Ding vor Ort. Aber wir sitzen hier halt im Brennpunkt ihrer Aufklärer.«

»Darling« – und Conroy prustete – »vielleicht haben wir nur zum Bumsen angehalten. Zwischenstop auf der Fahrt nach Tucson. Ist so'ne Stelle hier. Die Leute halten hier an zum Pissen, weißt du?« Er blickte auf seine schwarze Porsche-Uhr. »Ich muß in einer Stunde zurück sein, krieg 'nen Helikopter zur Küste.«

»Bohrinsel?«

»Nein. Wegen deinem blöden Jet. Dachte, das nehm ich selber in die Hand.«

»Gut.«

»Ich würde einen Luftkissengleiter System Dornier einsetzen. Stellen das Ding droben an der Straße bereit, bis wir Mitchell kommen sehen. Es könnte hier sein, bis der Knabe medizinisch gecheckt ist. Wir schmeißen ihn rein und starten zur Grenze nach Sonora ...«

»Mit weniger als Schallgeschwindigkeit?« meinte Turner. »Kommt nicht in die Tüte. Du machst dich auf nach California und kaufst mir 'nen flotten Jet. Unser Knabe verdünnisiert sich in einem Mehrzweck-Kampfflugzeug neuester Bauart.«

»Haste einen bestimmten Piloten im Sinn?«

»Mich«, sagte Turner und deutete auf die Buchse hinterm Ohr. »Ist'n völlig integriertes, interaktives System. Sie schicken dir die Interface-Software* her, und ich häng mich direkt dran.«

---

* Interface = eine Art Computer-Adapter, Direktverbindung eines biologischen Nervensystems (Gehirn) mit einem elektronischen System (Computer) – *Anm. d. Übers.*

»Wußte gar nicht, daß du fliegen kannst.«

»Kann ich nicht. Man braucht keinen Handbetrieb, um die Kiste nach Mexico City zu bringen.«

»Noch immer der wilde Kerl, Turner? Du kennst das Gerücht, daß dir jemand arg auf die Finger geklopft hat damals in New Delhi?« Conroy kehrte sich ihm zu. Sein Grinsen war kalt und steril.

Turner zog den Parka hinterm Sitz hervor und nahm sich Pistole und Munition. Er stopfte den Parka wieder zurück, als Conroy sagte: »Behalt ihn! Es wird hier saukalt nachts.«

Turner griff nach der Schließe am Dach, und Conroy brachte die Motoren auf Touren. Das Hovercraft hob sich etwas und schwankte leicht, als Turner das Dach aufklappte und ausstieg. Gleißende Sonne und Glühweinhitze. Er zog die mexikanische Sonnenbrille aus der Tasche seines blauen Arbeitshemds und setzte sie auf. Er trug weiße Segeltuchschuhe und einen Tropenoverall. Die Box mit den Explosivgeschossen wanderte in die Oberschenkeltasche. Die Knarre behielt er in der rechten Hand, den Parka klemmte er sich untern linken Arm. »Geh zum langen Bau«, sagte Conroy, der den Motorenlärm übertönte. »Sie erwarten dich.«

Er sprang ab in die Glut der Mittagshitze, während Conroy Gas gab und die Fokker wieder auf den Highway steuerte. Er sah zu, wie sie nach Osten davondüste; die flimmernde Hitze verwischte die kleiner werdenden Umrisse.

Als sie verschwunden war, war kein Laut mehr zu hören. Nichts regte sich. Er wandte sich der Ruine zu. Etwas Kleines, Schiefergraues huschte zwischen Steinen umher.

Etwa achtzig Meter vom Highway entfernt ragte das verfallene Gemäuer auf. Die dazwischenliegende Fläche hatte mal als Parkplatz gedient.

Fünf Schritte vorwärts, und er blieb stehen. Er hörte das Meer, das Brausen der Brandung, das Donnern der anrollenden Brecher. In der Hand die Knarre, die sich in der Sonne langsam aufheizte und zu groß war, zu real.

Kein Meer, kein Meer, sagte er sich. Kann es nicht hören. Er ging weiter und stapfte mit seinen Segeltuchschuhen über Berge von zertrümmertem Fensterglas, zu dem sich braune und grüne Flaschenscherben gesellten. Rostige Kronkorken lagen herum und plattgewalzte Getränkedosen. Insekten schwirrten von niedrigen, dürren Sträuchern auf.

Aus. Vorbei. Dieser Ort. Keine Zeit.

Er blieb wieder stehen und spähte voraus, als suchte er was, das ihm helfen würde, zu benennen, was in ihm an Hohlem hochstieg ...

Der Weg war doppelt tot. Das Strandhotel in Mexico hatte einst gelebt, zumindest für eine Weile ...

Hinter der Parkfläche lauerte das sonnige Schlackensteingemäuer, schäbig und seelenlos.

Er fand sie im schmalen Schatten eines grauen Mauerstücks, wo sie zu dritt hockten. Er hatte den Kaffee gerochen, bevor er sie sah. Der rußige Emailtopf stand wacklig auf einem winzigen Primus-Kocher. Es war natürlich beabsichtigt, daß Turner den Kaffee roch; sie erwarteten ihn. Andernfalls hätte er die Ruine leer vorgefunden und wäre dann still und leise und beinahe ganz natürlich gestorben.

Zwei Männer, eine Frau. Rissige, staubige Stiefel aus Texas, der Denim ihrer Hosen so speckig, daß er praktisch wasserdicht war. Die Männer waren bärtig und hatten das ungeschnittene, sonnengebleichte Haar mit einem Lederstreifen zum Knoten gebunden. Die Frau hatte das Haar in der Mitte gescheitelt und straff nach hinten gekämmt aus dem faltigen Wind-und-Wetter-Gesicht. An der Mauer lehnte ein uraltes BMW-Motorrad mit rostigen Chrom- und verbeulten Lackteilen, das mit einem grau-braunen Wüstentarnfleckenmuster überspritzt war.

Turner löste die Hand vom Griff der Smith & Wesson und ließ sie am Zeigefinger schaukeln, so daß der Lauf bald nach oben, bald nach hinten zeigte.

»Turner«, sagte einer der Männer und stand auf. Billiges Metall blitzte in seinem Mund. »Sutcliffe.« Leichter Akzent, vermutlich australisch.

»Vorhut?« Er blickte zu den beiden andern.

»Spitze der Vorhut«, sagte Sutcliffe, fummelte mit braunem Zeigefinger und Daumen im Mund herum und zog eine gelbliche Prothese mit Stahlkronen heraus. Seine eigenen Zähne waren weiß und völlig gleichmäßig. »Du hast Chauvet von IBM zu Mitsu gebracht«, sagte er. »Und man munkelt, du hast Semenow von Tomsk rausgeholt.«

»Soll das eine Frage sein?«

»Ich war im Werkschutz von IBM in Marrakesch, als du das Hotel hochgejagt hast.«

Turner begegnete seinem Blick. Der Mann hatte blaue, ruhige, strahlende Augen. »Ist das'n Problem für dich?«

»Keine Sorge«, sagte Sutcliffe. »Ich wollte nur sagen, daß ich deine Arbeit gesehen habe.« Er steckte die Prothese zurück. »Lynch.« Er nickte dem andern Mann zu. »Und Webber.« Er nickte der Frau zu.

»Jetzt laßt mal hören«, sagte Turner und hockte sich in den winzigen Schatten. Die Knarre behielt er in der Hand.

»Wir kamen vor drei Tagen«, sagte Webber, »auf zwei Motorrädern. Bei einem war die Kurbelwelle präpariert, falls man uns fragt, warum wir hier campen. Ist gelegentlich ein Durchgangslager hier für Motorradrocker ohne festen Wohnsitz und Sektierer. Lynch rollte bei 'ner Wanderung sechs Kilometer Optikleitung nach Osten ab und zapfte ein Telefon an ...«

»Privat?«

»Münztelefon«, sagte Lynch.

»Wir haben ein Testsignal durchgejagt«, fuhr die Frau

fort. »Falls es nicht funktioniert hätte, würdest du Bescheid wissen.«

Turner nickte. »Schon was reingekommen?«

»Nein. Die Leitung ist strikt für die große Show, was immer das sein mag.« Sie zog die Brauen hoch.

»Es geht um 'ne Abwerbung.«

»Das ist schon klar«, sagte Sutcliffe, der sich mit dem Rücken zur Wand neben Webber niederließ. »Obwohl der allgemeine Ton in dieser Operation darauf hindeutete, daß wir Mietlinge nicht erfahren werden, wen wir da rausholen. Stimmt's, Turner? Oder werden wir's im Fax nachlesen können?«

Turner ignorierte die Bemerkung. »Weiter, Webber.«

»Nachdem die Leitung stand, kam allmählich einzeln oder zu zweit der Rest der Mannschaft dazu. Der letzte bereitete uns auf die Japs-Fuhre vor.«

»Das war'n Ding«, sagte Sutcliffe. »Bißchen gewagt.«

»Meinst du, damit hätte die Sache platzen können?« fragte Turner.

Sutcliffe zuckte die Achsel. »Schon möglich. Wir haben's fix verschwinden lassen. So'n Dusel, daß wir das Dach haben, unter das wir das Ding stecken konnten.«

»Und was ist mit den Passagieren?«

»Die kommen nur nachts raus«, sagte Webber. »Und sie wissen, daß wir sie abknallen, wenn sie sich weiter als fünf Meter von dem Ding entfernen.«

Turner blickte rasch zu Sutcliffe.

»Conroys Befehle«, sagte der Mann.

»Conroys Befehle gelten jetzt nicht«, sagte Turner, »diesen einen ausgenommen. Was sind das für Typen?«

»Ärzte«, sagte Lynch. »Ehrgeizige Ärzte.«

»Genau«, meinte Turner. »Und wie steht's mit dem Rest der Mannschaft?«

»Wir haben mit Tarnplane einen Sonnenschutz aufgespannt, wo sie schichtweise schlafen. Es fehlt an Wasser, und wir dürfen, was die Kocherei angeht, kein Risiko eingehen.« Sutcilffe griff nach dem Kaffeetopf.

»Wir haben Posten aufgestellt und überprüfen regelmäßig die Überlandleitung.« Er goß sich Kaffee in eine Plastiktasse, die aussah, als hätte ein Hund daran herumgebissen. »Wann geht's also los, Turner?«

»Ich will euren Käfig voller Ärzte sehen. Ich will eure Einsatzleitung sehen. Von einer Einsatzleitung war noch nicht die Rede.«

»Alles bereit.«

»Prima. Hier.« Turner gab Webber den Revolver. »Sieh zu, daß du irgendeinen Gurt oder so dafür auftreibst. Und Lynch soll mir jetzt die Ärzte zeigen.«

»Er war der Meinung, daß du kommen würdest«, sagte Lynch, der mühelos eine kleine Müllhalde hinaufstieg. Turner folgte hinterher. »Hast'n irren Ruf.« Der jüngere Mann blickte unterm schmutzigen, sonnengebleichten Haar hervor zu ihm zurück.

»Unverdient«, sagte Turner. »Jeder Ruf ist schlecht in dem Geschäft. Schon mal für ihn gearbeitet? Marrakesch?« Lynch zwängte sich seitlich durch eine Lücke im Schlackenstein. Turner blieb dicht hinter ihm. Die Wüstenpflanzen rochen nach Teer; sie stachen und blieben haften, wenn man sie streifte. Durch ein leeres, rechteckiges Loch, das als Fenster gedacht gewesen war, konnte Turner rosige Berggipfel sehen. Nun lief Lynch einen Kieshang hinunter.

»Klar hab ich schon für ihn gearbeitet«, sagte Lynch und wartete unten. Er hatte einen uralten Ledergürtel umgeschnallt, dessen wuchtige Schließe aus mattem Silber einen Totenkopf mit Rückenflosse aus stumpfen, pyramidenförmigen Zacken darstellte. »Marrakesch – das war vor meiner Zeit.«

»Für Connie auch, Lynch?«

»Wie?«

»Für Conroy? Haste für den auch schon gearbeitet? Oder exakter: arbeitest du jetzt für ihn?« Turner kam beim Sprechen langsam und bedächtig über den Kies herunter; der Kies knirschte und rutschte unter seinen Segeltuchschuhen und bot kaum Halt. Er konnte die feine, kleine Fléchette ausmachen, die unter der Denimweste von Lynch in einem Pistolenhalfter steckte.

Lynch, der sich die trockenen Lippen leckte, wich nicht von der Stelle. »Das ist'n Kontakt von Sut. Ich kenn ihn selber nicht.«

»Conroy hat ein Problem, Lynch. Er kann die Verantwortung nicht delegieren. Er hat gern von Anfang an einen eigenen Mann im Spiel, einen, der auf die Aufpasser aufpaßt. Immer. Bist du derjenige, Lynch?«

Lynch schüttelte den Kopf. Das absolute Minimum an Bewegung, um die Verneinung auszudrücken. Turner war so nahe bei ihm, daß er seinen Schweißgeruch neben dem Teergestank der Wüstenpflanzen roch.

»Ich habe erlebt, daß Conroy auf diese Weise zwei Abwerbungen vermasselt hat«, sagte Turner. »Eidechsen und Glasscherben. Möchtest du hier sterben, Lynch?« Turner hielt die Faust vor das Gesicht von Lynch und streckte langsam den Zeigefinger aus und deutete nach oben. »Wir sind in ihrem Überwachungsgebiet. Wenn ein Spitzel von Conroy das verdammt kleinste Signal von hier absendet, dann kriegen sie uns.«

»Falls sie uns nicht schon haben.«

»Richtig.«

»Sut ist dein Mann«, sagte Lynch. »Nicht ich. Webber kommt meiner Meinung nach nicht in Frage.« Er kratzte sich mit brüchigen Fingernägeln, die schwarze Ränder hatten, geistesabwesend den Bart. »So, haste mich nur wegen dieser kleinen Unterhaltung hier hergeholt, oder willste nach wie vor unsre Japs-Fuhre sehen?«

»Zeig her!«

Lynch. Lynch war der Mann.

Vor Jahren hatte sich Turner mal in Mexico ein mobiles Ferienmodul französischer Herkunft mit Solaranlage gemietet. Das Sieben-Meter-Modul aus einer glänzenden Legierung hatte die Form einer flügellosen Stubenfliege mit zwei getönten, photosensitiven Bullaugen; hinter denen hatte er gehockt, als ein altes russisches Containerfahrzeug mit seiner Last an der Küste entlangzuckelte und selbst unter den Kronen der höchsten Palmen nur knapp hindurchpaßte. Das Heim wurde an einem abgelegenen schwarzen Sandstrand abgesetzt, wo Turner drei Tage lang in behaglicher Einsamkeit verbrachte, sich in der schmalen, teakgetäfelten Kabine an Tiefkühlkost aus der Mikrowelle labte und sparsam, aber regelmäßig mit kühlem Süßwasser duschte. Die rechteckigen Solarzellen des Moduls drehten sich und richteten sich nach der Sonne aus, und er lernte, nach ihrer Position die Zeit zu bestimmen.

Hosakas mobile Neurochirurgie glich einer augenlosen Version jenes französischen Moduls, war etwa zwei Meter länger und schmutzigbraun lackiert. Perforierte Winkeleisen waren abschnittweise im unteren Teil des Gehäuses nachträglich angeschweißt und trugen simple, gefederte Aufhängungen für zehn starke Speicherräder mit dicken roten Gummireifen.

»Sie schlafen«, sagte Lynch. »Das Ding schaukelt, wenn sie rumlaufen, daran sieht man es. Wir machen die Räder ab, wenn es soweit ist, aber vorerst ist es uns recht, wenn wir sie so überwachen können.«

Turner ging langsam um den braunen Kasten herum, wobei ihm ein schwarzes Abflußrohr auffiel, das zu einem kleinen, rechteckigen Tank in der Nähe führte.

»Den mußte ich gestern abend ausleeren, pfui.« Lynch schüttelte den Kopf. »Sie haben Nahrung und etwas Wasser.«

Turner legte das Ohr an die Wand.

»Schalldicht«, sagte Lynch.

Turner betrachtete das Stahldach über ihnen. Die Ambulanz war von oben durch ein gut zehn Meter langes, rostiges Dach abgeschirmt. Stahlblech, das nun so heiß war, daß man darauf Spiegeleier hätte braten können. Turner nickte. Das heiße Dach wäre ein permanenter Faktor in der Maasschen Infrarotüberwachung.

»Fledermäuse«, sagte Webber und reichte ihm die Smith & Wesson in einem schwarzen Schulterhalfter aus Nylon. Die Dunkelheit war voller Laute, die aus dem Innern zu dringen schienen: metallisches Klirren und Geraschel von Käfern und Geschrei unsichtbarer Vögel. Turner stopfte die Knarre samt Halfter in eine Parkatasche. »Wenn du pinkeln mußt, geh hoch zu dem Mesquitbaum. Aber paß auf die Stacheln auf.«

»Woher kommst du?«

»New Mexico«, sagte die Frau. Ihr Gesicht wirkte hölzern im verbliebenen Licht. Sie wandte sich ab und ging zu dem Mauerwinkel, der mit Plane überdacht war. Dort konnte Turner Sutcliffe und einen jungen Schwarzen ausmachen. Sie aßen aus glänzenden Folienpäckchen. Ramirez, der Console-Jockey vor Ort, Partner von Jaylene Slide. Aus Los Angeles.

Turner schaute zum Himmel hinauf, dem grenzenlosen, mit seinen Sternen. Komisch, daß er so viel größer wirkt von hier, dachte er. Vom Orbit aus ist's nur ein Schlund, ein ungeformter, ohne Größenbezug. Heute nacht würde er nicht schlafen können, wußte er, und der Himmelswagen würde sich für ihn drehen und, sein Gefolge im Schlepp, zum Horizont ziehen.

Übelkeit und Schwindel befielen ihn, als sich ihm ungewollt Erinnerungen an die Bilder aus dem Biosoft-Dossier aufdrängten.

8

Paris

Andrea lebte im Quartier des Ternes und bewohnte ein Haus, das wie die andern in der Straße auf den Sandstrahler der unerbittlichen Stadtsanierer wartete. Im dunklen Eingang leuchtete ein Biofluoreszenz-Band von Fuji Electric über einer ausrangierten Front kleiner Holzkästen, deren Türchen zum Teil noch intakt waren und jeweils einen Schlitz hatten. Marly wußte, daß früher täglich die Post in solchen Kästen zugestellt wurde; irgendwie stellte sie sich das ganz romantisch vor, obwohl die Kästchen mit den vergilbten Namensschildchen längst verschwundener Hausbewohner immer deprimierend auf sie wirkten. An die Wände des Flurs waren dicke, verschlungene Kabel- und Faseroptik-Leitungen geheftet; jeder Strang davon war ein Alptraum für den unseligen Service-Techniker. Am andern Ende schloß sich, durch eine offene Tür mit staubigen Milchglasscheiben erreichbar, ein nicht mehr benutzter Innenhof mit feuchtglänzendem Pflaster an.

Der Concierge saß im Hof, als Marly das Haus betrat. Er hockte auf einem weißen Evian-Mineralwasserträger und schmierte sorgfältig Glied für Glied einer alten schwarzen Fahrradkette. Er blickte auf, als Marly zur Treppe ging, zeigte aber kein großes Interesse.

Die Stufen waren aus Marmor und von ganzen Mietergenerationen abgenutzt und ausgetreten. Die Wohnung von Andrea lag im vierten Stock. Zwei Zimmer, Küche, Bad. Marly hatte sich hier einquartiert, als sie ihre Galerie schließen mußte und nicht mehr im provisorischen Schlafzimmer, dem Kämmerchen hinterm Lager, das sie mit Alain teilte, übernachten konnte. Schon machte dieses Haus sie wieder niedergeschlagen, aber das neue Outfit und das helle Klappern der Absätze auf den Marmorstufen hielten die Depressionen auf Distanz. Sie trug einen Ledermantel, oversized und eine Nuance heller als ihre Handtasche, einen Wollrock und eine Seidenbluse von Paris Isetan. Sie hatte sich am Morgen in Faubourg St. Honoré von einer Burmesin mit einem westdeutschen Laserstift die Haare schneiden lassen; ein teurer Schnitt, schlicht, aber mit Pfiff.

Sie berührte die runde Platte, die in der Mitte von Andreas Tür aufgeschraubt war und lauschte dem kurzen Piepston, als die Platte die Furchen und Grate ihrer Fingerkuppen identifizierte. »Ich bin's, Andrea«, sagte sie ins winzige Mikrofon. Es klickte und klackte, als die Freundin die Tür entriegelte.

Andrea stand tropfnaß in ihrem alten Frotteebademantel da. Mit einem Blick erfaßte sie Marlys neuen Look und lächelte dann. »Hast du den Job bekommen oder eine Bank ausgeraubt?« Marly ging hinein und küßte die Freundin auf die feuchte Wange. »Mehr oder weniger beides«, sagte sie und lachte.

»Kaffee«, sagte Andrea. »Mach uns Kaffee. *Grandes crèmes.* Ich muß die Haare spülen. Toll, deine Frisur ...« Sie ging ins Bad, und Marly hörte Wasser auf Porzellan spritzen.

»Ich hab ein Geschenk mitgebracht«, sagte Marly, aber Andrea konnte sie nicht hören. Sie ging in die Küche, füllte den Kessel, steckte mit dem altmodischen Anzünder den Herd an und suchte in den vollen Fächern nach Kaffee.

»Ja«, sagte Andreas, »ich kann's sehn.« Sie blickte ins Hologramm des Kastens, den Marly das erste Mal in Vireks illusorischem Gaudí-Park gesehen hatte. »Dein Zeug.« Marly drückte den Knopf, und das Braun-Bild ging aus. Der Himmel hinter dem einzigen Fenster des Zimmers war mit Zirrostratus-Fetzen getüpfelt. »Zu düster für mich, zu ernst. Wie die Sachen, die du in deiner Galerie ausgestellt hast. Aber das kann nur bedeuten, daß Herr Virek eine gute Wahl getroffen hat; du wirst dieses Rätsel für ihn lösen. Wenn ich du wäre, würde ich mir angesichts des Gehalts ruhig Zeit lassen.« Andrea trug das Geschenk von Marly, ein teures, großzügig verarbeitetes, hübsches Herrenhemd aus grauem flämischen Flanell. Sie stand auf so was, und ihre Freude war nicht zu übersehen. Es paßte gut zum blonden Haar und hatte beinahe den gleichen Ton wie ihre Augen.

»Ich finde ihn schrecklich, diesen Virek ...« Marly zögerte.

»Kann ich mir denken«, meinte Andrea und nippte wieder an ihrer Kaffeetasse. »Glaubst du, jemand, der so reich ist, wird ein normaler, netter Mensch sein?«

»Ich hatte zwischendurch den Verdacht, den starken Verdacht, daß er gar kein Mensch ist.«

»Ist er auch nicht, Marly. Du hast mit einer Projektion gesprochen, einer Trickaufnahme ...«

»Trotzdem ...« Sie machte eine hilflose Geste und ärgerte sich im nächsten Moment über sich.

»Trotzdem ist er steinreich und bezahlt dich reichlich für einen Job, für den du wie geschaffen bist.« Andrea lächelte und zog den sorgsam gestülpten kohlschwarzen Ärmelaufschlag zurecht. »Du hast keine große Wahl, nicht wahr?«

»Ich weiß. Vielleicht ist es das, was mich beunruhigt.«

»Nun«, sagte Andrea, »ich wollte es zwar noch ein bißchen hinausschieben, aber ich habe dir was zu sagen, das dich vielleicht auch beunruhigt. Falls ›beunruhigen‹ das richtige Wort ist.«

»So?«

»Eigentlich wollte ich dir gar nichts sagen, aber ich wette, letztendlich erreicht er dich doch. Er riecht Geld, nehme ich an.«

Marly stellte vorsichtig ihre leere Tasche auf den vollgepackten kleinen Rattantisch.

»Er ist recht lästig in der Beziehung«, meinte Andrea.

»Wann?«

»Gestern. Es begann so 'ne Stunde nach deinem Termin bei Virek. Er rief mich im Büro an. Hier beim Concierge hinterließ er eine Nachricht. Wenn ich die Sperre abschalte« – sie deutete zum Telefon –, »würde er bestimmt in den nächsten dreißig Minuten anrufen.«

Marly mußte an die Augen des Concierge denken, das Klappern der Fahrradkette.

»Er will mit dir reden, sagte er. Nur reden. Willst du mit ihm reden, Marly?«

»Nein«, sagte sie mit einer piepsenden, albernen Backfischstimme. Dann: »Hat er eine Nummer hinterlassen?« Andrea seufzte, schüttelte langsam den Kopf und antwortete: »Ja, natürlich.«

9

Die Projekte

Die Dunkelheit war voller blutroter Wabenmuster. Alles war warm. Und weich, höchst weich.

»Da haben sie was angerichtet«, sagte einer der Engel. Die weibliche Stimme war weit entfernt, aber voll und wohlklingend und sehr klar.

»Wir hätten ihn nicht ins Leon's lassen sollen«, sagte der andere Engel. »Das wird denen oben nicht gefallen.«

»Er muß was in der großen Rückentasche gehabt haben, schau. Sie haben die Tasche aufgeschlitzt, um es rauszubekommen.«

»Wenigstens haben sie nicht alles aufgeschlitzt, Schwester. O Gott. Hier.«

Das Muster wurde verschwommen. Sein Kopf wurde bewegt; kühle Hand an der Wange.

»Mach dir's Hemd nicht voll«, sagte der erste Engel.

»Two-a-Day wird nicht begeistert sein. Warum hat er wohl so'ne Panik bekommen und ist weggerannt?«

Es war ihm lästig, da er schlafen wollte. Er schlief sowieso, aber irgendwie rieselten Marshas Steckdosenträume durch seinen Kopf, so daß er durch Bruchstücke aus *People of Importance* geisterte. Die Schnulze lief schon vor seiner Geburt ununterbrochen. Die Geschichte war ein vielköpfiges Erzählungetüm, das sich zurückrollte, um sich alle paar Monate selber zu verschlingen und neue Köpfe hervorzubringen, die wieder nach Spannung und Action gierten. Er sah es sich in seiner Gesamtheit dahinschlängeln, wie Marsha es nie gesehen hatte: gestreckte Spirale von Sense/Net-DNS, billiges, sprödes Ektoplasma, das sich für unzählige hungrige Träumer ausbreitete. Marsha war auf Michele Morgan

Magnum eingestellt, die weibliche Hauptfigur und Chefin der geerbten Magnum AG. Allerdings schweifte die heutige Episode eigenartigerweise von Micheles höchst komplizierten Beziehungsverflechtungen ab, die Bobby sowieso nicht überblickte, und wechselte sprunghaft zu detaillierten, architektursoziologischen Betrachtungen von Arcologien im Soleri-Stil. Einige der Details waren sogar Bobby suspekt; er wollte beispielsweise nicht glauben, daß es ganze Etagen geben solle, die ausschließlich als Verkaufsfläche für hellblaue Verlours-Sofas mit geschwungenen Beinen dienten oder in ihren ständig verdunkelten Räumen hungernde Babies beherbergten. Letzteres, so erinnerte er sich, war eine Glaubensfrage gewesen für Marsha, für die die Projekte ein Alptraum waren, eine vertikale Hölle, in die sie eines Tages auffahren sollte. Andere Abschnitte des Steckdosentraums erinnerten ihn an den Bildungskanal, den Sense/Net für jedes Simstim-Abbonnement gratis einspeiste; da gab's aufwendig belebte Trickbilder von den inneren Strukturen der Projekte und eintönig kommentierte Reportagen über das Leben in verschiedenen Wohn-Typen. Wenn er es schaffte, sich darauf zu konzentrieren, so überzeugten sie wohl noch weniger als die Abstecher zu hellblauem Verlours und zu unbeaufsichtigten Babies, die still durchs Dunkel krabbelten. Er beobachtete eine frohe junge Mutter, die in der Kochnische eines tadellos sauberen Apartments mit einem riesigen, gewerblichen Wasserschneider eine Pizza teilte. Eine ganze Wand öffnete sich zu einem schmalen Balkon und einem Rechteck mit postkartenblauem Himmel. Die Frau war schwarz, aber keine Schwarze, schien es Bobby, der in ihr eine sehr, sehr dunkle und jungmütterliche Version einer der Sexpuppen aus dem Pornogerät in seinem Zimmer sah. Und sie hatte genau den gleichen kleinen Postkartenbusen. (Hier meldete sich nun, und das brachte ihn vollends durcheinander, eine sehr laute und sehr Net-untypische Stimme: »He, so was nenn ich ein unmißverständliches Lebenszeichen, Jackie. Es ist zwar noch keine Prognose in Sicht, aber immerhin tut sich was.«) Und wieder zurück in die schillernde Welt von Michele Morgan Magnum, die verzweifelt zu verhindern versuchte, daß die Magnum AG vom finsteren, in Shikoku ansässigen Industrieclan Nakamura geschluckt wurde, den in diesem Fall (um die Geschichte komplizierter zu machen) Micheles derzeit wichtigster Lover verkörperte: der reiche (aber von einem Milliarden-Engpaß gebeutelte) neusowjetische Jungpolitiker Wassili Suslow, der sich erstaunlicherweise wie die Gothicks im Leon's kleidete und gab.

Die Episode schien jetzt einen Höhepunkt zu erreichen – ein altertümlicher BMW-Benziner war gerade von ferngesteuerten westdeutschen Miniaturhelikoptern auf der Straße unterhalb Covina Concourse Courts angegriffen worden, und Michele Morgan Magnum schlug ihren verräterischen Privatsekretär mit einem Nambu mit Nickelplatte k.o., und Suslow, mit dem sich Bobby zusehends identifizierte, traf lässig Vorkehrungen für seine Flucht aus der Stadt mit einem tollen weiblichen Bodyguard, einer Japanerin, die Bobby jedoch stark an ein anderes Traumgirl aus seiner Holoporno-Maschine erinnerte –, als jemand aufschrie.

So einen Schrei hatte Bobby noch nicht gehört in seinem Leben, und die Stimme kam ihm entsetzlich bekannt vor. Aber bevor er sich darüber den Kopf zerbrechen konnte, kamen wieder die blutroten Waben daher, so daß er den Schluß von *People of Importance* verpaßte. Freilich, so dachte ein Teil von ihm, als das Rot in Schwarz umschlug, könnte er ja Marsha nach dem Ausgang der Geschichte fragen.

»Mach doch die Augen auf, Mann! Ist dir das Licht zu hell?«

Es war zu hell, blieb aber so. Weiß, weiß. Wie Jahre entfernt sein Kopf explodierte fiel ihm ein, grellweiße

Leuchtgranate in kühler, zugiger Wüstendunkelheit. Seine Augen waren offen, aber er konnte nicht sehen. Alles weiß.

»Normalerweise würde ich dich liegenlassen in deinem Zustand, Junge, aber die Leute, die mich dafür bezahlen, sagen, sehen wir's uns an, drum weck ich dich auf, obwohl ich noch nicht fertig bin mit dir. Du wunderst dich, daß du nix sehen kannst, ja? Nur Helligkeit, das ist alles, was du siehst, richtig. Was wir hier haben ist'n Neuralblocker. Ah, unter uns, das Ding stammt aus'm Sexshop, aber es gibt keinen Grund, in der Medizin darauf zu verzichten, wenn wir es brauchen. Wir brauchen es, denn du hast noch teuflische Schmerzen. Außerdem stellt es dich ruhig, damit ich weitermachen kann.« Die Stimme war gelöst und methodisch. »So, das große Problem bei dir, das war der Rücken, aber das habe ich mit einem Hefter und ein paar Fuß Klammern in Ordnung gebracht. Kriegst hier keine Plastikarbeit geliefert, verstehst schon, und deine Schätzchen werden echt abfahren auf die Narben. Was ich jetzt mache, ist, ich säubere die Wunde an der Brust, klammere *die* noch zu, und dann haben wir's schon. Daß du mir in den nächsten Tagen langsam machst, sonst springt 'ne Klammer. Ich hab dir ein paar Derms verpaßt. Kriegst gleich noch'n paar dazu. Dazwischen dreh ich deine Wahrnehmung hoch auf Gehör und volles Sehen, damit du dich hier eingewöhnst. Stör dich nicht an dem Blut; alles deins, und mehr fließt nicht mehr ...«

Das Weiß geronn zur grauen Wolke. Gegenstände nahmen Form an – ganz allmählich, wie wenn man zu ist. Er klebte an einer gepolsterten Decke und blickte hinab auf eine blutverschmierte weiße Puppe, die überhaupt keinen Kopf hatte; statt dessen schien eine blaugrüne OP-Lampe auf ihren Schultern zu sitzen. Ein Schwarzer in besudeltem grünen Kittel sprühte etwas Gelbes in einen flachen Schnitt, der vom Schambein diagonal zur linken Brustwarze verlief. Er wußte, daß der Mann ein Schwarzer war, da sein Kopf kahl war, kahl und glattrasiert und schweißbedeckt. Seine Hände steckten in engen grünen Handschuhen, so daß Bobby von ihm nur den glänzenden Schädel sehen konnte. Es klebten pink und blaue Derms an den Halsseiten der Puppe. Die Wundränder waren bepinselt mit einer Flüssigkeit, die an Schokoladensirup erinnerte, und das gelbe Spray drang zischend aus der kleinen silbernen Dose.

Dann erfaßte Bobby die Situation; die kopfstehende Welt drehte sich schwindelerregend um. Die Lampe hing von der Decke, die Decke war verspiegelt, und die Puppe war er. Es war ihm, als würde er an einer langen elastischen Kordel durch die roten Waben zurückschnellen ins Traumzimmer, wo die schwarze Frau für ihre Kinder eine Pizza teilte. Das Wassermesser mit den mikroskopisch kleinen Sandschwebeteilchen im nadelfeinen Hochgeschwindigkeitswasserstrahl machte keinerlei Geräusch. Das Ding war, wie Bobby wußte, zum Trennschneiden von Glas und Metallegierungen, nicht zum Teilen einer Pizza aus der Mikrowelle gedacht, weshalb er der Frau zurufen wollte, da er fürchtete, sie würde sich den Daumen abtrennen, ohne es zu merken.

Aber er konnte nicht schreien, konnte sich nicht bewegen, konnte nicht mal einen Laut von sich geben. Liebevoll teilte sie das letzte Stück, trat auf den Fußschalter, der das Messer abstellte, legte die zerteilte Pizza auf eine schlichte, weiße Keramikplatte, wandte sich dann zum rechteckigen Himmelsblau hinterm Balkon, wo ihre Kinder waren ... Nein, sagte Bobby für sich, kann nicht sein. Denn was da herumwirbelte und zu ihr kam, waren keine drachenfliegenden Jungs, sondern die Babies, die monströsen Babies aus Marshas Traum, und die verbogenen Flügel, ein Verhau aus rosa Knochen, Metall, straff aufgeflickten Membranen aus Plastikschnipseln ... Er sah die Zähne von denen ...

»Huch«, sagte der Schwarze, »habe dich für 'ne Sekunde verloren. Nicht lange, verstehst schon, höchstens 'ne New Yorker Minute ...«

Er nahm mit der Hand oben im Spiegel eine flache Rolle aus transparentem blauen Plastik vom blutigen Tuch neben Bobbys Brustkorb. Behutsam zog er mit Daumen und Zeigefinger so'n braunes, perlschnurförmiges Stück Kunststoff heraus. Feine Lichtbündel umspielten seine Ränder und schienen zu zucken. »Klammer«, sagte er und betätigte mit dem Daumen einen Schneidemechanismus in der verschweißten blauen Rolle. Jetzt hielt er das perlschnurförmige Ding in der Hand, das anfing, sich zu schlängeln. »Gut, dieser Mist«, sagte er und hob es in Bobys Blickfeld. »Neu. Damit arbeiten sie jetzt in Chiba.« Es war braun und kopflos; jede Perle war ein Körpersegment mit hellen, glänzenden Beinen. Mit flinken Handbewegungen zauberte er den Tausendfüßler auf die offene Wunde und zupfte vorsichtig am letzten Segment, das Bobbys Gesicht am nächsten war. Als das Segment abging, löste sich damit ein schwarzglänzender Strang, der als Nervensystem gedient hatte, wodurch sich die Beinchen nacheinander verhakten und die Wunde schlossen wie ein Reißverschluß einer neuen Lederjacke.

»So, du siehst also«, sagte der Schwarze, der den Rest des braunen Sirups mit einem weißen Bausch abtupfte, »so schlimm war's gar nicht, gell?«

Sein Eintritt in Two-a-Days Apartment vollzog sich ganz anders, als er es sich oft vorgestellt hatte. Zum einen hätte er sich nie träumen lassen, in einem Rollstuhl geschoben zu werden, den jemand von der St. Mary-Entbindungsstation abgestaubt hatte – der Name stand samt Seriennummer in klarer Lasergravur auf der verchromten linken Armstütze. Die Frau, die ihn schob, hätte freilich hübsch in seine Phantasien gepaßt; sie hieß Jackie und war eins der Projekt-Girls, die er im Leon's gesehen hatte, und einer seiner beiden Engel, wie er merkte. Der Rollstuhl rollte lautlos über den dicken grauen Teppichboden des engen Apartment-Flurs, aber das Goldgehänge an Jackies Filzhut klimperte munter, als sie ihn hineinschob.

Und er hätte sich nie träumen lassen, daß Two-a-Days Heim echt so groß und voller Bäume wäre.

Pye, der Doktor, der Wert darauf legte, daß er *kein* Doktor war, sondern nur »gelegentlich aushalf«, hatte sich in seinem Behelfs-OP auf einen alten Barhocker gesetzt, die blutverschmierten grünen Handschuhe abgestreift, eine Mentholzigarette angesteckt und Bobby den Rat gegeben, sich eine Woche oder so echt zu schonen. Minuten später hatten Jackie und Rhea, der andere Engel, ihn in einen verknitterten schwarzen Pyjama gesteckt, der aussah wie aus einem sehr billigen Karate-Film, in einen Rollstuhl gesetzt und zum Mittelstrang von Aufzügen im Kern der Arcologie gebracht. Dank dreier weiterer Derms aus Pyes Arzneischrank, wovon eins mit satten zweitausend Mikro eines Endorphin-Analogons* vollgepackt war, war Bobby hellwach und schmerzfrei.

»Wo sind meine Sachen?« protestierte er, als sie ihn in einen Korridor hinausschoben, der bedrohlich eng geworden war durch die in Jahrzehnten nachgerüsteten Ver- und Entsorgungsleitungen. »Wo sind meine Kleider und mein Deck und alles?«

»Deine Kleider, Süßer, oder was davon übrig ist, stekken in einer Plastiktüte, die in Pyes Müllschlucker wandert. Pye mußte sie dir auf'm Tisch vom Leib schneiden. Sind sowieso nur noch paar blutige Fetzen. Wenn dein Deck hinten in der Jackentasche war, dann würd ich sagen, haben's die Kerle kassiert, die dich erledigt haben. Hätten dich dabei um ein Haar kaltgemacht. Und mir

---

* Endorphin = im Gehirn erzeugter Schmerzhemmer. – *Anm. d. Übers.*

haste mein Sally Stanley-Hemd ruiniert, du Arsch.« Engel Rhea war nicht gerade zimperlich.

»Oh«, sagte Bobby, als sie um eine Ecke bogen. »Tja. He, habt ihr zufällig einen Schraubenzieher dabei gefunden? Oder 'nen Kredit-Chip?«

»Chip nicht, Baby. Aber wenn du den Schraubenzieher meinst, wo hundertzehn Neue in den Griff geschraubt sind, dann ist das der Preis für mein neues Hemd ...«

Two-a-Day machte nicht den Eindruck, als wäre er besonders froh, Bobby zu sehen. Vielmehr schien er Bobby nicht mal zu sehen. Er schaute glatt durch ihn hindurch zu Jackie und Rhea und ließ die Zähne blitzen bei einem Lächeln, das Nervosität und Schlafmangel verriet. Da sie Bobby nahe heranschoben, konnte er sehen, daß Two-a-Days Augen gelb waren, fast orange im rotlila Schein der UV-Röhren, die in unregelmäßigen Abständen von der Decke hingen. »Warum braucht ihr Weiber so lang?« fragte der Softwaremann, aber es lag kein Zorn in seiner Stimme, sondern lähmende Lustlosigkeit und etwas für Bobby zunächst nicht Identifizierbares.

»Pye«, sagte Jackie und stolzierte am Rollstuhl vorbei, um ein Päckchen mit chinesischen Zigaretten vom riesigen Holztisch zu nehmen, der bei Two-a-Day als Couchtisch fungierte. »Ist 'n Perfektionist, der alte Pye.«

»Hat er auf der veterinärmedizinischen Fakultät gelernt«, ergänzte Rhea, an Bobby gewandt. »Freilich liegt sein Talent normalerweise brach, da ihm keiner 'nen Hund anvertraut.«

»Soso«, sagte Two-a-Day und richtete endlich den Blick auf Bobby, »du kommst also durch.« Seine Augen waren so kalt, so müde und steril, so ganz anders als das hektische, irre Dampf machende Auftreten, das Bobby als Charakterzug des Mannes betrachtet hatte, daß er nur beschämt den Blick senken konnte und auf den Tisch starrte.

Fast drei Meter lang und über einen Meter breit war der Tisch und aus Brettern gezimmert, die dicker als Bobbys Oberschenkel waren. Es kam sicher aus dem Wasser, das Holz, mutmaßte Bobby; teilweise war noch die ausgelaugte, silbrige Patina von Treibholz zu erkennen wie auf jenem Balken, neben dem er, wie er sich erinnerte, vor so langer Zeit in Atlantic City gespielt hatte. Allerdings hatte der Tisch schon lange kein Wasser mehr gesehen, und die Platte war ein dichtes Mosaik aus Kerzenwachs, Weinflecken, seltsam geformten, mattschwarzen Sprührändern und dunklen Brandflecken von aberhundert Zigaretten. Er war dermaßen vollgestellt mit Essen und Zeugs und Gerät, daß es aussah, als baue ein Straßenhändler gerade seinen Hardware-Stand auf, aber mache zwischendurch eine Essenspause. Da waren angeknabberte Pizzas, Krillbällchen in roter Sauce, von denen Barry Magenknurren bekam, daneben stapelweise Software, fettige Gläser, in Rotweinresten ertränkte Zigarettenstummel, ein hübsches Polystyroltablett mit fein säuberlich aufgeschlichteten, abgestandenen Kanapees, offene und geschlossene Bierdosen, ein antikes Kampfmesser Marke Gerber, das blank auf einer polierten Marmorplatte lag, mindestens drei Pistolen und etwa zwei Dutzend Stück mysteriöser Hardware, Cowboy-Gerät, bei dessen Anblick Bobby normalerweise das Wasser im Mund zusammengelaufen wäre.

Jetzt ließen ihm die Krillbällchen das Wasser im Mund zusammenlaufen, aber sein Hunger war nichts angesichts der jähen Erniedrigung, mitansehen zu müssen, daß er Two-a-Day schnuppe war. Dabei hatte Bobby ihn nicht unbedingt als Freund angesehen, sich aber durchaus eingebildet, daß Two-a-Day ihn als *Person* schätzte, als jemand mit Talent und Initiative und der Chance, aus Barrytown wegzukommen. Jetzt verrieten Two-a-

Days Augen jedoch, daß Bobby niemand Besonderes war und ein Wilson obendrein.

»Schau her, Mann!« sagte jemand anders, nicht Two-a-Day, und Bobby schaute auf. Zwei weitere saßen links und rechts von Two-a-Day auf dem riesigen Leder-Chrom-Sofa, zwei gleichfalls schwarze Männer. Derjenige, der gesprochen hatte, trug irgendein wallendes Gewand und eine altertümliche Brille mit Kunststoffgestell. Der Rahmen war eckig und zu groß und schien keine Gläser zu haben. Der andre Mann hatte doppelt so breite Schultern wie Two-a-Day, aber trug einen schlichten, zweiteiligen schwarzen Anzug, wie man ihn im Kino bei japanischen Geschäftsleuten sieht. Seine makellos weißen französischen Manschetten wurden von kleinen goldglänzenden Platinen zusammengehalten. »Es ist schade, daß wir dir keine Schonzeit zur Genesung einräumen können«, sagte der erste Mann, »aber wir haben da ein böses Problem.« Er machte eine Pause, setzte die Brille ab und massierte sich den Nasenrücken. »Wir brauchen deine Hilfe.«

»Mist«, sagte Two-a-Day. Er beugte sich vor, zog eine Zigarette aus der Packung auf dem Tisch, steckte sie sich mit einem gut zitronengroßen Totenkopf aus mattem Zinn an und griff nach einem Weinglas. Der Mann mit der Brille streckte den langen, braunen Zeigefinger aus und tippte Two-a-Day damit auf den Arm. Two-a-Day stellte das Glas weg, lehnte sich zurück und machte ein Pokergesicht. Der Mann grinste Bobby zu. »Count Zero«, sagte er. »Wir haben uns sagen lassen, das ist dein Markenname.«

»Stimmt«, sagte Bobby, was sich arg krächzend anhörte.

»Wir müssen über die Jungfrau Bescheid wissen.« Der Mann wartete.

Bobby blinzelte.

»*Vyèj Mirak*« – damit wanderte die Brille wieder auf die Nase – »unsere Herrin, die wundertätige Jungfrau.

Wir kennen sie ...« – und er machte ein Zeichen mit der linken Hand – »als Ezili Freda.«

Bobby merkte, daß er den Mund aufsperrte, also machte er ihn wieder zu. Die drei dunklen Gesichter warteten. Jackie und Rhea waren verschwunden, ohne daß er sie hatte gehen sehen. Eine Art Panik erfaßte ihn da, und er blickte sich verzweifelt um in diesem seltsamen Wald aus verkrüppelten Bäumen, der sie umgab. Die UV-Lichtröhren, rotlila Streichhölzer im grünen Geäst, leuchteten in jeden Winkel, in alle Richtungen. Keine Wände. Es waren keinerlei Wände zu sehen. Die Couch und der zerstoßene Tisch standen praktisch auf einer Lichtung mit blankem Betonboden.

»Wir wissen, daß sie zu dir gekommen ist«, sagte der Koloß von Mann und schlug behutsam die Beine übereinander. Er streifte die perfekte Bügelfalte glatt, wobei ein goldener Manschettenknopf aufblitzte. »Wir wissen es, verstehst du?«

»Two-a-Day sagt, es war dein erster Lauf«, sagte der andere Mann. »Stimmt das?«

Bobby nickte.

»Dann bist du von Legba auserwählt gewesen«, sagte der Mann und nahm das leere Brillengestell wieder ab, »für die Begegnung mit *Vyèj Mirak.*« Er lächelte.

Bobby sperrte wieder den Mund auf.

»Legba«, sagte der Mann, »Herr der Wege und Pfade, Loa der Kommunikation ...«

Two-a-Day drückte die Zigarette auf dem zerkratzten Holz aus, und Bobby sah, daß seine Hand zitterte.

10

Alain

Sie verabredeten sich in der Brasserie im fünften Untergeschoß des Napoleonkomplexes unter der gläsernen Louvre-Pyramide. Es war ein Ort, den sie beide kannten, der aber keine besondere Bedeutung für sie hatte. Alain hatte ihn vorgeschlagen und sich sicher etwas dabei gedacht. Es war emotional neutrales Gebiet, in vertrauter Umgebung gelegen, aber dennoch frei von Erinnerungen. Die Innenausstattung entsprach dem Stil der Jahrhundertwende: Granittresen, deckenhohes schwarzes Balkenwerk, verspiegelte Wände und dunkle schmiedeeiserne Pizzeria-Möblierung, die in jede Dekade der letzten hundert Jahre gepaßt hätte. Die Tischtücher waren aus grauem Leinen mit feinem schwarzen Streifen, ein Muster, das sich auf Speisekarten und Streichholzbriefchen und Kellnerschürzen fortsetzte.

Sie trug den Ledermantel, den sie in Brüssel gekauft hatte, eine rote Leinenbluse und eine neue Baumwollhose. Andrea hatte so getan, als würde sie nicht merken, wie sorgfältig sie sich für das Treffen zurechtmachte, und ihr schließlich eine schlichte Perlenkette geliehen, die auf der roten Bluse wunderbar wirkte.

Er war früh gekommen, stellte sie fest, als sie das Lokal betrat; längst hatte er sich auf dem Tisch ausgebreitet. Er trug seinen Lieblingsschal, den sie gemeinsam im Jahr zuvor auf einem Flohmarkt entdeckt hatten, und wirkte, wie üblich, etwas unordentlich, aber vollkommen gelassen. Der abgestoßene lederne Aktenkoffer war auf das kleine Viereck der Tischplatte aus poliertem Granit geleert: Collegeblöcke, der umstrittenste Roman des Monats, ungelesen, Gauloise ohne Filter, ein Schächtelchen mit echten Zündhölzern, der ledergebundene Terminkalender, den sie ihm bei Browns gekauft hatte.

»Ich dachte, du würdest nicht kommen«, sagte er und lächelte ihr zu.

»Wie kommst du darauf?« fragte sie – ganz automatisch, pathetisch, wie sie glaubte, um die Angst zu verbergen, die sie erfaßte, die sie nunmehr nicht länger verdrängte, die Angst, ein Stück Selbst zu verlieren, ein Stück Willen und Ziel, die Angst vor der Liebe, die sie noch empfand. Sie nahm den andern Stuhl und setzte sich gerade, als der Kellner, ein junger Spanier mit gestreifter Schürze, erschien und die Bestellung aufnahm. Sie bestellte sich Vichy.

»Sonst nichts?« fragte Alain. Der Kellner wartete noch.

»Nein, danke.«

»Seit Wochen versuche ich, dich zu erreichen«, sagte er, und sie wußte, daß es eine Lüge war, obwohl sie sich wie früher oft fragte, ob er sich dessen ganz bewußt war. Andrea behauptete, daß Männer wie Alain so gewohnheitsmäßig, so leidenschaftlich logen, daß die Unterscheidungsfähigkeit verlorengegangen sei. Sie seien Künstler auf ihrem Gebiet, sagte Andrea, und auf die Umgestaltung der Realität bedacht.

»Ich habe nicht gemerkt, daß du mich zu erreichen versuchtest, als Gnass mit der Polizei kam«, sagte sie und hoffte, ihn damit aus der Fassung zu bringen, aber das jungenhafte Gesicht unter dem braunen Haarschopf, den er nur mit den Fingern kämmte, blieb gelassen wie eh und je.

»Tut mir leid«, sagte er und drückte seine Gauloise aus. Da sie den Duft des dunklen Tabaks mittlerweile mit seiner Person identifizierte, hatte praktisch ganz Paris nach ihm geduftet, an ihn erinnert. »Ich war mir sicher, daß er nichts merken würde. Versteh doch: Sobald ich mir eingestanden hatte, wie dringend wir das Geld brauchten, wußte ich, daß ich handeln mußte. Du warst, wie ich wußte, viel zu idealistisch. Die Galerie wäre sowieso eingegangen. Wenn alles wie geplant gelaufen wäre mit Gnass, hätten wir sie noch, und du wärst glücklich. – Glücklich«, wiederholte er und nahm die nächste Zigarette aus der Packung.

Sie konnte ihn nur anschauen und sich wundern; daß sie ihm glauben wollte, erfüllte sie mit Ekel.

»Du weißt«, sagte er und fischte ein Streichholz aus der gelb-roten Schachtel, »daß ich schon früher Ärger mit der Polizei hatte. Als Student. Politisch natürlich.« Er zündete das Streichholz an, ließ die Schachtel fallen und steckte sich die Zigarette an.

»Politisch«, sagte sie und mußte plötzlich lachen. »Ich wußte gar nicht, daß es eine Partei gibt für Leute wie dich. Kann mir nicht vorstellen, wie die heißen würde.«

»Marly«, sagte er und senkte die Stimme, wie er es immer tat, wenn er viel Gefühl zeigen wollte, »du weißt, du mußt wissen, das habe ich für dich getan. Für uns, wenn du so willst. Sicher weißt du, kannst du *fühlen,* Marly, daß ich dir nie absichtlich weh tun oder dich in Gefahr bringen könnte.« Es war auf dem überfüllten Tischchen kein Platz für ihre Tasche, weshalb sie sie sich auf den Schoß gelegt hatte; jetzt erst merkte sie, daß sie die Finger ins dicke weiche Leder verkrallt hatte.

»Nie weh tun könnte ...« Es war ihre Stimme, eine verlassene, erstaunte Kinderstimme; und plötzlich war sie frei, frei von Verlangen, frei von Sehnsucht, frei von Angst. Was sie für das hübsche Gesicht ihr gegenüber empfand, war nur Ekel, und sie konnte ihn nur anstarren, diesen Fremden, neben dem sie ein Jahr lang in einem Kämmerchen hinter der winzigen Galerie in der Rue Mauconseil geschlafen hatte. Der Kellner stellte das Glas Vichy vor ihr ab.

Offenbar deutete er ihr Schweigen als sich abzeichnende Zustimmung, die totale Leere ihres Gesichtsausdrucks als Offenheit. »Was du nicht verstehst« – eine

Lieblingseinleitung von ihm, wie ihr wieder einfiel –, »ist, daß Typen wie Gnass gewissermaßen dafür da sind, die Kunst zu fördern. *Uns* zu fördern, Marly.« Er lächelte daraufhin, als lachte er über sich selber, ein kekkes Verschwörergrinsen, das sie schaudern ließ. »Ich schätze, ich hätte dem Mann freilich so viel Verstand zutrauen müssen, daß er einen eigenen Cornell-Experten zuziehen würde, obwohl *mein* Cornell-Experte der weitaus intelligentere war ...«

Wie kam sie nur weg? Steh auf! sagte sie sich. Dreh dich um! Geh langsam zum Eingang! Geh durch die Tür! Hinaus in den dezent funkelnden Napoleon-Komplex, die mit poliertem Marmor bedeckte Rue du Champ Fleuri, eine Straße aus dem vierzehnten Jahrhundert, die angeblich in erster Linie für Prostitution bestimmt gewesen war. Was immer, egal, aber geh, verschwinde jetzt, raus, weg von ihm, blind hinein ins Paris der Touristen, das sie bei ihrem ersten Besuch kennengelernt hatte.

»Aber jetzt«, sagte er, »siehst du selber, daß sich alles zum Guten gewendet hat. Ist oft so, nicht wahr?« Wieder das Lächeln, aber diesmal war es lausbübisch, etwas versonnen und zu ihrem Entsetzen irgendwie noch intimer. »Wir haben die Galerie verloren, aber du hast eine Stelle gefunden, Marly. Du hast einen Job, einen interessanten, und ich hab die Connections, die du brauchst, Marly. Ich kenn die Leute, die du treffen mußt, um deinen Künstler zu finden.«

»Meinen Künstler?« Sie überspielte ihre Bestürzung mit einem Schluck Vichy.

Er öffnete den verkratzten Aktenkoffer und nahm etwas Flaches heraus, ein simples Reflektionshologramm. Sie nahm es und war froh, eine Beschäftigung für ihre Hände zu haben. Wie sie sah, war es ein Schnappschuß des Kastens aus Vireks Barcelona-Illusion. Jemand hielt den Kasten hin. Männerhände, aber nicht Alains Hände. An einer der Hände steckte ein Siegelring aus dunklem Metall. Der Hintergrund war verschwommen. Nur Kasten und Hände.

»Alain«, sagte sie, »woher hast du das?« Sie blickte auf in braune Augen, aus denen ein schrecklich kindisches Triumphgefühl leuchtete.

»Das zu erfahren wird jemandem eine ganze Stange Geld kosten.« Er drückte seine Zigarette aus und stand auf. »Entschuldige mich.« Er ging in Richtung Toiletten. Als er hinter Spiegeln und schwarzen Balken verschwand, senkte sie das Hologramm, griff über den Tisch und klappte den Deckel des Aktenkoffers auf. Es war nichts drin außer einem blauen Gummiband und ein paar Tabakkrümelchen.

»Soll ich noch etwas bringen? Noch ein Vichy vielleicht?« Der Kellner stand neben ihr.

Sie blickte verdutzt zu ihm auf; irgendwie kam er ihr bekannt vor. Das schmale, dunkle Gesicht ...

»Er trägt einen Sender«, sagte der Kellner. »Und er ist bewaffnet. Ich war der Hotelboy in Brüssel. Gib ihm, was er verlangt. Wohlgemerkt bedeutet für dich Geld nichts.« Er nahm ihr Glas und stellte es behutsam auf sein Tablett. »Und es wird ihn höchstwahrscheinlich vernichten.«

Als Alain zurückkam, lächelte er. »So, Darling«, sagte er und griff nach seinen Zigaretten, »nun zum Geschäft.«

Marly erwiderte sein Lächeln und nickte.

11

Vor Ort

Er gönnte sich schließlich drei Stunden Schlaf im fensterlosen Bunker, wo das Team der Vorhut den Befehlsstand eingerichtet hatte. Den Rest der Mannschaft vor Ort hatte er kennengelernt. Ramirez war schmächtig, nervös und voll auf seine Fähigkeiten als Console-Jokkey abgefahren. Es hing alles davon ab, daß er zusammen mit Jaylene Slide auf der küstennahen Bohrinsel den Cyberspace rings um den Gittersektor überwachte, der die kräftig vereisten Bänke von Maas Biolabs enthielt. Falls Maas was merken würde, könnte er in letzter Sekunde vielleicht noch eine Warnung absetzen. Er war darüber hinaus damit beauftragt, die medizinischen Daten aus der Ambulanz zur küstennahen Bohrinsel zu übertragen, was nicht ganz einfach war, wenn Maas nichts davon mitkriegen sollte. Die Leitung draußen führte zu einer Telefonzelle mitten in der öden Landschaft. Jenseits der Zelle waren er und Jaylene auf sich selber gestellt in der Matrix. Falls sie Mist bauten, könnte Maas sie zurückverfolgen und orten. Und dann war da Nathan, der Techniker, der alles reparierte und vornehmlich das Gerät im Bunker überwachte. Sollte irgendeine Komponente den Geist aufgeben, bestand zumindest die Chance auf Behebung der Störung. Nathan gehörte der Spezies an, aus der Oakey hervorgegangen war und mit der tausend andere Turners im Laufe der Jahre zusammengearbeitet hatten: einzelgängerische Techniker, die auf riskante, gutbezahlte Jobs versessen waren und sich als absolut verschwiegen erwiesen hatten. Die andern – Compton, Teddy, Costa und Davis – waren lediglich teure Muskelpakete, Mietlinge, Typen, wie man sie für so 'nen Job anheuert. In ihrem Interesse hatte er Sutcliffe ausführlich über die

Rückzugspläne befragt. Sutcliffe hatte erklärt, woher die Hubschrauber einflogen, welche Reihenfolge für den Abtransport bestand und wann und wo sie ihr Geld bekamen.

Dann hatte er gesagt, er wolle allein sein im Bunker, und Webber gebeten, ihn in drei Stunden zu wekken.

Der Raum hatte entweder als Pumphaus gedient oder als elektrische Zentrale. Die hohlen Plastikstummel, die aus den Wänden lugten, waren entweder Kabel- oder Abwasserrohre gewesen; allerdings deutete nichts in dem Raum darauf hin, daß so'n Ding jemals an irgendwas angeschlossen gewesen war. Die flache Betondecke war so niedrig, daß er nicht stehen konnte. Der trockene, staubige Geruch war nicht ganz unangenehm. Das Team hatte den Raum ausgefegt, bevor sie Gerät und Tische hereingebracht hatten; trotzdem lagen noch ein paar vergilbte Zeitungsschnippsel auf dem Boden, die zerbröselten, wenn man sie berührte. Er konnte Buchstaben und zuweilen ein ganzes Wort ausmachen.

Die metallenen Klapptische waren allesamt vor einer Wand aufgestellt, so daß sie ein L bildeten, und mit allerlei Gerät, außergewöhnlich anspruchsvollem Kommunikationsgerät, beladen. Das beste, dachte er, was Hosaka hatte auftreiben können.

Er zwängte sich langsam und vorsichtig an den einzelnen Tischen entlang und berührte dabei jede Console, jede Blackbox. Er sah einen kräftig frisierten militärischen Seitenband-Transceiver für Chiffre-Funk. Dies wäre ihre Verbindung, falls Ramirez und Jaylene ihren Datentransfer vermurksten. Die Chiffren, aufwendige technische Phantasiegebilde von Hosakas Cryptographen, waren bereits aufgezeichnet. Während der eigentliche Inhalt einer Chiffre dabei bedeutungslos war, ließen sich durch die Sendefolge einfache Nachrichten übermitteln. Folge B/C/A würde Hosaka von Mitchells Ankunft informieren; F/D würde seinen Start vom Gelände signalisieren, F/G seinen Tod und damit den Abbruch der Operation. Turner tippte noch mal aufs Seitenbandgerät und runzelte die Stirn. Er war mit Sutcliffes Organisation nicht zufrieden. Falls das Rausholen in die Hose ginge, würden sie wahrscheinlich nicht davonkommen, geschweige denn mit weißer Weste davonkommen. Immerhin hatte Webber ihm heimlich anvertraut, daß sie im Falle von Problemen angewiesen sei, gegen die Ärzte in ihrer Miniaturambulanz eine von Hand gefeuerte Panzerabwehrrakete einzusetzen. »Das wissen sie«, hatte sie gesagt. »Ich wette, sie werden dafür extra bezahlt.« Der Rest des Teams war von den Hubschraubern abhängig, die bei Tucson stationiert waren. Turner ging davon aus, daß Maas, wenn alarmiert, die anfliegenden Hubschrauber leicht vom Himmel holen könnte. Als er Sutcliffe diesen Einwand vorbrachte, hatte der nur die Achseln gezuckt. »Ich hätte mir was Besseres einfallen lassen unter besseren Bedingungen, Kumpel, aber wir sind halt alle recht kurzfristig hergeholt worden, nicht wahr?«

Neben dem Transceiver stand ein aufwendiger Sony Biomonitor, der direkt mit der medizinischen Kapsel verbunden und mit Mitchells Anamnese aus seinem Biosoft-Dossier gefüttert war. Die Ärzte würden nach Ankunft des Überläufers seine Vergangenheit sichten; gleichzeitig würden die im Container durchgeführten Verfahren an den Sony zurückgespeist und geordnet, damit Ramirez sie vereisen und in den Cyberspace übertragen könnte, wo Jaylene Slide von ihrem Platz auf der Ölbohrinsel aus patrouillierte. Falls alles klappte, läge der aktuelle medizinische Bericht bereits in Hosakas Mexico City-Anwesen bereit, wenn Turner den Mann im Jet hinfliegen würde. Turner hatte so was wie den Sony an sich noch nie zu Gesicht bekommen, obwohl der Holländer in der Klinik in Singapore schätzungsweise etwas ziemlich Ähnliches verwendet hatte. Der Gedanke daran führte seine Hand an die bloße

Brust, wo er unbewußt die Linie der Transplantationsnaht betastete.

Auf dem zweiten Tisch stand das Cyberspace-Gerät. Es war das gleiche Deck wie dasjenige, das er auf der Ölbohrinsel gesehen hatte, ein Maas Neotek-Prototyp. Das Deck hatte Standardform, war aber laut Conroy aus neuen Biochips gebaut. Ein faustgroßer Batzen einer hellrosa Plastikmasse klebte auf der Console; jemand – vielleicht Ramirez – hatte zwei Löcher als Augen und eine geschwungene Linie als doofe Grinse eingedrückt. Zwei Drähte, ein blauer und ein gelber, steckten mitten auf der Stirn des Dings und führten zu einer der dunklen Röhren, die sich in der Wand hinter der Console auftaten. Noch eine Webbersche Pflicht für den Fall eines Angriffs und einer Stürmung des Geländes. Turner inspizierte die Drähte stirnrunzelnd; eine Ladung dieser Größe würde in diesem kleinen, engen Raum garantiert jeden im Bunker ums Leben bringen.

Die Schultern schmerzten, und der Kopf stieß an die rauhe Betondecke; so setzte er seine Inspektion fort. Den restlichen Tisch beanspruchte die Blackbox-Peripherie, eine Reihe von Geräten, die mit peinlicher Präzision aufgestellt waren. Er vermutete, daß die Geräte in Reih und Glied in exakten Abständen angeordnet waren. Ramirez selber hatte sie wohl aufgebaut, und Turner war sich sicher, daß der Jockey es merkte, würde er ein Gerät anfassen oder nur geringfügigst verrücken. Er hatte diesen neurotischen Zug schon bei anderen Console-Freaks erlebt, und es sagte nichts aus über Ramirez. Er hatte andere Jockeys gesehen, die diesen Zug ins Gegenteil verkehrten und ihr Deck absichtlich in einen Kabelsalat verhedderten, die panische Angst vor Ordnung hatten und ihre Consolen mit Abziehbildchen mit Würfeln und Totenköpfen zupflasterten. Es hatte nichts zu besagen, dachte er. Entweder war Ramirez gut, oder sie wären alle bald mausetot.

Am andern Ende des Tisches lagen, noch in Plastik

verschweißt, fünf Sprechfunk-Kopfhörer von Telefunken mit selbstklebendem Kehlkopfmikro. In der entscheidenden Phase des Abwerbunternehmens, die Turner in den zwanzig Minuten vor und nach Mitchells Ankunft sah, würden er, Ramirez, Sutcliffe, Webber und Lynch über Funk verbunden sein, obwohl der Einsatz des Sprechfunks auf ein absolutes Minimum beschränkt bleiben sollte.

Hinter den Telefunken stand eine unbeschriftete Kunstoffbox mit zwanzig katalytischen Handwärmern aus Schweden, glatten, flachen Rechtecken aus rostfreiem Stahl, die jeweils in einem Schnürbeutelchen aus weihnachtskugelrotem Baumwollflanell steckten. »Bist'n schlauer Hund«, sagte er zur Box. »Hätt ich mir auch ausdenken können ...«

Er schlief auf einer gerippten Schaumstoffmatte am Boden des Befehlsstands und deckte sich mit dem Parka zu. Conroy hatte recht gehabt bezüglich der Wüstennächte, aber der Beton schien die Wärme des Tages zu halten. Er ließ Overall und Schuhe an; Webber hatte ihm geraten, beim Anziehen Kleidung und Schuhe immer auszuschütteln. »Skorpione«, hatte sie gesagt. »Sie lieben Schweiß und alles Feuchte.« Er zog noch die Smith & Wesson aus dem Halfter und legte sie behutsam neben die Matte. Er ließ die zwei Batterielampen brennen und machte die Augen zu.

Und glitt in ein seichtes Traummeer; Bilder schossen vorbei, Fragmente aus Mitchells Dossier verschmolzen mit Momenten seines eigenen Lebens. Er und Mitchell fuhren einen Bus durch eine Kaskade von Scheibenglas ins Foyer eines Marrakescher Hotels. Der Wissenschaftler stieß ein Brüllen aus und drückte den Knopf, der die zwei Dutzend CN-Dosen, die an den Fahrzeugseiten klebten, zur Explosion brachte. Auch Oakey war da und bot Whiskey aus der Flasche an und peruanischen gelben Koks auf einem runden, plastikgerahmten Taschenspiegel, den er das letzte Mal in Allisons Tasche gesehen hatte. Er glaubte, durch die Scheiben des Busses Allison zu sehen, wie sie in der Auspuffwolke hustete, und wollte das Oakey sagen und auf sie deuten, aber die Scheiben waren zugeklebt mit mexikanischen Hologrammen von Heiligen, Postkarten mit der Jungfrau Maria, und Oakey hielt ein glattes, rundes Ding hoch, eine rosa Kristallkugel, in die eine Spinne eingegossen war, eine Spinne aus Quecksilber, aber da lachte Mitchell mit blutigen Zähnen und öffnete die ausgestreckte Hand, um Turner das graue Biosoft zu geben. Turner sah, daß das Ding ein Gehirn war, ein gräulich-rosa Gebilde, das lebte unter der nassen, klaren Membran, das in Mitchells Hand sanft pulsierte, und stolperte über irgendeine unterseeische Kante im Traum und sank langsam in eine Nacht ohne Sterne.

Webber weckte ihn. Ihre verhärteten Züge erschienen in der rechteckigen Türöffnung, und die schwere Militärdecke, die an den Eingang geheftet war, legte sich um ihre Schultern. »Deine drei Stunden sind um. Die Ärzte sind auf, wenn du sie sprechen willst.« Sie zog sich zurück; Kies knirschte unter ihren Stiefeln.

Hosakas Mediziner warteten neben ihrer autarken Neurochirurgie. In der Wüstenmorgendämmerung sahen sie aus, als wären sie gerade aus einem Materietransmitter herausgetreten in ihrer modisch-knittrigen Japs-Kleidung. Einer der Männer steckte in einer übergroßen, handgestrickten mexikanischen Gürteljacke, wie Turner sie bei Touristen in Mexico City gesehen hatte. Die beiden andern schützte ein teurer, imprägnierter Skianorak vor der Wüstenkälte. Die Männer waren einen Kopf kleiner als die Koreanerin, eine schlanke Frau mit ausgeprägt archaischen Zügen und einem rotgefärbten Schopf, der Turner an einen Greifvogel erinnerte. Conroy hatte gesagt, die beiden Männer seien Firmenangehörige, was Turner auf den ersten Blick sehen konnte; nur die Frau hatte die Art, das Rückgrat, wie's zu Turners Welt gehörte, und war eine Gesetzlose, da sie schwarze Medizin praktizierte. Sie wäre mit dem Holländer in bester Gesellschaft, dachte er.

»Ich bin Turner«, sagte er, »und hab das Sagen hier.«

»Namen sind überflüssig«, sagte die Frau, während sich die beiden Hosaka-Männer automatisch verneigten. Sie tauschten Blicke aus, sahen zu Turner und wieder zur Koreanerin.

»Ja«, sagte Turner, »brauchen wir nicht.«

»Warum haben wir noch keinen Zugang zu den medizinischen Daten des Patienten?« fragte die Koreanerin.

»Aus Sicherheitsgründen«, sagte Turner. Die Antwort kam ganz automatisch über seine Lippen. An sich sah er keinen Grund, ihnen Mitchells Daten vorzuenthalten.

Die Frau zuckte die Achseln, wandte sich ab; der hochgestellte Kragen ihres imprägnierten Anoraks verdeckte ihr Gesicht.

»Wollen wir die Ambulanz sehen?« fragte der Mann mit der übergroßen Strickjacke und dem freundlichen, wachen Gesicht, einer perfekten Angestelltenmaske.

»Nein«, erwiderte Turner. »Wir fahren euch zwanzig Minuten vor seiner Ankunft auf den Platz hinaus. Wir nehmen die Räder ab, lassen euch mit Hebeln ab. Das Abflußrohr wird gekappt. Ich will, daß ihr fünf Minuten nach dem Absetzen voll einsatzfähig seid.«

»Kein Problem«, sagte der andere Mann lächelnd.

»Und jetzt möchte ich gern wissen, was ihr da drin tut, was da mit ihm passiert und welche Folgen es für ihn hat.«

»Ist das *nicht* bekannt?« fragte die Frau streng und wandte sich wieder ihm zu.

»Ich sagte, ich möchte es von euch wissen.«

»Wir untersuchen den Mann zuerst auf tödliche Implantate«, erklärte der Mann mit der Jacke.

»Großhirn-Explosive und dergleichen?«

»Ich bezweifle«, sagte der andere Mann, »daß wir auf so was Plumpes stoßen werden, aber ja, wir untersuchen das ganze Spektrum tödlicher Instrumente. Gleichzeitig wird eine volle Blutanalyse gemacht. Es ist uns klar, daß sein gegenwärtiger Arbeitgeber über hochentwickelte biochemische Systeme verfügt. Wahrscheinlich ist aus der Richtung die größte Gefahr zu erwarten ...«

»Es ist derzeit recht beliebt, Spitzenkräfte mit modifizierten subkutanen Insulinpumpen auszustatten«, ergänzte sein Partner. »Der Stoffwechsel des Probanden wird umgemodelt und in eine künstliche Abhängigkeit von gewissen synthetischen Enzym-Analoga gebracht. Wird das subkutane Depot nicht regelmäßig nachgefüllt, kann eine Trennung von der Quelle, dem Arbeitgeber, traumatische Folgen haben.«

»Wir sind auch dagegen bestens gerüstet«, sagte der andere.

»Aber nicht im geringsten gegen das, was uns vermutlich begegnen wird«, sagte die schwarze Medizinerin. Ihre Stimme war so kalt wie der schneidende Wind, der jetzt aus dem Osten blies. Turner hörte Sand über das rostige Blechdach droben rieseln.

»Du«, sagte Turner zu ihr, »komm mal mit!« Dann wandte er sich ab und ging, ohne umzublicken, weg. Obwohl es möglich war, daß sie seiner Aufforderung nicht nachkäme, womit er bei den beiden andern das Gesicht verlieren würde, schien es ihm der richtige Zug zu sein. Als er sich zehn Meter vom Med-Container entfernt hatte, blieb er stehen. Er hörte ihre Schritte auf dem Kies.

»Was weißt du?« fragte er, ohne sich umzuwenden.

»Vielleicht nicht mehr als du«, sagte sie, »vielleicht mehr.«

»Offenbar mehr als die Kollegen.«

»Sie sind äußerst begabte Herren. Aber sie sind auch ... Diener.«

»Du nicht.«

»Du auch nicht, Mietling. Ich wurde aus der besten lizenzlosen Klinik von ganz Chiba für diesen Job hier angeheuert. Ich bekam eine Menge Studienmaterial zur Vorbereitung für meine Begegnung mit diesem illustren Patienten. Die schwarzen Kliniken von Chiba sind das Heißeste, was es in der Medizin gibt. Nicht mal Hosaka kann wissen, daß ich dank meiner Position in der schwarzen Medizin ahne, was euer Abtrünniger in seinem Kopf herumträgt. Auf der Straße wird versucht, für so was eigene Verwendungen zu finden. Ich wurde schon mehrmals damit beauftragt, die Entfernung dieser neuen Implantate zu versuchen. Eine gewisse Menge fortgeschrittener Maasscher Bioelektronik hat den Weg auf die Straße gefunden. Die Implantationsversuche sind also eine logische Folge. Ich meine, Maas läßt das Zeug absichtlich durchsickern.«

»Das erklärst du mir.«

»Oh, das werde ich nicht können«, sagte sie, und es schwang eine seltsame Resignation in ihrer Stimme mit. »Ich sagte, ich hab so was gesehn. Ich sagte nicht, daß ich's verstehe.« Fingerkuppen strichen plötzlich über die Haut an seiner Schädelbuchse. »Das ist im Vergleich zu Biochip-Implantaten wie eine Holzkrücke zu myoelektrischen Gliedmaßen.«

»Aber wird es in diesem Fall was Lebensbedrohliches sein?«

»O nein«, sagte sie und zog die Hand zurück. »Nicht für *ihn* ...« Und dann hörte er sie zum Med-Container zurückstapfen.

Conroy schickte einen Boten her mit dem Software-Paket, das Turner in die Lage versetzte, den Jet zu fliegen, der Mitchell zu Hosakas Gelände in Mexico City bringen sollte. Der Bote war ein wild dreinschauender, braungebrannter Bursche, den Lynch Harry nannte, ein drahtiger Kerl, der aus Richtung Tucson auf einem sandstrahlblanken Rennrad mit abgefahrenen Reifen und knochengelbem Rauhlederlenkerband angestrampelt kam. Lynch führte Harry über den Parkplatz. Harry summte vor sich hin. Es war ein fremdartiges Geräusch in dem Gelände, wo strikte Ruhe herrschte, und sein Lied, wenn man es so nennen konnte, hörte sich an, als würde an einem defekten Radio ziellos an der dunklen, ewig langen Skala herumgedreht, so daß Gospeltöne und Fetzen aus den letzten zwanzig Jahren internationaler Popgeschichte erklangen. Harry hatte das Rad über die sonnenverbrannte, dünne Schulter geschwungen.

»Harry hat was für dich aus Tucson«, sagte Lynch.

»Ihr zwei kennt euch?« fragte Turner, an Lynch gewandt. »Habt vielleicht 'nen gemeinsamen Freund?«

»Was soll'n das heißen?« wollte Lynch wissen.

Turner schaute ihn prüfend an. »Du kennst seinen Namen.«

»Den Scheißnamen hat er mir gesagt, Turner.«

»Heiße Harry«, sagte der verbrannte Mann. Er steckte das Rennrad in ein Gebüsch. Er lächelte nichtssagend, wobei seine schiefen, kariösen Zähne sichtbar wurden. Die bloße Brust war mit Schweiß und Staub bedeckt und behangen mit dünnen Stahlketten, Leder, Geweih- und Fellstückchen, blechernen Patronenhülsen, Kupfermünzen, die abgegriffen und blankgewetzt waren, und einem weichen braunen Lederbeutel.

Turner musterte den über die dürre Brust gespannten Behang, streckte die Hand aus und tippte an ein knorpeliges Ding an einer geflochtenen Schnur. »Was soll'n das sein, Harry?«

»Ein Waschbärpimmel«, sate Harry. »Der Waschbär hat ein knöchernes Gelenk im Pimmel. Das wissen die wenigsten.«

»Hast du meinen Freund Lynch schon mal gesehn, Harry?«

Harry blinzelte.

»Er hatte die Parole«, sagte Lynch. »Gibt 'ne Dringlichkeitshierarchie. Er kannte die Spitze. Nannte mir seinen Namen. Brauchst du mich hier noch, oder kann ich mich wieder an meine Arbeit machen?«

»Geh«, sagte Turner.

Als Lynch außer Hörweite war, schnürte Harry den Beutel auf. »Sei doch nicht so streng mit dem Jungen«, sagte er. »Ist'n echt guter Mann. Hab ihn echt erst gesehn, als er mir die Fléchette an den Hals gehalten hat.« Er öffnete den Beutel und griff vorsichtig hinein.

»Sag Conroy, ich hab ihn.«

»Hm?« meinte Harry und zog ein gefaltetes gelbes Notizblockblatt aus dem Beutel. »Wen hast du?« Er gab Turner das Blatt; da war was drin.

»Lynch. Er ist Conroys Macker, hier vor Ort. Sag ihm das!« Er entfaltete das Papier und wickelte das vertraute, dicke militärische Microsoft aus. Da stand eine Nachricht in blauen Großbuchstaben: HALS- UND BEINBRUCH, DU ARSCH. BIS BALD – IN DF.

»Soll ich ihm das echt sagen?«

»Sag's ihm!«

»Du bist der Boß.«

»Verdammt, du weißt es«, sagte Turner, zerknüllte das Papier und steckte es Harry unter die Achsel. Harry lächelte nett und nichtssagend, und die Intelligenz, die sich kurzzeitig gezeigt hatte, wich wieder, wie irgendein Meerestier mühelos auf den leeren, stillen, lichtlosen Meeresgrund sinkt. Turner starrte in seine Augen, die geäderten gelbschillernden Opale, und sah nichts als Sonne und den rissigen Highway darin. Eine Hand mit fehlenden Gliedern kam hoch und kratzte geistesabwesend am Sieben-Tag-Bart. »Sofort«, sagte Turner. Harry wandte sich um, zog sein Rad aus dem Gebüsch, wuchtete es mit einem Knurren auf die Schulter und stapfte über den verfallenen Parkplatz zurück. Seine übergroßen, zerfetzten Khakishorts flatterten, und die Kettenkollektion rasselte bei jedem Schritt.

Auf einer Erhebung zwanzig Meter entfernt pfiff Sutcliffe durch die Zähne und hielt eine Rolle mit orangefarbenem Markierungsband hoch. Es wurde Zeit, Mitchells Landestreifen abzustecken. Sie mußten sich beeilen, bevor die Sonne zu hoch stand, aber es würde trotzdem heiß werden.

»So«, sagte Webber. »Er kommt also durch die Luft.« Sie spuckte braunen Saft auf einen gelb gewordenen Kaktus. In ihrer Backe steckte Kopenhagener Tabak.

»Richtig«, meinte Turner. Er saß neben ihr auf einer ockerbraunen Schieferplatte. Sie schauten zu, wie Lynch und Nathan den Streifen säuberten, den er und Sutcliffe mit orangefarbenem Band abgesteckt hatten. Das Band markierte ein Rechteck von vier mal zwanzig Meter. Lynch schleppte ein Stück von einem rostigen I-Träger heran und beschwerte damit das Band. Es huschte etwas durchs Gebüsch, als der Träger auf dem Beton klirrte.

»Die können das Band sehen, wenn sie wollen«, sagte Webber und wischte sich mit dem Handrücken die Lippen ab. »Lesen die Schlagzeilen auf deinem Morgenfax, wenn sie wollen ...«

»Ich weiß«, sagte Turner. »Aber wenn sie noch nicht gemerkt haben, daß wir hier sind, merken sie's nicht mehr. Und vom Highway aus sieht man's nicht.« Er rückte die schwarze Nylonmütze zurecht, die Ramirez ihm gegeben hatte, und zog den langen Schirm tief über die Sonnenbrille. »Und vom Orbit aus, da sieht's nach nicht viel aus.«

»Mh«, stimmte Webber zu. Ihr faltiges Gesicht hinter der Sonnenbrille blieb ausdruckslos. Er konnte ihren Schweiß riechen von dort, wo er saß. Scharf und animalisch.

»Was machst du eigentlich, Webber, wenn du nicht so was machst?« Er schaute sie an.

»'ne Menge mehr als du, schätze ich«, sagte sie.

»Einmal züchte ich Hunde.« Sie zog ein Messer aus dem Stiefelschaft und zog die Klinge geduldig an der Sohle ab, wobei sie es bei jedem Hin und Her geschickt wendete, wie ein mexikanischer Barbier, der sein Rasiermesser schärft. »Und ich angle. Forelle.«

»Hast du Leute daheim in New Mexico?«

»Wohl mehr als du«, sagte sie tonlos. »Ich schätze, Typen wie du oder Sutcliffe, ihr habt so was wie Heimat nicht. Deine Heimat ist das hier, gell, Turner? Der Schauplatz, wo heut' dein Knabe aufkreuzt, stimmt's?« Sie prüfte die Schneide mit dem Daumenballen und steckte das Messer in die Scheide zurück.

»Aber du hast jemand? Hast du einen Mann daheim?«

»Eine Frau, wenn du's genau wissen willst«, sagte sie. »Verstehst du was von Hundezucht?«

»Nein.«

»Dacht ich mir.« Sie musterte ihn. »Wir haben auch'n Kind. Ein eigenes. Sie hat's ausgetragen.«

»DNS-Spleiß?«

Sie nickte.

»Das ist teuer«, meinte er.

»Du sagst es; wär nicht hier, wenn wir das nicht abstottern müßten. Aber sie ist wunderschön.«

»Deine Frau?«

»Unsre Kleine.«

12

Café Blanc

Als sie vom Louvre wegging, schien sie ein artikuliertes Strukturgebilde zu erahnen, das sich umformte, um ihren Gang durch die Stadt zu erfassen. Der Kellner wäre lediglich ein Teil des Ganzen, ein Glied, ein winziger Fühler oder Arm. Das Ganze wäre größer, viel größer. Wie konnte sie nur annehmen, daß es möglich wäre, im unnatürlichen Kraftfeld von Vireks Reichtum zu leben, ohne einer gewissen Verzerrung ausgesetzt zu sein? Virek hatte sie hochgehoben aus ihrem Elend und drehte sie durch den monströsen, unsichtbaren Fleischwolf seines Geldes. Sie war eine andere geworden. Natürlich, dachte sie, natürlich: Er umzingelt mich ständig, wachsam und unsichtbar, der gewaltige, raffinierte Überwachungsapparat des Herrn Virek.

Schließlich fand sie sich unter der Terrasse des Blanc wieder. Noch vor einem Monat hätte sie das Café gemieden; zu viele Abende hatte sie mit Alain hier verbracht. Da sie sich wieder frei fühlte, beschloß sie, ihre persönliche Wiederentdeckung von Paris damit zu beginnen, daß sie sich einen Tisch im Blanc suchte. Sie nahm bei einer seitlichen Begrenzung Platz. Sie bestellte beim Kellner einen Cognac und betrachtete fröstelnd den fließenden Verkehr, das endlose Meer aus Stahl und Glas, während ringsum an andern Tischen gegessen und gelächelt, getrunken und gestritten wurde, bittere Abschiedsworte fielen oder Treueschwüre geleistet wurden aus einer nachmittäglichen Laune heraus.

Aber – sie lächelte – sie gehörte dazu. In ihr erwachte etwas aus einem langen, starren Schlaf und erschien dadurch wieder an der Oberfläche, daß ihr Alains Arglist endgültig die Augen öffnete und sie einsah, daß es an sich Sucht und Zwang für sie war, ihn weiter zu lieben. Aber der Zwang ließ allmählich nach, noch während sie da saß. Mit seinen gemeinen Lügen hatte er irgendwie die Ketten ihrer Depression zerschlagen. Sie entdeckte keine Logik dahinter, da sie irgendwie und lange vor der Sache mit Gnass geahnt hatte, was Alain im Leben tat; dennoch hatte das ihrer Liebe keinen Abbruch getan. Angesichts ihres neuen Gefühls verzichtete sie jedoch gern auf die Logik. Es reichte, daß sie da war, heil war, an einem Tisch im Blanc saß, und daß sie sich die verzwickte Maschinerie ringsum vorstellte, die Virek inzwischen sicher in Stellung gebracht hatte.

So eine Ironie, dachte sie, als sie den jungen Kellner vom Napoleon auf die Terrasse kommen sah. Er trug die dunkle Hose, mit der er bedient hatte, aber anstelle der Schürze einen blauen Anorak. Ein Schwung dunkler Haare hing in die Stirn. Er hielt auf sie zu und lächelte selbstsicher; er wußte, daß sie nicht weglaufen würde. Freilich spürte sie einen inneren Impuls, unbedingt wegzulaufen, wußte aber, daß sie's nicht tun würde. Was für eine Ironie, sagte sie sich. Während ich mich an der Erkenntnis labe, daß ich kein besonderer Magnet für Kummer bin, sondern halt auch so ein fehlbares Tier in diesem steinernen Stadtlabyrinth, komme ich zugleich zur Einsicht, daß ich im Brennpunkt einer gigantischen Maschinerie stehe, die ein obskurer Wunsch antreibt.

»Ich heiße Paco«, sagte er und rückte den weißlackierten schmiedeeisernen Stuhl ihr gegenüber heraus.

»Du warst das Kind, der Junge im Park ...«

»Ja, lang ist's her.« Er setzte sich. »Der Señor hat das Bild aus meiner Kindheit konserviert.«

»Ich habe über deinen Señor nachgedacht.« Sie schaute nicht auf Paco, sondern auf die fahrenden Autos. Das Fließen des Verkehrs, die Farben von Polycarbonat und lackiertem Stahl wirkten ernüchternd aufs Auge. »Ein Mann wie Virek ist nicht in der Lage, sich seines Reichtums zu entledigen. Sein Geld hat ein Eigenleben. Vielleicht auch einen eigenen Willen. Er äußerte sich dahingehend bei unsrer Begegnung.«

»Du bist ein Philosoph.«

»Ich bin ein Werkzeug. Ich bin die jüngste Ergänzung einer uralten Maschine in den Händen eines uralten Mannes, der etwas durchdringen möchte, was sich ihm bislang versagt hat. Dein Chef wühlt durch tausend Werkzeuge und wählt mich ...«

»Du bist auch poetisch!«

Sie lachte und wandte den Blick vom Verkehr. Er grinste, wobei sich tiefe Lachfalten um die Mundwinkel legten. »Auf dem Weg hierher stellte ich mir ein Gebilde, eine Maschine vor, die so groß war, daß ich sie nicht sehen konnte. Eine Maschine, die mich umzingelt und jeden meiner Schritte vorausahnt.«

»Und egozentrisch obendrein!«

»Wirklich?«

»Vielleicht auch nicht. Jedenfalls wirst du beobachtet. Wir passen auf, und das ist gut so. Deinen Freund aus der Brasserie, den beschatten wir ebenfalls. Leider konnten wir nicht feststellen, woher er das Hologramm bekam, das er dir zeigte. Höchstwahrscheinlich hatte er es schon, als er anfing, bei deiner Freundin anzurufen. Jemand ist auf ihn zugegangen, verstehst du? Jemand hat ihn auf dich angesetzt. Ist das nicht außerordentlich interessant? Reizt das nicht den Philosophen in dir?«

»Ja schon. Ich habe den Rat, den du mir in der Brasserie gegeben hast, befolgt und seinen Preis akzeptiert.«

»Dann wird er ihn verdoppeln.« Paco lächelte.

»Was für mich keine Rolle spielt, wie du sagtest. Er hat sich bereiterklärt, mich morgen zu kontaktieren. Ich nehme an, du kannst die Übergabe des Geldes organisieren. Er will es bar.«

»Bar ...« Paco verdrehte die Augen. »Wie riskant! Aber meinetwegen, das läßt sich einrichten. Und ich weiß genauestens Bescheid. Wir haben das Gespräch mitgehört. War nicht schwer, da er es netterweise selber weitergab mittels eines Knopfmikrofons. Wir waren sehr gespannt, für wen diese Abhöraktion bestimmt war, aber offenbar weiß er das selber nicht.«

»Es war ganz und gar untypisch für ihn«, sagte sie stirnrunzelnd, »sich zu entschuldigen und einfach abzubrechen, bevor er seine Forderungen gestellt hatte. Er bildete sich wohl ein, er habe einen Hang zum Dramatischen.«

»Es blieb ihm keine andere Wahl«, erklärte Paco. »Wir bewerkstelligten eine Störung, die er für einen Ausfall der Stromversorgung seines Mikrofons halten mußte. Damit war ein Gang zu den *Hommes* fällig. In der Kabine hat er wüst über dich geschimpft.«

Sie deutete auf ihr leeres Glas, als ein Kellner vorbeikam. »Ich kann noch nicht ganz sehen, was für eine Rolle, was für ein Wert mir dabei zukommt. Von Vireks Standpunkt aus, meine ich.«

»Frag nicht mich. Du bist hier der Philosoph. Ich führe lediglich Señors Befehle aus – nach besten Kräften.«

»Möchtest du einen Brandy, Paco? Oder lieber einen Kaffee?«

»Die Franzosen«, sagte er voller Überzeugung, »verstehen nichts von Kaffee.«

13

Mit beiden Händen

»Könntest du das noch mal wiederholen für mich?« sagte Bobby, der den Mund voller Reis-mit-Ei hatte. »Ich dachte, du hast gesagt, 'ne Religion ist es nicht.«

Beauvoir nahm das Brillengestell ab, steckte einen der Bügel in den Mund und seufzte. »Das hab ich nicht gesagt. Ich sagte, es kann dir egal sein, ob's 'ne Religion ist oder nicht. Es ist halt so 'ne *Struktur*. Unterhalten wir uns mal darüber, was so läuft, denn sonst fehlt uns die Basis, das Konzept ...«

»Du redest wie so'n – wie sagt man? – *Lo* ...«

»Loa«, verbesserte Beauvoir und ließ die Brille auf den Tisch fallen. Er seufzte, nahm eine chinesische Zigarette aus Two-a-Days Packung und steckte sie sich mit dem Totenkopf aus Zinn an. »Plural und Singular gleich.« Er inhalierte tief und blies den Rauch durch die aufgewölbten Nasenlöcher aus. »Wenn du Religion sagst, was meinste dann eigentlich damit?«

»Nun, die Schwester meiner Mutter, die ist 'ne Scientologin, 'ne richtig orthodoxe, verstehst schon. Und auf'm gleichen Flur ist diese Frau, die ist katholisch. Meine alte Dame daheim ...« Er hielt inne. Das Essen in seinem Mund hatte jeden Geschmack verloren. »Die hat manchmal so Hologramme aufgehängt in meinem Zimmer, Jesus oder Hubbard oder so'n Zeug. Ich meine, an so was denk ich.«

»Voodoo ist was andres«, sagte Beauvoir. »Hat nichts mit Erlösung und Transzendenz zu tun. Geht darum, was *getan* zu kriegen. Verstehst schon? In unserm System gibt's viele Götter und Geister. Sind Teil einer großen Familie mit allen Tugenden und Lastern. Es gibt ein traditionelles Manifestationsritual in der Gemeinde, klar? Im Voodoo heißt es, sicher gibt's Gott, den großen

Geist, aber der ist groß, so groß und so weit weg, daß er sich nicht darum kümmert, ob du'n armer Schlucker bist. Komm, Mann, du weißt, wie's läuft. Es ist die Religion der *Straße,* ist vor Millionen Jahren aus einer armen, dreckigen Hütte hervorgegangen. Voodoo ist wie die Straße. Wenn ein Typ deine Schwester fertigmacht, dann pilgerst du nicht vor die Türschwelle des Yakuza*, oder? Nee, bestimmt nicht. Du gehst zu einem, der so was *erledigen* kann, klar?«

Bobby nickte und kaute nachdenklich. Ein weiteres Derm und zwei Gläser Rotwein hatten ihm recht gutgetan. Der bullige Mann machte mittlerweile mit Two-a-Day einen Spaziergang zwischen den Bäumen und fluoreszierenden Strohhalmen, während Beauvoir bei Bobby blieb. Vorhin war Jackie freudestrahlend mit einer großen Schale Reis-mit-Ei aufgetaucht, der nicht schlecht schmeckte; als sie die Schale vor ihm auf den Tisch stellte, hatte sie ihm eine Titte an die Schulter gedrückt.

»Also«, sagte Beauvoir, »es geht uns darum, Dinge getan zu kriegen. Es geht uns, wenn du so willst, um Systeme. Genau wie dir. Zumindest hast du den Ehrgeiz, denn sonst wärste kein Cowboy mit einem Markenzeichen, klar?« Er versenkte den Zigarettenstummel in einem halbvollen Rotweinglas mit fettigen Fingerabdrücken. »Wie's aussieht, war Two-a-Day gerade dabei, seine Party zu schmeißen, als die Scheiße passierte.«

»Was für 'ne Scheiße?« fragte Bobby und wischte sich mit dem Handrücken den Mund ab.

»Du«, sagte Beauvoir stirnrunzelnd. »Was nicht heißt, daß du was dafür kannst, auch wenn Two-a-Day darauf pocht.«

»Tut er das? Er scheint mir recht nervös jetzt. Richtig ekelhaft.«

»Du sagst es. Nervös. Er macht sich in die Hosen vor Angst stimmt eher.«

---

* Yakuza = jap.: Gangster. – *Anm. d. Übers.*

»Wie kommt's?«

»Nun, weißt du, bei Two-a-Day ist nicht alles so, wie's den Anschein hat. Ich meine, klar, er macht den Scheiß, wofür er bekannt ist, verhökert den Wichsern, o verzeih ...« – er grinste – »in Barrytown drunten Software, aber seine Haupttätigkeit, ich meine, sein größter Ehrgeiz, verstehst schon, liegt woanders.« Beauvoir nahm ein welkes Kanapee, beäugte es argwöhnisch und warf es über den Tisch in die Bäume. »Seine Nummer, verstehst schon, ist, er macht für'n paar große Oungans aus'm Sprawl.«

Bobby nickte, ohne was zu verstehen.

»Typen, die mit beiden Händen zupacken.«

»Ich kapier gar nix.«

»Wir reden vom Berufsstand des Priesters, wenn du so willst. Oder stell dir einfach ein paar Macker vor – Console-Cowboys unter anderm –, die es sich zur Aufgabe machen, Dinge für andere zu erledigen. ›Mit beiden Händen zupacken‹, das ist so'n Ausdruck, den wir haben. Bedeutet quasi, sie arbeiten in doppelter Hinsicht, kapiert?«

Bobby schluckte und schüttelte den Kopf.

»Hexer«, sagte Beauvoir. »Aber mach dir nichts draus. Schlechter Macker, großes Geld, mehr brauchste nicht zu wissen. Der Two-a-Day, der arbeitet diesen Leuten praktisch in die Hand. Manchmal findet er was, das vielleicht interessant für sie ist, und setzt es ihnen vor, wofür er später ein paar Gefälligkeiten kassiert. Vielleicht kassiert er ein Dutzend zu viel Gefälligkeiten, so daß sie *ihm* nun was vorsetzen. Nicht die gleiche Ausgangslage, klar? Sagen wir, sie haben was, das sie für vielversprechend halten, aber an das sie sich nicht rantrauen. Diese Leute sind eher konservativ, verstehst schon? Nein? Tja, das wirst du dann schon noch merken.«

Bobby nickte.

»Die Software, die jemand wie du bei Two-a-Day

mietet, kannste vergessen. Ich mein, klar, sie funktioniert, aber mit so was würden sich die Großen nie abgeben. Hast 'ne Menge Simstim-Kino gesehn, was? Nun, der Mist, den sie da reinpacken, ist nichts im Vergleich zu dem Zeug, mit dem ein richtiger Operator konfrontiert wird. Besonders wenn's um Eisbrecher geht. Schwere Eisbrecher sind eine heikle Sache, selbst für die großen Könner. Weißte warum? Weil alles Eis*, die harten Brocken, die Mauern, die jede größere Datenansammlung in der Matrix abblocken, immer das Produkt einer AI sind. Es ist sonst nichts anderes schnell genug, gutes Eis aufzubauen und ständig umzuformen und nachzuhärten. Wenn also ein wirklich starker Eisbrecher auf dem Schwarzmarkt auftaucht, so sind bereits einige heikle Faktoren im Spiel. Woher, zum Beispiel, kommt das Ding? In neun von zehn Fällen von einer AI, und AIs werden, damit sie nicht zu clever werden, ständig hauptsächlich von Turing-Leuten überprüft. Vielleicht lenkst du also die Turing-Maschine* auf deine Spur, weil irgendeine AI ihr Privatkonto aufbessern möchte. Manche AIs haben Staatsangehörigkeiten, klar? Eine weitere Sache, vor der du dich hüten mußt, ist wohl der *militärische* Eisbrecher, und der ist auch verräterisch. Oder du kriegst einen, der sich aus dem Industriespionagebereich eines Zaibatsus** fortgeschlichen hat, und von so was sollste auch die Finger lassen. Kapierst du das, Bobby?«

Bobby nickte. Er hatte das Gefühl, sein ganzes Leben darauf gewartet zu haben, von Beauvoir die Gesetze der Welt erklärt zu bekommen, deren Existenz er bislang nur erahnt hatte.

---

* EIS = **E**lektronisches **I**nvasionsabwehr-**S**ystem. – *Anm. d. Übers.*

** Turing = engl. Mathematiker, der 1936 eine Universalrechenmaschine (»Turing-Maschine«) beschrieb, die mathematische und logische Probleme intelligent lösen konnte. – *Anm. d. Übers.*

*** Zaibatsu = jap., führender Familienclan von großer wirtschaftlicher Bedeutung. – *Anm. d. Übers.*

»Freilich ist ein Eisbrecher, der sich durchfrißt, teuer, ich meine *beaucoup* wert. Da bist du also so'n Bonze im Geschäft, und es kommt jemand daher und bietet dir so'n Ding an, den du aber nicht einfach wegschicken willst. Kaufst das Ding also. Du kaufst es, still und heimlich, aber legst es nicht ein! Was machst du damit? Du nimmst es mit heim, läßt es von deinem Techniker ummodeln, damit's wie Durchschnittsware aussieht. Läßt es also praktisch in so 'ne Form bringen« – er deutete auf einen Stapel Software vor sich – »und gibst es deinem Zulieferer weiter, der dir ein paar Gefälligkeiten schuldet wie immer ...«

»Warte, du«, sagte Bobby. »Gefällt mir nicht ...«

»Prima. Ich meine, allmählich wirst du schlau, zumindest schlauer. Denn genau so ist es gelaufen. Sie haben es hier deinem freundlichen Softwarehändler Two-a-Day gebracht und ihm ihr Problem geschildert. ›Meister‹, sagen die, ›wir wollen das Ding testen, 'nen Probelauf machen, aber auf keinen Fall selber. Das überlassen wir dir, Freund.‹ So, was wird Two-a-Day also weiter damit machen? Wird er's einlegen? Keinesfalls. Er tut das gleiche, was die Bonzen mit ihm getan haben, außer daß er sich nicht mal die Mühe macht, den Knaben, dem er's andreht, aufzuklären. Was tut er also? Er sucht sich im mittleren Westen 'ne Basis aus, die voller Steuerhinterziehungsprogramme und Yen-Waschanlagen für irgendein Hurenhaus in Kansas City ist, und jeder, der nicht auf den Kopf gefallen ist, *weiß,* daß er bis zu den Augen in Eis steckt, in *schwarzem* Eis, absolut tödlichen Rückkopplungsprogrammen. Es gibt im ganzen Sprawl und außerhalb keinen Cowboy, der diese Basis anpacken würde, weil sie zum einen von Abwehrsystemen strotzt und zum andern nichts enthält, was irgend jemand außer den IRS* interessiert, und der hat den Eigentümer vermutlich bereits kassiert.«

---

* IRS = amerikanische Steuerbehörde. – *Anm. d. Übers.*

»He«, sagte Bobby, »ich will das im Klartext wissen ...«

»Das ist Klartext, mein weißer Freund! Er wählte jene Basis, ging dann die Liste seiner Cracks durch, der ehrgeizigen Barrytowner Punks, der Wilsons, die blöd genug sind, ein Programm zu laufen, das sie noch nie gesehen haben, und auf eine Basis anzusetzen, die so'n Witzbold wie Two-a-Day herausgegriffen und als leichtes Spiel deklariert hat. Und auf wen fällt die Wahl? 'türlich auf'n Neuling im Geschäft, der nicht mal seine *Adresse* kennt, seine *Telefonnummer,* und zu dem sagt er, hier mein Sohn, nimm das mit heim und verdien dir ein bißchen was. Wenn du gute Ware rausholst, nehm ich sie dir ab!« Beauvoir machte große Augen; er lächelte nicht. »Kommt dir der Typ bekannt vor, Mann, oder verkehrst du nicht mit Versagern?«

»Du meinst, er wußte, daß ich draufgehe, wenn ich diese Basis anzapfe?«

»Nein, Bobby, aber er wußte, daß es möglich ist, falls das Paket nichts taugt. Ihm ging's in erster Linie darum, zu beobachten, was passiert. Was er nicht mal selber tat, sondern von ein paar Cowboys besorgen ließ. Es hätte auch anders ausgehen können. Sagen wir, der Eisbrecher wird mit dem schwarzen Eis fertig, du kommst rein, findest ein paar Zahlen, die dir nichts bedeuten, gehst wieder raus und hinterläßt vielleicht nicht mal Spuren. Tja, dann tauchst du im Leon's auf und sagst Two-a-Day, er habe wohl die falschen Daten anvisiert. Nun, der Two-a-Day entschuldigt sich vielmals, gibt dir ein neues Ziel und einen neuen Eisbrecher, bringt den getesteten ins Sprawl und sagt denen dort, das Ding sei wohl okay. Währenddessen behält er dich im Auge, um deinen Gesundheitszustand zu überwachen und sicherzustellen, daß niemand hinter dem Eisbrecher her ist, den du angeblich benutzt hast. Was auch hätte passieren können, und das ist beinahe passiert: Irgendwas stimmt nicht mit dem Eisbrecher, das Eis verbrät dich, und einer der Cowboys muß in Mommas Wohnung einbrechen, um die Kassette zu holen, bevor man deine Leiche findet.«

»Ich weiß nicht, Beauvoir, das ist schwer zu glauben ...«

»Schwer, klar. Das *Leben* ist schwer. Ich meine, das ist *Geschäft,* verstehst schon?« Beauvoir betrachtete ihn einigermaßen ernst. Das Plastikbrillengestell war tief auf die schmale Nase gerutscht. Er war zierlicher als Two-a-Day oder der bullige Typ, braun wie Kaffee mit einem Schuß Sahne und hatte eine hohe, glatte Stirn unter der kurzen Negerkrause. Er wirkte mager unter dem wallenden Gewand, und Bobby empfand ihn keineswegs als bedrohlich. »Aber unser Problem – und darum sind wir hier und bist du hier – ist herauszufinden, was tatsächlich passiert ist. Und das ist eine andere Geschichte.«

»Aber du meinst, er hat mich als Versuchskaninchen benutzt. Two-a-Day hat mich als Versuchskaninchen benutzt, auch wenn ich dabei hätte draufgehen können?«

Bobby saß noch im Wöchnerinnenrollstuhl von St. Mary, obwohl er nicht mehr das Gefühl hatte, ihn zu brauchen. »Und nun hat er Zoff mit den Typen, den Bonzen vom Sprawl?«

»Du hast es kapiert.«

»Und drum verhält er sich so, drum schert er sich einen Dreck um mich oder haßt mich sogar und scheißt sich vor Angst in die Hosen?«

Beauvoir nickte.

»Und das alles«, sagte Bobby, der plötzlich merkte, warum Two-a-Day in der Klemme steckte und Schiß hatte, »weil sie mich umgesemmelt haben auf'm großen Spielplatz drunten und die Lobe-Ärsche mein Deck geklaut haben! Ihre Software, die steckte noch in meinem Deck!« Ganz aufgeregt, daß er die Fakten beisammen hatte, beugte er sich vor. »Und diese Typen, tja, die killen ihn oder so, wenn er ihnen die Ware nicht wiederbeschafft, richtig?«

»Man merkt, daß du viele Filme anschaust«, sagte Beauvier, »aber darauf läuft's etwa hinaus.«

»Klar«, sagte Bobby, lehnte sich wieder in seinen Rollstuhl zurück und legte die bloßen Füße auf die Tischkante. »Du, Beauvoir, *wer* sind die Typen? Die – wie soll ich sagen? – Oungans, Zauberer, wie du sie genannt hast? Was soll'n das bedeuten?«

»Nun, Bobby«, sagte Beauvoir, »ich bin einer, und der starke Kerl – zu dem sag Lucas – ist der andere.«

»So'n Ding haste sicher schon mal gesehn«, sagte Beauvoir, als der Mann, der Lucas hieß, den Projektor auf den Tisch stellte, nachdem er systematisch einen Platz dafür freigemacht hatte.

»In der Schule«, sagte Bobby.

»Du bist auf der Schule gewesen, Mann?« bellte Two-a-Day heraus. »Warum, zum Teufel, biste nicht dort geblieben?« Er rauchte eine nach der andern, seit er mit Lucas zurück war, und schien jetzt noch schlechter drauf zu sein.

»Halt den Mund, Two-a-Day«, sagte Beauvoir. »Ein bißchen Bildung hätte dir auch nicht geschadet.«

»Mit so 'nem Ding haben sie uns beigebracht, wie man in der Matrix vorgeht, wie man sich Zugang zu Druckwerken verschafft und so'n Zeug ...«

»Soso«, sagte Lucas, richtete sich auf und strich sich nicht vorhandenen Staub von den rosigen Handtellern. »Haste so was wie das Sichten von gedruckten Büchern schon mal gemacht?« Er hatte sich die blitzsaubere schwarze Anzugjacke ausgezogen; übers makellos weiße Hemd spannte sich ein brauner Hosenträger, den Knoten der schlichten schwarzen Krawatte hatte er gelockert.

»Ich bin ein schlechter Leser«, sagte Bobby. »Ich meine, ich kann lesen, aber empfinde es als Arbeit. Tja, ich hab's schon gemacht. Hab mir richtige Bücher und so in der Matrix angesehn.«

»Dacht ich's mir doch«, sagte Lucas und steckte so'n kleines Deck in die Konsole am Fuß des Kastenprojektors. »Count Zero.« Er gab Beauvoir das Deck, der anfing, Befehle einzutippen.

Mit einem Klick gingen komplexe geometrische Figuren im Projektorkasten an und bauten sich an den fast unsichtbaren Ebenen des dreidimensionalen Gitters auf. Beauvoir skizzierte die Cyberspace-Koordinaten von Barrytown, wie Bobby sehen konnte. »Du sollst die blaue Pyramide sein, Bobby. Die da.« Eine blaue Pyramide pulsierte nun in der Mitte des Kastens. »Jetzt zeigen wir dir, was Two-a-Days Cowboys sahen, die Typen, die dich beobachteten. Von jetzt an ist's eine Aufzeichnung.« Eine punktierte Linie aus blauem Licht brach aus der Pyramide hervor und folgte einer Gitterzeile. Bobby schaute zu und sah sich allein im Wohnzimmer seiner Mutter sitzen. Der Ono-Sendai lag auf seinem Schoß, die Gardinen waren zu, die Finger wirbelten übers Deck.

»Eisbrecher unterwegs«, kommentierte Beauvoir. Die punktierte blaue Linie erreichte die Wand des Kastens. Beauvoir orgelte übers Deck, und die Koordinaten änderten sich. Eine neue Konfiguration aus geometrischen Mustern löste die erste ab. Bobby erkannte den Haufen aus orangefarbenen Rechtecken im Zentrum des Kastens wieder. »Das ist es«, sagte er.

Die blaue Linie bewegte sich von der Kante des Kastens aus auf die orangefarbene Basis zu. Angedeutete orangefarben schimmernde Ebenen flackerten rings um die Rechtecke auf und wanderten blinkend, während die Linie näherkam.

»Man sieht schon jetzt, daß was faul ist«, sagte Lucas. »Das ist ihr Eis, und es greift dich schon an. Hat dich spitzgekriegt, obwohl du noch keinen Kontakt hast.«

Als die punktierte blaue Linie die zuckende orangefarbene Fläche berührte, schob sich eine Hülle aus transparentem Orange von geringfügig größerem Durchmesser darüber. Die Röhre begann sich zu strekken und wanderte an der Linie entlang zurück, bis sie die Kastenwand erreichte.

»Währenddessen daheim in Barrytown ...«, sagte Beauvoir und hämmerte wieder auf dem Deck. Jetzt war Bobbys blaue Pyramide in der Mitte. Bobby verfolgte, wie die orangefarbene Röhre von der Projektionsgrenze aus an der blauen Linie entlang langsam zur Pyramide wanderte. »In diesem Stadium ging's dir ernsthaft an den Kragen, Cowboy.« Die Röhre erreichte die Pyramide; orangefarbene Dreiecke erschienen und bunkerten die Pyramide ein. Beauvoir schaltete auf Standbild.

»Nun«, sagte Lucas, »die Helfer, die Two-a-Day anheuerte, allesamt recht zähe, erfahrene Console-Jokkeys, als die sahen, was du gleich sehen wirst, Mann, meinten sie, daß ihr Deck für die große Generalüberholung im Himmel fällig sei. Als Profis hatten sie'n Ersatzdeck dabei. Als sie das ranschalteten, sahen sie das gleiche. In dem Moment hielten sie es für besser, ihren Auftraggeber Two-a-Day anzurufen, der, wie man an dem Saustall hier sieht, im Begriff war, eine Party zu schmeißen ...«

»Mann«, sagte Two-a-Day fast hysterisch, »ich *sagte* bereits, ich hatte ein paar Klienten hier bei mir, die's zu unterhalten galt. Ich bezahlte die Typen fürs Aufpassen, und sie paßten auf und riefen mich an. Ich rief euch an. Was *wollt* ihr überhaupt noch?«

»Unser Eigentum«, sagte Beauvoir leise. »Jetzt aufgepaßt, genau hinschauen. Ist was total Anormales, kein Quatsch ...« Er hämmerte wieder aufs Deck und startete die Aufzeichnung.

Fließende milchige Farben brachen aus dem Kastenboden; Bobby streckte den Hals und sah, daß sie anscheinend aus Abertausenden winzigen Kügelchen oder Bläschen bestanden, die sich nun völlig nach dem Gitter ausrichteten und verschmolzen zu einer kopflastigen, asymmetrischen Struktur, die einem geradlinigen Pilz ähnelte. Die Oberflächen, die Facetten waren weiß, total blank. Obwohl das Gebilde im Kasten nicht länger als Bobbys Hand war, wäre es jedem, der an ein Deck gekoppelt wäre, unermeßlich groß vorgekommen. Das Ding bildete zwei Hörner aus; sie streckten sich, krümmten sich, wurden zur Krebsschere, die sich öffnete und um die Pyramide legte. Bobby sah, wie die Spitzen ungehindert durch die orangefarbenen Ebenen des gegnerischen Eises drangen.

»Sie sagte: ›Was tust du?‹« hörte er sich sagen. »Dann fragte sie mich, warum sie das tun, mir das antun, mich umbringen ...«

»Ah«, sagte Beauvoir leise, »jetzt kommen wir allmählich weiter.«

Er wußte nicht, wohin sie gingen, war aber froh, aus dem Stuhl raus zu sein. Beauvoir duckte sich, um einer schrägen Lampe auszuweichen, die an einem doppelten Spiralkabel hing; Bobby folgte hinterher und wäre beinahe in einer Wasserpfütze mit grünem Film ausgeglitten. Abseits von Two-a-Days Sofa-Lichtung war die Luft anscheinend dicker. Es war ein feuchtes Treibhausklima, das nach Pflanzen roch. »So ist das also gelaufen«, sagte Beauvoir. »Two-a-Day schickte ein paar Freunde nach Covina Concourse Courts, aber du warst weg. Mitsamt dem Deck weg.«

»Nun«, sagte Bobby, »dann kann er ja nicht unbedingt was dafür. Ich meine, wenn ich nicht losgezogen wäre ins Leon's – und ich hab Two-a-Day gesucht und sogar probiert, hier raufzukommen –, dann hätte er mich ja gefunden.« Beauvoir blieb stehen, bewunderte blattreiche Hanfstauden und strich behutsam mit dem dünnen braunen Zeigefinger über die hellen, geruchlosen Blüten.

»Stimmt«, sagte er, »aber hier geht's ums Geschäft. Er

hätte jemanden beauftragen sollen, dein Haus für die Dauer der Operation nicht aus den Augen zu lassen, um sicherzustellen, daß weder du noch die Software plötzlich auf Wanderschaft gingen.«

»Aber er hat Rhea und Jackie rüber ins Leon's geschickt, wo ich sie gesehen habe.« Bobby griff in den Halsausschnitt seines schwarzen Pyjamas und kratzte sich an der verschlossenen Wunde, die quer über Bauch und Brust lief. Dann fiel ihm das Tausendfüßlerding ein, das Pye als Nahtmaterial verwendet hatte, und zog rasch die Hand zurück. Es juckte, die ganze Naht war ein einziges Jucken, trotzdem wollte er das Ding nicht anfassen.

»Nein, Jackie und Rhea gehören uns. Jackie ist eine Mambo, eine Priesterin, das Pferd von Danbala.« Beauvoir setzte den Weg fort, eine Art Pfad, wie Bobby den Eindruck hatte, durch den Hydrokulturdschungel, der allerdings keiner bestimmten Richtung zu folgen schien. Die größeren Sträucher wurden zum Teil in bauchigen grünen Plastikmülltonnen voller Humus untergebracht. Viele hatten Risse, durch die bleiche Wurzeln drangen, um im Schatten zwischen den Pflanzenlampen neue Nahrung zu finden, wo Zeit und Laubfall gemeinsame Sache machten und eine Mulchschicht erzeugten. Bobby trug schwarze Nylonsandalen, die Jakkie ihm herausgesucht hatte, aber er hatte längst feuchte Erde zwischen den Zehen. »Ein Pferd?« fragte er Beauvoir, während er geduckt einem stachligen Ding auswich, das entfernt an eine Palme erinnerte.

»Danbala reitet sie, Danbala Wedo, die Schlange. Zu andern Zeiten ist sie das Pferd von Aida Wedo, Danbalas Weib.«

Bobby wollte nicht darauf eingehen. Er versuchte, das Thema zu wechseln: »Wie kommt's, daß Two-a-Day so mordsmäßig viel Platz hat? Und wozu die vielen Bäume und so?« Er wußte, daß Jackie und Rhea ihn im St. Mary-Stuhl durch einen Durchgang geschoben hatten, hatte aber seither keine Wände mehr zu Gesicht bekommen. Er wußte auch, daß die Arcologie sich über x Hektar erstreckte, wodurch es möglich war, daß Two-a-Days Bleibe supergroß war, obwohl es wiederum unwahrscheinlich war, daß sich ein – wenn auch noch so heißer – Softwarehändler so viel Platz leisten könnte. *Niemand* könnte sich so viel Platz leisten, und wer würde schon gern in einem tropfenden Hydrokulturwald leben?

Das letzte Derm ließ jetzt in der Wirkung nach, und Rücken und Brust fingen zu brennen und zu schmerzen an.

»Ficus, Mapou ... Dieses ganze Projekte-Geschoß ist ein *lieu saint,* ein heiliger Ort.« Beauvoir tippte Bobby auf die Schulter und deutete auf verzwirbelte, zweifarbige Schnüre, die nahebei von den Ästen eines Baumes hingen. »Die Bäume sind verschiedenen Loa geweiht. Der ist für Ougou, Ougou Feray, Gott des Krieges. Es werden hier oben auch viele andere Dinge gezogen. Kräuter für die Kräutermedizin und anderes nur zum Spaß. Aber es ist nicht Two-a-Days Platz, sondern er gehört der Allgemeinheit.«

»Heißt das, das gesamte Projekt steckt da drin? Alles Voodoo und so?« Es war schlimmer als Marshas dunkelste Phantasien.

»Nein, Mann.« Und Beauvoir lachte. »Oben auf'm Dach steht 'ne *Moschee,* dann gibt's bis zu zehntausend Holyroller-Baptisten*, 'n paar Scientology-Leute. Das Übliche halt. Freilich ...« – er grinste – »sind wir diejenigen mit der Tradition, Dinge *getan* zu kriegen ... Aber wie das hier anfing mit diesem Geschoß, das ist eine alte Geschichte. Die Leute, die vor etwa achtzig bis hundert Jahren diese Dinger hier planten, hatten die Idee einer autarken Wohneinheit: eigene Nahrungserzeugung, ei-

---

* Holyroller = Sekte, deren Gottesdienste zu körperlicher Ekstase führen. – *Anm. d. Übers.*

gene Wärmeversorgung, eigene Stromgewinnung und so weiter. Dieser Bau sitzt, wenn man tief genug bohrt, auf einem riesigen geothermischen Wasserreservoir. Ist echt heiß da unten, aber nicht heiß genug zum Betreiben von Turbinen, so daß sich damit kein Strom gewinnen läßt. Die Stromgewinnung gingen sie droben am Dach an mit etwa hundert Darrieus-Rotoren, den sogenannten Quirlen. Hatten also 'ne Windfarm, verstehst schon? Heute beziehen sie ihre Watt größtenteils von der Fission Authority wie jedermann sonst. Das geothermische Wasser aber pumpen sie herauf in einen Wärmeaustauscher. Es ist zu salzig zum Trinken, also wird's nur im Wärmeaustauscher zum Aufheizen des üblichen Leitungswassers von Jersey hergenommen, das freilich viele auch nicht als trinkbar erachten ...«

Schließlich näherten sie sich einer Art Wand. Bobby blickte zurück. Flache Tümpel auf dem schlammigen Betonboden reflektierten die verkrüppelten Formen der Zwergbäume, die blanken bleichen Wurzeln, die sich in die provisorischen Hydrokultur-Behälter mit der Nährlösung streckten.

»Dann pumpen sie es in die Garnelenbecken und züchten 'ne Menge Garnelen. Die Garnelen wachsen echt schnell im warmen Wasser. Dann pumpen sie es durch Rohre im Beton hier herauf, um das hier zu beheizen. Dieses Geschoß diente dazu, um Amaranth und Salat und dergleichen in Hydro zu ziehen. Dann pumpen sie es hinaus in die Katfischbecken, wo die Algen die Garnelenbrühe verwerten. Der Katfisch ernährt sich von den Algen, und dann geht's wieder von vorne los. Zumindest war's so geplant. Leider zogen sie nicht in Betracht, daß jemand aufs Dach steigen und die Rotoren herunterschmeißen würde, um Platz für eine Moschee zu schaffen; viele andere Zufälle wurden nicht einkalkuliert. So kam es also zu diesem Raum. Trotzdem kann man in den Projekten noch allerbeste Garnelen kriegen ... und guten Katfisch auch.«

Sie waren an der Wand angekommen. Die Wand bestand aus Glas, von dem Kondenswasser perlte. Wenige Zentimeter dahinter schloß sich eine weitere Wand an, die aussah, als würde sie aus rostigem Stahlblech bestehen. Beauvoir angelte irgendeinen Schlüssel aus einer Tasche seines wallenden Gewands und steckte ihn in eine Öffnung an einer blanken Metallstrebe, die zwei Fensterflächen abteilte. Irgendwo in der Nähe lief winselnd ein Motor an; der breite Stahlblechladen wurde hochgerollt und verschwand ruckend und gewährte einen Ausblick, von dem Bobby oft geträumt hatte.

Sie waren wohl ziemlich weit oben, fast unterm Dach der Projekte, der große Spielplatz war so klein, daß Bobby ihn mit zwei Händen abdecken konnte. Die Eigentumswohnanlagen von Barrytown sahen aus wie ein grauweißer Fungus, der sich zum Horizont erstreckte. Es war schon fast dunkel, und hinter der letzten Wohnanlagenzeile war ein rosiger Lichtschein auszumachen.

»Das ist das Sprawl da drüben, stimmt's? Das Rosarote.«

»Ja, aber je näher man kommt, desto unschöner wird's. Möchtest du gern da hin, Bobby? Ist Count Zero bereit, sich ins Sprawl zu stürzen?«

»O ja«, sagte Bobby, der die Handteller gegen die schwitzende Scheibe preßte. »Du ahnst es nicht ...« Das Derm hatte ganz zu wirken aufgehört. Rücken und Brust schmerzten höllisch.

14

Nachtflug

Als die Nacht anbrach, fand Turner seine Power wieder.

Es kam ihm lange vor seit dem letzten Mal, aber als die Power losging, war es, als hätte sie ihn nie verlassen. Power, das war jenes übermenschliche Synchrongefühl, das durch Stimulanzien nur annähernd zu erreichen ist. Er bekam es nur bei einer wichtigen Abwerbeaktion, bei der er das Sagen hatte, und dann nur in den letzten Stunden vor dem endgültigen Zuschlagen.

Aber es war lange her gewesen; in New Delhi hatte er lediglich mögliche Fluchtwege für einen leitenden Angestellten aussondiert, der sich nicht ganz sicher war, ob ein Ortswechsel das Richtige für ihn wäre. Wenn er auf Power gewesen wäre an jenem Abend in Chandni Chauk, hätte er dem Ding vielleicht entkommen können. Vielleicht auch nicht; jedenfalls hätte seine Power ihn angefeuert, es wenigstens zu versuchen.

Nun führte ihm die Power die Faktoren vor Augen, die es vor Ort zu erledigen galt. Er wägte Problembündel gegen einzelne große Probleme ab. Bislang gab es nur eine Menge kleiner Probleme, aber keinen richtigen Hammer. Lynch und Webber gerieten sich zusehends in die Haare, also richtete er es so ein, daß sie sich nicht über den Weg liefen. Sein von Anfang an instinktiver Verdacht, daß Lynch Conroys Spitzel sei, verstärkte sich noch. Power schärfte den Instinkt; Hexerei kam ins Spiel. Nathan hatte Schwierigkeiten mit den schwedischen Handwärmern; alles, was ohne elektronische Schaltung auskam, war ihm suspekt. Turner beauftragte Lynch damit, die Handwärmer herzurichten, zu füllen und zündfertig zu machen und ließ sie von Nathan jeweils paarweise hinaustragen und entlang der beiden orangefarbenen Bänder im Meterabstand flach in den Boden stecken.

Das Microsoft, das Conroy geschickt hatte, füllte seinen Kopf mit einer eigenen Welt ständig schwankender Faktoren: Luftgeschwindigkeit, Höhe, Neigung, Lage, g-Kräfte, Richtungen. Die Bordwaffen-Informationen waren eine ewige unterschwellige Litanei aus Zielkoordinaten, ballistischen Kurven, Suchkreisen, Reichweiten, Auslösersignalen, Waffenzählwerken. Conroy hatte das Microsoft mit einer simplen Meldung versehen, indem er die Ankunftszeit mitteilte und den gewünschten Platzbedarf für einen Passagier bestätigte.

Turner fragte sich, wie Mitchell jetzt wohl zumute wäre. Die Maas Biolabs North America waren untergebracht in einem ausgehöhlten Tafelberg, der aus der Wüste aufragte. Im Biosoft-Dossier hatte Turner den abendlichen Berg mit seinen erleuchteten Fenstern im Fels gesehen, der über einem Meer von hochgestreckten Saguaro-Kakteen thronte wie das Ruderhaus eines Riesenschiffs. Für Mitchell war es Kerker und Festung und Heimat seit neun Jahren. Irgendwo in seinem Innersten hatte er die Hybridom-Verfahren perfektioniert, die der Aufmerksamkeit anderer Forscher fast ein Jahrhundert lang entgangen waren; unter Verwendung menschlicher Karzinomzellen und einer vernachlässigten, fast vergessenen DNS-Synthese hatte er die unsterblichen Hybridzellen erzeugt, die als Grundbaustein der neuen Technik dienten und als winzige biochemische Fabriken endlos Moleküle produzierten, die gekoppelt und zu Biochips verbunden wurden. Irgendwo in der Maasischen Arcologie würde nun Mitchell seine letzten Stunden als Star-Forscher durchlaufen.

Turner versuchte, sich das andere Leben vorzustellen, das Mitchell nach seinem Übertritt zu Hosaka führen würde, hatte aber Mühe dabei. Inwiefern unterschied sich eine Forschungsarcologie in Arizona von einer auf Honshu?

Es hatte Momente gegeben an diesem langen Tag, wo Mitchells gespeicherte Erinnerungen in ihm hochstiegen und ihn mit einer seltsamen Angst erfüllten, die mit der bevorstehenden Operation in keinem Zusammenhang zu stehen schien.

Es war das Intime an der Sache, das ihn nach wie vor beunruhigte und die Angst vielleicht erst auslöste. Bestimmte Fragmente waren von emotionaler Heftigkeit geprägt, die in keinem Verhältnis zum eigentlichen Inhalt stand. Warum sollte die Erinnerung an den schlichten Gang eines schmuddeligen Cambridge-Schlafsaals ihn mit Schuldgefühl und Selbstverachtung erfüllen? Andere Bilder, die eigentlich voller Gefühl hätten sein sollen, ließen jeden Affekt vermissen: Mitchell, wie er mit seinem Töchterchen spielte auf einem hellen Teppich in einem gemieteten Haus in Genf; das Kind zog lachend an seiner Hand. Nichts. Das Leben dieses Mannes war aus Turners Sicht von Anfang an in bestimmten Bahnen verlaufen; er war hochintelligent, was schon früh entdeckt wurde, sehr motiviert und ausgestattet mit der nötigen Rücksichtslosigkeit und Schöntuerei, den unerläßlichen Voraussetzungen, wollte man innerhalb einer Firma eine Spitzenposition in der Forschung erreichen. Wenn jemand dazu bestimmt war, in der Hierarchie von Firmenlabors aufzusteigen, so Mitchell, fand Turner.

Turner selber war nicht in der Lage, in der äußerst sippenhaften Welt der Zaibatsusleute, der Lebenslänglichen, mitzumischen. Er war ein ständiger Außenseiter, ein wandernder Faktor, der auf den geheimen Meeren der Politik der Multis kreuzte. Kein Firmenangestellter wäre in der Lage, die Initiative aufzubringen, die Turner im Laufe einer Abwerbung an den Tag legen mußte. Kein Firmenangestellter war in der Lage, bei einem Auftraggeberwechsel mit professioneller Lässigkeit seine Loyalität umzupolen. Keiner von denen war vielleicht zu seinem unbeugsamen Pflichtgefühl imstande, sobald ein Vertrag unter Dach und Fach war. Er war in den späten Teens in der Sicherheitsbranche gelandet, als die böse Flaute der Nachkriegswirtschaft vom Aufschwung neuer Techniken abgelöst wurde. Er hatte gute Arbeit geleistet im Schutzbereich, wenn man bedenkt, wie wenig ehrgeizig er insgesamt war. Er hatte eine geschmeidige, muskulöse Figur, die auf die Klienten seines Arbeitgebers Eindruck machte. Und er war nicht dumm, ganz und gar nicht dumm. Er verstand es, sich gefällig zu kleiden. Und er konnte mit Technik umgehen.

Conroy hatte ihn in Mexico gefunden, wo Turners Arbeitgeber den Auftrag hatte, den Personenschutz eines Simstim-Teams von Sense/Net durchzuführen, das für eine Urwaldabenteuerserie neue 30-Minuten-Fortsetzungen drehte. Als Conroy hinzukam, hatte Turner seine Vorkehrungen praktisch abgeschlossen. Er hatte Kontakte zwischen Sense/Net und den örtlichen Behörden geknüpft, den Polizeichef der Stadt bestochen, das Sicherheitssystem des Hotels analysiert, die örtlichen Führer und Fahrer kennengelernt und ihre Vergangenheit nachprüfen lassen, digitalen Abhörschutz an den Funkgeräten des Simstim-Teams veranlaßt, einen Krisenstab eingerichtet und seismische Sensoren um den angemieteten Zimmerblock von Sense/Net installiert.

Er ging in die Hotelbar, einen ans Foyer angebauten verglasten Dschungelgarten, und fand einen freien Platz an einem der Glastische. Ein blasser Mann mit kraß gebleichtem weißen Haar durchquerte die Bar, in jeder Hand einen Drink. Die blasse Haut spannte über den klobigen Zügen und der hohen Stirn. Er trug ein sorgfältig gebügeltes Military-Hemd zu Jeans und Ledersandalen.

»Bist für die Sicherheit der Simstim-Leute zuständig«, sagte der blasse Mann und stellte einen der Drinks auf Turners Tisch. »Hat mir Alfredo gesagt.« Alfredo war einer der Barkeeper des Hotels.

Turner schaute zu dem Mann auf, der offensichtlich nüchtern war und selbstbewußt wie die Sau. »Ich glaube nicht, daß wir uns kennen«, sagte Turner, der keine Anstalten machte, den spendierten Drink anzunehmen.

»Macht nichts«, sagte Conroy und setzte sich. »Wir sind im gleichen Geschäft.« Und damit saß er schon.

Turner machte große Augen. Er hatte etwas Leibwächterhaftes an sich; aus seinem Gehabe sprach eine gewisse Unruhe und Wachsamkeit, und nicht jeder Fremde hätte sich getraut, so lässig in seine Privatsphäre einzudringen.

»Weißt du«, sagte der Mann so beiläufig, als würde er über eine in dieser Saison nicht besonders erfolgreiche Mannschaft reden, »deine seismischen Sensoren, die bringen's nicht. Ich kenn Leute, die gehn glatt rein, essen deine Kindchen zum Frühstück, stapeln ihre Knochen in der Dusche und spazieren pfeifend davon. Und deine seismischen Sensoren würden behaupten, daß es nicht passiert ist.« Er nippte an seinem Drink. »Immerhin hast du dich redlich bemüht. Du kannst was.«

Der Spruch von den Knochen in der Dusche war zu viel. Das wollte sich Turner nicht gefallen lassen.

»Schau, Turner, da ist deine Hauptdarstellerin.« Der Mann lächelte zu Jane Hamilton hinauf, die sein Lächeln erwiderte. Ihre großen, klaren blauen Augen waren makellos; jede Iris war mit dem Logo von Zeiss Ikon in winzigen Goldlettern eingefaßt. Turner, der sich momentan unschlüssig war, erstarrte. Der Star war nahe, zu nahe, und der blasse Mann stand auf ...

»Nett, dich kennengelernt zu haben, Turner«, sagte er. »Wir treffen uns wieder, früher oder später. Beherzige meinen Rat wegen der seismischen; verstärke sie mit einem Ring von Sirenen.« Und damit wandte er sich um und ging davon, und die Muskeln bewegten sich geschmeidig unterm festen Stoff seines braunen Hemds.

»Nett, Turner«, sagte Hamilton und setzte sich auf den Platz des Fremden.

»Hm?« Turner sah dem Mann nach, der im Wirrwarr des überfüllten Foyers zwischen rothäutigen Touristen verschwand.

»Mir scheint, du unterhältst dich nicht mit Leuten. Es sieht immer so aus, als würdest du sie begutachten und katalogisieren. Freut mich zu sehen, daß du zur Abwechslung mal Freunde kennenlernst.«

Turner sah sie an. Sie war zwanzig, vier Jahre jünger als er, und verdiente grob geschätzt das Neunfache seines Jahresgehalts in jeder Woche. Sie war blond und hatte für die Rolle eine Kurzhaarfrisur, war tiefgebräunt und sah aus, als würde sie von innen heraus mit einer Höhensonne beleuchtet. Die blauen Augen waren unmenschlich perfekte optische Instrumente aus Japanischen Organ-Labors. Sie war Schauspielerin und Kamera in einem. Ihre Augen waren mehrere Millionen Neue Yen wert. In der Hierarchie der Sense/Net-Stars zählte sie kaum.

Er saß mit ihr in der Bar, bis sie zwei Drinks geleert hatte, und begleitete sie dann zum Zimmerblock zurück.

»Du hast keine Lust auf noch'n Drink bei mir, was, Turner?«

»Nein«, sagte er. Das war der zweite Abend, wo sie ihm ein solches Angebot machte, und der letzte, wie er ahnte. »Ich muß die seismischen Sensoren checken.«

Noch an diesem Abend rief er in New York an und ließ sich die Nummer einer Firma in Mexico City geben, die Sirenen für die Absicherung des Zimmerblocks liefern könnte.

Aber eine Woche später waren Jane und drei weitere Leute, also die Hälfte der Serienbesetzung, tot.

»Wir sind so weit, daß wir die Ärzte rausrollen können«, sagte Webber. Turner sah, daß sie fingerlose braune Lederhandschuhe trug. Sie hatte die Sonnenbrille durch klare Linsen ersetzt; eine Pistole hing an ihrer Hüfte. »Sutcliffe überwacht das Warnsystem der Peripherie. Wir brauchen alle andern, um die Scheißkiste durchs Gebüsch zu kriegen.«

»Mich auch?«

»Ramirez sagt, er kann sich nicht so anstrengen kurz vorm Einstecken. Wenn du mich fragst, der ist nur so'n fauler Socken aus L.A.«

»Nein«, sagte Turner und stand von der Schieferplatte auf, »er hat recht. Wenn er sich das Handgelenk zerrt, sind wir erledigt. Selbst 'ne geringfügige Überanstrengung, die er nicht mal spürt, könnte sein Tempo beeinträchtigen.«

Webber zuckte die Achseln. »Tja. Er hockt im Bunker und badet seine Hände in unserm letzten Wasser und summt munter vor sich hin, also kann nichts schiefgehen.«

Als sie zum Med-Container kamen, zählte Turner automatisch die Köpfe, Sieben. Ramirez war im Bunker; Sutcliffe hockte irgendwo zwischen den Schlackensteinhaufen und überwachte das Peripherie-Warnsystem. Lynch hatte sich einen Steiner-Optic-Laser über die rechte Schulter gehängt, ein kompaktes Modell mit einer ausziehbaren Metallschiene als Schaft. Batterien saßen im dicken Griff unter dem grauen Titangehäuse, das als Lauf diente. Nathan trug einen schwarzen Overall und schwarze Fallschirmspringerstiefel, die Staub angesetzt hatten; unterm Kinn baumelten am Kopfband die bauchigen ameisenaugenartigen Glotzer eines Bildverstärkers. Turner setzte die mexikanische Sonnenbrille ab, steckte sie in die Brusttasche seines blauen Arbeitshemds und knöpfte die Klappe zu.

»Wie geht's, Teddy«, fragte er einen kernigen Einsachtziger mit braunem Bürstenschnitt.

»Alles klar«, sagte Teddy lächelnd, daß die Zähne blitzten.

Turner blickte zu den drei restlichen Mitgliedern der Mannschaft vor Ort und nickte jedem der Reihe nach zu: Compton, Costa, Davis.

»Jetzt geht's ran an den Speck, was?« fragte Costa. Er hatte ein volles, feuchtes Gesicht und einen dünnen, sorgfältig gestutzten Bart. Wie Nathan und die andern trug er Schwarz.

»Ja, gleich«, sagte Turner. »Alles klar soweit?«

Costa nickte.

»Es sind etwa dreißig Minuten bis zur Ankunft«, stellte Turner fest.

»Nathan, Davis«, sagte Webber, »macht den Abfluß ab.« Sie reichte Turner ein Telefunken-Hörset. Die Plastikfolie hatte sie bereits entfernt. Sie steckte sich selber eins an, zog die Schutzfolie vom selbstklebenden Kehlkopfmikro und drückte es auf den gebräunten Hals.

Nathan und Davis hantierten im Dunkeln hinter dem Modul. Turner hörte Davis leise fluchen.

»Scheiße«, sagte Nathan. »Da ist kein Deckel fürs Rohrende da.« Die andern lachten.

»Laß gut sein«, sagte Webber. »An die Räder! Lynch und Compton lösen die Stützen!«

Lynch zog einen pistolenförmigen, motorgetriebenen Schraubendreher aus dem Gürtel und bückte sich unter den Container. Das Ding schwankte, und die Federn knirschten; die Ärzte waren auf den Beinen. Turner hörte von drinnen einen kurzen, schrillen Laut von irgendeinem Gerät, dann das Rattern von Lynch, der die Stützen löste. Turner steckte den Hörknopf ins Ohr und klebte das Mikro neben den Kehlkopf. »Sutcliffe? Check?«

»Fein«, sagte der Australier mit zarter Stimme, die aus seinem Schädel zu kommen schien.

»Ramirez?«

»Laut und deutlich ...«

Acht Minuten. Sie rollten das Modul auf seinen zehn dicken Rädern heraus. Turner und Nathan waren am vordersten Paar und lenkten; Nathan hatte seine Glotzer auf. Das Modul war schwer, unmöglich schwer; ein Lenken war kaum möglich. »Wie wenn man einen Laster auf'n paar Einkaufswagen packt«, murmelte Nathan vor sich hin. Turner hatte Kreuzschmerzen. Sein Rücken war seit New Delhi nicht mehr ganz in Ordnung.

»Halt«, sagte Webber vom dritten linken Rad. »Ich häng an so 'nem Scheißstein.«

Turner ließ sein Rad los und richtete sich auf. Die Fledermäuse waren verstärkt zugange in dieser Nacht, flatternde Gebilde vorm sternenübersäten Firmament über der Wüste. Es gab auch Fledermäuse in Mexico, nektarsaugende Fledermäuse, die in den Bäumen schliefen, unter die sich der Zimmerkomplex duckte, wo das Sense/Net-Team schlief. Turner hatte diese Bäume bestiegen und in die überhängenden Äste unsichtbare monomolekulare Fasern gespannt, rasiermesserscharfe Fäden, die den unvorsichtigen Eindringling erwarteten. Trotzdem waren Jane und die andern umgekommen, gestorben bei einer Explosion an einem Hang in den Bergen von Acapulco. Ärger mit einer Gewerkschaft, wurde später gesagt, aber der Fall blieb ungeklärt bis auf die Tatsache, daß eine primitive Claymore* zum Einsatz kam; bekannt war ihre Position und die Stelle, von wo sie gezündet wurde. Turner hatte den Hang selber bestiegen und mit blutverschmierter Kleidung und das ins Unterholz gebrochene Nest gesehen, wo die Mörder gewartet hatten, und das Messer und die rostige Autobatterie gefunden neben selbstgedrehten Zigarettenstummeln und dem neuen, blitzenden Kronkorken einer Flasche Bohemia-Bier.

---

* Claymore-Mine = elektrisch gezündete Mine mit breit streuender Splitterwirkung. – *Anm. d. Übers.*

Die Serie mußte eingestellt werden, und der Krisenstab Milizfunktionen übernehmen und das Bergen der Leichen und die Rückkehr der Überlebenden aus Besetzung und Stab organisieren. Turner saß im letzten Flug, nachdem er acht Gläser Scotch in der Flughafenbar von Acapulco gekippt und dann ziellos durch die Abflughalle gewandert und einem leitenden Techniker von Sense/Net Los Angeles, der Buschel hieß, begegnet war. Buschel war blaß unter seiner L.A.-Bräune. Sein leichter Leinenanzug war schlapp vom Schweiß. Er trug einen schlichten Aluminiumkoffer, eine Art Kamerakoffer, von dem Kodenswasser perlte. Turner starrte auf den Mann, starrte auf den schwitzenden Koffer mit den rot-weißen Warnzeichen und wortreichen Aufklebern mit Hinweisen zum sachgerechten Transport von kryogenisch gekühlter Ware.

»Herrgott«, sagte Buschel, als er ihn bemerkte. »Turner, tut mir leid, Mann. Ich kam heut' morgen runter. Beschissene, häßliche Geschichte.« Er zog ein feuchtes Taschentuch aus der Jackentasche und wischte sich das Gesicht ab. »Häßlicher Job. Hab so was noch nicht machen müssen bisher ...«

»Was ist in dem Koffer, Buschel?« Er war jetzt viel näher bei ihm, obwohl er sich nicht erinnerte, nähergetreten zu sein. Er konnte die Poren in Buschels gebräuntem Gesicht sehen.

»Bist du okay, Mann?« Buschel wich einen Schritt zurück. »Siehst schlecht aus.«

»Was ist in dem Koffer, Buschel?« Leinen ballte sich in seine Hand, die Knöchel wurden weiß, bebten.

»Verdammt noch mal, Turner.« Der Mann riß sich los, umklammerte den Koffergriff jetzt mit beiden Händen. »Sie sind nicht beschädigt. Nur eine minimale Abriebstelle an der Hornhaut. *Sie gehören Sense/Net. Stand in ihrem Vertrag, Turner.*«

Da wandte er sich ab. Seine Gedärme krampften sich um acht Gläser Scotch pur zusammen, und er kämpfte gegen die Übelkeit an. Und hatte immer weiter dagegen angekämpft, neun Jahre lang, bis ihn beim Flug vom Holländer die Erinnerung einholte und in London, in Heathrow, packte, so daß er sich vorbeugte und, ohne seinen Weg durch die schier endlosen Korridore zu unterbrechen, in den blauen Plastiksack eines Abfallbehälters kotzte.

»Mach schon, Turner«, sagte Webber, »wirf dich ins Kreuz. Zeig uns, wie man's macht!« Das Modul rollte mühsam wieder an im teerigen Geruch der Wüstenpflanzen.

»Bin soweit«, sagte Ramirez. Seine Stimme klang fern, ruhig.

Turner tippte ans Halsmikro. »Ich schick dir Gesellschaft.« Er ließ das Mikro los. »Nathan, es wird Zeit. Du und Davis, ab zum Bunker!«

Davis war verantwortlich für das Funkgerät, ihre einzige matrixunabhängige Verbindung zu Hosaka. Nathan war der Bastler, der alles reparierte. Lynch rollte die beiden letzten Fahrrad-Räder ins Gebüsch beim Parkplatz. Webber und Crompton knieten neben dem Modul und steckten das Kabel ein, das Hosakas Mediziner mit dem Sony Biomonitor im Befehlsstand verband. Nachdem die Räder entfernt und das Modul waagrecht auf vier Stützen abgesenkt war, erinnerte es Turner wieder an seinen französischen Feriencamper. Das war ein viel späterer Trip gewesen, vier Jahre nach seiner Anwerbung durch Conroy in Los Angeles.

»Wie läuft's?« fragte Sutcliffe über Funk.

»Prima«, antwortete Turner, indem er das Mikro antippte.

»Einsam hier draußen«, sagte Sutcliffe.

»Compton«, sagte Turner, »Sutcliffe braucht dich zur Überwachung der Peripherie. Dich auch, Lynch.«

»Schade«, meinte Lynch aus dem Dunkeln. »Ich hab gehofft, ich kann die ganze Action sehn.«

Turner griff nach der Smith & Wesson im Halfter unter dem offenen Parka. »Los, Lynch!« Wenn Lynch Conroys Spitzel war, dann würde er hierbleiben oder im Bunker sein wollen.

»Scheiße«, sagte Lynch. »Da ist niemand draußen, das weißt du ganz genau. Du willst mich nicht hier haben. Dann geh ich eben rein und schau Ramirez zu.«

»Genau«, sagte Turner und zog die Kanone, wobei er den Stift drückte, der den Xenon-Projektor aktivierte. Der erste gebündelte Strahl von taghellem Xenon-Licht traf einen bizarren Saguaro, dessen Stacheln im gleißenden, unbarmherzigen Schein wie graue Fellbüschel wirkten. Der zweite erhellte den Totenkopf an Lynchs Gürtel, umrahmte ihn mit einem scharf abgegrenzten Kreis. Das Geräusch des Schusses und das Geräusch des beim Aufprall explodierenden Geschosses waren nicht zu unterscheiden, sondern breiteten sich in brausenden Wellen in unsichtbaren, immer weiter werdenden Kreisen wie Donner in die flache, dunkle Landschaft aus.

In den ersten Sekunden danach war es mucksmäuschenstill. Sogar die Fledermäuse und anderes Getier verstummten, warteten ab. Webber hatte sich flach ins Gebüsch geworfen, und irgendwie spürte er sie jetzt dort, wußte, daß sie die Pistole draußen hatte, ruhig in den braunen, geübten Händen hielt. Er hatte keine Ahnung, wo Crompton war. Dann kam Sutcliffes Stimme über den Knopf im Ohr, krächzte ihm aus der Schädeldecke zu: »Turner, was war das?«

Im Schein der Sterne war Webber jetzt zu sehen. Sie setzte sich auf, die Pistole schußbereit in den Händen, die Ellbogen aufs Knie gestemmt.

»Er war Conroys Spitzel«, sagte Turner und senkte die Smith & Wesson.

»Herrgott noch mal«, sagte sie. »Ich bin Conroys Spitzel.«

»Er hatte Verbindung nach draußen. So was kenne ich.«

Sie mußte es noch einmal sagen.

Sutcliffes Stimme in seinem Kopf, dann Ramirez. »Wir haben dein Taxi. Achtzig km, kommt näher ... Alles andere soweit klar. Da ist'n unbemannter Lastenflugkörper zwanzig km Süd-Südwest, sagt Jaylene. Pünktlich. Sonst nichts. Was plärrt'n der Sut so? Nathan sagt, er hat 'nen Schuß gehört.« Ramirez war eingesteckt; seine Wahrnehmung war größtenteils vom Input des Maas Neotek-Decks belegt. »Nathan ist soweit für den ersten Funkspruch ...«

Turner konnte hören, wie sich der Jet jetzt in die Kurve legte und zur Landung auf dem Highway abbremste. Webber war aufgestanden und ging, die Knarre in der Hand, zu ihm. Sutcliffe stellte immer wieder die gleiche Frage.

Er griff ans Halsmikro. »Lynch. Er ist tot. Der Jet ist da. Das wär's.«

Und dann war der Jet über ihnen, der als schwarzer Schatten unglaublich tief ohne Lichter hereinkam. Man sah den Schein der Rückstoßdüsen, als das Ding eine Landung baute, die einen menschlichen Piloten umgebracht hätte, und hörte dann ein seltsames Knirschen, als es seine gelenkige Carbonfaserhülle neu einstellte. Turner konnte den grünen Schein der Bordinstrumente durch die gewölbte Kunststoffhaube sehen.

»Du spinnst total«, sagte Webber.

Hinter ihr klappte die Luke an der Seite des Moduls auf; in ihr erschien eine maskierte Gestalt in einem papierenen grünen Schutzanzug. Blauweißes, strahlendes Licht fiel heraus und projizierte einen verzerrten Schatten des vermummten Mediziners in die feine Staubwolke, die der Jet überm Gelände aufgewirbelt hatte. »Zu!« brüllte Webber. »Noch nicht!«

Als sich die Tür wieder zuschob und das Licht abschirmte, hörten die beiden den Motor des Ultralights.

Nach dem Düsenbrausen klang es geradezu wie Libellengesumm, das stotternd aussetzte. »Kein Treibstoff mehr«, sagte Webber. »Aber hat nimmer weit.«

»Ist schon da«, sagte Turner und drückte aufs Halsmikro. »Erster Funkspruch.«

Das Ultraleichtflugzeug säuselte an ihnen vorbei als dunkles Dreieck vor dem Sternenhimmel. Sie hörten etwas im Fahrtwind des lautlosen Gleitflugs flattern, Mitchells Hosenbein vielleicht. Bist da droben, dachte Turner, ganz allein in den wärmsten Kleidern, die du hast, Infrarotglotzer, Marke Eigenbau, auf der Nase, und suchst nach den punktierten Linien, die aus Handwärmern für dich angelegt sind. »Du Knackarsch«, sagte er, und eine seltsame Schwärmerei erfüllte ihn, »wolltest unbedingt weg.«

Dann ging die erste Leuchtrakete hoch mit einem festlichen Knall, und das gleißende Magnesiumlicht senkte sich langsam wie ein Fallschirm auf den Wüstenboden herab. Fast im selben Augenblick stiegen zwei weitere hoch und kam vom westlichen Ende des Wegs anhaltendes Maschinengewehrknatter. Turner registrierte am Rande, wie Webber durchs Gebüsch stolperte in Richtung Bunker. Seine Augen waren jedoch fixiert auf den trudelnden Ultralight mit seinen Flügeln aus grau-orange-blauem Gewebe und der klobig bebrillten Gestalt, die zusammengekauert über dem fragilen dreirädrigen Fahrwerk im Metallrahmen hockte.

Mitchell.

Das Gelände war hell wie ein Fußballfeld unterm fliegenden Licht. Der Ultralight ging in Schräglage und drehte seelenruhig eine Kurve, daß Turner am liebsten losgebrüllt hätte. Ein Leuchtspurgeschoß düste in gleißendem Bogen von der Peripherie an. Daneben.

Runter damit! Runter damit! Er rannte, hüpfte über Sträucher, zerkratzte sich die Knöchel, blieb mit dem Parkasaum hängen.

Die Leuchtkörper. Das Licht. Mitchell konnte mit den

Glotzern nichts mehr anfangen und die infrarot schimmernden Handwärmer nicht mehr sehen. Er landete weit neben dem Streifen. Das Vorderrad verfing sich irgendwo, und der Ultralight überschlug sich seitlich, ging zu Bruch und blieb wie ein zerfetzter Schmetterling in einer weißen Staubwolke liegen.

Der Lichtblitz der Explosion erreichte ihn wohl einen Moment vor dem Knall und warf seinen Schatten vor ihn auf die fahlen Büsche. Die Druckwelle erfaßte ihn und warf ihn um, und beim Fallen sah er das geborstene Ambulanzmodul inmitten eines gelben Feuerballs und wußte, daß Webber von ihrer Panzerabwehrrakete Gebrauch gemacht hatte. Dann war er wieder auf den Beinen, lief los, rannte, die Knarre in der Hand.

Er erreichte Mitchells Ultralight-Wrack, als die erste Leuchtrakete erlosch. Schon erhob sich von irgendwo die nächste und erblühte zu gleißender Pracht. Es wurde ständig geballert. Turner beugte sich über rostiges, arg verformtes Blech und fand darunter den Piloten. Kopf und Gesicht steckten unter einem Eigenbau-Helm mit klobiger Infrarot-Brille. Die Gucker waren mit silbergrauem Klebeband am Helm fixiert. Die verdrehten Gliedmaßen waren in dicke schwarze Kleidung gepackt. Turner sah zu, wie seine Hände mit dem Klebeband hantierten und die Infrarot-Brille abzogen. Seine Hände waren eigene Wesen, bleiche unterseeische Geschöpfe, die tief unten am Grunde eines unvorstellbaren pazifischen Grabens ein ganz eigenes Leben führten. Er sah zu, wie sie verzweifelt Klebeband, Brille und Helm abzogen. Bis alles runter war, und das lange, verschwitzte braune Haar schlapp übers weiße Mädchengesicht fiel und das dunkle Blut, das in einem dünnen Rinnsal aus einem Nasenloch lief, verschmierte. Und die Augen gingen auf und zeigten leeres Weiß. Da hob er das Mädchen auf, wuchtete es sich wie'n Feuerwehrmann über die Schultern und torkelte in die Richtung, wo er den Jet vermutete.

Er spürte die zweite Explosion durch die Sohlen seiner Segeltuchschuhe und sah die Idiotengrinse auf der Plastikbombe an Ramirez' Cyberspace-Deck. Es gab keinen Lichtblitz, sondern nur einen Knall und eine Erschütterung, die sich auf den Betonflächen des Geländes fortsetzte.

Und dann war er im Cockpit und atmete den Neues-Auto-Geruch langkettiger Monomere, den vertrauten Duft neuester Technik. Das Mädchen war hinter ihm und hing als schlaksige Puppe im g-Netz, das Conroy von einem Waffenhändler aus San Diego gekauft und hinterm Pilotennetz hatte installieren lassen. Das Flugzeug bebte wie ein Lebewesen, und während er tiefer in sein g-Netz glitt, fummelte er nach dem Interface-Kabel, fand es, riß sich das Microsoft aus der Buchse und steckte ruckzuck das Kabel ein.

Wissen erhellte ihn wie ein Videospiel, und er wuchs hinein in das Wesen des Jets, während der flexible Rumpf sich zum großen Sprung umformte und die automatische Kabinenhaube surrend zuglitt. Das g-Netz blähte sich um ihn herum auf, preßte seine Gliedmaßen an. Die Kanone hatte er noch in der Hand. »Los, du Knackarsch!« Aber der Jet wußte längst Bescheid, und die g-Kraft drückte ihn in die Dunkelheit hinunter.

»Du hast das Bewußtsein verloren«, sagte das Flugzeug. Seine Chip-Stimme klang entfernt wie Conroy.

»Wie lange?«

»Achtunddreißig Sekunden.«

»Wo sind wir?«

»Über Nagos.« Das Display ging an und zeigte ein Dutzend ständig schwankender Zahlenwerte über einer stilisierten Karte der Arizona-Sonora-Grenze.

Der Himmel wurde weiß.

»Was war das?«

Stille.

»Was war das?«

»Die Sensoren melden eine Explosion«, sagte das Flugzeug. »Die Stärke deutet auf einen taktischen Nuklearsprengkopf hin, aber der elektromagnetische Impuls fehlte. Der Ort der Zerstörung ist unser Startpunkt.«

Der weiße Schein verblaßte und verschwand.

»Kursänderung«, sagte er.

»Kurs geändert. Neues Ziel, bitte.«

»Das ist eine gute Frage«, meinte Turner. Er konnte den Kopf nicht drehen, um nach dem Mädchen zu sehen. Vielleicht war es schon tot.

15

Kasten

Marly träumte von Alain; Abenddämmerung auf einer Wildblumenwiese, und er wiegte ihren Kopf in seinen Armen, dann streichelte und brach er ihr den Hals. Sie lag da, regungslos, wußte aber, was er tat. Er bedeckte sie mit Küssen. Er nahm ihr Geld und ihre Schlüssel. Die Sterne waren jetzt riesig, standen über weiten Feldern, und noch immer spürte sie seine Hände an ihrem Hals ...

Sie wurde wach vom morgendlichen Kaffeeduft und sah die Quadrate aus Sonnenlicht, die über den Büchern auf Andreas Tisch lagen, hörte Andreas vertrautes morgendliches Husten, als sie sich eine erste Zigarette an der vorderen Flamme des Herds anzündete. Sie schüttelte die düsteren Farben des Traums ab, setzte sich auf Andreas Couch auf und schmiegte die dunkelrote Steppdecke um die Knie. Seit dem Rummel mit Gnass, der Polizei und den Reportern hatte sie nicht mehr von ihm geträumt. Wenn doch, so hatte sie solche Träume wohl zensiert und vor dem Erwachen ausgelöscht. Sie fröstelte, obwohl es schon warm war, und ging ins Bad. Sie wollte nicht mehr von Alain träumen.

»Paco sagte mir, Alain war bewaffnet bei unserm Treffen«, erzählte sie, als Andrea ihr die blaue Keramiktasse mit Kaffee reichte.

»Alain bewaffnet?« Andrea teilte das Omelett und gab die Hälfte auf Marlys Teller. »Was für 'ne komische Vorstellung. Wie wenn, wie wenn man ... einen Pinguin bewaffnet.« Sie lachten. »Alain ist nicht der Typ dazu. Er würde sich im Verlauf einer hitzigen Diskussion über den Stand der Technik oder den Betrag der Dinner-Rechnung in den Fuß schießen. Er ist'n Riesenarschloch, Alain, aber das wissen wir längst. Wenn ich du wäre, würde ich mir über diesen Paco ein paar Gedanken machen. Welchen Grund hast du anzunehmen, daß er für Virek arbeitet?« Sie aß einen Bissen von ihrem Omelett und griff nach dem Salz.

»Ich habe ihn gesehn. Er war in Vireks Illusion.«

»Was du da gesehn hast, war das Bild, nur das Bild eines Kindes, das diesem Mann bloß geähnelt hat.«

Marly schaute zu, wie Andrea ihr halbes Omelett aß, während ihre Hälfte auf dem Teller kalt wurde. Wie könnte sie es nur erklären, das Gefühl, das sie auf dem Weg vom Louvre gehabt hatte? Den Verdacht, von etwas umgeben zu sein, das sie mit Gelassenheit perfekt überwachte; die Ahnung, im Brennpunkt von Vireks Imperium – zumindest eines Teils davon – zu stehen. »Er ist ein sehr wohlhabender Mann«, begann sie.

»Virek?« Andrea legte Messer und Gabel auf den Teller und nahm die Kaffeetasse. »Das mein ich auch. Wenn man der Presse glauben kann, dann ist er der reichste Mensch, Punkt. So reich wie manche Zaibatsus. Aber da ist auch schon der Haken daran: *Ist* er ein Mensch? In dem Sinn, wie du einer bist oder ich? Nein. Willst du das nicht essen?«

Marly fing an, das kalte Omelett mit Messer und Gabel lustlos zu zerlegen, während Andrea fortfuhr: »Du solltest dir mal das Manuskript ansehen, das wir diese Woche bearbeiten.«

Marly, die kaute, zog die Brauen hoch.

»Es ist eine Geschichte über die Industrie-Clans im Orbit. Ein Mann von der Universität Nizza hat sie erstellt. Dein Virek kommt sogar auch vor, fällt mir ein. Er wird als Gegenbeispiel zitiert – besser gesagt als Typus einer Parallelentwicklung. Den Mann aus Nizza interessiert das Paradoxon von individuellem Reichtum im Zeitalter der Konzerne, und er geht der Frage nach, warum es so was überhaupt noch gibt. Großen Reichtum, meine ich. Er betrachtet die Orbit-Clans, Leute wie die Tessier-Ashpools, als jüngste Variante traditioneller Aristokratie-Formen – jüngst deshalb, weil der Konzern-Modus eigentlich keine Aristokratie zuläßt.« Sie stellte ihre Tasse auf den Teller und trug den Teller zur Spüle. »Nach dem, was ich gesagt habe, ist es eigentlich so interessant auch nicht. Es enthält viele graue Theorie über die Natur des sogenannten **Massenmenschen.** Fettdruck. **Massenmensch.** Mit dem Fettdruck hat er's, mit gutem Stil weniger.« Sie drehte den Hahn auf, und Wasser sprudelte durch den Filter.

»Aber wie äußert er sich zu Virek?«

»Er sagt, falls ich mich recht entsinne, und da bin ich mir nicht sicher, daß Virek ein Glücksfall ist, und zwar ungleich mehr als die Industrie-Clans im Orbit. Die Clans vereinigen mehrere Generationen, und es wird normalerweise viel medizinischer Aufwand getrieben: Tieftemperaturtechnik, Genmanipulation, diverse Mittel gegen das Altern. Der Tod eines bestimmten Familienmitglieds, und sei's einer der Gründungsväter, stürzt den Clan als Geschäftsunternehmen normalerweise nicht in eine Krise. Es ist immer jemand da, der darauf wartet, zu übernehmen. Der Unterschied zwischen einem Clan und einem Konzern liegt jedoch darin, daß man in einen Konzern nicht buchstäblich einheiraten muß ...«

»Aber sie geben Verträge aus ...«

Andrea zuckte die Achseln. »Eine Art von Pachtvertrag, und das ist was ganz anderes. Es dient eigentlich der Arbeitsplatzsicherung. Aber wenn dein Herr Virek schließlich stirbt, wenn ihnen der Platz ausgeht zur Erweiterung seiner lebenserhaltenden Systeme und dergleichen, dann fehlt seinem Unternehmen der logische Brennpunkt. Wenn es dazu kommt, so meint unser Mann aus Nizza, wird sich zeigen, daß Virek & Co. entweder auseinanderfällt oder mutiert, wobei uns letzteres die Firma Soundso und echten Multi, also eine weitere Heimstatt für den fettgedruckten **Massenmen-**

schen, beschert. Sie wischte ihren Teller blank, spülte ihn, trocknete ihn und stellte ihn ins Kiefernregal neben der Spüle. »Er sagt, das sei irgendwie jammerschade, da sowieso nur noch wenig übrig sind, die überhaupt einen Rand sehen.«

»Rand?«

»Den Rand der Masse. Wir stecken hoffnungslos mitten drin, du und ich. Zumindest ich.« Sie kam aus der Küche und legte Marly die Hände auf die Schultern. »Du solltest aufpassen bei dieser Sache. Einerseits bist du wieder viel froher, aber mir ist jetzt klar, daß ich das auch hätte bewerkstelligen können, indem ich für dich ein kleines Lunch mit diesem Schwein von Ex-Lover arrangiert hätte. Was darüber hinausgeht, so bin ich mir nicht sicher ... Ich glaube, die Theorie unsres Akademikers wird durch die offenkundige Tatsache entkräftet, daß Virek und Konsorten längst keine Menschen mehr sind. Sei bitte vorsichtig ...« Dann küßte sie Marly auf die Wange und fuhr ins Büro, wo sie als Lektorin im nostalgischen Geschäft des Buchdrucks tätig war.

Marly verbrachte den Vormittag in Andreas Wohnung und schaute sich mit dem Braun die Hologramme der sieben Werke an. Obwohl jedes Stück auf seine Art außergewöhnlich war, kehrte sie immer wieder zu dem Kasten zurück, den Virek ihr zuerst gezeigt hatte. Wenn ich das Original hier hätte, dachte sie und entfernte den Glasdeckel und schließlich nacheinander alle Objekte dahinter, was wäre dann noch übrig? Plunder, ein räumlicher Rahmen, modriger Staub vielleicht.

Da flackte sie auf der Couch, stellte sich den Braun auf den Bauch und starrte in den Kasten. Es tat weh. Ihr war, als würde das Gebilde irgend etwas Perfektes assoziieren, aber sie fand keinen Namen für dieses Gefühl. Sie strich mit den Händen durch die funkelnde Illusion, folgte dem gerillten Flugknochen. Virek hatte bestimmt schon einen Ornithologen damit beauftragt, den Vogel zu bestimmen, von dem dieser Knochen stammte. Außerdem wäre es wohl möglich, das Alter eines jeden Objekts mit größter Präzision zu bestimmen. Jedes Holofiche enthielt zudem einen ausführlichen Bericht über die Entstehung eines jeden Werks, aber irgendwie mied sie diese Berichte tunlichst. Es war manchmal besser, dem Rätsel Kunst unbedarft wie ein Kind zu begegnen. Das Kind sieht das allzu Offensichtliche, das dem Kennerblick entgeht.

Sie stellte den Braun auf den niedrigen Tisch vor der Couch und ging zu Andreas Telefon, um die genaue Zeit zu erfragen. Sie traf Paco um eins, um den Ablauf der Geldübergabe an Alain zu klären. Alain hatte ihr gesagt, daß er sie um drei bei Andrea anrufen werde. Als sie die Nummer der Zeitansage drückte, flimmerten automatisch via Satellit die wichtigsten Meldungen über den Bildschirm: ein JAL-Shuttle sei beim Wiedereintritt über dem Indischen Ozean verglüht, Ermittlungsbeamte der Boston-Atlanta-Metropolenachse seien hinzugezogen worden, um die Unglücksstelle eines anscheinend sinnlos brutalen Bombenanschlags in einem tristen Vorort von New Jersey zu untersuchen, unter der Regie der Miliz werde der südliche Quadrant von Neubonn evakuiert, nachdem Bauarbeiter zwei scharfe Bomben mit vermeintlich bakteriologischen Waffen gefunden hätten, und offizielle Stellen in Arizona dementierten den mexikanischen Vorwurf, nahe der Grenze zu Sonora sei ein kleiner Nuklearsprengsatz gezündet worden ... Nun liefen die Meldungen von neuem ab, und abermals widerfuhr dem Shuttle sein Feuertod. Sie drückte kopfschüttelnd den Knopf. Es war Mittag.

Der Sommer war da; über Paris strahlte blauer Himmel. Marly lächelte, als es köstlich nach Brot roch und nach dunklem Tabak. Das Gefühl, beobachtet zu werden, hatte sich gelegt, als sie von der Métro zu der Adresse ging, die Paco ihr genannt hatte. Faubourg St. Honoré.

Die Adresse kam ihr bekannt vor. Eine Galerie, mutmaßte sie.

Ja. Roberts. Der Besitzer ein Amerikaner, der noch drei Galerien in New York führte. Teuer, aber nicht mehr recht in. Paco wartete vor einer riesigen Tafel, auf der unter einer dicken, ungleichmäßigen Klarlackschicht Hunderte von kleinen, viereckigen Fotos klebten, wie man sie aus jenen altertümlichen Automaten in Bahnhöfen bekam. Es waren durchwegs Bilder von jungen Mädchen. Automatisch registrierte Marly den Namen des Künstlers und den Titel des Werks: *Lies uns aus dem Buch der Namen der Toten.*

»Ich schätze, du verstehst so'n Zeug«, sagte der Spanier gereizt. Er trug einen teuer aussehenden blauen Anzug in Pariser Business-Optik, ein weißes Hemd aus feinem Wollstoff und eine recht britische Krawatte, vermutlich von Charvet. Er sah jetzt gar nicht mehr wie ein Kellner aus. Eine italienische Tasche aus schwarzem Gummiripp hing über der Schulter.

»Was meinst du?« fragte sie.

»Die Namen der Toten«, und er deutete mit einem Nicken in Richtung Collage. »Du hast mit so was gehandelt.«

»Und was verstehst du nicht?«

»Ich habe manchmal das Gefühl, daß das, diese *Kultur*, ein Schwindel ist. Mein ganzes Leben habe ich Señor auf die eine oder andere Weise gedient, verstehst du? Und meine Arbeit war durchaus nicht unbefriedigend und ohne Höhepunkte. Aber wenn ich mit dieser Art von Kunst zu tun hatte, so blieb das immer unbefriedigend für mich. Señor ist Reichtum in Person. Die Welt ist voller schöner Dinge. Dennoch widmet sich Señor ...« Er zuckte die Achseln.

»Die Geschmäcker sind verschieden.« Sie lächelte ihn an. »Warum hast du diese Galerie als Treffpunkt gewählt?«

»Señors Agent hat hier einen der Kästen gekauft.

Hast du die Berichte nicht gelesen, die du von uns in Brüssel bekommen hast?«

»Nein«, sagte sie. »Es hätte meine Intuition vielleicht nachteilig beeinflußt. Und Herr Virek bezahlt für meine Intuition.«

Er zog die Brauen hoch. »Ich stelle dich Picard, dem Galeristen, vor. Vielleicht kann er deiner Intuition etwas auf die Sprünge helfen.«

Er führte sie durch den Raum zu einer Tür. Ein ergrauter, fülliger Franzose in einem ausgebeulten Kordsamtanzug redete auf einen Telefonhörer ein. Auf dem Monitor des Telefons waren Buchstaben- und Zahlenreihen zu sehen. Die Tageswerte von New York.

»Ah«, sagte der Mann. »Estevez. Pardon. Nur'n Moment noch.« Er lächelte entschuldigend und führte das Telefonat fort. Marly studierte die Werte. Pollock war wieder gefallen. Diese Sache war wohl der Aspekt an der Kunst, den sie selber am wenigsten verstand. Picard, falls der Mann so hieß, telefonierte mit einem New Yorker Makler und orderte den Ankauf von gewissen »Punkten« vom Werk eines Künstlers. Ein »Punkt« ließe sich je nach Standpunkt auf vielerlei Weise definieren; fest stand jedoch, daß Picard die erworbenen Werke nie sehen würde. Wenn der Künstler einen entsprechenden Status genoß, so wurden seine Originale wahrscheinlich in einem Tresorgewölbe gehortet, wo sie niemand mehr betrachtete. Tage oder Jahre später würde Picard zu selbigem Telefon greifen und den Makler mit dem Verkauf beauftragen.

Marlys Galerie hatte Originale verkauft. Damit war nicht das große Geld zu machen, aber es hatte einen sentimentalen Reiz. Und es bot natürlich die Chance auf einen Glückstreffer. Einen solchen Glücksfall hatte sie sich eingeredet, als Alain den gefälschten Cornell als wunderbaren Zufallsfund auftauchen ließ. Cornell hatte seinen festen Platz auf der Kurstafel, und seine »Punkte« waren sehr teuer.

»Picard«, sagte Paco, als würde er einen kleinen Angestellten anreden, »das ist Marly Kruschkowa. Señor hat sie in der Angelegenheit der anonymen Kästen hinzugezogen. Sie wird Ihnen vielleicht ein paar Fragen stellen wollen.«

»Sehr erfreut«, sagte Picard und lächelte herzlich, aber Marly glaubte, in seinen braunen Augen ein Funkeln zu sehen. Höchstwahrscheinlich versuchte er, ihren Namen mit einem Skandal aus letzter Zeit in Verbindung zu bringen.

»Wie ich höre, hat Ihre Galerie also die Transaktion durchgeführt?«

»Ja«, sagte Picard. »Wir hatten das Werk in unseren New Yorker Räumen ausgestellt, was uns eine Reihe von Angeboten einbrachte. Nun wollten wir ihm aber auch eine Chance in Paris geben.« Er strahlte. »Eine dank Ihres werten Herrn Chefs lohnenswerte Entscheidung. Wie geht es dem Herrn Virek, Estevez? Wir haben ihn seit Wochen nicht mehr gesehen.«

Marly blickte rasch zu Paco, aber sein dunkles Gesicht war gelassen, total ruhig.

»Señor geht es meines Wissens bestens«, sagte er kurz.

»Ausgezeichnet« sagte Picard begeistert, was übertrieben wirkte. Er wandte sich an Marly. »Ein wunderbarer Mann. Eine Legende. Ein großer Gönner. Ein großer Kenner.«

Marly glaubte, Paco seufzen zu hören.

»Könnten Sie mir bitte sagen, woher Ihre Filiale in New York das fragliche Werk bekommen hat?«

Picard machte ein erstauntes Gesicht. Er blickte zu Paco und dann wieder zu Marly. »Das wissen Sie nicht? Das hat man Ihnen nicht gesagt?«

»Sagen Sie's mir, bitte.«

»Nein«, meinte Picard. »Tut mir leid, kann ich nicht. Nämlich weil – wir wissen es nicht.«

Marly sah ihn aus großen Augen an. »Wie bitte? Ich

kann mir nicht vorstellen, wie so was möglich sein soll ...«

»Sie hat den Bericht nicht gelesen, Picard. Erzählen Sie's ihr! Es wird ihre Intuition beflügeln, wenn sie's aus Ihrem Mund hört.«

Picard warf Paco einen seltsamen Blick zu, fand aber schnell die Fassung wieder. »Aber sicher«, sagte er. »Mit Vergnügen ...«

»Glaubst du, daß es stimmt?« fragte sie Paco, als sie auf die Faubourg St. Honoré und in die Sommersonne hinaustraten. Es wimmelte nur so von japanischen Touristen.

»Ich bin selber im Sprawl gewesen«, sagte Paco, »und habe mich mit allen Beteiligten unterhalten. Roberts hinterließ keine Unterlagen über den Ankauf, obwohl er normalerweise mit seinen Büchern nicht mehr geheimtat als jeder andere Kunsthändler auch.«

»Und sein Tod war ein Unfall?«

Er setzte eine verspiegelte Porsche-Brille auf. »Wie halt immer in solchen Fällen«, sagte er. »Wir haben keine Möglichkeit, in Erfahrung zu bringen, wo oder wann er das Stück erworben hat. Wir fanden es hier vor acht Monaten, und alle Spuren, die wir zurückverfolgten, endeten bei Roberts, und Roberts ist schon seit einem Jahr tot. Picard hat versäumt, dir zu sagen, daß sie das Ding um ein Haar verloren hätten. Roberts bewahrte es in seinem Landhaus auf neben zahlreichen anderen Dingen, die seine Rechtsnachfolger als bloße Kuriositäten erachteten. Die ganze Sammlung sollte öffentlich versteigert werden. Manchmal wünsche ich mir, das wäre geschehen.«

»Der Rest«, fragte sie, neben ihm gehend, »worum handelt es sich da?«

Er lächelte. »Glaubst du, wir hätten nicht jedes einzelne Stück im Auge behalten? Das haben wir. Es handelte sich« – er runzelte die Stirn, so übertrieben angestrengt dachte er nach – »um recht unbedeutende Stücke zeitgenössischer Volkskunst.«

»Ist bekannt, ob Roberts sich dafür interessierte?«

»Nein«, sagte Paco, »aber wir wissen, daß er etwa ein Jahr vor seinem Tod eine Mitgliedschaft im Institut de l'Art Brut hier in Paris beantragte und Förderer der Aeschmann-Collection in Hamburg wurde.«

Marly nickte. »Die Aeschmann-Collection war auf Arbeiten von Psychotikern beschränkt.«

»Wir sind ziemlich sicher«, fuhr Paco fort, nahm sie beim Ellbogen und führte sie um eine Ecke in eine Seitenstraße, »daß er nicht bestrebt war, die Ressourcen beider Institute auszuschöpfen, es sei denn, er hätte das über einen Mittelsmann abgewickelt, was wir als unwahrscheinlich ansahen. Señor hat natürlich Dutzende von klugen Köpfen engagiert, die Unterlagen beider Institute zu durchforsten. Ohne Resultat ...«

»Sag mal, warum meint Picard, kürzlich Herrn Virek gesehen zu haben? Wie ist das möglich?«

»Señor ist reich. Señor verfügt über viele Mittel und Wege, sich zu manifestieren.«

Nun führte er sie in einen Schuppen mit viel blitzendem Chrom und funkelnden Spiegeln, Flaschen und Spielautomaten. Die Spiegel täuschten einen viel tieferen Raum vor; ganz hinten spiegelten sich noch der Gehsteig, die Füße der Passanten, das Aufblitzen einer Radkappe im Sonnenlicht. Paco nickte einem lethargisch wirkenden Mann hinterm Tresen zu, nahm sie bei der Hand und führte sie durch die dichtstehenden runden Plastiktische.

»Hier kannst du deinen Anruf von Alain entgegennehmen«, sagte er. »Wir haben es so eingerichtet, daß der Anruf von der Wohnung deiner Freundin weitergeleitet wird.« Er zog einen Stuhl für sie heraus, eine automatische, fast von Berufs wegen freundliche Geste, so daß Marly sich fragte, ob er vielleicht doch mal Kellner gewesen sei, und stellte seine Tasche auf den Tisch.

»Aber er wird sehen, daß ich nicht bei Andrea bin«, sagte sie. »Wenn ich das Bild abstelle, wird er bestimmt mißtrauisch.«

»Er wird es nicht merken. Wir haben ein digitales Bild von deinem Gesicht mit dem entsprechenden Hintergrund gemacht. Das speisen wir in sein Telefon ein.« Er nahm ein elegantes, modular aufgebautes Gerät aus der Tasche und stellte es vor Marly auf. Ein papierdünner Polycarbonat-Schirm entfaltete sich auf der Gerätoberseite und versteifte sich rasch. Sie hatte einmal einen schlüpfenden Schmetterling beobachtet und die Verwandlung seiner trocknenden Flügel gesehen. »Wie geht das?« fragte sie und berührte dabei zaghaft den Schirm. Er war fest wie Stahlblech.

»Das ist so 'ne neue Polycarbonat-Variante«, erklärte er. »Ein Produkt von Maas ...«

Das Telefon summte diskret. Er rückte es noch einmal zurecht, ging um den Tisch herum zur andern Seite und sagte: »Dein Anruf. Und denk dran, du bist daheim!« Er griff vor und drückte einen titanbeschichteten Knopf.

Alains Kopf und Schultern erfüllten den kleinen Bildschirm. Es war das trübe, schlecht ausgeleuchtete Bild einer öffentlichen Telefonzelle. »Guten Tag, meine Liebe«, sagte er.

»Hallo, Alain.«

»Wie geht's dir, Marly? Sicher hast du das Geld, über das wir gesprochen haben?« Sie konnte erkennen, daß er ein dunkles Jackett oder so trug, aber Details waren nicht auszumachen. »Deine Zimmergenossin könnte ein bißchen Nachhilfe im Saubermachen vertragen«, sagte er und spähte über ihre Schultern hinter sie.

»Du hast in deinem Leben noch nicht saubergemacht«, sagte sie.

Er zuckte lächelnd die Achseln. »Jeder hat so seine Talente«, meinte er. »Hast du mein Geld, Marly?«

Sie blickte kurz zu Paco, der nickte. »Ja«, sagte sie, »natürlich.«

»Das ist toll, Marly. Ganz prima. Da gibt's nur noch'n winziges Problem.« Er lächelte noch immer.

»Und das wäre?«

»Meine Informanten haben ihren Preis verdoppelt. Folglich muß ich meinen auch verdoppeln.«

Paco nickte. Auch er lächelte.

»Schon recht. Ich muß natürlich erst fragen ...« Jetzt grauste ihr vor ihm. Sie wollte das Gespräch beenden.

»Die werden sicher zustimmen.«

»Wo treffen wir uns dann?«

»Ich ruf um fünf wieder an«, sagte er. Sein Bild schrumpfte zu einem blaugrünen Pünktchen zusammen, das ebenfalls erlosch.

»Du siehst müde aus«, bemerkte Paco, als er den Schirm zusammenfaltete und das Telefon wieder in der Tasche verstaute. »Du hast älter ausgesehen, als du mit ihm gesprochen hast.«

»So?« Aus irgendeinem Grund sah sie jetzt die Tafel von Roberts vor sich, die vielen Gesichter. *Lies uns vom Buch der Namen der Toten.* All die Marlys, dachte sie, all die Mädchen, die sie in der langen Jugendzeit durchgemacht hatte.

16

Legba

»He, Macker!« Rhea stieß ihn recht unsanft in die Rippen. »Beweg deinen Arsch!«

Er fuhr hoch und kämpfte mit der Häkeldecke, den halbfertigen Formen unbekannter Feinde. Den Mördern seiner Mutter. Er war in einem Zimmer, das er nicht kannte, einem Zimmer, das überall hätte sein können. Goldene Plastikrahmen an unzähligen Spiegeln. Samtige purpurne Tapeten. Ein Wohnstil, den er von Gothicks kannte, sofern sie's sich leisten konnten, aber auch von ihren Eltern, die ganze Wohnblocks in dieser Art ausstatteten. Rhea warf ein Bündel Kleider auf den Temperschaum und steckte die Hände in die Taschen ihrer schwarzen Lederjacke.

Die schwarz-pink-karierte Decke war bis zum Nabel gerutscht. Er blickte an sich hinunter und sah den gegliederten Tausendfüßler, der in eine fingerbreite, frische, rosige Narbe eingewachsen war. Beauvoir hatte gesagt, das Ding beschleunige die Heilung. Er berührte das helle, neue Gewebe zaghaft mit der Fingerkuppe; es war weich, aber belastbar. Er schaute zu Rhea auf. »Selber Arsch«, sagte er und zeigte ihr den Finger.

Sie funkelten sich einen Moment über Bobbys abgespreizten Mittelfinger hinweg an. Dann lachte sie. »Okay«, sagte sie. »Schon recht. Ich laß dich in Ruhe. Aber jetzt nimm die Sachen und zieh dich an! Irgendwas wird schon passen. Lucas wird dich jeden Moment abholen kommen, und Lucas mag es nicht, wenn man ihn warten läßt.«

»So? Mir scheint, er ist'n recht lockerer Typ.« Er wühlte in dem Kleiderberg und sonderte ein schwarzes Hemd mit einem ausgewaschenen goldenen Paisley-Muster aus, ein rotes Satinhemd mit weißem Kunstlederbesatz an den Ärmeln, einen hautengen schwarzen Turndress mit Einsatzstreifen aus durchsichtigem Material ... »He«, sagte er, »wo hast'n den Kram her? So was kann ich nicht anziehn.«

»Gehört meinem kleinen Bruder«, sagte Rhea. »Von der letzten Saison. Und jetzt schau zu, daß du deinem weißen Arsch eine Hose verpaßt, bevor Lucas kommt. He«, sagte sie, »der gehört mir.« Und sie riß den Turndress an sich, als befürchtete sie, er wolle ihn ihr wegnehmen.

Er schlüpfte in das schwarz-goldene Hemd und hantierte mit den erhabenen Druckknöpfen aus schwarzen Kunstperlen. Er entdeckte eine schwarze Jeans, aber die war sehr weit geschnitten und hatte reichlich Bundfalten, jedoch keine Taschen. »Ist das alles, was du an Hosen hast?«

»Herrgott«, sagte sie. »Ich hab die Sachen gesehen, die Pye dir vom Leib geschnitten hat, Mann. Du bist nicht unbedingt das, was man als modischen Typ bezeichnet. Nun zieh dich mal an, okay? Ich will keinen Ärger mit Lucas. Mag sein, daß er dir auf die sanfte Tour kommt, aber das bedeutet nur, er braucht dich so sehr, daß er die Mühe auf sich nimmt. Mich, tja, mich braucht er nicht, darum hat er bei mir weniger Hemmungen.«

Er stand schwankend auf neben der Matte und wollte den Reißverschluß der schwarzen Jeans zuziehen. »Kein Reißverschluß«, sagte er und schaute zu Rhea.

»Knöpfe. Irgendwo innen. Gehört zum *Stil*, klar?«

Bobby fand die Knöpfe. Es war eine mühsame Angelegenheit, und er fragte sich, was passierte, wenn er dringend pissen müßte. Er sah die schwarzen Nylonsandalen neben der Matte und schlüpfte hinein. »Was ist mit Jackie?« fragte er und stellte sich so, daß er sich in einem der goldgerahmten Spiegel sehen konnte. »Hat Lucas bei ihr Hemmungen?« Er beobachtete sie im Spiegel, sah etwas über ihr Gesicht huschen.

»Was soll das heißen?«

»Beauvoir, der hat mir gesagt, sie ist'n Pferd ...«

»Pst!« zischelte sie leise. »Wenn Beauvoir so was zu dir sagt, ist das sein Bier. Ansonsten redet man nicht über so was, kapiert? Man soll seine Nase nicht in alles stecken.«

Er betrachtete ihre Augen im Spiegel, die dunklen Augen, auf die der weiche Filzhut einen Schatten warf. Jetzt schienen sie ein bißchen mehr Weiß zu zeigen als zuvor.

»Okay«, sagte er nach einer Pause und fügte dann hinzu: »Danke.« Er zupfte den Hemdkragen zurecht, stellte ihn auf, klappte ihn zurück und probierte es auf verschiedene Weise.

»Weißt du«, sagte Rhea und neigte den Kopf schräg, »wenn du was anhast, siehst du gar nicht übel aus. Außer daß du Augen hast wie zwei Pißlöcher im Schnee ...«

»Lucas«, sagte Bobby, als sie im Aufzug standen, »weißt du, wer meine alte Dame erledigt hat?« Es war keine geplante Frage, aber irgendwie war sie hochgekommen wie eine Sumpfgasblase.

Lucas betrachtete ihn wohlwollend. Sein ovales schwarzes Gesicht war entspannt. Sein schwarzer Anzug hatte einen tollen Sitz und sah aus wie frisch aufgebügelt. Er trug einen flotten Stock aus geöltem, poliertem Holz mit quirliger schwarz-roter Maserung und einem glänzenden Messingknauf. Fingerlange Messingzungen waren vom Knauf aus in den Schaft eingenutet. »Nein.« Er kniff die wulstigen Lippen zu einer ernsten Linie zusammen. »Das würden wir auch gern wissen.«

Bobby trat unruhig auf der Stelle. Der Aufzug machte ihn verlegen. Er hatte Kleinbusgröße und war nicht überfüllt, aber Bobby war der einzige Weiße. Schwarze, so fiel ihm auf, als er nervös durch die längliche Kabine blickte, sehen im Fluoreszenzlicht nicht halb so tot aus wie die Weißen.

Dreimal blieb der Aufzug auf dem Weg nach unten stehen, einmal gleich für fünfzehn Minuten. Beim ersten Mal hatte Bobby Lucas einen fragenden Blick zugeworfen. »Ist was im Schacht«, hatte Lucas erklärt. »Was?« »Andrer Aufzug.« Die Aufzüge befanden sich im Kern der Arcologie und teilten sich die Schächte zusammen mit den Wasser- und Abflußrohren, dicken Stromkabeln und isolierten Rohren, die Bobby dem geothermischen System zuordnete, das Beauvoir beschrieben hatte. Das alles konnte man sehen, wenn die Türen aufglitten; alles war offen und sichtbar installiert, als hätten die Erbauer dieser Anlage Wert darauf gelegt, genau zu sehen, wie was ablief und wohin es ging. Und alles, alle sichtbaren Oberflächen waren überzogen mit einem einzigen Graffiti, das so dick und vielschichtig aufgebracht war, daß man einzelne Bilder oder Sprüche gar nicht mehr erkennen konnte.

»Warst noch nie hier oben, was, Bobby?« fragte Lucas, als die Türen wieder zuglitten und der Aufzug seine Fahrt nach unten fortsetzte. Bobby schüttelte den Kopf. »Schade«, sagte Lucas. »Zwar verständlich, aber trotzdem irgendwie schade. Two-a-Day sagt, du hast keine Lust, in Barrytown herumzusitzen. Stimmt das?«

»Klar.«

»Das ist wohl auch verständlich. Ich habe den Eindruck, daß du ein junger Mann mit Phantasie und Initiative bist. Hab ich recht?« Lucas klatschte mit dem glänzenden Messingknauf seines Stocks in den rosigen Handteller und schaute Bobby eindringlich an.

»Schon. Ich kann Barrytown nicht leiden. In letzter Zeit ist mir irgendwie aufgefallen, daß da halt nichts abgeht, verstehst du? Ich meine, es tut sich was, aber es ist immer das gleiche, immer der gleiche Scheiß, der da läuft, eine ewige Wiederholung. Ich meine, jeder Sommer ist wie der letzte ...« Er verstummte, war sich nicht sicher, was Lucas von ihm halten würde.

»Ja«, sagte Lucas. »Ich kenn das Gefühl. Auch wenn's

in Barrytown vielleicht noch schlimmer ist als anderswo, kann man dieses Gefühl auch leicht in New York oder Tokyo kriegen.«

Das kann nicht sein, dachte Bobby, aber nickte nichtsdestoweniger, Rheas Warnung beherzigend. Dabei kam Lucas ihm nicht bedrohlicher als Beauvoir vor, obwohl seine Statur allein eine Warnung war. Bobby entwickelte eine neue Theorie des persönlichen Verhaltens; sein Ansatz, und mehr war es noch nicht, war der, daß jemand, der wirklich gefährlich ist, es nicht nötig hat, dies zu zeigen, und um so gefährlicher ist, gerade weil er es verbergen kann. Dies stand in krassem Gegensatz zur Regel, die auf dem großen Spielplatz herrschte, wo die Typen, die eigentlich keine echte Bedrohung darstellten, großen Aufwand trieben, um ihre Chromnieten-Brutalität zur Schau zu stellen. Was ihnen wohl auch was brachte, soweit es die lokale Action anging. Aber Lucas hatte sicher nichts mit der lokalen Action zu tun.

»Wie ich sehe, glaubst du mir nicht recht«, sagte Lucas. »Tja, du wirst es schon noch merken, aber so bald noch nicht. Was bei dir so abgeht, das macht dein Leben erst mal 'ne ganze Weile spannend.«

Die Aufzugtüren glitten auf, und Lucas schob Bobby vor sich her wie ein Kind. Sie traten in ein scheinbar endlos großes Foyer mit Steinboden. Sie gingen an Kiosken vorbei und an drapierten Ständen und Leuten, die auf Decken kauerten, wo sie allerlei Zeug ausgebreitet hatten. »Nicht bummeln«, sagte Lucas, als Bobby vor einem Haufen Software stehenblieb, und schubste ihn sachte mit seiner großen Hand weiter. »Wir sind auf dem Weg ins Sprawl, Mann, mit einem Gefährt, wie es sich für einen Count geziemt.«

»Und das wäre?«

»Eine Limousine.«

Lucas' erstaunliches Auto bestand aus einem schwarzen Chassis mit Goldglimmer und hochglanzpolierten Messingteilen und war mit barockem Gerät aufgemotzt, dessen Funktion Bobby in der kurzen Zeit nur raten konnte. Ein derartiges Gerät war wohl eine Parabolantenne, fand er, obwohl es eher wie so ein aztekisches Kalenderrad aussah; aber dann war er schon im Wagen. Lucas ließ die breite Tür sachte hinter ihm zufallen. Die Fenster waren so stark getönt, daß es draußen aussah wie Nacht, eine hektische Nacht, wo die Massen aus den Projekten ihren mittäglichen Geschäften nachgingen. Das Wageninnere bestand aus einer geräumigen Zelle mit hellen Teppichen und Lederpolstern, obwohl es einen Sitzplatz aus solchen nicht zu geben schien. Es war auch kein Lenkrad da; als Armaturenbrett waren verschiedene Anzeigen und Schalter ins Lederpolster eingelassen. Bobby schaute zu Lucas, der seine schwarze Krawatte lockerte: »Wie wird das Ding gefahren?«

»Setz dich irgendwo. Man fährt es so: Ahmed, bring uns nach New York, Lower East.«

Der Wagen rollte sachte am Gehsteig an. Bobby sank auf Knien ins weiche Polster.

»Lunch gibt es in dreißig Minuten, Sir, sofern Sie nicht schon eher etwas möchten«, sagte eine Stimme. Es war eine weiche, melodiöse Stimme, die aus keiner bestimmten Richtung zu kommen schien.

Lucas lachte. »Die haben echt verstanden, wie man Autos baut in Damascus«, sagte er.

»Wo?«

»Damascus«, sagte Lucas, knöpfte sich die Anzugjacke auf und lehnte sich auf einen hellen Polsterkeil zurück. »Ist'n Rolls. Ein alter. Die Araber bauten gute Autos, als sie noch das Geld dafür hatten.«

»Lucas«, sagte Bobby, kaltes Hähnchen kauend, »wie kommt's, daß wir anderthalb Stunden nach New York brauchen? Wir schleichen nicht gerade ...«

»Tja«, sagte Lucas und trank einen Schluck kühlen Weißwein, »es dauert eben so lang. Ahmed verfügt über alle serienmäßigen Extras, so auch ein erstklassiges Antiüberwachungssystem. Ahmed bürgt auf der Straße für eine Privatsphäre, wie ich sie mir in New York nicht ohne weiteres leisten würde. Ahmed, hast du das Gefühl, daß jemand versucht, uns zu folgen, uns zu belauschen oder dergleichen?«

»Nein, Sir«, sagte die Stimme. »Vor acht Minuten wurde unser Nummernschild per Infrarotaufnahme von einem Taktischen Helikopter erfaßt. Der Helikopter hatte die Nummer MH Strich 3 Strich 848. Der Pilot war Corporal Roberto ...«

»Okay, okay«, sagte Lucas. »Schon gut. Siehst du? Ahmed weiß mehr über die Taktischen, als die über uns.« Er wischte sich die Hände an einer weißen Leinenserviette ab und zog einen goldenen Zahnstocher aus seiner Jackentasche.

»Lucas«, sagte Bobby, während Lucas mit Hingabe zwischen seinen eckigen Zähnen stocherte, »was wäre, wenn ich – sagen wir mal – darum bitten würde, am Times Square auszusteigen?«

»Ah«, sagte Lucas und nahm den Zahnstocher aus dem Mund, »das heißeste Pflaster der Stadt. Was ist'n los, Boby? Drogenproblem?«

»Hm, nee. War nur so 'ne Frage.«

»Wozu? Willste zum Times Square?«

»Nein, das war halt der erste Fleck, der mir eingefallen ist. Was ich meine, ist, würdest du mich gehen lassen?«

»Nein«, sagte Lucas. »Aber deshalb brauchst du dich nicht als einen Gefangenen zu betrachten. Sieh dich mehr als Gast. Als *geschätzten* Gast.«

Bobby lächelte müde. »Oh. Okay. 'ne Art Schutzhaft also?«

»Richtig«, sagte Lucas und fummelte wieder mit dem goldenen Zahnstocher. »Und wenn wir schon, vom braven Ahmed abgeschirmt, hier sitzen, wird's Zeit, daß wir uns miteinander unterhalten. Bruder Beauvoir hat dir schon ein bißchen was über uns erzählt, glaube ich. Was hältst du von dem, was er dir erzählt hat?«

»Nun«, sagte Bobby, »es war ja sehr interessant, aber ganz kapiert hab ich's wohl nicht.«

»Was kapierst du nicht?«

»Hm, das Voodoo-Zeug ...«

Lucas zog die Brauen hoch.

»Ich meine, es ist euer Bier, was ihr davon abkaufen wollt, ich meine, was ihr *glaubt*, klar? Aber der Beauvoir, der redet in einem Moment Geschäft, Tech der Straße, wie ich's noch nie gehört hab, und im nächsten Moment von Mambos und Geistern und Schlangen und ... und ...«

»Und was?«

»Pferden«, krächzte Bobby heiser.

»Bobby, weißt du, was eine Metapher ist?«

»Eine Komponente? Wie'n Kondensator?«

»Nein. Vergiß das mit der Metapher! Wenn Beauvoir oder ich mit dir über die Loa und ihre Pferde reden, wie wir die wenigen Auserwählten nennen, die von den Loa geritten werden, dann sag dir, daß wir zwei Sprachen gleichzeitig sprechen. Eine davon verstehst du bereits. Es ist die Sprache der Straßen-Tech, wie du sie nennst. Auch wenn wir andere Wörter gebrauchen, reden wir von der Tech. Vielleicht nennen wir was Ougou Feray, was du etwa Eisbrecher nennst, verstehst du? Aber zur gleichen Zeit reden wir mit den gleichen Wörtern von anderen Dingen, die du nicht verstehst. Gar nicht verstehen brauchst.« Er steckte seinen Zahnstocher weg.

Bobby holte tief Luft. »Beauvoir sagte, Jackie ist ein Pferd für eine Schlange, eine Schlange, die Danbala heißt. Kannst du mir das in Straßen-Tech übersetzen?«

»Sicher. Stell dir Jackie als'n Deck vor, ein Cyberspace-Deck, ein sehr hübsches mit schönen Beinen.« Lucas grinste, und Bobby wurde rot. »Stell dir Danbala, den manche die Schlange nennen, als Programm vor. Sagen wir als Eisbrecher. Danbala geht ins Jackie-Deck rein, Jackie bricht Eis. Das ist alles.«

»Okay«, sagte Bobby, der kapierte. »Aber was ist dann die Matrix? Wenn sie'n Deck ist und Danbala ein Programm, was ist dann der Cyberspace?«

»Die Welt«, sagte Lucas.

»Besser, wenn wir von hier zu Fuß gehen«, sagte Lucas.

Der Rolls kam lautlos und weich zum Stillstand. Lucas knöpfte sich die Anzugjacke zu und stand auf. »Ahmed erregt bloß Aufsehen.« Er nahm seinen Stock, und die Tür entriegelte sich mit einem weichen Klick.

Bobby stieg hinter ihm aus. Das typische Geruchsspektrum des Sprawl schlug ihnen entgegen, ein schweres Gemisch aus stickiger U-Bahn-Abluft, uraltem Ruß und den karzinogenen Ausdünstungen frischer Kunststoffe, zu dem sich der Kohlenoxid-Gestank von illegalen fossilen Brenn- und Betriebsstoffen gesellte. Hoch droben in reflektiertem Bogenlampenschein verdeckte eine der unfertigen Fuller-Kuppeln zwei Drittel des lachsroten Abendhimmels; die gezackte Kante wirkte wie ein Bruch in einem grauen Stück Honigwabe. Das Flickwerk aus Kuppeln im Sprawl sorgte ungewollt für entsprechendes Mikroklima. Da gab es Flächen von einigen Blocks, wo ein ständiger Sprühregen aus Kondenswasser von den rußigen geodätischen Kuppeln fiel, und Gegenden mit besonders hohen Kuppeln, die für ihre statischen Entladungen, einer eigentümlichen urbanen Variante des Gewitterblitzes, bekannt waren. Es blies eine steife Brise, als Bobby Lucas durch die Straße folgte, ein warmer, staubiger Wind, der vermutlich mit Druckänderungen im sprawl-weiten U-Bahn-Netz zu tun hatte.

»Denk dran, was ich dir gesagt hab«, meinte Lucas, der zum Schutz gegen den Staub die Augen zusammenkniff. »Der Mann ist weit mehr als das, was er scheint. Auch wenn er nicht mehr wäre, als er scheint, schuldest du ihm eine Portion Respekt. Wenn du'n Cowboy werden willst, dann lernste gleich eine Größe des Geschäfts kennen.«

»Ja, klar.« Er wich einer grau angelaufenen Endlospapierfahne aus, die sich um seinen Knöchel schlingen wollte. »Er ist's also, wo Beauvoir und du das Ding eingekauft ...«

»Pst! Nicht! Denk dran, was ich dir gesagt habe! Was du auf offener Straße sagst, kannste gleich am Schwarzen Brett anschlagen.«

Bobby zog eine Grimasse und nickte dann. Scheiße. Er baute ständig Mist. Da war er nun mit einem wichtigen Operator und steckte bis zum Hals in einem wunderlichen Geschäft, aber benahm sich ständig wie ein Wilson. Operator. Das war die Bezeichnung für Lucas und für Beauvoir auch. Das Voodoo-Gequatsche war bloß so'n Spiel, das sie mit den Leuten trieben, sagte Bobby sich. Im Rolls hatte Lucas eine längere, seltsame Geschichte über Legba vom Stapel gelassen, dem Loa der Kommunikation, »Meister der Straßen und Wege«, und erklärt, daß der Mann, den sie besuchten, ein Liebling von Legba sei. Als Bobby fragte, ob der Mann auch ein Oungan sei, verneinte Lucas. Er sagte, der Mann habe sein ganzes Leben Legba so nahe gestanden, daß er vom Loa gar nichts ahnte; es war praktisch Teil von ihm, sein Schatten. Und er, sagte Lucas, habe ihnen die Software verkauft, die Two-a-Day an Bobby vermietet habe.

Lucas ging um eine Ecke und blieb stehen. Bobby war dicht hinter ihm. Sie standen vor einem verrußten braunen Sandsteinbau, dessen Fenster vor Jahrzehnten mit Wellblech vernagelt worden waren. Das Erdgeschoß hatte zum Teil wohl als Laden gedient, dessen rissige Schaufenster speckig und blind waren. Die Tür zwischen den blinden Fenstern war mit dem gleichen Wellblech verstärkt worden, womit die oberen Fenster verschlossen waren. Bobby glaubte, so was wie'n Firmenschild im linken Fenster zu entdecken, eine ausrangierte Neonschrift, die schief im Dunkeln lag. Lucas stand da und betrachtete mit ausdruckslosem Gesicht die Tür; der Stock war perfekt auf den Gehsteig gepflanzt, und die großen Hände waren übereinander auf den Messingknauf gestützt. »Das erste, was du zu lernen hast«, sagte er in einem Tonfall, als würde er ein Gedicht rezitieren, »du mußt immer warten ...«

Bobby glaubte ein Scharren hinter der Tür zu hören, und dann kam Kettenrasseln. »Erstaunlich«, sagte Lucas. »Als ob er uns erwartet hätte.«

Die Tür ging auf geölten Angeln einen Spalt von zehn Zentimetern auf und schien dann zu blockieren. Ein Auge betrachtete sie, ein starres Auge im dunklen, staubigen Spalt, das Bobby zunächst für ein Tierauge hielt, da die Iris eine seltsame bräunlichgelbe Farbe hatte, das Augenweiß blutunterlaufen war und das untere Lid blutrot abstand. »Voodoo-Mann«, sagte das unsichtbare Gesicht, zu dem das Auge gehörte. »Voodoo-Mann mit einem kleinen Schlucker. Herrgott ...« Es gab einen gräßlichen Gurgellaut, wie wenn man uralten Schleim aus verborgenen Tiefen hochzieht; dann spuckte der Mann. »Los, herein mit euch, Lucas!« Wieder knirschte es, und die Tür ging nach innen auf. »Ich hab viel zu tun ...« Das von einem Meter Abstand, als fürchtete der Besitzer des Auges das Licht, das durch die offene Tür eindrang.

Lucas trat ein, und Bobby folgte ihm. Bobby merkte, wie die Tür leise hinter ihm zufiel. Als es plötzlich stockfinster wurde, stellten sich ihm die Haare an den Unterarmen auf. Sie schien lebendig, die Dunkelheit, dicht und geballt und irgendwie empfindungsfähig.

Es flackerte ein Streichholz auf und fing eine Art Grubenlampe zu zischeln an, als das Gas sich entzündete. Bobby gaffte baff in das Gesicht hinter der Lampe, wo das blutunterlaufene gelbe Auge bei seinem Gegenstück wartete in einer Visage, die Bobby gern für irgendeine Maske gehalten hätte.

»Schätze, du hast uns erwartet, was, Finne?« fragte Lucas.

»Wenn du's wissen willst«, sagte das Gesicht und entblößte große, flache gelbe Zähne, »ich wollte gerade losgehen, um mir was zum Essen zu besorgen.« Er machte auf Bobby den Eindruck, als könnte er sich von modrigem Teppich ernähren oder durch den holzhaltigen braunen Papierbrei der aufgeweichten Bücher fressen, die schulterhoch zu beiden Seiten des Gangs, in dem sie standen, aufgeschlichtet waren. »Wer ist dieser Typ, Lucas?«

»Weißt du, Finne, Beauvoir und ich haben Probleme mit einer Ware, die wir in gutem Glauben von dir erworben haben.« Lucas streckte den Stock aus und stupste damit an einen gefährlichen Überhang aus zerfallenden Taschenbüchern.

»Soso?« Der Finne spitzte, tiefe Besorgnis heuchelnd, den Mund. »Laß den Unsinn, das sind lauter Erstausgaben, Lucas. Wenn du sie umschmeißt, wirste sie bezahlen.«

Lucas zog den Stock zurück. Das polierte Holz glänzte im Lampenlicht.

»Nun«, sagte der Finne, »ihr habt Probleme. Komisch, Lucas. Echt komisch.« Seine Wangen waren gräulich und hatten tiefe Querfalten. »Ich hab auch Probleme, drei Stück. Die hatte ich heut' früh noch nicht. Nun, so ist halt das Leben, gell?« Er stellte die zischende Lampe auf einen leergeräumten Stahlaktenschrank und kramte eine krumme Zigarette ohne Filter aus der Seitentasche eines Kleidungsstücks, das wohl einmal eine Tweedjacke gewesen war. »Meine drei Probleme, die sind droben. Vielleicht wollt ihr sie euch ansehn ...« Er entzündete am Fuß der Lampe ein hölzernes Streichholz und steckte sich damit die Zigarette an. Der schwere Dunst von dunklem cubanischen Tabak erfüllte den Raum.

»Weißt«, sagte der Finne, als er über die erste Leiche stieg, »ich bin schon lange in diesem Haus. Jeder kennt mich. Jeder weiß, daß ich hier bin. Wenn du beim Finnen kaufst, weißt du, bei wem du kaufst. Ich stehe hinter meinen Produkten, ausnahmslos ...«

Bobby starrte auf das nach oben gekehrte Gesicht des Toten, auf die stumpf gewordenen Augen. Es stimmte was nicht mit der Form des Rumpfes, mit der Lage des schwarzgewandeten Toten. Japanisches Gesicht, ohne Ausdruck, Augen tot ...

»Und was meinst du«, fuhr der Finne fort, »wie viele Leute in der ganzen Zeit so dumm waren und versuchten, hier reinzukommen und mich zu erledigen? Niemand. Kein einziger, bis auf heut' früh, und dann gleich *drei.*«

»Sieht irgendwie verdreht aus«, sagte Bobby und schaute dabei zum ersten Toten.

»Weil er innen Hundefutter ist.« Der Finne machte ein boshaftes Gesicht. »Total zermanscht.«

»Der Finne sammelt exotische Waffen«, bemerkte Lucas und stupste einen zweiten Toten mit der Spitze seines Stockes am Handgelenk. »Hast du sie auf Implantate durchleuchtet, Finne?«

»Klar. Das Kreuz tut mir weh. Mußte sie runterschaffen ins Hinterzimmer. Nichts – vom Üblichen abgesehen. Ein reines Killer-Kommando.« Er lutschte geräuschvoll an seinen Zähnen. »Warum will *mich* jemand killen?«

»Vielleicht haste ein sündhaft teures Programm verkauft, das nicht funktioniert?«, meinte Lucas.

»Ich hoffe, das soll nicht heißen, daß *du* sie geschickt hast, Lucas?« erwiderte der Finne gleichmütig. »Es sei denn, du willst meine Hundefutternummer erleben.«

»Habe ich etwa behauptet, du hast uns was verkauft, das nicht funktioniert?«

»Ihr habt Probleme, hast du gesagt. Und was sonst habt ihr in letzter Zeit von mir gekauft?«

»Sorry, Finne, aber das sind nicht unsre Leute. Das weißt du selber.«

»Ja, das weiß ich auch. Also was, zum Teufel, führt dich zu mir, Lucas? Du weißt, auf das Ding, das ihr gekauft habt, gab's nicht die übliche Garantie ...«

»Tja«, sagte der Finne, nachdem er sich Bobbys Geschichte von seiner Cyberspace-Abteilung angehört hatte, »da ist was im Busch.« Er schüttelte bedächtig den schmalen, seltsam gestreckten Kopf. »War früher nicht so.« Er blickte zu Lucas. »Ihr Leute wißt das, nicht wahr?«

Sie saßen an einem weißen Tisch in einem weißen Zimmer des Erdgeschosses hinter dem von Unrat gefüllten vorderen Ladenraum. Der abgenutzte Boden war eine Art Krankenhausqualität, rutschfest strukturiert; die Wände waren mit schmuddeligem weißen Plastik verkleidet, das eine dichte Anti-Abhörelektronik verbarg. Verglichen mit dem Ladenraum war das Hinterzimmer hygienisch sauber. Mehrere Metallstative voller Sensoren und Scanner-Gerät standen beim Tisch wie abstrakte Skulpturen.

»Wissen was?« Mit jedem Wiedererzählen seiner Geschichte fühlte er sich weniger als Wilson. Wichtig. Er fühlte sich wichtig.

»Nicht du Arsch«, sagte der Finne müde. »Er. Der große Voodoo-Mann. Er weiß es. Weiß, daß es nicht mehr so ist. Schon lange nicht mehr. Ich bin schon seit 'ner Ewigkeit im Geschäft. Schon damals. Vorm Krieg, wo's noch keine Matrix gab, beziehungsweise man noch nichts darüber wußte.« Er blickte jetzt zu Bobby. »Ich hab 'n paar Stiefel an, die sind älter als du, also was, zum Teufel, solltest du schon wissen? Es gibt Cowboys, seit es Computer gibt. Die ersten Computer wurden gebaut, um deutsches Eis zu knacken, richtig? Codeknakker. Also gab's das Eis vor dem Computer, wenn man es so betrachtet.« Er steckte sich seine fünfzehnte Zigarette an diesem Abend an; der Rauch nebelte das weiße Zimmer ein.

»Lucas weiß es, klar. In den letzten sieben, acht Jahren, da gab's komische Sachen draußen, draußen auf der Console-Cowboy-Schaltung. Die neuen Jockeys, die machen ihre Deals, gell, Lucas? Aber sicher, freilich weiß ich Bescheid; sie brauchen nach wie vor die Hard- und die Software dazu und müssen nach wie vor flinker als Schlangen auf'm Eis sein, aber alle, alle wirklich guten, die wissen, wie man sich durchhackt, haben *Verbündete,* nicht wahr, Lucas?«

Lucas zog seinen goldenen Zahnstocher aus der Tasche und machte sich an einem Molar zu schaffen. Seine Miene war finster.

»Throne und Reiche«, sagte der Finne geheimnisvoll. »Tja, da gibt's Dinge draußen. Geister, Stimmen. Warum auch nicht? Die Meere hatten ihre Meerjungfrauen und den Quatsch. Wir haben ein Silizium-Meer, nicht? Sicher, ist nur 'ne künstliche Halluzination, der wir alle uns willentlich unterziehen, der Cyberspace, aber jeder, der einsteckt, *weiß* verdammt gut, daß der Cyberspace eine eigene Welt ist. Und mit jedem Jahr wird sie ein bißchen überfüllter ...«

»Wir«, sagte Lucas, »haben die *Welt* immer so verstanden.«

»Ja«, sagte der Finne, »ihr Burschen konntet echt rangehen und den Leuten predigen, das, womit ihr eure Deals macht, sind doch genau dieselben alten Buschgötter.«

»Göttlicher Reiter ...«

»Klar. Du glaubst vielleicht daran. Aber ich bin alt genug und kann mich noch an die Zeit erinnern, wo's nicht so war. Wenn du vor zehn Jahren in den Gentleman Loser marschiert bist und den besten Jockeys weismachen wolltest, daß du mit Geistern in der Matrix gesprochen hast, dann hätten sie dich für verrückt erklärt.«

»Zum Wilson«, meinte Bobby, der sich ausgeschlossen fühlte und jetzt ganz unwichtig vorkam.

Der Finne sah ihn baff an. »Was?«

»Zum Wilson. Naja, die Cracks sagen so ...«

Der Finne sah ihn sehr eigenartig an. »Herrgott. Das ist euer Ausdruck dafür, hm? Herrgott, ich *kenn* den Mann ...«

»Wen?«

»Bodine Wilson«, sagte er. »Der erste, den ich kenne, der's zu 'ner eignen Redewendung gebracht hat.«

»War das'n Blödtyp?« fragte Bobby und bereute es sofort.

»Blödtyp? Nee du, schlau wie'n Fuchs.« Der Finne drückte seine Zigarette im gesprungenen Keramikascher von Campari aus. »Ging halt mal total in die Hose, das ist alles. Hat mal mit der Dixie Flatline gearbeitet ...« Die blutunterlaufenen gelben Augen bekamen einen entrüsteten Ausdruck.

»Finne«, sagte Lucas, »woher hast du den Eisbrecher, den du uns verkauft hast?«

Der Finne sah ihn nichtssagend an. »Bin vierzig Jahre im Geschäft, Lucas. Weißt du, wie oft mir diese Frage schon gestellt wurde? Weißt du, wie oft ich schon tot wäre, wenn ich sie beantwortet hätte?«

Lucas nickte. »Versteh ich. Aber ich will, daß du mich auch verstehst.« Er hielt den Zahnstocher so, als wollte er den Finnen damit aufspießen. »Der wirkliche Grund, warum du hier hockst und so, ist, daß du glaubst, die drei kalten Brüder haben was mit dem Eisbrecher zu tun, den du uns verhökert hast. Und du hast aufgehorcht, als Bobby erzählte, daß die Wohnung seiner Mutter in die Luft gejagt wurde, stimmt's?«

Der Finne zeigte Zähne. »Vielleicht.«

»Jemand hat dich auf dem Kieker, Finne. Die drei toten Ninjas oben kosten 'ne Stange Geld. Daß sie nicht zurückkehren, das wird jemand sogar noch entschlossener machen, Finne.«

Die blutunterlaufenen gelben Augen blinzelten. »Sie waren total gut ausgerüstet«, sagte er, »um ordentlich zuzuschlagen, aber einer von ihnen hatte auch anderes Zeug. Zeug, um jemanden zum Reden zu kriegen.« Seine nikotingelben Finger, bräunlich wie Schabenflügel, spielten bedächtig mit der schmalen Unterlippe. »Hab's von Wigan Ludgate«, sagte er, »vom Wig.«

»Nie von dem gehört«, meinte Lucas.

»Knackarsch, kleiner Spinner«, sagte der Finne. »War mal'n Cowboy.«

Es war so, *begann der Finne, und für Bobby war's unheimlich spannend, spannender als die Reden von Beauvoir und Lucas.* Wigan Ludgate hatte fünf Jahre als Topjockey hinter sich, was eine anständige Leistung ist für einen Cyberspace-Cowboy. Nach fünf Jahren ist ein Cowboy entweder reich oder hirntot oder aber finanziert einen Stall von Nachwuchstalenten und sattelt auf die Management-Seite um. Der Wig nun stürmte im Eifer der Jugend und im Eifer des Gefechts einen weitreichenden Paß durch eher spärlich besetzte Sektoren der Matrix, die solche geographischen Gebiete abdeckten, die einst als Dritte Welt bekannt gewesen waren.

Silizium verbraucht sich nicht; Microchips leben an sich ewig. Das merkte Wig sich. Wie jedes andere Kind seines Alters wußte er jedoch, daß Silizum *überholt* war, und das war schlimmer als ›verbraucht‹. Mit dieser bitteren Tatsache fand Wig sich ab, wie man sich mit dem Tod oder dem Finanzamt abfindet. Eigentlich machte er sich mehr Sorgen darum, daß sein Gerät nicht mehr auf dem neuesten Stand bliebe, als um den Tod (er war zweiundzwanzig) oder das Finanzamt (er gab keine Steuererklärung ab, obwohl er an eine Geldwaschanlage in Singapore einen jährlichen Prozentsatz abführte, der dem Steuersatz in etwa entsprochen hätte, wenn er sein Einkommen gemeldet hätte). Der Wig argumentierte, das viele überholte Silizium müsse ja irgendwo hin. Es ging, so fand er heraus, an verschiedene sehr arme Orte, wo die Industrialisierung noch in den Kinderschuhen steckte. An Nationen, die noch so verblödet waren, daß der Gedanke einer ›*Nation*‹ noch ernst genommen wurde. Wig hackte sich durch ein paar afrikanische Provinznester und kam sich vor wie ein Hai in einem Swimmingpool voller Kaviar. Das einzelne Kügelchen der schmackhaften grünen Eier erbrachte freilich nicht viel, aber er konnte kräftig abzapfen und *scheffeln*, es war kinderleicht und lukrativ, und es kam was zusammen. Der Wig bearbeitete die Afrikaner eine Woche lang, was den Sturz von wenigstens drei Regierungen und unsägliches menschliches Leid nach sich zog. Nachdem er am Ende der Woche mehrere Millionen lächerlich winziger Konten abgeräumt hatte, zog er sich zurück. Nachdem er gegangen war, rückten die Schmarotzer nach; die afrikanische Idee machte Schule.

Der Wig saß zwei Jahre am Strand von Cannes, schluckte nur die teuersten Designer-Drogen und stellte immer wieder einen winzigen Hosaka-Monitor an, um mit seltsamer, merkwürdig naiver Intensität die aufgedunsenen Leiber der toten Afrikaner zu studieren. Irgendwann, und keiner wußte genau, wann und wo und warum es passierte, fiel allmählich auf, daß Wig übergeschnappt war. Insbesondere, so erzählte der Finne, war Wig jetzt überzeugt, daß Gott im Cyberspace lebt, oder der Cyberspace vielleicht Gott oder eine neue Manifestation Gottes ist. Hand in Hand mit Wigs theologischen Vorstößen wandelte sich sein paradigmatisches Spektrum, machte sein Glauben wahre Sprünge. Der Finne wußte in etwa, was seinerzeit bei Wig ablief. Kurz nach seiner Bekehrung zu seinem einzigartig neuen Glauben kehrte Wigan Ludgate ins Sprawl zurück und begab sich auf eine heroische, wenn auch teils ungelenkte Wallfahrt im cybernetischen Raum. Als ehemaliger Console-Cowboy wußte er, wohin er sich wenden mußte, um Hard- und Software vom Feinsten zu kriegen. Der Finne stattete Wig entsprechend aus, da Wig nach wie vor ein reicher Mann war. Wig erklärte dem Finnen, daß seine Technik der mystischen Suche daraus bestand, das Bewußtsein in leere, unstrukturierte Sektoren der Matrix zu projizieren und zu warten. Allerdings mußte man ihm, so meinte der Finne, zugute halten, daß er nie behauptete, Gott begegnet zu sein, obwohl er darauf beharrte, mehrmals seine Gegenwart auf dem Gitter gespürt zu haben. Mit der Zeit ging Wig das Geld aus. Da er sich durch seine spirituelle Mission die wenigen verbliebenen Geschäftskontakte aus der prä-afrikanischen Zeit vergrault hatte, ging er spurlos unter.

»Aber eines Tages tauchte er wieder auf«, erzählte der Finne. »Verrückt wie 'ne Scheißhausratte. Er war sowieso ein blasser, kleiner Wichser, aber jetzt behängte er sich mit dem ganzen afrikanischen Scheiß – Perlen und Knochen und so.« Bobby löste sich kurz von der Geschichte des Finnen und fragte sich, wie jemand, der so aussah wie der Finne, dazu kam, jemand anders als blassen, kleinen Wichser zu beschreiben. Er blickte kurz zu Lucas, der ein todernstes Gesicht machte. Bobby kam der Gedanke, daß Lucas die Afrika-Geschichte vielleicht persönlich nahm oder so. Aber der Finne erzählte weiter.

»Er hatte 'ne Menge Zeug, das er verkaufen wollte. Decks, Peripherie, Software. War alles ein paar Jahre alt, aber vom Feinsten, so daß ich ihm einen guten Preis machte. Ich bemerkte, daß er 'nen implantierten Kontakt hinterm Ohr hatte, in dem ständig dasselbe Microsoft steckte. Was ist das für'n Soft? Es ist leer, sagt er. Da hockt er, genau wo du jetzt hockst, Junge, und erzählt mir, es ist leer und ist die Stimme Gottes, und ich lebe ewig in seinem leeren Rauschen und so'n Quatsch. Ich denk mir, Herrgott, der Wig hat sie echt nicht mehr alle, und jetzt zählt er das Geld von mir schon zum fünften Mal nach. Wig, sag ich, Zeit ist Geld, aber sag mir, was du jetzt vorhast? Weil ich neugierig war. Kannte den Kerl schon seit Jahren, geschäftlich und so. Finne, sagt er, ich muß den Gravitationsschacht hoch. Gott ist da oben. Ich meine, er sagt, Gott ist überall, aber hier unten gibt's so viel statisches Rauschen, das verschleiert sein Gesicht. Klar, sag ich, tu das. Und zeig ihm die Tür. Und das war's. Hab ihn nie wieder gesehn.«

Bobby blinzelte, wartete, rutschte hin und her auf dem harten Klappstuhl.

»Aber ein Jahr später, da taucht ein Typ auf, einer vom Orbit auf Urlaub, hat gute Software zu verkaufen. Nichts Tolles, aber nicht uninteressant. Er sagt, es ist vom Wig. Nun, auch wenn der Wig ein Freak ist und lange aus dem Geschäft ist, so hat er doch einen Riecher für gute Ware. Also kaufe ich. Das ist vielleicht zehn Jahre her, klar? Und jedes Jahr oder so taucht 'n Typ mit Zeug auf. ›Wig hat gesagt, ich soll dir die Ware anbieten.‹ Und normalerweise kaufe ich. Es war nie was Besonderes, aber immer okay. Und es war nie der gleiche Typ, der das Zeug brachte.«

»War's immer nur Software, Finne?« wollte Lucas wissen.

»Ja, meistens schon. Bis auf die komischen Kunstobjekte. Die hab ich ganz vergessen. Ich schätze, daß Wig sie gemacht hat. Als zum ersten Mal ein Typ mit so 'nem Ding reinkam, kaufte ich die Ware, die er hatte, und meinte dann, was soll'n das sein, Herrgott noch mal? Wig meint, du bist vielleicht dran interessiert, sagte der Typ. Richt ihm aus, er spinnt wohl, sagte ich. Der Typ lachte. Tja, behalt's trotzdem, sagt er. Ich schlepp das Scheißding nicht wieder hoch. Ich meine, es war etwa so groß wie'n Deck, das Ding, ein Haufen Ramsch und Plunder in einem Kasten drin ... Ich stellte es hinter den Coke-Träger voller Alteisen und vergaß es wieder. Aber der alte Smith, ein Kollege von mir aus der Zeit, der hauptsächlich mit Kunst und Sammelbarem handelte, der sah's und wollte es haben. Also machen wir ein Geschäft. Wenn du noch mehr davon kriegst, Finne, sagt er, nimm's! Es gibt Arschlöcher in der Stadt, die stehn auf so 'nen Scheiß. Als wieder so'n Typ von Wig auftauchte, kaufte ich also das Ding mit und verscherbelte es an Smith. Aber viel ließ sich damit nie verdienen ...« Der Finne zuckte die Achseln. »Außer letzten Monat. Da kam einer daher und brachte, was ihr gekauft habt. War von Wig. Hör zu, sagt er, das ist Biosoft und ein Eisbrecher. Wig sagt, ist 'ne Menge wert. Ich check das Ding, alles okay. Fand's nicht uninteressant, klar? Dein Partner Beauvoir, der fand's mächtig interessant. Ich hab's gekauft. Beauvoir hat's von mir gekauft. Ende der Geschichte.« Der Finne zog eine Zigarette heraus, die diesmal gebrochen und zweimal geknickt war. »Scheiße«, sagte er. Er zog eine ausgebleichte Packung Zigarettenpapier aus derselben Tasche, entnahm eins der feinen pink Blättchen, rollte es straff um die gebrochene Zigarette. Eine Art Stützverband. Als er den gummierten Streifen beleckte, sah Bobby kurz seine sehr spitze graurosa Zunge.

»Und wo, Finne, wohnt der Mr. Wig?« fragte Lucas, der die Daumen unterm Kinn und die großen Hände betend vorm Gesicht hatte.

»Lucas, da hab ich verdammt keine Ahnung. Irgendwo im Orbit. Und an einem bescheidenen Ort, falls er aufs Geld, das er von mir bekam, angewiesen war. Weißt schon, ich hab gehört, da gibt's Plätze droben, wo du kein Geld brauchst, wenn du ins ökonomische System paßt, so daß man mit wenig wohl viel ausrichten kann. Aber da darfst du mich nicht fragen, denn ich leide unter Platzangst.« Er grinste Bobby zu, der versuchte, das Bild der Zunge aus seinen Gedanken zu verdrängen. »Weißt«, sagte er, zu Lucas schielend, »das war etwa die Zeit, wo ich allmählich zu hören bekam, daß komische Sachen passieren in der Matrix.«

»Wie zum Beispiel?« fragte Bobby.

»Halt du Arsch dich da raus!« sagte der Finne. Er blickte zu Lucas. »Das war, bevor ihr Typen aufgetaucht seid, das neue Voodoo-Volk. Ich kannte so 'nen Samurai der Straße, eine Frau, die einen Job für einen Typ der Special Forces machte, dagegen war unser Wig stinknormal. Sie und ihr Cowboy, den sie in Chiba zusammengekratzt hatten, waren hinter so was her. Vielleicht fanden sie's. Istanbul, da sah ich die beiden zum letzten Mal. Hörte irgendwann, daß sie in London lebt, vor'n paar Jahren. Wer weiß, sieben, acht Jahre sind's her.« Der Finne wirkte plötzlich müde und alt, sehr alt. Er wirkte auf Bobby wie eine mumifizierte Riesenratte, die mit Federn und verborgener Elektronik bewegt wurde. Er zog eine Armbanduhr mit einem gesprungenen Glas und einem einzelnen speckigen Lederband aus der Tasche und warf einen Blick darauf. »Herrgott. So, mehr hab ich nicht für dich, Lucas. Es kommen in zwanzig Minuten ein paar Freunde von mir von einer Organbank, mit denen ich ein kleines Geschäft abwickeln muß.«

Bobby dachte an die Leichen droben. Die lagen schon den ganzen Tag herum.

»He«, sagte der Finne, der seinen Gesichtsausdruck richtig deutete, »eine Organbank ist immer gut, wenn man was loswerden will. Ich zahle dafür! Diese unseligen Ärsche droben, bei denen ist nicht mehr viel übrig, was man an Organen rausholen könnte ...« Und der Finne lachte.

»Du sagst, er steht Legba nahe. Und Legba, das ist der, der mir, so sagt ihr, Beauvoir und du, Glück gebracht hat, als ich auf das schwarze Eis gestoßen bin?«

Hinter der Honigwabenkante der geodätischen Kuppel blitzte es am Himmel.

»Ja«, sagte Lucas. Er schien in Gedanken verloren.

»Aber er scheint der Sache nicht recht zu trauen.«

»Macht nichts«, sagte Lucas, als der Rolls in Sicht kam. »Er hat dem Geist der Sache schon immer nahegestanden.«

17

Der Eichhörnchenwald

Das Flugzeug war in der Nähe von fließendem Wasser gelandet. Turner hörte es, als er sich in seinem Schlaf oder Fieber im g-Netz drehte, das Plätschern von Wasser auf Stein, eine der ältesten Weise. Das Flugzeug war schlau, schlau wie ein Fuchs, und hatte festverdrahtete Tarninstinkte. Turner spürte, wie es schwankte auf dem Fahrwerk irgendwo in übler Nacht und vorankroch, so daß Zweige und Äste gegen die dunkle Kanzelhaube klatschten. Das Flugzeug kroch in den dunklen grünen Unterschlupf und sank dort zu Boden; sein Rumpf machte sich knirschend und ächzend flach und wühlte sich mit dem Bauch in den steinigen Lehm wie ein Mantarochen in den Sand. Das mimetische Polycarbonat, das Flügel und Rumpf bedeckte, wurde gesprenkelt und dunkel und nahm die Farben und Muster des mondbeschienenen steinigen Waldbodens an. Es wurde wieder still bis auf das Murmeln des Baches ...

Er erwachte wie eine Maschine: Augen auf, Bild an. Als erstes erinnerte er sich an den Tod von Lynch, den roten Blitz, der unter der montierten Optik aus der Smith & Wesson schoß. Die Himmelskuppel über ihm war mit mimetisch stilisierten Blättern und Zweigen überzogen. Graue Morgendämmerung und das Plätschern von Wasser. Er trug noch Oakeys blaues Arbeitshemd. Es roch jetzt verschwitzt, und er hatte am Tag zuvor die Ärmel abgerissen. Die Knarre lag zwischen seinen Beinen und zielte auf den schwarzen Joystick des Jets. Das g-Netz hing wirr und schlaff um Schultern und Hüften. Er drehte sich um und sah das Mädchen mit ovalem Gesicht und einer braunen Blutkruste unterm Nasenloch.

Sie war noch weggetreten, schwitzte und hatte wie eine Puppe die Lippen leicht geöffnet.

»Wo sind wir?«

»Fünfzehn Meter süd-südöstlich der Landekoordinaten, die du genannt hast«, sagte das Flugzeug. »Du bist wieder bewußtlos gewesen. Ich habe vorsichtshalber volle Tarnung gefahren.«

Er griff zurück und zog den Interface-Stecker aus der Buchse, womit die Verbindung mit dem Flugzeug unterbrochen war. Er schaute sich benommen im Cockpit um, bis er die Schaltung für die Kabinenhaube fand. Die Servos schoben sie ächzend auf, das Netz aus Polycarbonat-Laub rutschte mit. Er schwang das Bein über die Seite und blickte auf seine Hand, die flach auf dem Rumpf aufgestützt war. Polycarbonat reproduzierte die Grautöne eines Findlings nahebei; es fing an, einen handgroßen fleischfarbenen Farbfleck aufzumalen. Er schwang das zweite Bein über den Rand, vergaß die Knarre auf dem Sitz und glitt hinunter auf den Boden mit seinem hohen, duftenden Gras. Dann schlief er mit dem Gesicht im Gras ein und träumte von plätscherndem Wasser.

Als er wach wurde, kroch er, von Tau benetzt, auf allen vieren durchs Unterholz. Schließlich erreichte er eine Lichtung, legte sich hin, rollte auf den Rücken und hielt, als wollte er aufgeben, die Hände hoch. Hoch über ihm hüpfte etwas Winziges, Graubraunes von einem Ast zum andern, wippte kurz und huschte dann davon.

Lieg still, hörte er eine Stimme sagen, die Jahre zurücklag. Lieg still und rühr dich nicht, und bald haben sie dich vergessen, vergessen im Grau von Tau und Dämmerung. Sie sind zugange, um zu fressen, zu fressen und zu spielen, und ihr Hirn kann auf Dauer keine zwei Meldungen behalten. Da lag er neben seinem Bruder, die Winchester mit dem Nylonschaft quer auf der Brust, den Rauch vom Lagerfeuer noch im Haar, und roch das neue Messing, das Waffenöl. Und sein Bruder hatte natürlich recht in bezug auf die Eichhörnchen. Sie kamen. Sie vergaßen die klare Sprache des Todes, die da unten in Lettern aus zusammengeflicktem Denim und blauem Stahl zu lesen stand. Sie kamen, flitzten auf Ästen heran, schnupperten die Morgenluft, und Turners 22er krachte und holte ein schlaffes graubraunes Körperchen herunter. Die andern stoben auseinander, verschwanden, und Turner gab die Flinte seinem Bruder. Wieder warteten sie, warteten, bis die Eichhörnchen sie vergessen hatten.

»Ihr seid wie ich«, sagte Turner zu den Eichhörnchen, als er aus dem Traum hochschreckte. Eins der Tiere auf einem dicken Ast setzte sich plötzlich auf und beäugte ihn. »Ich komme immer zurück.« Das Eichhörnchen hopste fort. »Ich kam zurück, als ich vor dem Holländer davonrannte, ich kam zurück, als ich nach Mexico floh, ich kam zurück, als ich Lynch umbrachte.«

Er blieb eine lange Weile liegen und sah den Eichhörnchen zu, während der Wald erwachte und es ringsum wärmer wurde. Eine Krähe segelte heran, legte sich in die Kurve, bremste ab mit Federn, die sie wie mechanische schwarze Finger spreizte. Schaute nach, ob er tot war.

Turner grinste zur Krähe hinauf, als sie davonflatterte.

Noch nicht.

Er kroch unter den tiefhängenden Ästen zurück. Sie saß wach im Cockpit. Sie trug ein weites weißes T-Shirt, auf dem diagonal das MAAS-NEOTEK-Logo aufgedruckt war. Es waren vorne auf dem T-Shirt frische rautenförmige Blutflecken. Sie hatte wieder Nasenbluten. Hellblaue Augen, benommener, verwirrter Blick, rund um die Augen schwarzgelbe Schwellungen wie exotisches Make-up.

Jung, wie er sah, blutjung.

»Du bist Mitchells Tochter«, sagte er und suchte im Biosoft-Dossier nach dem Namen. »Angela.«

»Angie«, sagte sie automatisch. »Wer bist du? Ich blute.« Sie hielt ihm ein blutgetränktes Papiertaschentuch hin.

»Turner. Deinen Vater hab ich erwartet.« Es fiel ihm die Knarre ein, da ihre andre Hand hinterm Cockpitrand außer Sicht war. »Wo ist er, weißt du das?«

»Im Berg. Er dachte, er könnte mit ihnen reden, ihnen alles erklären. Weil sie ihn brauchen.«

»Mit wem?« Er trat einen Schritt vor.

»Maas. Dem Vorstand. Sie können es sich nicht leisten, ihm ein Haar zu krümmen, oder?«

»Warum sollten sie das?« Noch einen Schritt.

Sie betupfte sich mit dem roten Tuch die Nase. »Weil er mich rausgeschickt hat. Weil er wußte, daß sie mir was tun, mich vielleicht sogar umbringen würden. Wegen der Träume.«

»Der Träume?«

»Glaubst du, daß sie ihm was tun?«

»Nein, nein, sie tun ihm bestimmt nichts. Ich steig jetzt zu dir hoch, okay?«

Sie nickte. Er mußte den Rumpf abtasten, um die flachen, versenkt angebrachten Griffe zu finden; die mimetische Beschichtung gaukelte Laub und Moos und Zweige vor ... Und dann war er oben, oben neben ihr, und sah die Knarre neben ihrem Fuß liegen. Sie trug Turnschuhe. »Aber wollte er nicht selber mitkommen? Ihn, deinen Vater, hab ich erwartet.«

»Nein, das war nicht geplant. Wir hatten nur den einen Flieger. Hat er das nicht gesagt?« Sie fing zu zittern an. »Hat er denn *nichts* gesagt?«

»Schon«, meinte Turner und legte ihr die Hand auf die Schulter, »er hat uns genug gesagt. Es wird alles gut ...« Er schwang die Beine drüber, bückte sich, nahm die Smith & Wesson weg von ihrem Fuß und griff nach dem Interface-Kabel. Er ließ die Hand auf ihrer Schulter, als er es hob und hinterm Ohr einsteckte.

»Sag mir, wie ich vorgehen muß, um alles zu löschen,

was du in den vergangenen achtundvierzig Stunden aufgezeichnet hast«, sagte er. »Ich will den Kurs nach Mexico City raushaben, deinen Anflug von der Küste, alles ...«

»Es war kein Kurs nach Mexico City eingegeben«, sagte die Stimme in direktem neutralen Audio-Input.

Turner starrte auf das Mädchen, rieb sich das Kinn.

»Wohin ging die Reise?«

»Bogotá«, und schon leierte der Jet die Koordinaten für die Landung herunter, zu der's nicht gekommen war.

Sie blinzelte; ihre Lider waren dunkel geschwollen wie die Haut ringsum. »Mit wem redest du da?«

»Mit dem Flieger. Hat Mitchell gesagt, wohin die Reise gehen würde?«

»Japan ...«

»Kennst du jemand in Bogotá? Wo ist deine Mutter?«

»Nein. In Berlin, glaube ich. Aber ich kenne sie kaum.«

Er löschte die Datenspeicher des Jets und das, was von Conroys Programm übrig war: der Anflug von California, Identifikationsdaten für das Gelände, ein Flugplan, der sie zu einer Piste im Dreihundert-Kilometer-Umkreis von Bogotás Stadtkern geführt hätte ...

Irgendwann würde man den Jet finden. Er dachte ans orbitgestützte Aufklärungssystem von Maas und fragte sich, ob seine einprogrammierten Schleich- und Täuschungsmanöver was gebracht hätten. Er könnte Rudy den Jet zum Ausschlachten anbieten, aber Rudy wollte sicher nicht in die Geschichte hineingezogen werden. Freilich steckte Rudy schon bis zum Hals drin, wenn Turner Mitchells Tochter auf der Farm anschleppte. Aber es gab keinen andern Ort; er würde nirgendwo sonst kriegen, was er jetzt brauchte.

Es war ein Vier-Stunden-Marsch über halb vergessene Wege und eine gewundene, rissige Teerstraße, die halb von Gras überwuchert war. Die Bäume kamen ihm irgendwie anders vor seit dem letzten Mal, aber dann fiel ihm ein, daß sie mit den Jahren gewachsen waren. In regelmäßigen Abständen passierten sie die Stümpfe der einstigen Telegraphenmasten, um die sich nun Brombeeren und Geißblatt rankten. Bienen ernteten im blühenden Wiesenstreifen entlang der Landstraße.

»Gibt's da, wo wir hingehn, was zu essen?« fragte das Mädchen. Sie schlurfte mit den weißen Turnschuhen über den verwitterten Asphalt.

»Klar«, meinte Turner, »soviel du willst.«

»Wasser, im Moment sehn ich mich nur nach Wasser.« Sie strich eine glatte braune Haarsträhne aus der sonnengebräunten Wange. Wie ihm auffiel, hinkte sie jetzt und verzog jedesmal das Gesicht, wenn sie mit dem rechten Fuß auftrat.

»Was ist mit deinem Bein?«

»Der Knöchel. Wohl von der Landung mit dem Ultralight.« Sie verzog das Gesicht, ging aber weiter.

»Wir machen eine Pause.«

»Nein. Ich will endlich hinkommen, an ein Ziel kommen.«

»Ruh dich aus!« Er nahm sie bei der Hand und führte sie zum Straßenrand. Sie machte ein böses Gesicht, setzte sich dann aber neben ihn und streckte vorsichtig das rechte Bein aus.

»Das ist ein schweres Kaliber«, sagte sie. Es war heiß geworden, zu heiß für den Parka. Er trug das Halfter auf der nackten Haut, darüber das Hemd mit den abgetrennten Ärmeln, das lose über die Hose hing. »Warum sieht der Lauf so komisch aus, so wie ein Kobrakopf unterm Hemd?«

»Das ist ein Sichtgerät für den Nachtkampf.« Er beugte sich vor und untersuchte ihren Knöchel. Er schwoll rasch an. »Ich weiß nicht, wie lange du damit noch einigermaßen gehen kannst«, sagte er.

»Kämpfst du oft nachts? Mit Schußwaffen?«

»Nein.«

»Ich verstehe nicht recht, was du überhaupt machst.«

Er sah zu ihr auf. »Versteh ich neuerdings selber nicht. Ich hab deinen Vater erwartet. Er wollte die Firma wechseln, für jemand anders arbeiten. Die Leute, für die er tätig werden wollte, haben mich beauftragt, dafür zu sorgen, daß er aus seinem alten Vertrag herauskommt.«

»Aber dieser Vertrag ist unkündbar«, sagte sie. »Da kommt man nicht raus auf legalem Wege.«

»Stimmt.« Er löste die Schleife, lockerte das Schuhbändchen. »Auf legalem Weg nicht.«

»Aha, damit verdienst du dir deine Brötchen?«

»Ja.« Raus aus dem Turnschuh. Sie trug keine Socken. Die Schwellung wurde schlimmer. »Verstaucht.«

»Und was ist mit den andern? Da waren mehr Leute auf dem Gelände bei der Ruine. Es wurde geschossen, und die Leuchtraketen ...«

»Schwer zu sagen, wer da geschossen hat«, sagte er. »Aber die Leuchtraketen stammten nicht von uns. Vielleicht war es der Werkschutz von Maas, der dir auf den Fersen war. Was meinst du, bist du unbemerkt rausgekommen?«

»Ich habe getan, was Chris gesagt hat«, erklärte sie. »Chris, das ist mein Vater.«

»Ich weiß. Ich glaube, den Rest des Weges werd ich dich tragen müssen.«

»Aber was ist mit deinen Freunden?«

»Welchen Freunden?«

»Na denen von Arizona.«

»Ach ja. Nun«, und er wischte sich mit dem Handrücken den Schweiß von der Stirn, »kann ich nicht sagen. Weiß es echt nicht.«

Greller Lichtblitz, freigesetzte Energie, heller als die Sonne. Aber kein elektromagnetischer Impuls, hatte das Flugzeug gesagt ...

Der erste von Rudys auffrisierten Hunden entdeckte sie fünfzehn Minuten, nachdem sie von ihrem Rastplatz weitergegangen waren. Angie ließ sich von Turner auf dem Rücken tragen und hatte die Arme um seine Schultern geschlungen; Turner hatte sich ihre dünnen angewinkelten Beine unter die Achseln geklemmt und die Hände vor der Brust verschränkt. Sie roch wie'n Kid aus den besseren Vororten, irgendwie nach Kräuterseife oder -schampoo. Bei diesem Gedanken überlegte er, wie er wohl riechen mochte. Rudy hatte eine Dusche ...

»O Mann, was ist'n das?« Sie richtete sich auf seinem Rücken auf, deutete.

Ein schlanker grauer Hund betrachtete sie von einer hohen Lehmböschung an einer Straßenbiegung. Sein schmaler Kopf steckte unter einer von Sensoren strotzenden schwarzen Haube. Er hechelte mit hängender Zunge und drehte langsam den Kopf hin und her.

»Schon okay«, sagte Turner. »Ein Wachhund. Gehört meinem Freund.«

Das Haus war gewachsen, hatte Flügel und Werkstätten bekommen, aber Rudy hatte die Schindeln des ursprünglichen Gebäudes nie angestrichen. Rudy hatte seit Turners Zeit ein Geviert aus Maschendraht angelegt, hinter dem er seine Vehikel-Sammlung verwahrte; allerdings stand das Tor bei ihrer Ankunft offen. Die Angeln frönten der Pracht des Morgens und dem Rost. Die wirkliche Abwehr lag, wie Turner wußte, woanders. Vier der auffrisierten Hunde trabten hinter ihm her, als er die Kieseinfahrt hinaufging. Angies Kopf lag schlapp auf seiner Schulter, die Arme hatte sie nach wie vor um ihn geschlungen.

Rudy wartete auf der vorderen Veranda. Er trug alte weiße Shorts und ein Navy-T-Shirt, in dessen einziger Tasche eine Reihe diverser Schreibstifte, wenigstens neun an der Zahl, steckten. Er blickte ihnen entgegen und hob eine grüne Dose mit holländischem Bier zum Gruß. Hinter ihm kam eine Blondine in einem ausgebleichten Khaki-Hemd aus der Küche. Sie hielt eine verchromte Kelle in der Hand und hatte kurz gestutztes Haar, das igelig frisiert war und Turner an die Koreanerin in Hosakas Med-Container erinnerte, an das brennende Modul, an Webber, an den gleißenden Himmel ... Er schwankte nun auf Rudys Kieseinfahrt, spreizte die Beine unter der Last des Mädchens, die bloße Brust mit Schweiß bedeckt, mit dem Staub des Geländes in Arizona, und schaute hinauf zu Rudy und der Blondine.

»Wir haben euch Frühstück gemacht«, sagte Rudy. »Als ihr auf dem Hunde-Monitor aufgetaucht seid, haben wir uns gedacht, ihr seht recht ausgehungert aus.« Sein Ton war bewußt unverbindlich.

Das Mädchen stöhnte.

»Das ist prima«, sagte Turner. »Sie hat einen geschwollenen Knöchel, Rudy. Müssen wir uns gleich ansehen. Da ist noch was, worüber ich mit dir reden wollte ...«

»Bißchen jung für dich«, bemerkte Rudy und nippte wieder an seinem Bier.

»Halt's Maul, Rudy!« sagte die Frau neben ihm. »Siehste denn nicht, daß sie verletzt ist? Bring sie hier rein!« sagte sie zu Turner und verschwand durch die Küchentür im Haus.

»Siehst anders aus«, sagte Rudy und musterte ihn. Turner bemerkte, daß er betrunken war. »Schon gleich, aber doch irgendwie anders.«

»Ist 'ne Weile her«, sagte Turner und ging zu den hölzernen Stufen.

»Hast du was machen lassen mit dem Gesicht oder so?«

»Rekonstruktion. Sie mußten es aus Aufzeichnungen rekonstruieren.« Er stieg die Stufen hinauf. Bei jeder Bewegung gab es ihm einen Stich ins Kreuz.

»Nicht schlecht«, sagte Rudy. »Hätt beinahe nix gemerkt.« Er rülpste. Er war kleiner als Turner und setzte allmählich Fett an, jedoch hatten sie das gleiche braune Haar und recht ähnliche Gesichtszüge.

Turner hielt auf der Treppe inne, als ihre Augen in gleicher Höhe waren. »Immer noch überall ein bißchen aktiv, Rudy? Das Kind muß einen Check kriegen. Und ich brauch noch'n paar andere Dinge.«

»Nun«, sagte sein Bruder, »mal sehn, was wir tun können. Wir haben in der Nacht was gehört. Überschall-Knall oder so? Was mit dir zu tun?«

»Ja. Es liegt ein Jet droben am Eichhörnchenwald, ist aber recht ordentlich getarnt.«

Rudy seufzte. »Herrgott ... Na, dann bring die Kiste mal her ...«

Seit Rudy im Haus waltete, war das meiste verschwunden, woran Turner sich vielleicht erinnert hätte, und irgendwie war er froh darum. Er schaute zu, wie die Blondine Eier in eine Stahlschüssel schlug, Eier mit dunkelgelbem Dotter von freilaufenden Hühnern; Rudy hielt eigene Hühner. »Ich bin Sally«, sagte sie, während sie die Eier mit einer Gabel verrührte.

»Turner.«

»Auch er nennt dich nur so«, sagte sie. »Er redet nicht viel von dir.«

»Wir haben nicht viel Kontakt. Vielleicht sollte ich jetzt raufgehn und ihm helfen.«

»Setz dich! Dein kleines Mädchen ist bei Rudy gut aufgehoben. Er hat eine glückliche Hand.«

»Auch wenn er blau ist?«

»Nur angetrunken. Nun, er operiert sie nicht, sondern verarztet nur den Knöchel.« Sie zerdrückte Tortilla-Flocken in einer schwarzen Pfanne mit brutzelnder Butter und goß die Eier darüber. »Was ist mit euren Augen, Turner? Ihr habt ...« Sie verrührte die Mischung mit der verchromten Kelle und träufelte Salsa aus seiner Plastikflasche darüber.

»Von der g-Kraft. Wir mußten schnell abhauen.«

»Hat sie sich dabei den Knöchel verletzt?«

»Vielleicht. Weiß es nicht.«

»Jemand hinter dir her? Hinter ihr?« Eilig nahm sie Teller aus dem Schrank über der Spüle; die billige braune Laminatbeschichtung der Schranktüren weckte eine plötzliche Nostalgie in Turner; ihre braunen Hände erinnerten ihn an die Mutter ...

»Vermutlich schon«, sagte er. »Ich weiß nicht, was gespielt wird. Noch nicht.«

»Iß!« Gibt etwas von der Mischung auf einen weißen Teller, kramt nach einer Gabel. »Rudy hat Schiß vor Typen, die du am Hals hast.«

Nimmt Teller, Gabel. Die Eier dampfen. »Ich auch.«

»Hab was zum Anziehen«, sagte Sally, die Dusche übertönend. »Von 'nem Freund von Rudy. Hat's hiergelassen. Sollte passen ...« Die Dusche funktionierte nach dem Schwerkraftprinzip. Regenwasser von einem Sammelbecken auf dem Dach. Ein dicker Filterautomat steckte über dem Brausekopf am Rohr. Turner streckte blinzelnd den Kopf durch den dampfenden Plastikvorhang. »Danke.«

»Das Mädchen ist bewußtlos«, sagte sie. »Rudy tippt auf Schock, Erschöpfung. Er sagt, ihre Werte sind so hoch, daß er gleich den Check machen kann.« Damit ging sie hinaus und nahm Turners Kleidung und Oakeys Hemd mit.

»Was ist sie?« Rudy hielt einen zerknitterten silbrigen Streifen mit ausgedrucktem Text hin.

»Ich kann damit nichts anfangen«, sagte Turner und schaute sich in dem weißen Raum nach Angie um. »Wo ist sie?«

»Schläft. Sally ist bei ihr.« Rudy wandte sich um und ging wieder zum andern Ende des Raums, und Turner fiel ein, daß hier mal das Wohnzimmer gewesen war. Rudy fing an, die Consolen abzuschalten; ein Kontrolllicht ums andere erlosch. »Ich weiß nicht, Mann, weiß es echt nicht. Was ist das, eine Art Krebs?«

Turner ging ebenfalls zum andern Ende des Raums, vorbei an einem Arbeitstisch, wo unter einer Schutzhaube ein Mikromanipulator bereitstand. Vorbei an einer Reihe alter Monitore, wovon einer ein gebrochenes Frontglas hatte.

»Sie hat's im ganzen Kopf«, sagte Rudy. »Lauter lange Ketten davon. So was hab ich noch nicht gesehn, echt nicht. Noch nie.«

»Was weißt du über Biochips, Rudy?«

Rudy grunzte. Er wirkte recht nüchtern jetzt, aber verkrampft, aufgebracht. Ständig strich er sich mit den Fingern das Haar zurück. »Ich dachte auch an so was ... Ist 'ne Art ... Nichts Implantiertes. Was Gewachsenes.«

»Wozu ist das gut?«

»Wozu, Herrgott? Was weiß ich! Wer hat das gemacht? Jemand, für den du arbeitest?«

»Ihr Vater, glaub ich.«

»Du meine Güte.« Rudy wischte sich mit der Hand über den Mund. »Wirft Schatten wie'n Tumor beim Durchleuchten, aber ihre Werte sind in Ordnung, normal. Wie ist sie eigentlich so?«

»Weiß ich nicht. Wie halt so'n Kid ist.« Er zuckte die Achseln.

»'dammte Scheiße«, sagte Rudy. »Es wundert mich, daß sie überhaupt gehen kann.« Er öffnete einen kleinen Laborkühlschrank und holte eine kalte Flasche Moskovskaya hervor. »Trinkste aus der Flasche?« fragte er.

»Später vielleicht.«

Rudy seufzte, betrachtete die Flasche und stellte sie wieder zurück in den Eisschrank. »Also was willst du? Wenn jemand so was Ausgeflipptes im Schädel hat wie diese Kleine, dann wird bald jemand dahinter hersein. Wenn nicht bereits geschehn.«

»Sie sind hinter ihr her«, sagte Turner. »Ich weiß nicht, ob sie wissen, daß sie hier ist.«

»Noch nicht ...« Rudy wischte sich die Hände an seinen dreckigen weißen Shorts ab. »Aber bald, was?«

Turner nickte.

»Wohin willst du also?«

»Sprawl.«

»Warum?«

»Weil ich dort Geld hab, Kredit-Verbindungen auf vier verschiedene Namen, die keine Rückschlüsse auf meine Person zulassen. Weil ich dort viele andere Connections hab, die ich vielleicht brauchen kann. Und weil's immer ein guter Unterschlupf ist, das Sprawl, ein verdammt guter, nicht?«

»Okay«, sagte Rudy. »Wann?«

»Biste so besorgt, daß du uns gleich loshaben willst?«

»Nein. Ich mein, ich weiß nicht. Ist ja recht interessant, was deine Freundin da im Kopf hat. Ich hab 'nen Freund in Atlanta, bei dem könnt ich einen Funktionsanalysator mieten, Hirnkarte, eins zu eins; mit so was ließe sich vielleicht feststellen, was das für'n Zeug ist ... Die Sache könnte sich lohnen.«

»Sicher. Wenn wir wüßten, wo man so was absetzt.«

»Bist du nicht neugierig? Ich meine, was, zum Teufel, *ist* sie? Hast du sie aus irgendeinem militärischen Labor rausgeholt?« Wieder öffnete Rudy die weiße Eisschranktür, nahm die Flasche Wodka heraus, öffnete sie und nahm einen Schluck.

Turner griff sich die Flasche, setzte sie an und ließ die eiskalte Flüssigkeit durch die Zähne gluckern. Er schluckte und schüttelte sich. »Geht um ein Unternehmen. Multi. Ich sollte ihren Vater herausholen, aber der schickte statt dessen sie. Dann jagte jemand unser ganzes Gelände in die Luft. Sah aus wie'n kleiner Nuklearsprengkopf. Wir kamen gerade noch davon. Bis hierher.« Er gab Rudy die Flasche wieder. »Bleib nüchtern, Rudy. Wenn du Schiß hast, trinkst du zu viel.«

Rudy starrte ihn an und ignorierte die Flasche. »Arizona«, sagte er. »War in den Nachrichten. Mexico regt sich noch immer auf. Aber es war kein Nuklearsprengkopf. Man hat das ganze Gebiet untersucht. Keine Nuklearexplosion.«

»Was war's dann?«

»Man glaubt, es war eine Rail-Kanone. Man nimmt an, jemand hat ein Hochgeschwindigkeitsgeschütz in einen Lastenflugkörper gepackt und damit so'n abgelegenes, ausrangiertes Gelände hochgejagt. Man weiß, daß ein Flugkörper in der Nähe war, der jedoch bisher nicht gefunden wurde. Man kann ein Rail-Geschütz so hochfahren, daß es beim Losgehen zu Plasma zerfliegt. Als Projektil käme bei so hoher Geschwindigkeit praktisch alles in Frage. Mit hundertfünfzig Kilo Eis ließe sich die Nummer abziehen.« Er nahm die Flasche, schraubte den Deckel zu und stellte sie neben sich auf den Tisch. »Das ganze Gebiet dort gehört Maas, Maas Biolabs, richtig? Maas kam in die Schlagzeilen. Arbeitet reibungslos mit verschiedenen Behörden zusammen. Worauf du dich verlassen kannst. Das erklärt also, woher du dein Schätzchen hast, wette ich.«

»Klar. Aber es erklärt nicht, wer das Geschütz eingesetzt hat. Und warum?«

Rudy zuckte die Achseln.

»Kommt euch das ansehen«, sagte Sally von der Tür aus.

Eine ganze Weile später saß Turner mit Sally auf der vorderen Veranda. Das Mädchen war mittlerweile in einem Zustand, den Rudys EEG als Schlaf bezeichnete. Rudy war in einer seiner Werkstätten zugange und hatte vermutlich die Wodkaflasche bei sich. Glühwürmchen schwirrten um die Geißblattranken am Maschendrahttor. Turner merkte, daß er von seinem Stuhl auf der hölzernen Veranda aus, kniff er die Augen leicht zusammen, einen Apfelbaum sehen konnte, der nicht mehr da stand, einen Apfelbaum, der früher ein silbergraues Hanfseil mit einem alten Autoreifen daran getragen hatte. Glühwürmchen flogen auch damals; von Rudys Sohlen flogen harte Erdklumpen, als er mit strampelnden Beinen Schwung holte und immer höher schaukelte, während Turner auf dem Rücken im Gras lag und die Sterne betrachtete ...

»Zungen«, sagte Sally, Rudys Frau, vom knarzenden Rattanstuhl. Ihre Zigarette leuchtete wie ein rotes Auge im Dunkeln. »Spricht in Zungen.«

»Soll'n das bedeuten?«

»Na, was dein Mädchen da droben macht. Du sprichst wohl kein Französisch?«

»Nein, nur'n paar Brocken. Aus dem Wörterbuch.«

»Was sie sagte, klang zum Teil französisch für mich.« Die rote Glut bildete eine verwischte Spur, als sie die Asche abklopfte. »Als ich noch ein Kind war, nahm mein alter Herr mich mal in ein Stadion mit, und ich sah, wie Zeugnis abgelegt und in Zungen gesprochen wurde. Es machte mir Angst. Noch mehr Angst machte mir wohl, als sie heute damit anfing.«

»Rudy hat den Schluß aufgezeichnet, nicht wahr?«

»Ja. Weißt du, dem Rudy geht's nicht besonders. Das ist der eigentliche Grund, warum ich wieder zu ihm gezogen bin. Ich sagte, ich bleibe nicht bei ihm, wenn er sich nicht zusammenreißt, aber dann wurde es echt schlimm, so daß ich vor zwei Wochen wieder hier einzog. Ich wollte gerade wieder ausziehen, als ihr aufgetaucht seid.« Die Zigarettenglut flog im Bogen übers Verandageländer und landete auf dem Kies, mit dem der Hof bestreut war.

»Trinkt?«

»Und zwar das Zeug, das er sich selber braut im Labor. Du weißt ja, der Kerl versteht von beinahe allem ein bißchen was. Er hat noch viele Freunde hier in der Gegend; sie erzählen oft von der Zeit, als er und du noch jung wart, als du noch hier warst.«

»Er hätte auch von hier weg sollen«, sagte er.

»Er haßt die Stadt«, erwiderte sie. »Er sagt, es kommt

sowieso alles per Kabel ins Haus, warum also noch selber hingehn?«

»Ich bin gegangen, weil hier nichts passiert ist. Rudy, der fand immer 'ne Beschäftigung für sich. Ist jetzt auch noch so, wie's aussieht.«

»Du hättest wenigstens in Kontakt bleiben sollen. Er hätte dich hier gebraucht, als eure Mutter im Sterben lag.«

»Ich war in Berlin. Konnte nicht weg.«

»Sicher. Ich war damals auch noch nicht hier. Kam erst später. Das war ein guter Sommer. Rudy holte mich aus so 'nem Knackarsch-Club in Memphis, erschien dort eines Abends mit ein paar Naturburschen, und tags darauf war ich hier – warum, weiß ich nicht. Aber er war nett zu mir, damals, und lustig, so daß ich eine Chance hatte, mich zu fangen und auf eigenen Beinen zu stehn. Er brachte mir das Kochen bei.« Sie lachte. »Gefiel mir alles ... bis auf die gottverdammten Hühner hinterm Haus, vor denen hatte ich Schiß.« Sie stand auf und streckte sich, und der Stuhl ächzte. Turner bemerkte, was für lange braune Beine sie hatte, ihren Duft und die sommerliche Hitze an ihr dicht bei seinem Gesicht.

Sie legte die Hände auf seine Schultern. Seine Augen waren in Höhe ihres Bauches, wo die braune Haut über dem knappen Bund zum Vorschein kam mit dem Nabel, der einen kleinen Schatten warf. Er mußte an Allison denken in der leeren weißen Höhle und wollte sein Gesicht auf ihren Bauch drücken und sie schmecken ... Er glaubte zu sehen, daß sie leicht schwankte, war sich aber nicht sicher.

»Turner«, sagte sie, »es kann mit ihm manchmal sehr einsam werden ...«

Also stand er auf – es rasselte die alte Schaukelkette, die mit Ringbolzen tief im Feder-und-Nut-Holz des Verandadachs verankert waren, Ringbolzen, die vielleicht der Vater vor vierzig Jahren eingeschraubt hatte – und küßte sie auf den Mund, der sich öffnete, zeitlich völlig losgelöst vom Gespräch und den Glühwürmchen und unterschwelligen Erinnerungen, so daß er, während er die Hände über ihren warmen bloßen Rücken unterm weißen T-Shirt gleiten ließ, den Eindruck hatte, die Menschen in seinem Leben seien nicht wie Perlen entlang eines Fadens aufgereiht, sondern zusammengeballt wie Quanten, wodurch er Sally ebensogut kannte wie Rudy oder Allison oder Conroy oder das Mädchen, das Mitchells Tochter war.

»He«, flüsterte sie, als sie sich von seinen Lippen freimachte, »komm jetzt mit hoch.«

18

Namen der Toten

Alain rief um fünf an und erkundigte sich, ob die geforderte Summe zur Verfügung stehe. Ihr grauste vor seiner Habgier. Sorgfältig notierte sie die Adresse auf der Rückseite einer Karte, die sie von Picards Schreibtisch in der Galerie Roberts mitgenommen hatte. Zehn Minuten später kam Andrea von der Arbeit zurück. Marly war froh, daß ihre Freundin bei Alains Anruf nicht dagewesen war.

Sie schaute zu, wie Andrea mit dem abgegriffenen, blau eingebundenen zweiten Band des *Shorter Oxford English Dictionary*, sechste Ausgabe, das Küchenfenster blockierte, um es offenzuhalten. Andrea hatte dort auf dem Steinsims ein Sperrholzbrett verkantet, das breit genug war für den kleinen Tischgrill, den sie unter der Spüle aufbewahrte. Sie schlichtete nun würflige schwarze Holzkohle ins Glutbecken. »Ich hab mich heut' über deinen Arbeitgeber unterhalten«, sagte sie, stellte den Grill auf das Sperrholzbrett und steckte mit einem Funken vom Gasanzünder die grünliche Grillanzünderpaste an. »Unser Akademiker von Nizza war da. Er wunderte sich, daß ich mich ausgerechnet für Josef Virek interessiere, aber da er ein geiler alter Bock ist, gab er recht gern Auskunft.«

Marly stand daneben und schaute zu, wie die fast unsichtbaren Flammen um die Kohlen züngelten.

»Er kam ständig auf die Tessier-Ashpools zu sprechen«, fuhr Andrea fort, »und auf Hughes. Hughes, ein Amerikaner, lebte Mitte bis Ende des zwanzigsten Jahrhunderts. Er kommt auch im Buch vor, quasi als Prototyp Vireks. Ich wußte gar nicht, daß der Tessier-Ashpool-Clan allmählich untergeht ...« Sie ging zur Arbeitsfläche und wickelte sechs große Garnelen aus.

»Das sind Franco-Australier? Ich glaube, ich hab mal eine Dokumentation gesehn. Ihnen gehört eins der großen Ferienzentren?«

»Freeside. Wurde mittlerweile verkauft, sagt mein Professor. Wie's scheint, hat eine der Töchter des alten Ashpool die Macht übers ganze Wirtschaftsimperium an sich reißen können und ist immer überspannter geworden; da ist es mit dem Clan rapide bergab gegangen im Laufe der letzten sieben Jahre.«

»Und was soll das mit Virek zu tun haben?« fragte Marly, die zusah, wie Andrea die Garnelen jeweils auf einen langen Bambusstab spießte.

»Da fragst du mich zu viel. Mein Professor behauptet, daß sowohl Virek als auch Tessier-Ashpool faszinierende Anachronismen sind und man einiges über die Evolution von Unternehmen lernen kann, wenn man sie unter die Lupe nimmt. Zumindest hat er den Herausgeber ausreichend überzeugen können ...«

»Aber wie hat er sich über Virek geäußert?«

»Daß Vireks Wahnsinn eine andere Form annehmen würde.«

»Wahnsinn?«

»Eigentlich hat er dieses Wort gemieden. Aber Hughes, bei dem piepte es wohl ordentlich, und der alte Ashpool hatte auch einen Vogel, und seine Tochter war total absonderlich. Er sagte, Virek sei durch evolutionäre Zwänge genötigt, eine Art ›Sprung‹ zu machen. ›Sprung‹, so drückte er sich aus.«

»Evolutionäre Zwänge?«

»Ja«, sagte Andrea und trug die aufgespießten Garnelen zum Grill. »Er redet von Unternehmen, als handle es sich um eine Tiergattung.«

Nach dem Dinner gingen sie spazieren. Marly ertappte sich zuweilen dabei, wie sie angestrengt den vermeintlichen Überwachungsapparat von Virek zu erspähen versuchte, aber Andrea erfüllte den Abend mit ihrer üblichen menschlichen Wärme und praktisch-nüchternen Art, so daß Marly froh war, durch eine Stadt zu wandern, wo alles da war, was es darstellte. Vireks Welt wäre nicht so einfach. Marly dachte an den Messingknauf in der Galerie Duperey, der sich so unbeschreiblich zu winden schien in ihrer Hand, als er sie in Vireks Modell vom Parque Güell versetzte. Ob Virek immer in Gaudís Park weilte am Nachmittag ohne Ende? *Señor ist reich. Señor verfügt über viele Mittel und Wege, sich zu manifestieren.* Sie schauderte in der lauen Abendluft und ging näher bei Andrea.

Was eine Simstim-Konstruktion so unheimlich machte, war, daß sie suggerierte, *jede* Umgebung könnte wirklich sein, die Schaufenster, die sie gerade mit Andrea passierte, könnten eine Illusion sein. Ein Spiegel, so hatte mal jemand gesagt, ist in gewisser Hinsicht etwas durchaus Unbekömmliches; das galt erst recht für Konstruktionen, fand sie.

Andrea ging zu einem Kiosk, um sich ihre englischen Zigaretten und die neue *Elle* zu kaufen. Marly wartete auf dem Gehsteig, wo der Passantenstrom sich automatisch teilte in einer Prozession von Gesichtern von Studenten, Geschäftsleuten und Touristen. Der eine oder andere davon gehörte, wie sie meinte, zu Vireks Apparat, war mit Paco verbunden. Paco mit den braunen Augen, der lockere, ernste Paco mit den schwellenden Muskeln unterm feinen Wollstoffhemd. Paco, der sein Leben lang für Virek gearbeitet hatte ...

»Is' was? Du siehst aus, als wär dir ein Geist begegnet.« Andrea streifte das Zellophan von ihren zwanzig Silk Cut.

»Nein«, sagte Marly und schauderte. »Das heißt, beinahe vielleicht ...«

Und auf dem Heimweg wurden trotz Andrea und ihrer Wärme die Schaufenster, jedes einzelne, zu Kästen, Konstruktionen wie die Werke eines Joseph Cornell oder des mysteriösen Kastenmachers, den Virek suchte, und die Bücher und Pelze und italienischen Tuche darin formierten sich zur Geometrie namenloser Sehnsucht.

Und wieder erwachte sie, das Gesicht in Andreas Couch vergraben, die rote Steppdecke über den Schultern, Kaffeeduft in der Nase, während Andrea im Zimmer nebenan zu einem japanischen Popsong trällerte. Es war ein grauer, verregneter Morgen in Paris.

»Nein«, sagte sie zu Paco. »Ich geh allein. Ist mir lieber so.«

»Das ist 'ne ganze Menge Geld.« Er blickte auf die italienische Tasche auf dem Café-Tisch zwischen ihnen. »Es ist gefährlich, klar?«

»Es braucht keiner zu wissen, daß ich es bei mir trage, richtig? Nur Alain. Alain und deine Freunde. Und ich habe nicht gesagt, daß ich ganz allein gehen will, sondern halt meine Ruhe haben will.«

»Hast du was?« Die ernsten Falten legten sich um die Mundwinkel. »Bist du sauer?«

»Ich möchte nur alleingelassen werden. Du und die andern, wer immer das sein mag, ihr könnt mir gern folgen, folgen und mich im Auge behalten. Solltet ihr mich aus den Augen verlieren, was ich für unwahrscheinlich halte, so habt ihr ja die Adresse.«

»Stimmt«, sagte er. »Aber daß du ein paar Millionen Neue Yen durch Paris schleppst ...« Er zuckte die Achseln.

»Was ist, wenn ich das Geld verliere? Würde Señor den Verlust merken? Oder würde gleich die nächste Tasche mit vier Millionen bereitstehen?« Sie griff nach dem Schultergurt und stand auf.

»Freilich würde eine neue Tasche bereitstehen, obwohl es uns einigermaßen schwerfiele, eine solche Summe in bar aufzutreiben. Und nein, Señor würde den Verlust nicht merken, wie du das meinst, aber ich hätte auch für den *sinnlosen* Verlust eines kleineren Betrags Disziplinarmaßnahmen zu erwarten. Die Steinreichen haben den gemeinsamen Nenner, auf ihr Geld zu achten, wie du merken wirst.«

»Trotzdem geh ich allein. Nicht ohne Begleitung, aber doch allein mit meinen Gedanken.«

»Deiner Intuition.«

»Ja.«

Falls sie ihr folgten, wovon sie überzeugt war, so blieben sie unsichtbar wie eh und je. In diesem Fall würden sie eher Alain unbeobachtet lassen. Sicher stand die Adresse, die sie Paco heute morgen genannt hatte, längst im Brennpunkt ihrer Aufmerksamkeit, ob er nun dort wäre oder nicht.

Sie fühlte sich heute stark wie nie. Sie hatte sich gegenüber Paco behauptet. Es hatte damit zu tun, daß sie plötzlich mißtrauisch geworden war am Abend zuvor; Paco war eventuell eigens ihretwegen dabei mit seiner guten Laune, seiner Männlichkeit, seiner liebenswerten Unbedarftheit gegenüber Kunst. Ihr fiel wieder ein, daß Virek gesagt hatte, er wisse mehr über ihr Leben als sie selber. Wär's da nicht ein Kinderspiel, die letzten blanken Stellen von Marly Kruschkowa auszufüllen? Paco Estevez. Der perfekte Fremde. Zu perfekt. Sie lächelte, blickte nach oben, sah sich lächeln in einer blau verspiegelten Wand, während der Aufzug sie zur Métro hinunterbeförderte; es gefiel ihr der Schnitt ihrer dunklen Haare und das modisch nüchterne Titangestell der schwarzen Porsche-Brille, die sie sich an diesem Morgen gekauft hatte. Tolle Lippen, dachte sie, wirklich nicht schlecht, die Lippen. Ein schmächtiger Knabe mit weißem Hemd und dunkler Lederjacke und einer riesigen schwarzen Mappe unterm Arm lächelte ihr aus dem Aufzug nach oben zu.

Ich bin in Paris, dachte sie. Und das schien ihr zum ersten Mal seit langem Grund genug zu lächeln. Und heute geb ich diesem ekligen Idioten von Ex-Lover vier

Millionen Neue Yen und krieg dafür was von ihm. Einen Namen oder 'ne Adresse, vielleicht auch eine Telefonnummer. Sie kaufte ein Ticket Erster Klasse; dort wäre das Abteil nicht so überfüllt, und sie könnte sich die Zeit damit vertreiben, zu erraten, wer von den Mitreisenden zu Virek gehörte.

Die Adresse, die Alain ihr genannt hatte, gehörte zu einem düsteren Vorort im Norden und befand sich in einem der zwanzig Wolkenkratzer, die aus einer Betonwüste aufragten, Kind der Wohnungsspekulation aus der Mitte des vorigen Jahrhunderts. Es regnete jetzt stärker, aber das störte sie nicht; im Gegenteil, es verlieh dem Tag einen konspiratorischen Zug, wenn der Regen von der schicken Plastiktasche perlte, in der Alains Vermögen steckte. Wie absonderlich, mit Millionen in der Tasche durch diese tückische Gegend zu laufen und den ewig treulosen Ex-Lover bündelweise mit Neuen Yen zu entlohnen.

Sie erhielt keine Antwort, als sie die numerierte Sprechtaste des Apartments drückte. Hinter verschmierten Scheiben eine düstere Eingangshalle, völlig kahl. Ein Gang, wo man als erstes das Licht anmacht, das sich natürlich automatisch abschaltet, bevor der Aufzug da ist, auf den man im Geruch von Desinfektionsmitteln und stickiger Luft wartet. Sie drückte noch einmal. »Alain?« Nichts.

Sie probierte die Tür. Sie war nicht abgeschlossen. Es war kein Mensch in der Eingangshalle. Das starre Auge einer Videokamera betrachtete sie durch einen Staubfilm. Pastellartiges Tageslicht drang durch die Betonwüste herein. Ihre Stiefelabsätze klapperten auf den braunen Bodenfliesen, als sie zur Aufzugreihe ging, wo sie auf 22 drückte. Ein dumpfer Schlag, ein metallisches Rasseln, damit setzte sich einer der Aufzüge in Bewegung und kam herunter. Die Anzeige aus Plastik über der Tür blieb dunkel. Die Kabine hielt ächzend und kreischend an. »Cher Alain, du bist tief gesunken. Echt beschissen, diese Burg.« Als die Türen aufgingen vor der unbeleuchteten Kabine, griff sie unter die italienische Tasche und tastete nach der Klappe ihrer Handtasche. Sie fand die kleine, flache grüne Blechtaschenlampe, die sie seit ihrem ersten Spaziergang in Paris bei sich trug und in die der Löwenkopf des Pile Wonder-Warenzeichens eingeprägt war, und zog sie heraus. In den Aufzügen von Paris erwartete einen manches: Vom Handtaschenräuber bis zu einem frischen Haufen dampfender Hundescheiße ...

Und das schwache Licht fällt auf silbrige Kabel, die ölig glänzen und sachte baumeln im leeren Schacht. Die Spitze ihres rechten Schuhs schon Zentimeter hinter der abgestoßenen Stahlkante des Fliesenbodens, auf dem sie steht; vor Schreck reißt sie automatisch die Hand nach unten, leuchtet hinunter aufs staubige, von Unrat übersäte Kabinendach zwei Stockwerke tiefer. In den wenigen Momenten, in denen ihr Lichtstrahl zukkend über die Aufzugkabine wanderte, registrierte sie eine erstaunliche Vielfalt von Details. Sie mußte an ein winziges U-Boot denken, das über einem zerklüfteten Tiefseegebirge schwebt und mit seinem spärlichen, zittrigen Suchlicht eine Schlickbank erfaßt, die seit Jahrhunderten ungestört daliegt: weiches Beet aus alten, daunigen Sedimenten: ein trockenes graues Ding, das ein benutzter Kondom war, die glitzernden Fetzen einer Folienverpackung, der graue Kolben und die helle Nadel einer Diabetikerspritze ... Sie klammerte sich so fest an die Türkante, daß ihr die Finger weh taten. Ganz behutsam verlagerte sie ihr Gewicht wieder nach hinten, weg von diesem Schlund. Sie tat noch einen Schritt zurück und machte die Taschenlampe aus.

»Verdammt«, sagte sie. »O Gott.«

Sie fand die Tür zum Treppenhaus. Sie knipste die Taschenlampe wieder an und machte sich auf den Weg nach oben. Im achten Stock verschwand das taube

Gefühl; sie zitterte, und ihr Make-up zerfloß in Tränen.

Noch mal klopfen. Tür aus Spanplatten, mit Rosenholznachbildung furniert. Die aufgedruckte Maserung war gerade noch erkennbar im Schein der einzigen Biofluoreszenzlampe des langen Korridors. »Verdammt. Alain? Alain!« Die kurzsichtige Weitwinkellinse des winzigen Türspions stierte vor sich hin. Es stank fürchterlich im Korridor nach Küchengeruch, der sich hartnäckig im synthetischen Teppichboden hielt.

Probiert den Türknauf, läßt sich drehen. Das billige Metall in Messing-Optik fettig und kalt. Die Tasche voller Geld plötzlich schwer, der Gurt schneidet in die Schulter. Die Tür geht ganz leicht auf. Ein kurzer Streifen orangefarbener Teppichboden, lachsrot gewürfelt, imprägniert mit der Dreckspur von Abertausend Bewohnern und Besuchern von Jahrzehnten ...

»Alain?« Der Geruch von dunklem französischen Tabak, fast beruhigend ...

Und dann findet sie ihn im gleichen verwaschenen Licht, im silbrigen Licht; die andern Hochhäuser stereotype Fassaden vor dem bleichen Regenhimmel hinterm Fensterrechteck, wo er liegt, eingerollt wie ein Kind auf dem scheußlichen orangefarbenen Teppich, das Kreuz zum Fragezeichen gekrümmt unterm straffen Rücken seiner flaschengrünen Velourjacke, die linke Hand übers Ohr gespreizt, weiße Finger mit leicht bläulich verfärbten Nägeln.

Sie kniet hin, fühlt an seinem Hals. Weiß es. Hinterm Fenster der viele Regen, immerfort. Wiegt sein Haupt im Schoß, hält ihn, schüttelt ihn, taumelt; dumpfer, trauriger, animalischer Schmerz erfüllt die kahlen vier Wände ... Nach einer Weile spürt sie das scharfe Ding an ihrem Handteller, die glatte, rostfreie Spitze eines sehr feinen, sehr starren Drahtes, die aus dem Ohr und durch die gespreizten Finger seiner kalten Hand ragt.

Häßlich, häßlich, so stirbt man nicht. Das regte sie auf, machte sie wütend, machte ihre Hände zu Klauen. Sie sah sich im stillen Zimmer um, wo er gestorben war. Es hatte nichts von ihm, gar nichts; da stand nur der lädierte Aktenkoffer. Den öffnete sie und fand zwei Spiralblöcke mit unbeschriebenen Blättern, einen ungelesenen, topaktuellen Roman, eine Streichholzschachtel und ein halb leeres blaues Päckchen Gauloise. Das ledergebundene Terminbuch von Browns fehlte. Sie tastete seine Jacke ab, griff in seine Taschen, aber es war weg.

Nein, dachte sie, du hättest es sicher nicht ins Buch geschrieben, nicht wahr? Aber du hast dir keine Nummern und Adressen merken können, nicht wahr? Wieder schaute sie sich im Zimmer um; dabei überkam sie eine seltsame Ruhe. Du hast dir alles notieren müssen, aber du bist ein großer Geheimnistuer gewesen und hast meinem Büchlein von Browns nicht getraut, nein. Wenn du in einem Café eine Puppe kennengelernt hast, dann hast du dir ihre Nummer auf einer Streichholzschachtel oder irgendeinem Fetzen notiert und dann vergessen, so daß ich Wochen später darauf gestoßen bin, wenn ich Ordnung in deine Sachen gebracht habe.

Sie ging ins winzige Schlafzimmer. Da stand ein knallroter Klappstuhl und eine Matte aus billigem gelben Schaumstoff, die als Bett diente. Den Schaumstoff zierte der braune Schmetterling von Menstruationsblut. Sie hob die Matte, aber darunter war nichts.

»Du hast Angst gehabt«, sagte sie, und in ihrer Stimme bebte ein Zorn mit, den sie gar nicht zu deuten versuchte. Ihre Hände waren kalt, kälter als Alains Hände, als sie die rot-gold-gestreifte Tapete nach einer losen Kante, einem Versteck abtastete. »Du armer, blöder Arsch. Armer, blöder, toter Arsch ...«

Nichts. Zurück ins Wohnzimmer; und doch erstaunt, daß er sich nicht rührte, nicht aufsprang und ›Hallo‹ rief und mit dem kniffligen Drahtstück winkte. Sie zog ihm die Schuhe aus. Die brauchten neue Sohlen, neue Absätze. Sie schaute hinein, tastete die Innensohle ab. Nichts. »Tu mir das nicht an.« Zurück ins Schlafzimmer. Der schmale Kleiderschrank. Schob eine Reihe klappernder, billiger weißer Plastikkleiderbügel zur Seite, eine schlaffe Folienhülle von der chemischen Reinigung. Da zieht sie die fleckige Matratze herüber und steigt drauf, versinkt mit den Absätzen im Schaumstoff, während sie mit den Händen ein kleines Spanholzregal abtastet, wo sie in der hinteren Ecke einen mehrmals gefalteten Fetzen findet, einen blauen, rechteckigen. Sie macht ihn auf, sieht, daß ihre Nägel, die sie so sorgfältig gelackt hat, brüchig sind, und entdeckt die Nummer, die er da mit grünem Filzstift notiert hat. Leere Gauloise-Packung.

Es klopfte an der Tür.

Und dann Pacos Stimme: »Marly? Hallo? Was ist passiert?«

Sie steckte sich die Nummer untern Hosenbund und kehrte sich ihm zu, erwiderte seinen ruhigen, ernsten Blick.

»Alain«, sagte sie, »er ist tot.«

19

Hypermarkt

Zum letzten Mal sah er Lucas vor einem großen alten Kaufhaus an der Madison Avenue. So behielt er ihn in Erinnerung: bulliger Schwarzer in tadellosem schwarzen Anzug, gerade im Begriff, in seinen langen schwarzen Wagen einzusteigen, mit einem schwarzglänzenden Schuh schon auf Ahmeds schwerem Teppich, mit dem andern noch auf dem bröckligen Beton des Bürgersteigs.

Jackie stand neben Bobby. Der breitkrempige, goldbehangene Filzhut warf einen Schatten auf ihr Gesicht. Sie hatte ein orangefarbenes Seidentuch um, das im Nacken verknotet war.

»Und du paßt jetzt auf unsern jungen Freund auf«, sagte Lucas und deutete mit dem Knauf eines Stocks auf sie. »Er hat Feinde, unser Count.«

»Nämlich?« fragte Jackie.

»Ich kann auf mich selber aufpassen«, sagte Bobby, den störte, daß Jackie mehr zugetraut wurde, obwohl er doch ahnte, daß sie ihm überlegen war.

»Tu das!« sagte Lucas und schwang den Stock mit dem Knauf in Augenhöhe von Bobby. »Sprawltown hat's in sich, Mann. Dinge sind selten, was sie scheinen.« Um zu verdeutlichen, was er meinte, machte er was mit dem Stock, so daß die langen Messingzungen unterm Knauf sich einen Moment lang geschmeidig abspreizten, leise aufgingen wie Regenschirmspeichen; jede Zunge blitzte messerscharf und nadelspitz. Dann klappten sie wieder ein, und Ahmeds breite, stahlgepanzerte Tür schloß sich mit sattem Geräusch.

Jackie lachte. »Schei-ße. Lucas hat den Killerstock noch immer. Er ist jetzt 'n Staranwalt, aber die Straße prägt, hinterläßt Spuren. Wohl auch gut so ...«

»Anwalt?«

Sie schaute ihn an. »Mach dir nichts draus, Süßer. Komm einfach mit und tu, was ich sage, und es passiert dir nichts.«

Ahmed fädelte sich in den spärlichen Verkehr ein. Ein Radrikscha-Kuli hupte dem abzischenden Chromstoßdämpfer mit einem Ballonhorn vergebens nach.

Sie legte ihm eine gepflegte, goldberingte Hand auf die Schulter und führte ihn an einem Lumpenhaufen schlafender Stadtstreicher vorbei über den Gehsteig in die allmählich erwachende Welt des Hypermarkts.

Vierzehn Stockwerke, sagte Jackie, und Bobby stieß einen Pfiff aus. »Alle so wie das hier?« Sie nickte und ließ vom Löffel körnigen braunen Zucker auf den braunen Schaum im Kaffeeglas rieseln. Sie saßen auf verschnörkelten Gußeisenstühlen am Marmortresen einer kleinen Espresso-Bar, wo ein Mädchen in Bobbys Alter, das sich die Haare mit Tönung und Haarlack zu einer Art Rükkenflosse modelliert hatte, an den Knöpfen und Hebeln einer großen alten Maschine mit Messingtanks und Hauben und Brennern und Adlern mit ausgebreiteten Chromschwingen hantierte. Die Tresenplatte hatte einmal einem andern Zweck gedient; Bobby sah, daß ein Ende grob eingekürzt war, damit die Platte zwischen zwei grünlackierte Stahlstützen paßte.

»Gefällt dir, hm?« Sie staubte Zimt aus einem schweren, alten Glasstreuer auf den Schaum. »So weit biste wohl noch nicht aus Barrytown rausgekommen?«

Bobby nickte, verwirrt von den tausend Farben und Strukturen der Waren in den Ständen und der Stände selber. Es schien keinerlei Ordnung zu herrschen, kein einheitliches System. Krumme Gänge mündeten in den Platz vor der Espresso-Bar. Auch die Beleuchtung war nicht einheitlich geregelt. Zum roten und blauen Neonlicht gesellte sich der gleißende Schein einer Primus-Lampe, und ein Stand, der gerade eröffnet wurde von einem bärtigen Mann in Lederhose, war wohl gänzlich mit Kerzen beleuchtet, deren warmes Licht sich hundertfach in polierten Messingschnallen spiegelte, die an alten Teppichen in roten und schwarzen Tönen aufgehängt waren. Es herrschte morgendliche Hektik, ein Husten und Räuspern. Ein rollender Hausdiener, ein blauer Toshiba, schwirrte surrend aus einem Korridor heran und schleppte einen Karren voller grüner Plastiksäcke mit Müll hinter sich her. Jemand hatte einen großen Puppenkopf aus Plastik oberhalb der Batterie von Kameras und Sensoren auf das Ding geklebt, ein lächelndes, blauäugiges Gesicht, das dem Aussehen eines führenden Simstim-Stars nachempfunden war, ohne irgendein Sense/Net-Copyright zu verletzen. Der rosige Kopf mit platinblondem Haar, das mit himmelblauer Perlenschnur zum Pferdeschwanz gebunden war, wippte absurd, als der Roboter vorbeirollte. Bobby mußte lachen.

»Gefällt mir hier«, sagte er und bedeutete dem Mädchen, die Tasse nachzufüllen.

»Moment, Macker«, sagte das Mädchen durchaus freundlich. Sie füllte gerade gemahlenen Kaffee in die verbeulte Schale einer sehr altertümlichen Balkenwaage. »Gestern noch'n Auge zugetan nach der Show, Jackie?«

»Klar«, sagte Jackie und nippte von ihrem Kaffee. »Ich tanzte die zweite Runde, dann legte ich mich im Jammer's aufs Ohr. Couch, weißt schon.«

»Hätt ich nur auch 'ne Mütze voll Schlaf gekriegt. Immer wenn Henry dich tanzen sieht, läßt er mich nicht mehr in Ruhe ...« Sie lachte und füllte Bobbys Tasse aus einer schwarzen Plastik-Thermoskanne.

»So«, sagte Bobby, als das Mädchen wieder an der Espresso-Maschine hantierte, »was jetzt?«

»Viel zu tun, was?« Jackie musterte ihn gelassen unter dem goldbesteckten Hutrand hervor. »Mußt deine Runde drehn, Leute besuchen, hm?«

»Nee. Scheiße ... ich mein, ist das alles?«

»Ist *was* alles?«

»Das hier. Bleiben wir hier oder was?«

»Oberste Etage. Einem Freund von mir, der heißt Jammer, gehört da oben ein Club. Ganz unwahrscheinlich, daß dich dort jemand finden wird. Und selbst wenn, so ist's nicht leicht, sich da einzuschleichen. Vierzehn Etagen Verkaufsfläche, und die meisten Standbesitzer verhökern Ware, die sie nicht offen sichtbar auslegen, klar? Sind also alle recht hellhörig, wenn ein Fremder aufkreuzt, wenn jemand Fragen stellt. Und die meisten sind mehr oder weniger Freunde von uns. Jedenfalls wirst du dich hier wohl fühlen. Guter Platz für dich. Kannst viel lernen hier, wenn du daran denkst, den Mund zu halten.«

»Wie soll ich was lernen, wenn ich keine Fragen stellen darf?«

»Tja, halt die Ohren offen und so. Und benimm dich! Gibt'n paar harte Burschen hier, aber wenn du sie in Ruhe läßt, lassen sie dich auch in Ruhe. Beauvoir kommt wohl noch heute nachmittag vorbei. Lucas ist zu den Projekten gefahren und gibt Bescheid, was ihr beim Finnen rausgekriegt habt. Was habt ihr denn rausgekriegt beim Finnen, Süßer?«

»Daß er drei tote Kerle bei sich rumliegen hat. Ninjas, wie er sagt.« Bobby schaute sie an. »Ein recht komischer Kauz ...«

»Tote sind normalerweise nicht sein Geschäft. Aber'n komischer Vogel – okay, das ist er. Komm, erzähl! Leise und ruhig. Meinst du, das bringst du fertig?«

Bobby erzählte ihr, was er noch wußte vom Besuch beim Finnen. Mehrmals unterbrach sie ihn und stellte Fragen, auf die er meist keine Antwort geben konnte. Sie nickte, als er Wigan Ludgate das erste Mal erwähnte. »Ja«, sagte sie, »Jammer erzählt von ihm, wenn er von der alten Zeit redet. Muß ihn fragen ...« Am Ende seiner Geschichte lehnte sie mit dem Rücken an einem der grünen Pfeiler und hatte den Hut tief über die dunklen Augen gezogen.

»Nun?« fragte er.

»Interessant«, sagte sie, aber mehr nicht.

»Ich will was Neues zum Anziehn«, sagte Bobby, nachdem sie die stillstehende Rolltreppe zum zweiten Geschoß bewältigt hatten.

»Hast du Geld?« fragte sie.

»Scheiße«, sagte er, die Hände in den Taschen der weitgeschnittenen Bundfaltenhose. »Ich hab kein Geld, verdammt noch mal, will aber was zum Anziehen. Du und Lucas und Beauvoir, ihr legt mich hier auf Eis für irgend'ne Gelegenheit, richtig? Nun, ich hab dieses gottverdammte Hemd satt, das Rhea mir angedreht hat, und ich kann sie nicht mehr haben, diese Hose, die mir, das Gefühl hab ich, ständig über den Arsch rutscht. Ich bin hier, weil Two-a-Day, dieser miese Geier, meinen Arsch aufs Spiel gesetzt hat, damit Lucas und Beauvoir ihre beschissene Software austesten können. Also könnt ihr mir, verdammt noch mal, wenigstens ein paar Sachen zum Anziehn kaufen, okay?«

»Okay«, sagte sie nach kurzer Überlegung. »Ich sag dir was.« Sie deutete auf einen Stand, wo eine Chinesin in ausgewaschener Bluejeans die Plastikfolien zusammenlegte, mit denen ein Dutzend Kleiderständer aus Stahlrohr voller Kleider abgedeckt waren. »Siehst du Lin dort? Sie ist eine Freundin von mir. Such dir aus, was du willst. Ich regle das schon zwischen ihr und Lucas.«

Eine halbe Stunde später trat er aus der mit Decken abgeteilten Umziehkabine und setzte eine indo-javanische Fliegerbrille mit verspiegelten Gläsern auf. Er grinste Jackie zu. »Echt stark«, sagte er.

»O ja.« Sie machte eine Geste mit der Hand, eine fächelnde Bewegung, als wollte sie etwas anfassen, das zu heiß war. »Hat dir das Hemd, das dir Rhea geliehen hat, nicht gefallen?«

Er betrachtete das schwarze T-Shirt, das er ausgesucht hatte, mit dem rechteckigen Holobild des Cyberspace auf seiner Brust. Es war so angelegt, daß man den Eindruck hatte, per Schnellvorlauf durch die Matrix zu düsen; die Linien des Gitters waren zum Rand hin verschwommen. »Ja. Es war zu affig ...«

»Find ich auch«, meinte Jackie und musterte die enge schwarze Jeans, die schweren Lederstiefel mit raumanzugmäßigen Akkordeonfalten an den Knöcheln, den ledernen schwarzen Army-Gürtel mit zweireihigen kantig-spitzen Chromnieten. »Jetzt siehste schon eher wie'n Count aus. Komm, Count! Ich hab 'ne Couch für dich droben im Jammer's, wo du schlafen kannst.«

Er warf ihr, die Daumen in die Vordertaschen seiner schwarzen Levis verhakt, einen schrägen, lüsternen Blick zu.

»Allein«, sagte sie, »keine Bange.«

Abflug von Orly

Paco raste mit dem Citroen-Dornier durch die Champs, am Nordufer der Seine entlang und durch Les Halles. Marly sank ins verblüffend weiche Lederpolster zurück, das schöner verarbeitet war als ihre Brüsseler Lederjakke, und verbannte alle Gedanken, alle Empfindungen. Sei Augen, sagte sie sich. Nur Augen, der Körper ein Gewicht, das ins Polster gedrückt wird durch die Fahrt des sündhaft teuren Wagens. Es ging vorbei am Place des Innocents, wo die Huren mit den Lasthovercraft-Fahrern in *bleu de travail* herummachten. Paco steuerte mühelos durch die engen Straßen.

»Warum hast du ›Tu mir das nicht an‹ gesagt?« Er nahm die Hand vom Steuerpult und drückte den Ohrknopf fest.

»Warum hast du mich belauscht?«

»Weil das mein Job ist. Ich hab 'ne Frau mit einem Parabolmikrofon raufgeschickt, rauf ins gegenüberliegende Hochhaus, in den zweiundzwanzigsten Stock. Das Telefon im Apartment war leider nicht angeschlossen, sonst hätten wir das verwenden können. Sie ging hoch, brach in ein leeres Apartment an der Westfassade ein und richtete das Mikro auf dich, so daß sie gerade noch aufschnappte, wie du ›Tu mir das nicht an‹ sagtest. Du warst doch allein?«

»Ja.«

»Und er war tot?«

»Ja.«

»Warum hast du's dann gesagt?«

»Weiß nicht.«

»Wer tat dir deiner Meinung nach was an?«

»Weiß nicht. Alain vielleicht.«

»Inwiefern?«

»Daß er tot ist? Alles komplizierter macht? Was weiß ich.«

»Du bist eine schwierige Frau.«

»Laß mich aussteigen!«

»Ich bringe dich zu deiner Freundin ...«

»Halt an!«

»Ich bring dich ...«

»Ich geh zu Fuß.«

Der niedrige silberne Wagen fuhr rechts ran.

»Ich ruf morgen früh an ...«

»Gute Nacht.«

»Sind Sie sicher, daß Sie nicht lieber in eins der Ferienzentren möchten?« erkundigte sich Mr. Paleologos, der mit seiner weißen groben Wollstoffjacke dünn und zierlich wie eine Gottesanbeterin wirkte. Sein Haar war ebenfalls weiß und mit großer Sorgfalt aus der Stirn nach hinten gekämmt. »Es wäre preislich günstiger und würde viel mehr Spaß machen. Sie sind eine sehr hübsche Dame ...«

»Pardon?« Sie konzentrierte sich, nachdem sie durch das regennasse Fenster die Straße beobachtet hatte. »Was?« Sein Französisch war holprig, seine Sprache enthusiastisch und seltsam moduliert.

»Eine sehr hübsche Dame.« Er lächelte gekünstelt. »Wäre Ihnen ein Urlaub in der mittleren Kategorie nicht lieber? Mit Leuten in Ihrem Alter? Sind Sie Jüdin?«

»Bitte?«

»Jüdin. Sind Sie?«

»Nein.«

»Wie schade«, sagte er. »Sie haben die hohen Wangen einer eleganten jungen Jüdin ... Ich hätte einen netten Rabatt für zwei Wochen Jerusalem Prime, ein hübsches Arrangement für den Preis. Inklusive Anzugmiete, drei Mahlzeiten pro Tag, direkter Shuttle-Anschluß vom JAL-Torus.«

»Anzugmiete?«

»Es ist noch nicht überall eine Atmosphäre eingerichtet in Jerusalem Prime«, erklärte Mr. Paleologos und schob einen Stapel rosa Blätter von einer Schreibtischseite zur andern. Sein Büro war ein Kabäuschen mit holografischen Ansichten von Poros und Macau an der Wand. Sie hatte sich für dieses Reisebüro entschieden, weil es einen obskuren Eindruck erweckte und direkt von der kleinen Ladenstraße der Métro-Station bei Andreas Wohnung erreichbar war.

»Nein«, sagte sie, »ich interessiere mich nicht für eine Ferienanlage. Dort will ich hin.« Sie deutete auf das, was auf der zerknüllten blauen Gauloise-Packung stand.

»Nun, das läßt sich natürlich machen, aber es sind dort keine Unterbringungsmöglichkeiten aufgeführt. Besuchen Sie Bekannte?«

»Es ist eine Geschäftsreise«, sagte sie ungeduldig. »Ich muß sofort aufbrechen.«

»Ist recht, ist recht«, sagte Mr. Paleologos und nahm eine billig aussehende Tastatur von einem Regal hinter sich. »Können Sie mir bitte Ihre Kontonummer geben?«

Sie griff in ihre schwarze Ledertasche und zog das dicke Bündel Neuer Yen heraus, das sie aus Pacos Tasche genommen hatte, während dieser das Apartment untersuchte, in dem Alain gestorben war. Das Geld wurde von einem transparenten Gummibändchen zusammengehalten. »Ich würd gern bar zahlen.«

»O je«, sagte Mr. Paleologos und tippte mit rosiger Fingerkuppe auf das Geldbündel, als glaubte er, es würde bei Berührung verschwinden. »Verstehe. Nun, es ist Ihnen wohl klar, daß ich mich normalerweise nicht auf solche Geschäfte einlasse ... Aber ich glaube, es läßt sich was machen ...«

»Schnell«, sagte sie, »sehr schnell ...«

Er schaute sie an. »Verstehe. Unter welchem Namen« – seine Finger hüpften über die Tasten – »möchten Sie reisen, bitte?«

Auf dem Highway

Als Turner wach wurde, war es still im Haus. Vogelstimmen kamen von den Apfelbäumen im verwilderten Obstgarten. Er hatte auf dem kaputten Sofa geschlafen, das Rudy in der Küche stehen hatte. Er ließ Wasser für den Kaffee ab, das durchs Plastikrohr vom Dachtank gurgelte, als er den Topf füllte, setzte den Topf auf die Propanflamme und ging auf die Veranda hinaus.

Tau lag auf Rudys acht Fahrzeugen, die in Reih und Glied auf dem Kieshof standen. Einer der präparierten Wachhunde trottete durchs offene Tor, als Turner die Stufen hinunterging; seine schwarze Haube klickte leise in der Morgenstille. Das Tier blieb stehen, drehte geifernd den entstellten Kopf hin und her, ging weiter und verschwand bei der Veranda hinterm Haus.

Turner blieb bei einem abgedeckten schmutzigbraunen Suzuki-Jeep mit Wasserstoffzelle stehen. Sicher hatte Rudy das Ding selber umgerüstet. Vierradantrieb, große Reifen mit geländegängigem Stollenprofil, die mit hellem Flußschlamm überkrustet waren. Klein, langsam, verläßlich, nichts für die Straße ...

Er passierte zwei rostige Honda-Limousinen, gleiche Ausführung, gleiches Baujahr. Ruby würde eine ausschlachten und die andere damit herrichten; fahrbereit waren sie wohl nicht. Er lächelte gedankenversunken, als er den makellos ockergelb-braunen Lack des 1949er Chevrolets sah und ihm wieder einfiel, wie Rudy das rostige Fahrgestell auf einem gemieteten Tieflader von Arkansas hergeschafft hatte. Das Ding fuhr noch mit Diesel; die Innenflächen seines Motors blitzten wahrscheinlich ebenso wie die handpolierten schokoladebraunen Kotflügel.

Dann war da noch ein halbes Luftkissenfahrzeug von

Dornier, mit grauer Plastikfolie abgedeckt, dann eine wespenartige schwarze Suzuki, eine Rennmaschine auf einem selbstgebastelten Anhänger. Er überlegte, wann Rudy wohl sein letztes richtiges Rennen gefahren habe. Unter einer weiteren Plane gleich neben dem Hänger steckte ein Schneemobil, ein altes. Und schließlich das fleckige graue Hovercraft, das noch aus dem Krieg stammte, ein kompaktes, keilförmiges Panzerstahlgefährt, das nach Kerosin roch, mit dem die Turbine betrieben wurde. Die netzverstärkte Luftkissenummantelung lag schlaff im Kies. Die Fensterschlitze waren aus kugelsicherem Plexiglas. An die rammbockähnlichen Stoßstangen waren Nummernschilder von Ohio geschraubt. Sie waren gültig. »Ich seh dir an, was du denkst«, sagte Sally, die mit der dampfenden Kaffeekanne am Verandageländer lehnte, wie er sah, als er sich umwandte. »Rudy sagt, wo's nicht drüber kommt, das wälzt es nieder.«

»Ist es schnell?« Er berührte die gepanzerte Seite.

»Sicher, aber nach 'ner Stunde Fahrt ist dein Kreuz hin.«

»Zugelassen?«

»Von der Optik her gefällt's ihnen zwar nicht, aber es ist für die Straße zugelassen. Gibt kein Gesetz gegen Panzerung, soweit ich weiß.«

»Angie geht's schon wieder besser«, sagte Sally, als er ihr durch die Küchentür ins Haus folgte, »nicht wahr, Liebes?«

Mitchells Tochter am Küchentisch blickte auf. Die Schwellung hatte sich wie bei Turner zurückgebildet zu einem fetten Komma, das wie eine aufgepinselte schwarzblaue Träne aussah.

»Mein Freund hier ist'n Doktor«, sagte Turner. »Er hat dich untersucht, als du zusammengeklappt bist. Er sagt, es ist alles okay.«

»Dein Bruder. Er ist kein Doktor.«

»Tut mir leid, Turner«, sagte Sally vom Herd aus. »Ich nehm kein Blatt vor den Mund.«

»Nun, er ist kein Doktor«, sagte er, »aber kennt sich voll aus. Wir hatten Bedenken, daß Maas dich präpariert hat, damit's dir schlecht geht, wenn du Arizona verläßt.«

»Wie eine Kortikalbombe?« Sie löffelte kalt angerührte Cornflakes aus einer Schüssel mit Apfelblüten-Design am Rand, die schon Sprünge hatte und zu einem Service gehörte, an das Turner sich noch erinnerte.

»Gott«, sagte Sally, »in was biste da nur wieder geraten, Turner?«

»Gute Frage.« Er nahm am Tisch Platz.

Angie starrte ihn kauend an.

»Angie«, sagte er, »Rudy hat beim Durchleuchten was gefunden in deinem Kopf.«

Sie hörte auf zu kauen.

»Er weiß nicht, was es ist. Hat vielleicht jemand reingepflanzt, als du noch viel jünger warst. Weißt du, was ich meine.«

Sie nickte.

»Weißt du, was es ist?«

Sie schluckte. »Nein.«

»Aber du weißt, wer's reingemacht hat?«

»Ja.«

»Dein Vater?«

»Ja.«

»Weißt du warum?«

»Weil ich krank war.«

»Inwiefern krank?«

»Nicht gescheit genug.«

Gegen Mittag war er fertig. Das Hovercraft stand vollgetankt beim Maschinendrahttor bereit. Rudy hatte ihm ein rechteckiges schwarzes Reißverschlußtäschchen mit Neuen Yen gegeben; manche Scheine waren fast durchscheinend, so abgegriffen waren sie.

»Ich hab das Band durch'n Französisch-Lexikon gejagt«, sagte Rudy, während einer der Hunde seinen staubigen Brustkorb an seinen Beinen scheuerte. »Geht nicht. Ist wohl irgendein Negerfranzösisch. Vielleicht afrikanisch. Willst du 'ne Kopie?«

»Nein«, sagte Turner, »behalt's.«

»Danke«, sagte Rudy. »Aber danke, nein. Ich hab nicht vor zuzugeben, daß du hier warst, falls jemand fragt. Sally und ich, wir fahrn am Nachmittag nach Memphis, wo wir bei Freunden bleiben. Die Hunde werden das Haus bewachen.« Er kraulte das Tier hinter seiner Plastikhaube. »Klar, Junge?« Der Hund winselte und wedelte. »Ich mußte ihnen das Waschbärjagen abgewöhnen, als ich ihnen die Infrarot-Optik verpaßte, denn sonst gäb's weit und breit keine Waschbären mehr ...«

Sally und das Mädchen kamen von der Veranda herunter. Sally trug eine alte Segeltuchtasche mit belegten Broten und einer Thermoskanne Kaffee. Turner dachte daran, wie sie oben im Bett gelegen hatte, und lächelte. Sie lächelte zurück. Sie sah älter aus heute, müde. Angie hatte das blutverschmierte MAAS-NEOTEK-T-Shirt gegen ein übergroßes schwarzes Sweatshirt eingetauscht, das Sally irgendwo aufgetrieben hatte. Es ließ sie noch jünger wirken, als sie war. Sally hatte es auch fertiggebracht, die verbliebene Schwellung durch ein barock anmutendes Make-up zu verdecken, das sich seltsam mit dem kindlichen Gesicht und dem weiten Shirt biß.

Rudy drückte Turner den Schlüssel fürs Hovercraft in die Hand. »Hab mir heute morgen von meinem alten Cray einen Überblick über die neuesten Meldungen der Unternehmen zusammenstellen lassen. Eine Meldung sollte dich interessieren. Maas Biolabs hat den Tod von Dr. Christopher Mitchell bekanntgegeben. Unfalltod.«

»Ich staune über diese unklare Ausdrucksweise.«

»Und leg den Gurt ganz straff an«, sagte Sally gerade,

»sonst ist dein Hintern grün und blau, bis ihr zur Statesboro-Umgehung kommt.«

Rudy blickte zu dem Mädchen, dann wieder zu Turner. Turner sah, daß die Äderchen an seiner Nasenwurzel geplatzt und die Augen blutunterlaufen waren und das linke Lid deutlich zuckte. »Nun, das war's wohl. Komisch, ich hätt nicht geglaubt, dich noch mal zu sehen. Echt komisch, dich hier zu sehn ...«

»Nun«, sagte Turner, »ihr beide habt mehr für uns getan, als ich erwarten konnte.«

Sally schaute weg.

»Also danke. Und jetzt müssen wir los.« Er kletterte in die Kabine hoch; er wollte nichts wie weg. Sally drückte dem Mädchen die Hand, gab ihr die Tasche und stellte sich neben sie, als sie über die zwei ausgeklappten Trittbügel einstieg. Turner nahm auf dem Fahrersitz Platz.

»Sie hat dauernd nach dir gefragt«, sagte Rudy. »Nach 'ner Weile wurde es so schlimm, daß die Endorphin-Analoga den Schmerz nicht mehr ganz ausschalten konnten. Alle zwei Stunden oder so fragte sie, wo du bist, wann du kommst.«

»Ich hab Geld geschickt«, sagte Turner. »Das hätte gereicht für 'ne Verlegung nach Chiba. In den Kliniken dort hätte man was Neues probieren können.«

Rudy prustete. »Chiba? Herrgott. Sie war eine alte Frau. Was hätte es ihr denn gebracht, wenn man in Chiba ihr Leben ein paar Monate länger erhalten hätte? Was sie eigentlich wollte, war, dich zu sehen.«

»Hat eben nicht geklappt«, sagte Turner, als das Mädchen auf dem Sitz daneben Platz nahm und die Tasche auf den Boden stellte. »Also tschüß, Rudy.« Er nickte. »Sally.«

»Tschau«, sagte Sally, die dabei den Arm um Rudy legte.

»Von wem habt ihr da gesprochen?« wollte Angie wissen, als die Tür zuging. Turner steckte den Schlüssel ins Zündschloß, ließ die Turbine an und blies den Luftpolstermantel auf. Durch das schmale Seitenfenster sah er Rudy und Sally rasch zurückgehen und den Hund beim Turbinenlärm bellen und den Schwanz einziehen. Die Pedale und Hebel waren in Übergröße ausgelegt, um die Bedienung im Strahlenschutzanzug zu ermöglichen. Turner manövrierte das Fahrzeug zum Tor hinaus und schwenkte auf den langen Schotterweg. Angie rastete ihr Gurtschloß ein.

»Meine Mutter«, sagte er.

Er brachte die Turbine auf Touren, und mit einem Satz ging's los.

»Ich hab meine Mutter nicht gekannt«, sagte sie, und da fiel Turner ein, daß ihr Vater tot war, was sie noch nicht wußte. Er trat das Gaspedal durch, und sie brausten über den Schotterweg davon, wobei sie nur knapp einen von Rudys Hunden verfehlten.

Sally hatte recht gehabt bezüglich der Fahrweise; das Ding vibrierte ständig durch die Turbine. Bei neunzig Stundenkilometern auf dem krummen Asphalt des alten Highways klapperten ihnen die Zähne. Der versteifte Luftpolstermantel bewegte sich auf unebener Oberfläche holprig voran; das elegante Dahingleiten eines zivilen Sportmodells wäre nur auf einer vollkommen glatten Fläche möglich gewesen.

Trotzdem fand Turner Spaß daran. Man wählte die Richtung, trat aufs Gas, und schon ging's dahin. Über dem vorderen Sichtschlitz hing ein von der Sonne ausgebleichtes pink Würfelpaar aus Schaumstoff, und das Heulen der Turbine hinten war etwas Gediegenes. Die Verkrampfung des Mädchens schien sich zu lösen; mit beinahe zufriedener Miene studierte sie die Landschaft am Straßenrand, und Turner war froh, daß er nicht mit ihr zu plaudern brauchte. Du bist heiß, dachte er, als er sie von der Seite musterte, du bist wahrscheinlich die heißeste Ware des Erdballs, auf die Jagd gemacht wird, und ich, ich verfrachte dich in Rudys Spielzeug, diesem Streitwagen, ins Sprawl, und hab nicht die leiseste Ahnung, was ich jetzt mit dir anfangen soll ... oder wer das Gelände hochgejagt hat.

Zieh's durch, sagte er sich, als sie ins Tal einbogen. Zieh's wieder durch! Es wird sich schon klären. Mitchell hatte Hosaka kontaktiert und gesagt, er wolle wechseln. Hosaka hatte Conroy engagiert und ein Ärzteteam organisiert, das Mitchell auf knifflige Manipulationen checken sollte. Conroy hatte die Mannschaften zusammengestellt, wobei er sich des Agenten von Turner bediente. Turners Agent war eine Stimme in Genf, eine Telefonnummer. Hosaka hatte ihm als süße Arznei Allison nach Mexico geschickt, wo Conroy ihn sich dann holte. Webber hatte, bevor die Scheiße in die Hose ging, gesagt, sie sei Conroys Spitzel vor Ort ... Jemand hatte sie überfallen, als das Mädchen gerade hereinkam, mit Leuchtraketen und Automatikwaffen. Das sah in seinen Augen nach Maas aus; es war ein Vorgehen, wie er's erwartet hatte und mit der er als verdingter Kraftmeier klarzukommen hatte. Dann der gleißende Himmel ... Er überlegte, was Rudy über die Rail-Kanone gesagt hatte ... Aber wer? Und die Geschichte im Kopf des Mädchens, das Zeug, das Rudy mit seinem Tomographen und NMR-Spektroskop dargestellt hatte. Sie sagte, ihr Vater habe selber gar nicht rausgewollt.

»Kein Betrieb«, sagte sie zum Fenster.

»Wie bitte?«

»Du hast keinen Betrieb, oder? Ich meine, du arbeitest für alle, die dich anheuern.«

»Stimmt.«

»Hast du keine Angst?«

»Sicher, aber nicht deshalb ...«

»Wir haben immer den Betrieb gehabt. Mein Vater sagte, es ist in Ordnung, wenn ich zu einem andern Betrieb will ...«

»Klar. Es geht alles in Ordnung. Ich muß bloß rausfinden, was da läuft. Dann bring ich dich hin, wohin du mußt.«

»Nach Japan?«

»Wo immer du hinwillst.«

»Warst du schon mal dort?«

»Klar.«

»Würd's mir dort gefallen?«

»Warum nicht?«

Dann schwieg sie wieder, und Turner konzentrierte sich auf den Weg.

»Macht mir Träume«, sagte sie, als er sich vorbeugte und die Scheinwerfer anmachte.

»Was?« Er gab vor, sich ganz aufs Fahren zu konzentrieren und vermied es, in ihre Richtung zu schauen.

»Das Ding in meinem Kopf. Aber normalerweise nur, wenn ich schlafe.«

»So?« Ihr Augenweiß fiel ihm ein, als sie in Rudys Schlafzimmer lag, das Schaudern, der Wortschwall in einer Sprache, die er nicht verstand.

»Manchmal auch, wenn ich wach bin. Es ist, als würde ich an einem Deck hängen, nur bin ich vom Gitter unabhängig, schwebe dahin; und ich bin nicht allein. Neulich träumte ich von einem Jungen, der hatte zugepackt und was in der Hand, und das tat ihm weh, aber er merkte nicht, daß er frei war und nur loszulassen brauchte. Also sagte ich es ihm. Und für den Bruchteil einer Sekunde konnte ich sehen, wo er war, und das war gar nicht wie im Traum, war einfach so'n häßliches Kämmerlein mit einem dreckigen Teppich; ich merkte, daß er eine Dusche brauchte, und spürte, daß seine Schuhe innen feucht und klebrig waren, weil er keine Socken anhatte ... Die Träume sehn anders aus.«

»So?«

»Ja. Es sind große Träume, Träume von großen Dingen, und ich bin auch groß, ziehe mit den andern ...«

Turner atmete auf, als das Hovercraft über die Betonrampe zur Landesgrenze rauschte. Plötzlich merkte er, daß er die Turbine stark gedrosselt hatte. »Welchen andern?«

»Den Weisen.« Schweigen. »Keine Personen ...«

»Bist du viel im Cyberspace, Angie? Ich meine, hängst du oft am Deck?«

»Nein. Nur, was man so in der Schule macht. Mein Vater sagt, das ist nicht gut für mich.«

»Zu den Träumen, was sagt er dazu?«

»Nur daß sie realer werden. Aber ich hab ihm nie was von den andern erzählt ...«

»Willst du's mir erzählen? Vielleicht versteh ich dann besser, weiß ich dann besser, was wir tun müssen ...«

»Manche davon erzählen mir was. Geschichten. Einst war nichts, nichts, was sich von sich aus bewegte, nur Daten und Leute, die die Daten umherschoben. Dann geschah etwas, und es, es erkannte sich. Da gibt's 'ne andere Geschichte darüber, von einem Mädchen mit Spiegeln über den Augen und einem Mann, der schreckliche Angst vor Gefühlen hatte. Der Mann tat was, das dem Ding half, sich kennenzulernen ... Danach teilte es sich irgendwie, und diese Teile sind, glaube ich, die andern, die Weisen. Aber es ist schwer zu sagen, denn *sie* drücken sich nicht unbedingt verbal aus ...«

Turner spürte, daß sich die Haare an seinem Nacken aufstellten. Irgendwas fiel auf ihn zurück, irgendwas aus dem unterschwelligen Dossier von Mitchell. Glühende Schamesröte, Korridor, schmutzigweiße abblätternde Farbe, Cambridge, Schlafsaal ... »Wo bist du geboren, Angie?«

»England. Dann ging mein Vater zu Maas. Wir zogen um. Nach Genf.«

Irgendwo in Virginia lenkte er das Hovercraft seitlich über die Schotterböschung auf eine buschbestandene Weide. Staub des trockenen Sommers wirbelte hinter ihnen auf, als er links in einen Kiefernwald bog. Die Turbine verhallte, das Luftkissen sackte zusammen.

»So, essen wir was«, sagte er und griff nach hinten, wo Sallys Segeltuchtasche stand.

Angie löste den Gurt und öffnete den Reißverschluß am schwarzen Sweatshirt. Darunter trug sie etwas straffes Weißes; jugendlich glatte, sonnengebräunte Haut zeigte sich im Halsausschnitt über den Mädchenbrüsten. Sie nahm die Tasche entgegen und wickelte die Sandwiches aus, die Sally vorbereitet hatte. »Was ist los mit deinem Bruder?« fragte sie und gab ihm ein halbes Sandwich.

»Wie meinst'n das?«

»Nun, er hat was ... Er trinkt ständig, sagt Sally. Ist er unglücklich?«

»Weiß ich nicht«, antwortete Turner, der sich zusammenkrümmte und reckte und die schmerzende Verkrampfung aus Nacken und Schultern schüttelte. »Ich meine, das wird er wohl sein, aber warum, das weiß ich auch nicht recht. Bei manchen Leuten geht eben nichts mehr voran.«

»Du meinst, wenn man nicht in einem Unternehmen ist, das sich um einen kümmert?« Sie biß in ihr Sandwich.

Er schaute sie an. »Willst du mich verarschen?«

Sie hatte den Mund voll, nickte, schluckte hinunter. »Ein bißchen. Ich weiß, daß sehr viele Menschen nicht für Maas arbeiten. Nie haben und es nie werden. Du bist ein solcher, dein Bruder auch. Aber es war eine richtige Frage. Weißt du, irgendwie war mir Rudy sympathisch. Aber er kam mir vor wie ...«

»Fertig«, vervollständigte er, das Sandwich noch in der Hand. »Erledigt. Es kommt, meine ich, daher, daß man ab und zu einen Sprung machen muß, und wer den nicht macht, der bleibt hängen, dann geht nichts mehr voran ... Und Rudy hat den Absprung nicht geschafft.«

»Daß mein Vater mich aus Maas raushaben wollte, ist das ein Sprung?«

»Nein. So'n Sprung, für den muß man sich selber entscheiden. Stell dir vor, irgendwo wartet was Besseres für dich ...« Er hielt inne, weil er sich plötzlich lächerlich vorkam, und biß ins Sandwich.

»Hast du so gedacht?«

Er nickte, fragte sich, ob es stimmte.

»Also bist du gegangen, während Rudy geblieben ist?«

»Er war intelligent, das ist er noch, und schaffte eine Reihe von Abschlüssen, praktisch nebenher. Machte mit zwanzig in Tulane den Doktor in Biotechnik und dergleichen mehr. Schickte nie eine Bewerbung los, nichts. Von überall tauchten Anwerber bei uns auf, die ihn haben wollten, aber er machte nur Scheiß mit ihnen, vermöbelte sie ... Ich glaube, er war der Meinung, er könne selber was aufbauen. Das mit den Hauben und Hunden zum Beispiel. Da hat er sogar Patente, aber ... Jedenfalls blieb er daheim. Fing an mit dem Handeln, verhökerte Hardware und war eine heiße Adresse in der Gegend. Aber unsere Mutter wurde krank, war lange krank, und ich war weg ...«

»Wo warst du?« Sie schraubte die Thermoskanne auf; Kaffeeduft breitete sich aus.

»So weit weg, wie ich nur konnte«, sagte er und wunderte sich über den Unmut in seiner Stimme.

Sie reichte ihm den Plastikbecher, der randvoll mit heißem schwarzen Kaffee gefüllt war.

»Wie steht's mit dir? Du hast gesagt, du kennst deine Mutter nicht.«

»Ich kenne sie nicht. Sie haben sich getrennt, da war ich noch klein.«

»Und was ist dein Vater für ein Mensch?« Er trank und gab ihr die Tasse zurück.

Sie blickte aus den von Sally geschminkten Augen über den Rand des roten Plastikbechers zu ihm auf.

»Was weiß ich«, sagte sie. »Frag mich in zwanzig Jahren wieder. Ich bin erst siebzehn, wie soll ich das sagen können?«

Er lachte. »Geht's dir allmählich besser?«

»Glaub schon, den Umständen entsprechend ...«

Und plötzlich ging sie ihm unter die Haut, so daß er hastig nach den Schaltern griff. »Gut. Wir haben noch einen langen Weg vor uns ...«

Sie übernachteten im Hovercraft, das er in Süd-Pennsylvania hinterm rostigen Stahlgerüst einer ehemaligen Autokinoleinwand geparkt hatte. Er hatte den Parka unterm länglichen Turbinenwulst auf den Panzerstahlboden gebreitet. Sie hatte den letzten Kaffee getrunken, der schon kalt war, und an der rechteckigen Luke überm Beifahrersitz gesessen und die Leuchtkäfer beobachtet, die übers dürre gelbe Gras schwirrten.

Irgendwo in seinen Träumen – die nach wie vor mit bunten Splittern aus dem Dossier ihres Vaters versetzt waren – kuschelte sie sich an ihn, so daß er durch den dünnen Stoff ihres T-Shirts den weichen warmen Busen am Rücken spürte, schlang den Arm um ihn und streichelte seinen flachen Bauch, während er still lag und sich schlafend stellte und tatsächlich abglitt in die dunklen Winkel von Mitchells Biosoft, wo sich wunderliche Dinge mit seinen eigenen Urängsten und Urschmerzen vermengten. Und beim Morgengrauen erwachte er und hörte sie von ihrer Warte an der Dachluke leise singen.

Mein Daddy ist'n hübscher Teufel,
hat 'ne Kette, die neun Meilen mißt,
und an jedem Glied
da baumelt das Herz
einer Maid,
die er geschändet hat.

Jammer's

Noch zwölf Rolltreppen, die außer Betrieb waren, mußten sie ersteigen bis zum Jammer's, das das hintere Drittel des obersten Stockwerks einnahm. Auf Bobby, der außer dem Leon's keinen Nachtclub kannte, wirkte das Jammer's sowohl faszinierend als auch beklemmend. Faszinierend, weil es so groß und exklusiv ausgestattet war, und beklemmend, weil ein Nachtlokal bei Tag von Natur aus unreal ist. Ein Spuk. Die Daumen in den Gesäßtaschen seiner neuen Jeans verhakt, schaute er sich um, während Jackie sich flüsternd mit einem Mann unterhielt, der ein längliches Gesicht hatte und einen ausgebeulten Overall trug. Das Lokal war mit dunklen Ultrasuède-Polstersitzen, runden schwarzen Tischen und Dutzenden von durchbrochenen Holztrennwänden ausgestattet. Die Decke war schwarz gestrichen. Jeder Tisch hatte einen eigenen Spot, der in die Decke eingelassen war und von oben aus dem Dunkeln diskretes Licht spendete. Eine zentrale Bühne, die nun hell erleuchtet war mit Strahlern an gelben Kabeln. In der Mitte der Bühne war ein kirschrotes Schlagzeug aufgebaut. Obwohl er nicht wußte, warum, bekam er eine Gänsehaut. Irgendeine Ahnung von etwas Untotem, als würde sich gleich etwas bewegen am Rande seines Blickfelds ...

»Bobby«, sagte Jackie, »komm her, ich will dir Jammer vorstellen.«

Er näherte sich über den dunklen Teppich mit der ganzen Lässigkeit, die er aufbieten konnte, und trat vor den Mann mit dem länglichen Gesicht, der dunkles, schütteres Haar hatte und ein weißes Smoking-Hemd unterm Overall trug. Er hatte schmale Augen und hohle Wangen, die der ein Tag alte Bart fahl wirken ließ.

»So«, sagte der Mann, »du willst also'n Cowboy werden?« Er betrachtete Bobbys T-Shirt, und Bobby hatte das unangenehme Gefühl, er werde gleich losbrüllen vor Lachen.

»Jammer war'n Jockey«, sagte Jackie, »heiß wie sonst wer. Stimmt doch, Jammer?«

»Wird gesagt«, meinte er, ohne den Blick von Bobby zu wenden. »Lang ist's her, Jackie. Wie viele Stunden am Gerät hast du schon beisammen?«

Bobby wurde rot. »Tja, eine oder so.«

Jammer zog die buschigen Brauen hoch. »Jeder fängt mal an.« Er lächelte. Seine Zähne waren klein und unnatürlich gleichmäßig; Bobby fand, daß es zu viele waren.

»Bobby«, sagte Jackie, »warum fragst du Jammer nicht nach diesem Wig oder so, von dem der Finne geredet hat?«

Jammer blickte von ihr zu Bobby. »Du kennst den Finnen? Für 'nen Lokalmatador biste gut im Bild, was?« Er zog einen blauen Plastikinhalator aus der Hüfttasche, steckte ihn sich ins linke Nasenloch, schnaubte und schob ihn wieder in die Tasche. »Ludgate. Wig. Der Finne redet von Wig? Ist wohl schon senil.«

Bobby wußte nicht, was das bedeutete, wollte aber nicht nachfragen, da ihm der Zeitpunkt unpassend schien. »Nun«, begann Bobby, »dieser Wig ist irgendwo im Orbit droben und verkauft dem Finnen ab und zu Ware ...«

»Echt? Hätt ich nicht geglaubt. Hätte behauptet, der Wig ist tot oder vertrottelt. Verrückter als sonst die Cowboys, weißt du, was ich meine? Im Arsch. Fertig. Hab seit Jahren nichts mehr gehört von ihm.«

»Jammer«, sagte Jackie, »am besten soll Bobby dir alles erzählen. Beauvoir will am Nachmittag herkommen, hat ein paar Fragen an dich, also solltest du wissen, wie die Sache steht ...«

Jammer schaute sie an. »Hm, verstehe. Mr. Beauvoir löst den Gefallen ein, stimmt's.«

»Ich kann zwar nicht für ihn sprechen«, sagte sie, »aber nehme es stark an. Wir brauchen einen sicheren Ort für unsern Count.«

»Welchen Count?«

»Ich«, sagte Bobby, »ich bin das.«

»Toll«, sagte Jammer ohne jegliche Begeisterung. »Dann komm mal mit hinter ins Büro!«

Bobby konnte seinen Blick nicht mehr losreißen vom Cyberspace-Deck, das ein Drittel von Jammers antikem Eichenschreibtisch einnahm. Es war mattschwarz, eine Sonderanfertigung ohne irgendwelche Firmenzeichen. Er streckte immer wieder neugierig den Hals, während er Jammer von Two-a-Day und seinem versuchten Lauf erzählte, von dem Girl-Zauber und vom Bombenanschlag auf seine Mutter. Es war das heißeste Deck, das er je zu Gesicht bekommen hatte. Jackie hatte gesagt, was für'n superheißer Cowboy Jammer seinerzeit gewesen war.

Jammer lehnte sich in seinen Schreibtischsessel zurück, als Bobby fertig war mit seiner Geschichte. »Willste probieren?« fragte er. Es klang müde.

»Probieren?«

»Das Deck. Schätze, du willst es ausprobieren. Wie du mit dem Arsch auf dem Stuhl hin und her rutschst. Willst es ausprobieren oder mußt dringend pissen, eins von beiden.«

»'türlich, Mann. Ich meine, ja danke, ja, ich würd's gern ...«

»Warum nicht? Es wird keiner merken, daß du, nicht ich, zugange bist, stimmt's? Warum steckst du nicht mit ihm ein, Jackie? Kannst ihn im Auge behalten.« Er öffnete eine Schreibtischschublade und zog zwei E-troden heraus. »Aber *mach* nichts, okay? Ich meine, geh rein und heb ab. Versuch nicht, ein Ding zu drehn. Ich schulde Beauvoir und Lucas einen Gefallen, und wie's aussieht, soll ich den ableisten, indem ich dafür sorge, daß du heil bleibst.« Er reichte Jackie und Bobby jeweils ein Elektrodenset. Er stand auf, umfaßte die Griffe an beiden Seiten der schwarzen Console und drehte sie herum, so daß sie Bobby zugewandt war. »Los, verdien dir deine Sporen! Die Kiste ist schon zehn Jahre alt, aber läßt fast alles links liegen. Hieß Automatic Jack, der sie gebaut hat – aus lauter Resten. Der Typ war seinerzeit Bobby Quines Hardware-Bastler. Die beiden brannten die Blauen Lichter* nieder, aber da warst du wohl noch gar nicht auf der Welt.«

Bobby hatte sich die E-troden schon übergezogen. Jetzt schaute er zu Jackie. »Schon mal 'nen Tandem-Lauf gemacht?«

Er schüttelte den Kopf.

»Okay. Wir stecken ein, ich schau dir über die linke Schulter. Wenn ich ›raus‹ sag, dann Stecker raus. Falls du was Komisches siehst, kommt das daher, daß ich bei dir bin, verstanden?«

Er nickte.

Sie löste zwei Nadeln mit silbernem Kopf hinten am Hut, nahm ihn ab und legte ihn neben Jammers Deck auf den Schreibtisch. Sie schob die E-troden über das orangefarbene Tuch und drückte die Kontakte an die Stirn.

»Los!« sagte sie.

Es ging im Schnellvorlauf hoch über die heißen Neonkerne, eine Datentopographie, die Bobby fremd war. Großes Zeug, berghoch, scharf und deutlich verkörpert im Nirgendwo, genannt Cyberspace. »Sachte, Bobby.« Tief und leise die Stimme von Jackie an seiner Seite im Nichts.

»Herrgott, das Ding ist flott!«

---

* Gemeint ist das »Haus der blauen Lichter« in William Gibsons Erzählung »Chrom brennt« in »Cyberspace« – HEYNE SCIENCE FICTION & FANTASY, Band 06/4468.

»Ja, aber mach langsam! So hastig bringt's uns nichts. Soll gemütlich sein. Halt uns hier oben und mach langsamer ...«

Er bremste den Vorlauf, bis sie dahinsegelten. Er schaute nach links, wo er sie vermutete, sah sie aber nicht.

»Ich bin schon da«, sagte sie, »keine Sorge ...«

»Wer war Quine?«

»Irgendein Cowboy, den Jammer kannte. Er kannte sie alle seinerzeit.«

Er machte an beliebiger Stelle einen 90°-Schwenk nach links und bog geschmeidig an einem Kreuzungspunkt des Gitters ab, um die Reaktion des Decks zu testen. Es war verblüffend, wie er's noch nie im Cyberspace erlebt hatte. »Du meine Güte. Neben der Kiste ist'n Ono-Sendai ein Kinderspielzeug ...«

»Hat sicher O-S-Elektronik. Hat man gern verwendet, sagt Jammer. Bring uns ein bißchen höher.«

Sie stiegen mühelos im Gitter auf und ließen die Daten unter sich zurück. »Gibt nicht gerade viel zu sehen hier oben«, beschwerte er sich.

»Irrtum. Gibt viel Interessantes zu sehen, wenn man lang genug an solchen leeren Stellen bleibt ...«

Das strukturelle Gefüge der Matrix vor ihnen schien zu wackeln.

»Ah, Jackie ...«

»Hier stop. Halt an! Verlaß dich ganz auf mich.«

Irgendwo weit weg seine Hände auf der ungewohnten Tastatur. Er hielt die Hände jetzt still, während ein Teil des Cyberspace verschwommen wurde, sich eintrübte. »Was ist ...«

»*Danbala ap monte l*«, dröhnte die Stimme in seinem Kopf. Im Mund schmeckte es nach Blut. »Danbala reitet sie.« Er wußte irgendwie, was die Worte bedeuteten, aber die Stimme wütete wie ein Stahl in seinem Kopf. Das trübe Gefüge teilte sich, schien blubbernd aufzuwallen, zerfiel in zwei grau schimmernde Flecken.

»Legba«, sagte Jackie, »Legba und Ougou Feray, Gott des Krieges. Papa Ougou! St. Jacques Majeur! *Viv la Vyèj!*«

Ehernes Gelächter erfüllte die Matrix, schnitt sich durch Bobbys Kopf.

»Map kite tout mizé ak tout giyon«, sagte eine andere Stimme fließend, quecksilbrig, kalt. »Sieh, Papa, sie ist gekommen, um sich ihres Pechs zu entledigen!« Und dann lachte auch diese Stimme, und Bobby mußte gegen blanke Hysterie ankämpfen, als das silberhelle Gelächter wie Blasen durch ihn perlte.

»Hat es Pech, das Pferd von Danbala?« tönte die eherne Stimme von Ougou Feray, und einen Moment lang glaubte Bobby, eine Gestalt zu sehen, die sich aus dem grauen Nebel löste. Die Stimme ließ ihr schreckliches Gelächter erschallen. »Jawohl! Jawohl! Aber sie weiß es nicht. Sie ist nicht *mein* Pferd, nein, denn sonst würde ihr Pech sich in Glück verwandeln!« Bobby wollte weinen, sterben und was sonst noch, um den Stimmen zu entrinnen, dem völlig unmöglichen *Wind*, der nun aus den grauen Schwaden blies, ein feuchtheißer Brodem, der Gerüche mit sich trug, die Bobby nicht deuten konnte. »Und sie preist die Jungfrau! Hör mich, kleine Schwester! *La Vyéj* kommt!«

»Ja«, sagte die andere Stimme, »sie zieht gerade durch *mein* Reich. Ich herrsche über Straßen und Wege.«

»Aber ich, Ougou Feray, sage dir, daß deine Feinde auch näherziehn! An die Tore, Schwester, und hab acht!«

Und dann verblaßten die grauen Felder, verloren sich, verpufften ...

»Raus!« sagte Jackie leise und fern. Und dann: »Lucas ist tot.«

Jammer nahm eine Flasche Scotch aus der Schreibtischschublade und goß sechs Zentimeter des Stoffs in einen hohen Plastikbecher. »Du siehst aus wie der Tod«, sagte er zu Jackie, und Bobby wunderte sich über den gefühlvollen Ton in der Stimme des Mannes. Sie hatten vor mindestens zehn Minuten das Interface gekappt, aber bisher war kein Wort gefallen. Jackie sah fertig aus und biß ständig auf der Unterlippe herum. Jammer wirkte entweder betroffen oder sauer, da war Bobby sich nicht sicher.

»Wieso sagst du, Lucas ist tot?« begann Bobby, der das Gefühl hatte, in der Stille, die sich in Jammers vollgestopftem Büro breitmachte, ersticken zu müssen.

Jackie schaute in seine Richtung, aber starrte nur in die Luft. »Sie würden nicht so zu mir kommen, wenn Lucas noch lebte«, sagte sie. »Es gibt Regeln, Übereinkünfte. Legba wird immer als erster beschworen, aber er hätte mit Danbala kommen sollen. Seine Persönlichkeit hängt vom Loa ab, mit dem er sich manifestiert. Lucas muß tot sein.«

Jammer schob den Becher mit Whisky über den Tisch, aber Jackie, die noch die E-troden aus Chrom und schwarzem Nylon auf der Stirn hatte, schüttelte den Kopf. Er zog eine Grimasse, holte den Becher zurück und kippte den Inhalt hinunter. »Das ist alles Kacke. Hat alles viel mehr Sinn ergeben, bevor ihr Typen angefangen habt, mit denen herumzumachen.«

»Wir haben sie nicht erfunden, Jammer«, sagte sie. »Sie waren einfach da. Und sie haben uns gefunden, weil wir sie verstanden haben.«

»Das ist der gleiche Scheiß«, meinte Jammer müde. »Was immer sie sein mögen und woher sie auch kommen, sie haben die Gestalt angenommen, die ein paar beknackte Nigger sehen wollten. Kapierst du? Das gibt's, verdammt noch mal, nicht, daß da draußen was hockt, was in so 'nem beknackten Urwaldhaitisch angequatscht werden will! Ihr und euer Voodoo-Zauber! Die haben das gecheckt und als Aufbau benutzt, und Beauvoir und Lucas und Konsorten sind in erster Linie Geschäftsleute. Und diese gottverdammten Dinger wissen, wie man Geschäfte macht! 'türlich!« Er schraubte den Deckel zu und verstaute die Flasche wieder in der Schublade. »Weißt du, Schätzchen, es könnte auch so sein, daß ein großes Tier, jemand, der im Gitter stark vertreten ist, daß der hergeht und auf dir reitet. Dieses Zeug, den ganzen Scheiß projiziert ... Du weißt, daß es möglich ist, nicht wahr? Nicht wahr, Jackie?«

»Nee«, sagte Jackie kalt und bestimmt. »Aber ich weiß, daß es was ist, das ich nicht erklären kann ...«

Jammer zog ein flaches schwarzes Plastikding aus der Tasche und fing an, sich zu rasieren. »Klar«, sagte er. Der Rasierer brummte ordentlich, als er die Kinnpartie bearbeitete. »Ich hab *acht* Jahre im Cyberspace gelebt, stimmt's? Und ich weiß, da war nichts, damals zumindest ... Jedenfalls ruf ich jetzt, falls es dich beruhigt, Lucas an. Hast du die Nummer für seinen Rolls?«

»Spar dir das«, sagte Jackie. »Am besten verkriechen wir uns, bis Beauvoir kommt.« Sie stand auf, zog die E-troden ab und nahm ihren Hut. »Ich leg mich aufs Ohr, versuche zu schlafen. Du kümmerst dich um Bobby ...« Sie drehte sich um und ging zur Tür des Büros. Es sah aus, als würde sie schlafwandeln, als wäre ihre ganze Energie verbraucht.

»Wunderbar«, sagte Jammer, der jetzt die Partie über der Oberlippe rasierte. »Willst'n Drink?« fragte er Bobby.

»Hm, noch'n bißchen früh, was?«

»Für dich vielleicht.« Er steckte den Rasierer wieder in die Tasche. Die Tür ging hinter Jackie zu. Jammer beugte sich etwas vor. »Wie haben sie ausgesehn, Junge? Hast du 'ne Vorstellung?«

»Halt so gräulich. Verschwommen ...«

Jammer machte ein enttäuschtes Gesicht. Er lehnte sich wieder in seinen Sessel zurück. »Ich glaube nicht, daß man sie richtig zu sehen kriegt, wenn man nicht dazugehört.« Er trommelte mit den Fingern auf der Armlehne. »Glaubst du, sie sind echt?«

»Nun, ich würde jedenfalls nicht versuchen wollen, mich mit so einem anzulegen ...«

Jammer schaute ihn an. »So? Vielleicht bist du schlauer, als du aussiehst. Ich würde auch nicht versuchen, mich mit so einem anzulegen. Ich bin ausgestiegen aus dem Spiel, bevor die aufgetaucht sind ...«

»Für was hältst du sie also?«

»Ah, wirst immer schlauer ... Nun, ich weiß nicht. Wie ich schon sagte, kann ich halt nicht recht glauben, daß sie 'n Haufen haitischer Voodoo-Götter sind, aber wer weiß?« Er kniff die Augen zusammen. »Könnte sein, daß es Virusprogramme sind, die sich in der Matrix verselbständigt und reproduziert haben und blitzgescheit geworden sind ... Das ist beängstigend genug! Vielleicht wollen die Turing-Leute das kaschieren. Oder vielleicht haben die AIs eine Möglichkeit gefunden, Teile von sich in die Matrix abzuspalten, was die Turings in den Wahnsinn treiben würde. Ich kannte so 'nen Tibetaner, der konstruierte Hardware für die Jockeys, und der sagte, es sind Tulpas.«

Bobby blinzelte.

»Ein Tulpa ist eine Art Gedanke oder so. Aberglauben. Leute, die entsprechend drauf sind, können einen Geistkörper absondern, der aus negativer Energie besteht.« Er zuckte die Achseln. »Noch mehr von dem Scheiß. Wie Jackys Voodoo-Typen.«

»Nun, ich habe den Eindruck, Lucas und Beauvoir, die betreiben das alles hundertpro echt, nicht als irgendein erfundenes Spiel ...«

Jammer nickte. »Du sagst es. Und es hat für sie selber auch verdammt viel abgeworfen, also steckt irgendwas dahinter.« Er zuckte die Achseln und gähnte. »Muß auch schlafen. Kannst tun, was du willst, aber bleib mir bloß von dem Deck weg. Und versuch nicht, rauszugehen, denn dann kreischen zehn verschiedene Alarmsysteme los. Es ist Saft und Käse und so im Kühlschrank hinterm Tresen ...«

Bobby fand, daß der Laden immer noch zum Fürchten war, zumal er ihn jetzt für sich allein hatte, aber nicht uninteressant, wofür sich das bißchen Fürchten lohnte. Er spazierte hinterm Tresen auf und ab und berührte die Bierzapfhähne und die verchromten Flaschenausgießer. Da war eine Maschine, die machte Eis, und eine andere, die machte kochendes Wasser. Er rührte japanischen Instantkaffee in eine Tasse und kramte in Jammers Audiokassettensammlung. Die Bands und Musiker waren ihm allesamt unbekannt. Er fragte sich, ob das bedeutete, daß Jammer, der alt war, auf olle Kamellen stand, oder das eher brandneue Titel waren, die erst in zwei Wochen – vermutlich übers Leon's – nach Barrytown vordringen würden. Er entdeckte eine Knarre unter der schwarz-silbernen Universal-Kreditconsole am Ende des Tresens, eine dicke, kleine Maschinenpistole, bei der das Magazin aus dem Griff ragte. Sie war mit lindgrünem Klettverschlußband unterm Tresen befestigt. Bobby ließ vorsichtshalber die Finger davon. Nach einer Weile war die Beklemmung weg; es wurde ihm eher langweilig. Er nahm seinen kühler gewordenen Kaffee und ging damit ins Lokal. Er setzte sich an einen der Tische und tat so, als wäre er Count Zero, das absolute Console-As im Sprawl, der darauf wartete, daß Typen aufkreuzten und ein Geschäft anboten, einen Lauf, der zu besorgen war und zu dem niemand außer dem Count auch nur annähernd in der Lage wäre. »Klar«, sagte er zum leeren Nightclub und schlug die Augen nieder, »ich knack das für euch ... *Falls* ihr die Mäuse habt ...« Sie erblaßten, als er ihnen seinen Preis nannte.

Der Laden hatte eine gute Schalldämmung; man hörte nichts vom Treiben an den Ständen im vierzehnten Stock, nur das Surren einer Art Klimaanlage und das gelegentliche Gluckern des Heißwasserbereiters. Bobby, der es müde geworden war, den mächtigen Count zu spielen, ließ den Kaffee auf dem Tisch stehen und schlenderte zum Eingangsbereich, indem er die

Zwischendurch: [redacted] Das Surren einer Klimaanlage und das gelegentliche Gluckern des Heißwasserbereiters: wenn das keine wohligen Assoziationen weckt! Da muß doch eigentlich jeder gleich an das denken, was man sich mit dem heißen Wasser so alles zubereiten könnte, an eine kleine Zwischenmahlzeit zum Beispiel und an eine wohlverdiente Pause, um diese Zwischenmahlzeit auch so recht genießen zu können. [redacted] Und dafür bietet sich durchaus auch die Pause zwischen zwei Kapiteln eines spannenden Science-fiction Romans an … [redacted]

Hand an einer alten Samtkordel entlanggleiten ließ, die zwischen glänzenden Messingständern hing. Sorgfältig darauf bedacht, die Glastüren selber nicht zu berühren, setzte er sich am Garderobentisch auf einen billigen Stahlrohrhocker mit Kunstlederpolster, das mit Klebeband geflickt war. In der Garderobe brannte eine trübe Glühlampe; da hingen an den Stahlstangen Dutzende von alten Holzbügeln, die jeweils mit einer handschriftlich numerierten, runden gelben Plakette bestückt waren. Er schätzte, daß Jammer gelegentlich hier saß, um seine Kundschaft in Augenschein zu nehmen. Er verstand es eigentlich nicht, daß jemand, der acht Jahre ein superheißer Cowboy gewesen war, einen Nachtclub betreiben wollte, aber vielleicht war es eine Art Hobby. Er schätzte, man kriegt viele Weiber, wenn man einen Nachtclub hat, aber Weiber kriegt man auch, wenn man reich ist. Und reich mußte Jammer sein, wenn er acht Jahre ein As im Geschäft gewesen war ...

Er dachte an die Szene in der Matrix, die grauen Stellen und die Stimmen. Ihn schauderte. Noch immer wußte er nicht, warum das bedeutete, daß Lucas tot war. Wie konnte Lucas tot sein? Dann fiel ihm ein, daß seine Mutter tot war, aber das schien ihm auch nicht sehr real. Herrgott, seine Nerven waren angekratzt. Er wäre gern draußen gewesen, auf der andern Seite der Tür, um sich die Stände anzusehn und die Leute, die dort ein- und verkauften ...

Er streckte die Hand aus und öffnete den Samtvorhang einen Spalt breit, so daß er durchs dicke alte Glas hinausspähen konnte ins bunte Durcheinander der Stände mit dem typischen Gehabe hastender, rempelnder Kunden. Und mitten drin, von Samt umrahmt, das rassisch neutrale, derbe Gesicht von Leon, die tiefsitzenden, tückischen Augen, die in seine blickten und ihn mit einem hörbaren Klick erkannten. Und dann tat Leon etwas, was er nach Bobbys Wissen noch nie getan hatte. Er lächelte.

23

Dem Ziel näher

Der JAL-Steward bot ihr eine Auswahl von Simstim-Kassetten an: einen Gang durch die Foxton-Retrospektive an der Tate Gallery vom letzten August, eine in Ghana gedrehte Abenteuerserie *(Ashanti!)*, Höhepunkte aus Bizets *Carmen* aus der Sicht einer Privatloge der Tokyo Opera oder eine dreißigminütige Folge der von Sense/Net produzierten Tally Ishams Talkshow *Top People*.

»Ihr erster Shuttle-Flug, Miss Ovski?«

Marly nickte. Sie hatte Paleologos den Mädchennamen ihrer Mutter gegeben, was wohl nicht sehr intelligent gewesen war.

Der Steward lächelte verständnisvoll. »Eine Kassette macht den Start angenehmer. *Carmen* ist diese Woche sehr beliebt. Grandiose Kostüme, heißt es.«

Sie schüttelte den Kopf, da ihr nicht nach Oper zumute war. Sie haßte Foxton und hätte lieber die Beschleunigungskraft durchgestanden, als *Ashanti!* zu durchleben. Also entschied sie sich notgedrungen für Isham als das geringste der vier Übel.

Der Steward überprüfte ihren Sitzgurt, reichte ihr die Kassette und einen kleinen Stirnreif in grauem Plastik für einmaligen Gebrauch und ging zum nächsten weiter. Sie setzte die Plastikelektroden auf, steckte an der Armlehne ein, seufzte und schob die Kassette in den Schlitz neben der Buchse. Das Innere des JAL-Shuttle löste sich in ägäischem Blau auf, und TALLY ISHAM'S TOP PEOPLE stand in eleganter Grotesk am wolkenlosen Himmel zu lesen.

Tally Isham war ein Dauerbrenner der Simstim-Branche, seit Marly denken konnte, ein zeitloses Golden Girl, das mit der ersten Erfolgswelle des neuen Mediums groß geworden war. Jetzt fand sich Marly im äußerst *behaglichen* Sinnesapparat der sonnengebräunten, geschmeidigen Tally Isham wieder. Tally Isham glühte, atmete ruhig und tief; ihr elegantes Knochengerüst wurde von einem Muskelapparat gestützt, der keine Verspannungen kannte. Der Eintritt in ihre Stim-Aufnahmen war wie das Eintauchen in einen Gesundbrunnen; man spürte den Frühling im hohen Hirnschädelgewölbe des Stars und in ihren abstehenden Brüsten unter der seidigen ägyptischen Baumwolle ihrer schlichten weißen Bluse. Sie lehnte an einer rauhen weißen Balustrade über dem kleinen Hafen eines griechischen Inselstädtchens, über einer Kaskade blühender Bäume, die den Hang mit seinen weißgewaschenen Felsen und schmalen, gewundenen Treppen bedeckten. Ein Schiff ertönte im Hafen.

»Die Touristen eilen gerade zu ihrem Schiff«, erklärte Tally lächelnd; wenn sie lächelte, spürte Marly, wie glatt ihre weißen Zähne waren, schmeckte ihren frischen Atem, und der Stein der Balustrade war angenehm rauh an den bloßen Unterarmen. »Ein Besucher unsrer Insel wird den Nachmittag allerdings bei uns bleiben. Ich wollte ihn schon lange kennenlernen und bin sicher, Sie werden angenehm überrascht sein, zumal er normalerweise ein medienscheuer Mensch ist ...« Sie richtete sich auf, drehte sich um und lächelte in das sonnengebräunte, lächelnde Gesicht von Josef Virek ...

Marly riß sich die E-troden von der Stirn, und schlagartig rückte das weiße Plastik des JAL-Shuttle ringsum ins Bild. Warnleuchten blinkten an der Konsole über ihr. Sie spürte eine Vibration, die allmählich zulegte.

Virek? Sie schaute die E-troden an. »Tja«, sagte sie, »ich schätze, du bist'n Toptyp ...«

»Wie bitte?« Der japanische Student neben ihr machte in seinem Gurt eine seltsame Bewegung, die an eine flüchtige Verbeugung erinnerte. »Haben Sie Probleme mit dem Stim?«

»Nein, nein«, sagte sie. »'tschuldigung.« Sie setzte sich die E-troden wieder auf; das Shuttle-Innere zerfloß in sensorisch-statischem Rauschen, einem Mischmasch von Wahrnehmungen. Plötzlich setzte sich die anmutige Gelassenheit von Tally Isham durch, die Vireks kalte Hand hielt und in seine weichen blauen Augen lächelte. Virek erwiderte das Lächeln. Seine Zähne waren strahlend weiß. »Es freut mich, hier zu sein, Tally«, sagte er, und Marly ließ sich entführen in die Realität der Aufnahmen und akzeptierte Tallys gespeicherte Sinneswahrnehmungen als eigene. Simstim war ein Medium, das Marly normalerweise mied, da ihr die enorme Passivität, die abverlangt wurde, irgendwie zuwider war.

Virek trug ein weiches weißes Hemd, eine Segeltuchhose, die bis zum Knie hochgekrempelt war, und sehr einfache braune Ledersandalen. Tally, die seine Hand noch immer hielt, wandte sich wieder der Balustrade zu. »Ich bin sicher, es gibt viel, das unser Publikum ...«

Das Meer war verschwunden. Eine holprige Ebene mit grün-schwarzer Vegetation, die an Flechte erinnerte, erstreckte sich bis zum Horizont, den die Silhouette der neugotischen Türme von Gaudís Kirche Sagrada Familia unterbrach. Das Ende der Welt verlor sich in tiefhängendem, hellem Nebel, und gedämpftes Glokkengeläut drang von der Ebene herein.

»Sie haben heute ein einköpfiges Publikum«, sagte Virek und schaute Tally Isham durch seine runde, randlose Brille an. »Hallo, Marly.«

Marly wollte die Hände hochreißen, um sich die E-troden abzuziehen, aber ihre Arme waren wie aus Blei. G-Kraft. Das Shuttle hob gerade ab ... Sie saß hier in der Falle ...

»Verstehe«, sagte Tally lächelnd und lehnte sich auf die Balustrade zurück. Warmer rauher Stein an den Ellbogen. »Was für eine reizende Idee. Ihre Marly, Herr Virek, ist ein ausgesprochener Glückspilz ...« Und plötzlich merkte Marly, daß dies nicht die Tally Isham von Sense/Net war, sondern zu Vireks Konstruktion gehörte, programmierte Perspektive, aus vielen Jahren *Top People* zusammengestoppelt. Marly blieb keine andere Wahl, als es hinzunehmen, als zuzuhören und Virek ihre Aufmerksamkeit zu schenken. Daß er sie hier erwischt hatte und festhielt, bewies, daß ihre Intuition richtig war: Die Maschine, der Apparat war da, war keine Einbildung ... Vireks Geld war eine Art Universallösungsmittel, das alle Schranken, die seinem Willen gesetzt waren, auflöste.

»Es tut mir leid zu hören«, sagte er, »daß Sie verärgert sind. Paco sagt, Sie sind auf der Flucht, aber ich betrachte es lieber als den Drang des Künstlers, zum Ziel zu kommen. Sie haben, wie ich meine, die Natur meiner psychologischen Gestalt erahnt, was Sie mit Furcht erfüllt hat. Und das ist gut so. Diese Kassette wurde eine Stunde vor dem planmäßigen Shuttle-Start in Orly angefertigt. Wir kennen natürlich das Ziel Ihrer Reise, aber ich habe nicht die Absicht, Ihnen zu folgen. Sie tun, was Sie zu tun haben, Marly. Ich bedaure nur, daß wir den Tod Ihres Freundes Alain nicht verhindern konnten. Wir wissen mittlerweile jedoch, wer ihn ermordet und wer seine Mörder beauftragt hat ...«

Tally Ishams Augen waren nun Marlys Augen und blickten fest in Vireks Augen, in denen ein blaues Feuer brannte ...

»Alain wurde ermordet im Auftrag von Maas Biolabs«, fuhr er fort, »und Maas lieferte ihm die Koordinaten für Ihr jetziges Ziel und gab ihm das Hologramm, das Sie sahen. Mein Verhältnis zu Maas Biolabs ist ambivalent, um es gelinde auszudrücken. Vor zwei Jahren versuchte ich über eine Tochtergesellschaft, sie aufzukaufen. Die Summe, die im Gespräch war, hätte sich auf die gesamte Weltwirtschaft ausgewirkt. Sie lehnten ab. Paco hat festgestellt, daß Alain sterben mußte, weil sie entdeckten, daß er versuchte, die Informationen, die sie ihm lieferten, zu verkaufen, an Dritte zu verkaufen ...« Er runzelte die Stirn. »Außerordentlich töricht, denn er hatte nicht die leiseste Ahnung, was für Material er da anbot ...«

Typisch Alain, dachte sie, und er tat ihr plötzlich leid. Sie sah ihn zusammengekrümmt auf dem scheußlichen Teppich liegen, sah die Rückenwirbel, die sich durch den grünen Stoff seiner Jacke abzeichneten ...

»Sie sollten, meine ich, wissen, daß die Suche nach unserm Kastenmacher uns mehr bedeutet als Kunst, Marly.« Er nahm die Brille ab und putzte sie mit einer Falte seines weißen Hemds; diese betont menschliche Geste fand sie eklig. »Ich habe Grund zur Annahme, daß der Schöpfer dieser Artefakte in der Lage ist, mir Freiheit zu verschaffen, Marly. Ich bin nicht gesund.« Er setzte die Brille wieder auf, wobei er die feinen goldenen Bügel behutsam über die Ohren schob. »Als ich das letzte Mal eine Fernaufnahme des Beckens anforderte, das ich in Stockholm beanspruche, bekam ich ein Ding zu sehen, das etwa drei LKW-Anhänger ausmachte, die über ein tropfendes Netz von Leitungen verbunden waren ... Wenn ich herauskäme, Marly, oder besser das Chaos aufständischer Zellen in jenem Tank hinter mir lassen könnte ... Nun ...« – er lächelte wieder sein berühmtes Lächeln – »was würde ich mir das kosten lassen?«

Und Tally-Marlys Blick schwenkte zum dunklen Flechtenfeld und den fernen Türmen der verpflanzten Kathedrale ...

»Sie haben das Bewußtsein verloren«, sagte der Steward, der ihren Hals befühlte. »Das ist nicht ungewöhnlich, und unsre medizinischen Computer an Bord sagen, daß Sie sich bester Gesundheit erfreuen. Allerdings haben wir Ihnen ein Dermadisk gegeben, um das Adaptionssyndrom zu lindern, das sich vor dem Anlegen einstellen könnte.« Er nahm die Hand vom Hals.

»*Europa nach dem Regen*«, sagte sie. »Max Ernst. Die Flechten ...«

Der Mann schaute sie an, beobachtete sie aufmerksam und machte ein krankenpflegermäßig besorgtes Gesicht. »Wie bitte? Können Sie das noch mal sagen?«

»Verzeihung«, sagte sie. »Ein Traum ... Sind wir schon da am Terminal?«

»In einer Stunde«, sagte er.

Das Orbit-Terminal der Japan Air war ein weißer Toroid mit aufgesetzten Kuppeln, um den sich ein Ring dunkel eingefaßter, ovaler Öffnungen zu den Anlegestellen zog. Der Monitor über Marlys g-Netz – obwohl *oben* im Moment die übliche Bedeutung eingebüßt hatte – zeigte eine äußerst detailliert dargestellte Computer-Animation des rotierenden Torus, während von einer Reihe von Stimmen – in sieben Sprachen – darauf hingewiesen wurde, daß die Passagiere an Bord des JAL Shuttle 580 vom Orly-Terminal I möglichst rasch in den Terminal gebracht würden. JAL entschuldigte sich für die Verzögerung, die davon herrührte, daß gerade sieben der zwölf Landebuchten einer routinemäßigen Wartung unterzogen würden ...

Marly, die nun in allem die unsichtbare Hand von Virek sah, duckte sich in ihr g-Netz. Nein, dachte sie, es muß einen Weg geben. Ich will aussteigen, sagte sie sich, ich will ein paar Stunden auf eigene Faust, und dann bin ich fertig mit ihm ... Tschüß, Herr Virek, ich kehre ins Land der Lebenden zurück, was der arme Alain nicht mehr kann; Alain, der gestorben ist, weil ich diesen Job angenommen habe. Sie blinzelte, als die erste Träne kam, und machte dann große Kinderaugen, als die Träne in winzige schwebende Kügelchen zerplatzte ...

Und Maas, fragte sie sich, wer sind die? Virek behauptete, daß sie Alain ermordet hätten, daß Alain für sie gearbeitet hätte. Sie erinnerte sich nur dunkel an bestimmte Meldungen in den Medien, die zu tun hatten mit der neuesten Computer-Generation, einem ominösen Verfahren, bei dem unsterbliche Hybrid-Krebszellen maßgeschneiderte Moleküle hervorbrachten, die als Schaltelemente dienen. Sie erinnerte sich wieder, daß Paco gesagt hatte, der Schirm seines modularen Telefons sei ein Maas-Produkt.

Das Innere des JAL-Toroids war so fad, so unscheinbar und total so wie jeder überfüllte Flughafen, daß sie fast laut gelacht hätte. Der gleiche Geruch nach Parfüm, menschlicher Nervosität und stark klimatisierter Luft und das gleiche Stimmengewirr im Hintergrund. Die 0,8 Schwerkraft hätten das Koffertragen erleichtert, aber sie hatte nur ihre schwarze Tasche bei sich. Jetzt zog sie ihre Tickets aus einer der inneren Reißverschlußtaschen und verglich die Nummer ihres Anschluß-Shuttles mit der Zahlenkolonne, die am nächsten Wandmonitor aufgeführt war.

Zwei Stunden bis zum Abflug. Auch wenn Virek was andres gesagt hatte, war sie sicher, daß seine Maschinerie sich längst in Gang gesetzt hatte, um in die Shuttle-Crew oder die Passagiere Leute einzuschleusen, was mit entsprechender Schmierung leicht vonstatten ginge ... Es gäbe eben im letzten Moment eine Krankmeldung, eine Planänderung, einen Unfall ...

Sie hängte sich die Tasche über die Schulter und marschierte über den konkaven Boden aus weißen Kacheln, als wüßte sie genau, wohin sie wollte, oder was zu tun sei; freilich wußte sie bei jedem Schritt, den sie tat, daß sie keinen Plan hatte.

Die weichen blauen Augen verfolgten sie.

»Scheiße«, sagte sie, und ein pauspäckiger russischer Geschäftsmann in einem dunklen Ginza-Anzug rümpfte die Nase und hob sein Nachrichtenfax, um sie aus seiner Welt auszusperren.

»Da sag ich zu dem Weib also, schau, du mußt die Opto-Isolatoren *und* die Kisten rausschaffen auf die *Sweet Jane,* oder ich kleb dir mit Dichtungsmasse den Arsch ans Schott ...« Heiseres Frauengelächter. Marly blickte von ihrer Sushi-Schale auf. Die drei Frauen saßen zwei leere Tische weiter an einem eigenen Tisch, der voller Bierdosen und Styroporschalen mit brauner Sojasoße stand. Eine davon rülpste laut und trank einen kräftigen Schluck Bier. »Und wie will sie's rausbringen, Rez?« Dies war irgendwie das Stichwort für einen neuen, heftigeren Lachanfall, und die Frau, die zuerst Marlys Neugier erregt hatte, legte den Kopf auf die Arme und schüttelte sich vor Lachen, daß die Schultern schlotterten. Marly schaute dem Trio gleichgültig zu und fragte sich, was das für Frauen waren. Jetzt war das Lachen verklungen, und die erste Frau setzte sich auf und wischte sich Tränen aus den Augen. Sie waren alle drei angetrunken, fand Marly; ein junges, lärmendes, derbes Volk. Die erste Frau war zierlich, hatte ein spitzes Gesicht und große graue Augen über der schmalen, geraden Nase. Ihr Haar hatte einen unmöglichen Silberton und war zum kurzen Bubikopf gestutzt. Sie trug eine übergroße Leinenweste oder ärmellose Jacke, die ganz und gar mit vollgestopften Taschen, mit Zapfen und mit Klettbandstreifen bedeckt war. Die Weste war offen und gab aus Marlys Perspektive den Blick frei auf einen kleinen, festen Busen, der, wie's schien, in einem BH mit pink-schwarzen Spitzen steckte. Die beiden anderen waren älter und plumper, und es zeigte sich an ihren bloßen Oberarmen ein ausgeprägter Bizeps im diffusen Licht der Terminal-Cafeteria.

Die erste Frau zuckte die Achseln; die Schultern bewegten sich in der übergroßen Weste. »Ach was, schafft sie nicht«, sagte sie.

Die zweite Frau lachte wieder, aber diesmal nicht so herzhaft, und schaute auf ein Chronometer, das auf ein breites Lederarmband aufgenietet war. »Muß los«, sagte sie. »Hab 'ne Zion-Tour, dann acht Fässer Algen für die Schweden.« Damit rückte sie den Stuhl vom Tisch zurück und stand auf, so daß Marly den eingestickten Schriftzug quer auf dem Rücken ihrer schwarzen Lederjacke lesen konnte.

O'GRADY – WAJIMA
THE EDITH S.
INTERORBITALE TRANSPORTE

Die Frau daneben stand ebenfalls auf und zog ihre weite Jeans am Bund hoch. »Ich sag dir, Rez, wenn du dir von dem Weibsbild das mit den Kisten versauen läßt, schadet das deinem Ruf.«

»'tschuldigung«, sagte Marly und versuchte, das Beben in ihrer Stimme zu unterdrücken.

Die Frau in der schwarzen Weste drehte sich um und sah sie groß an. »Ja?« Die Frau musterte sie vom Scheitel bis zur Sohle. Jetzt lächelte sie nicht mehr.

»Ich hab die Weste gesehen, die Schrift. ›Edith S.‹, ist das ein Schiff, ein Raumschiff?«

»Ein *Raumschiff?*« Die Frau neben ihr zog die dichten Brauen hoch. »Ja klar, Schätzchen, ein richtig tolles *Raumschiff!*«

»Ist'n Schlepper«, sagte die Frau in der schwarzen Weste und wandte sich zum Gehen.

»Ich will dich mieten«, sagte Marly.

»Mich mieten?« Jetzt starrten sie alle Marly an und lächelten nicht mehr. »Was soll'n das heißen?«

Marly kramte tief in ihrer schwarzen Brüsseler Tasche herum und fischte das halbe Bündel der Neuen Yen heraus, die Paelogos vom Reisebüro nach Abzug seines Preises zurückgegeben hatte. »Das zahl ich dafür ...«

Das Mädchen mit dem kurzen Silberhaar pfiff durch die Zähne. Die Frauen tauschten Blicke aus. Diejenige in der schwarzen Weste zuckte die Achsel. »Herrgott«, sagte sie. »Wohin willst'n du? Zum Mars?«

Marly griff wieder in die Tasche und holte das gefaltete blaue Papier von einer Gauloise-Packung hervor. Sie gab es der Frau in der schwarzen Weste, die es entfaltete und die Orbitalkoordinaten las, die Alain dort mit grünem Filzstift notiert hatte.

»Tja«, sagte die Frau, »an sich nur'n Katzensprung bei dem Geld, aber O'Grady und ich, wir müssen um 23.00 GMT* in Zion sein. Vertragslieferung. Wie steht's mit dir, Rez?«

Sie reichte den Zettel dem sitzenden Mädchen, das ihn las, zu Marly aufblickte und fragte: »Wann?«

»Jetzt«; sagte Marly. »Jetzt gleich.«

Das Mädchen stand auf, daß der Stuhl ordentlich klapperte auf den Keramikfliesen. Ihre Weste klappte auf und enthüllte, daß das, was Marly für einen pinkschwarzen Spitzen-BH gehalten hatte, eine eintätowierte einzelne Rose war, die die ganze linke Brust bedeckte. »Du bist dabei, Schwester. Auf die Kralle.«

»Das heißt, bar auf die Hand, jetzt gleich«, sagte O'Grady.

»Es soll keiner erfahren, wohin wir fahren«, sagte Marly.

Die drei Frauen lachten.

»Da biste an die Richtige geraten«, meinte O'Grady, und Rez grinste.

---

* Greenwich Mean Time = Greenwicher mittlere Sonnenzeit = Weltzeit. – *Anm. d. Übers.*

24

Geraden Wegs

Der Regen fing an, als er wieder nach Osten bog und auf die Vororte und den verdammten Gürtel von Industriezonen am Rande des Sprawl zuhielt. Der Regen war wie eine Wand, so daß er nichts mehr sah, bis er den Schalter für die Scheibenwischer fand. Rudy hatte die Wischerblätter vernachlässigt, also nahm Turner Gas weg, so daß die heulende Turbine im Klang dumpfer wurde, und steuerte auf die Böschung, wobei der Luftpolstermantel über LKW-Reifenfetzen glitt.

»Was ist los?«

»Ich kann nichts sehn. Die Wischerblätter sind im Eimer.« Er drückte auf den Lichtschalter. Vier schmale Lichtkegel erstrahlten an beiden Seiten der kegelförmigen Hovercraft-Haube und verloren sich in den grauen Regenschleiern. Er schüttelte den Kopf.

»Warum halten wir nicht an?«

»Wir sind zu nahe am Sprawl. Die Gegend hier wird überwacht. Helikopter-Patrouille. Sie registrieren das Kennzeichen auf unserm Dach. Wenn sie sehn, daß wir eine Nummer aus Ohio haben und ein recht komisches Chassis, wollen sie uns vielleicht überprüfen. Das wollen wir vermeiden.«

»Was willst du also tun?«

»Wir halten uns an die Böschung, bis wir abbiegen können, und gehen dann in Deckung, wenn wir was finden.«

Er hielt den Hover in der Schwebe und wendete ihn auf der Stelle. Das Scheinwerferlicht wurde von den orangefarbenen Querstreifen eines senkrechten Pfostens reflektiert, dessen Schild auf eine Service-Station hinwies. Er hielt auf den Pfosten zu. Der aufgeblähte Mantel hopste über dicke Fahrbahnbegrenzer aus Betonquadern. »Da finden wir vielleicht was«, sagte er, als sie den Pfosten passierten. Die Straße war kaum breit genug für ihr Fahrzeug; Äste und Zweige schlugen gegen die schmalen Seitenfenster, scheuerten an den stählernen Flanken. »Da unten brennen Lichter«, sagte Angie, die sich im Gurt vorstreckte und durch den Regen spähte.

Turner bemerkte einen verwaschenen gelben Lichtschein und zwei dunkle aufrechte Säulen. Er lachte. »Tankstelle«, sagte er. »Überbleibsel vom alten System, bevor hier die große Straße gebaut wurde. Es muß jemand dort wohnen. Schade, daß wir nicht mit Benzin fahren ...« Er lenkte das Hovercraft sachte den Schotterweg hinunter; als sie näherkamen, sah er, daß der gelbe Lichtschein aus zwei rechteckigen Fenstern kam. Er glaubte, hinter dem einen Fenster eine Bewegung zu sehen. »Flaches Land«, sagte er. »Kann sein, daß den Burschen unser Besuch nicht gefällt.« Er griff in den Parka, zog die Smith & Wesson aus dem Nylonhalfter und legte sie sich zwischen die Beine. Als sie bis auf fünf Meter an die rostigen Zapfsäulen herangekommen waren, setzte er das Hovercraft mitten in einer breiten Pfütze ab und schaltete die Turbinen aus. Es schüttete wie aus Eimern, und er sah eine Gestalt in einem flatternden khakibraunen Poncho geduckt aus der Vordertür der Tankstelle huschen. Er öffnete das Seitenfenster einen Zehn-Zentimeter-Spalt und schrie gegen den Regen an. »Bedaure die Störung. Wir können nicht mehr weiterfahren. Die Scheibenwischer sind kaputt. Wußten nicht, daß hier jemand wohnt.« Die Hände des Mannes steckten, wie im Lichtschein aus den Fenstern zu sehen war, unterm Plastikponcho; es war klar, daß er was in der Hand hielt.

»Privatbesitz«, sagte der Mann, dem der Regen ins hagere Gesicht klatschte.

»Wir mußten runter von der Straße«, rief Turner. »Bedaure die Störung ...«

Der Mann machte den Mund auf und fing an, mit dem Ding, das er unterm Poncho hielt, zu gestikulieren, als sein Kopf explodierte. Turner hatte beinahe den Eindruck, es passierte, bevor der rote Lichtblitz auf ihn traf, ein bleistiftdicker Strahl, der hin und her wackelte, als würde jemand mit einer Taschenlampe spielen. Rot stieg hoch, das der Regen schluckte; die Gestalt brach in die Knie und kippte vornüber. Eine Savage 410 glitt unter dem Poncho hervor.

Turner hatte gar nicht gemerkt, daß er aktiv geworden war, die Turbinen angelassen, die Lenkung zu Angie gedreht und sich aus dem Gurtzeug gekämpft hatte. »Wenn ich sag los, fahr durch die Tankstelle ...« Dann war er aufgesprungen, ruckte am Hebel, der die Dachluke öffnete, riß die Hand mit der Knarre hoch. In dem Moment, als die Luke sich aufschob, erreichte ihn das Knattern der schwarzen Honda. Ihr Schatten kam tiefer, wurde im strömenden Regen sichtbar. »Los!« Er hatte abgedrückt, bevor sie das Hovercraft von der Stelle brachte und in die Wand der alten Tankstelle fuhr. Der Rückstoß schmetterte seinen Ellbogen schmerzhaft aufs Hovercraftdach. Das Geschoß explodierte droben mit sattem Knall; Angie riß das Hovercraft vom Boden und jagte es durch die Bretterwand. Turner hatte gerade noch Zeit, Kopf und Schultern durch die Luke einzuziehen. Im Haus explodierte etwas, vermutlich eine Propangasflasche, und das Hovercraft wurde nach links geschleudert.

Angie steuerte dagegen, und schon krachten sie durch die hintere Wand. »Wohin?« schrie sie, um das Heulen der Turbine zu übertönen.

Quasi als Antwort schraubte sich zwanzig Meter vor ihnen die schwarze Honda zu Boden und peitschte silbernen Regen auf. Turner schnappte sich das Steuer und jagte das Hovercraft voran, daß das Pfützenwasser in zehn Meter hohen Fontänen aufspritzte. Sie erwischten den kleinen Mehrzweckhelikopter voll an der Polycarbonat-Kanzel; der Rumpf aus Metallegierung zerknitterte wie Papier unter der Wucht des Aufpralls. Turner stieß zurück und rammte den Hubschrauber ein zweites Mal mit noch mehr Wucht. Diesmal schleuderte es das Wrack gegen die Stämme nasser grauer Pinien, wo es wie ein langflügeliges Insekt liegenblieb.

»Was ist passiert?« fragte Angie, die sich mit den Händen das Gesicht bedeckte. »Was ist denn nur passiert?«

Turner riß Zulassungspapiere und Sonnenbrille aus einem Fach in der Tür neben sich, fand eine Taschenlampe, prüfte die Batterien.

»Was ist passiert?« fragte Angie wieder wie vom Band. »Was ist passiert?«

Er zwängte sich wieder aus der Luke, die Knarre in der einen Hand, die Taschenlampe in der andern. Der Regen hatte nachgelassen. Er hüpfte auf die Karosserie und dann über die Kotflügel in knöcheltiefe Pfützen und watete spritzend zu den verbogenen schwarzen Rotoren der Honda.

Es roch nach ausfließendem Flugbenzin. Die Polycarbonat-Kanzel war wie ein Ei zersprungen. Er zielte mit der Smith & Wesson und ließ per Daumendruck zwei Mal den Xenon-Projektor aufblitzen. Im gleißenden Licht zeigten sich Blut und verdrehte Glieder unter den Plastikscherben. Er wartete kurz und knipste dann die Taschenlampe an. Es waren zwei. Er kam näher, wobei er die Taschenlampe aus alter Gewohnheit weit vom Körper hielt. Es rührte sich nichts. Der Geruch des ausströmenden Benzins wurde noch stärker. Dann ruckte er an der verbeulten Tür. Sie ging auf. Beide trugen sie Bildverstärker-Brillen. Das runde, blanke Laserauge starrte in den Nachthimmel hinauf. Er bückte sich und klappte den verfilzten Lammfellkragen der Fliegerjacke hoch. Das Blut, das im Bart des Mannes klebte, wirkte sehr dunkel, fast schwarz im Schein der Taschenlampe. Es war Oakey. Er schwenkte die Taschenlampe und sah, daß der andere Mann, der Pilot, ein Japaner war. Er schwenkte die Taschenlampe wieder und bemerkte eine flache schwarze Flasche bei Oakeys Fuß. Er hob sie auf, steckte sie sich in den Parka und lief zum Hovercraft zurück. Trotz des Regens züngelten nun rote Flammen aus dem Trümmerhaufen der einstigen Tankstelle. Er kletterte auf den Kotflügel, aufs Dach und schließlich durch die Luke hinein.

»Was ist passiert?« sagte Angie, als wäre er gar nicht weg gewesen. »Was ist passiert?«

Er ließ sich auf den Sitz fallen, ließ den Gurt, wo er war, und brachte die Turbine auf Touren. »Das ist ein Hubschrauber von Hosaka«, sagte er und wandte sich ihr zu. »Sind uns wohl gefolgt. Hatten einen Laser. Sie warteten, bis wir vom Highway runter waren. Wollten nicht, daß die Bullen uns da finden. Als wir hier reinfuhren, wollten sie uns schnappen. Dachten wohl, das arme Schwein draußen gehörte zu uns, oder wollten einfach Zeugen beseitigen ...«

»Sein Kopf«, sagte sie mit bebender Stimme, »sein Kopf ...«

»Das war der Laser«, erklärte Turner, der wieder zum Highway hinauffuhr. Der Regen ließ jetzt merklich nach; es tröpfelte nur noch. »Dampf. Das Hirn verdampft und sprengt den Schädel ...«

Angie beugte sich vor und kotzte. Turner lenkte mit einer Hand; in der andern hielt er Oakeys Flachmann. Er öffnete den Schnappverschluß mit den Zähnen und schluckte einen Mundvoll von Oakeys Wild Turkey.

Als sie die Highway-Böschung erreichten, fand der Sprit der Honda die Flammen der zerstörten Tankstelle, und der aufschießende Feuerball führte Turner wieder das Gelände vor Augen, das Licht der Leuchtraketen, den gleißenden Himmel, als der Jet zur Grenze nach Sonora düste.

Angie richtete sich auf, wischte sich mit dem Handrücken den Mund ab und fing zu zittern an.

»Wir müssen weg von hier«, sagte er und fuhr wieder Richtung Osten. Sie sagte nichts, und er blickte hinüber zu ihr und sah sie steif und starr dasitzen. Ihre Augen zeigten viel Weiß im schwachen Schein der Schaltpultbeleuchtung, ihr Gesicht war ausdruckslos. So hatte er sie auch in Rudys Schlafzimmer erlebt, als sie von Sally hereingerufen wurden. Und jetzt der gleiche Wortschwall, das gleiche leise Plappern, das irgendeine französische Mundart hätte sein können. Er hatte keinen Recorder, keine Zeit, er mußte fahren ...

»Durchhalten«, sagte er, während er beschleunigte, »es wird schon wieder ...« Sicher konnte sie ihn nicht mal hören. Ihre Zähne klapperten; das hörte er trotz der Turbine. Halt an, sagte er sich, um ihr wenigstens was zwischen die Zähne zu stecken, die Brieftasche oder ein Stück Stoff. Ihre Hände zogen spastisch an den Gurten.

»Es weilt ein krankes Kind in meinem Hause.« Das Hovercraft wäre beinahe von der Fahrbahn abgekommen, als Turner die Stimme aus ihrem Mund hörte, eine tiefe, getragene und irgendwie klebrige Stimme. »Ich höre, wie sie um ihr blutiges Kleid würfeln. Der Hände viele werden ihr Grab schaufeln heute nacht, auch du. Feinde beten um deinen Tod, Mietling. Sie beten, bis sie schwitzen. Ihre Gebete sind ein Fieberschwall.« Und dann ein kurzes Knarzen, das vielleicht Gelächter sein sollte.

Turner wagte einen Blick und sah einen silbernen Speichelfaden von ihren starren Lippen hängen. Ihre Gesichtsmuskulatur war zu einer Fratze verzerrt, die er nicht kannte. »Wer bist du?«

»Ich bin der Herr der Straßen.«

»Was willst du?«

»Dies Kind zum Pferd, damit sie unter den Stätten der Menschen wandle. Es ist gut, daß du nach Osten fährst. Bring sie in deine Stadt! Ich werde sie wieder reiten. Und Samedi reitet mit dir, Schütze. Er ist der Wind, den du in deinen Händen hältst, aber er ist launisch, der Herr der Friedhöfe, auch wenn du ihm gute Dienste geleistet hast ...« Er schaute zu ihr und sah gerade noch, wie sie seitlich in den Gurt sackte, den Kopf baumeln und die Zunge heraushängen ließ ...

25

Kasual/Gothick

»Hier ist das Telefonprogramm des Finnen«, kam es aus dem Lautsprecher unterm Bildschirm. »Der Finne ist nicht da. Falls Sie etwas abspeichern wollen, kennen Sie den Zugangscode bereits. Falls Sie eine Nachricht hinterlassen wollen, so geschieht das bereits.« Bobby starrte auf das Bild im Monitor und schüttelte langsam den Kopf. Die meisten Telefonprogramme waren so geschrieben, daß sie kosmetische Subprogramme enthielten, die darauf abzielten, das Videobild des Inhabers in größere Übereinstimmung mit den üblichen Vorbildern persönlicher Schönheit zu bringen und Pickel und den ersten Anflug von Gesichtsfalten zu unterdrücken, um dem statistischen Ideal zu entsprechen. Die Wirkung, die ein kosmetisches Programm auf das groteske Gesicht des Finnen ausübte, war wirklich das Eigenartigste, was Bobby je zu Gesicht gekommen war: als wäre man nach dem Gesicht einer toten Taschenratte gegangen mit der ganzen Palette aus Abdeckstiften eines Leichenbestatters und Paraffin-Injektionen.

»Das sieht nicht natürlich aus«, sagte der Whisky schlürfende Jammer.

Bobby nickte.

»Der Finne«, sagte Jammer, »hat Platzangst. Kriegt 'ne Gänsehaut, wenn er seinen vollgestopften, mistigen Laden verlassen soll. Und er hat Telefonitis, kann es nicht lassen, jeden Anruf anzunehmen, wenn er da ist. Ich glaube bald, das Weib hat recht. Lucas ist tot, und es läuft irgendeine miese Scheiße ab ...«

»Das Weib«, sagte Jackie hinterm Tresen, »weiß es!«

»Sie weiß es«, sagte Jammer, der seinen Plastikbecher abstellte und an seiner Fliege zupfte, »sie *weiß* es. Hat mit den Voodoos in der Matrix gesprochen, also weiß sie es.«

»Nun, Lucas antwortet nicht, Beauvoir antwortet nicht, vielleicht hat sie recht.« Bobby streckte die Hand aus und schaltete das Telefon ab, als das Signal zur Aufzeichnung piepste.

Jammer trug seit dem Aufstehen ein gefälteltes weißes Smokinghemd, schwarze Hose mit Galonstreifen aus Satin und weißes Dinnerjacket, was seine Arbeitskleidung für den Club war, wie Bobby vermutete. »Keiner da«, sagte er jetzt und blickte von Bobby zu Jackie. »Wo sind Bogue und Sharkey? Wo die Bedienungen?«

»Wer sind Bogue und Sharkey?« wollte Bobby wissen.

»Die Barkeeper. Gefällt mir gar nicht.« Er stand auf, ging zur Tür und schob vorsichtig einen der Vorhänge zur Seite. »Was, zum Teufel, suchen diese Arschlöcher da draußen? He, Count, das sieht mehr nach deinem Fall aus. Komm mal rüber!«

Bobby, der nichts Gutes ahnte – er hatte tunlichst verschwiegen, daß er sich von Leon hatte sehen lassen, da er nicht wie'n Wilson dastehen wollte –, erhob sich und ging dorthin, wo der Clubinhaber stand.

»Mach schon! Guck raus! Laß dich nicht sehn! Sie versuchen so intensiv den Eindruck zu erwecken, uns nicht zu beobachten, daß man's fast riechen kann.«

Bobby schob den Vorhang vorsichtig einen Zentimeter weit auf und lugte hinaus. Die Käuferschar war praktisch völlig ersetzt durch Gothick-Typen in schwarzer Leder-und-Nieten-Kluft mit abstehenden schwarzen Haaren und einem ebenso starken Aufgebot an – man staune – blonden Casuals, die die neuesten Shinjuku-Cottons der Woche und weiße Mokassins mit goldenen Schnallen trugen. »Ich weiß nicht«, sagte Bobby, an Jammer gewandt, »die sollten nicht *zusammen* sein, Kasuals und Gothicks, was? Sind natürliche Feinde, liegt in der DNS oder so ...« Er lugte noch mal hinaus. »Herrje, es sind an die hundert.«

Jammer vergrub seine Hände tief in der faltenreichen Hose. »Kennste einen der Typen?«

»Gothicks kenn ich 'n paar vom Sehen. Aber es ist schwer, sie auseinanderzuhalten. Kasuals, die hauen alles kurz und klein, was nicht Kasual ist. Darum geht's ihnen hauptsächlich. Jedenfalls wurde ich gerade von Lobes niedergemacht, aber die Lobes sollen angeblich mit den Gothicks verbündet sein, also wer weiß?«

Jammer seufzte. »Hast also keine Lust, rauszugehen und einen zu fragen, was das überhaupt soll?«

»Nein«, sagte Bobby ernst, »dazu hab ich keine Lust.«

»Hmmm.« Jammer schaute Bobby nachdenklich an, was Bobby gar nicht behagte.

Etwas kleines Hartes fiel von der hohen schwarzen Decke und landete klirrend auf einem der runden schwarzen Tische. Das Ding prallte ab, fiel auf den Teppichboden und rollte zwischen Bobbys neue Stiefel. Automatisch bückte er sich danach. Eine altmodische Schlitzschraube mit rostig braunem Gewinde und mattschwarzer Latexfarbe auf dem Kopf. Er schaute hinauf, als eine zweite auf den Tisch knallte, und sah aus den Augenwinkeln Jammer bei der Universal-Kreditconsole über den Tresen springen. Jammer verschwand, es machte leise *ratsch!* vom Klettverschluß, und Bobby wußte, daß Jammer sich die gedrungene, kleine Automatik geschnappt hatte. Er schaute sich um, aber Jackie war nirgends zu sehen.

Eine dritte Schraube knallte aufs Formica* der Tischfläche.

Bobby war verwirrt, zögerte noch, folgte dann aber Jackies Beispiel und verzog sich, so leise er konnte. Er kauerte hinter einem der hölzernen Raumteiler und sah die vierte Schraube fallen. Feiner dunkler Staub rieselte

---

* Formica = Kunststoffbeschichtung. – *Anm. d. Übers.*

hinterher. Ein scharrendes Geräusch, dann verschwand mit einemmal ein viereckiges Stahlgitter an der Decke in einer Art Schacht. Er blickte zu Jammer und sah eben noch, wie Jammer den Lauf zur Decke richtete.

Zwei dünne braune Beine baumelten nun aus der Öffnung, dann ein wallender grauer Saum voller Dreck.

»Halt«, sagte Bobby, »das ist Beauvoir.«

»Und ob das Beauvoir ist!« kam es von oben, laut und hallend vom Echo im Schacht. »Räumt mir den verdammten Tisch aus dem Weg.«

Bobby hinterm Raumteiler rappelte sich hoch und rückte Tisch und Stühle weg.

»Fang«, sagte Beauvoir und seilte einen olivgrünen Beutel an seinem Umhängegurt ab und ließ los. Das Ding war so schwer, daß es Bobby fast umgeworfen hätte. »Und jetzt mach Platz ...« Beauvoir schwang sich aus dem Schacht, baumelte mit beiden Händen am Rand und ließ sich fallen.

»Was ist'n mit dem Alarm, den ich da oben habe?« fragte Jammer, der sich mit der kleinen Maschinenpistole in der Hand hinterm Tresen aufrichtete.

»Hab ich hier«, sagte Beauvoir und warf einen mattgrauen Stab aus Phenolharz auf den Teppich. Das Ding war mit feinem schwarzen Draht umwickelt. »War nun mal der einzige Weg rein, ohne daß davon diese regelrechte Armee von Knackärschen was spitzkriegt. Offenbar hat ihnen jemand Bauplan und Grundriß für den Laden gegeben. Trotzdem haben sie diese Lücke übersehn.«

»Wie bist du aufs Dach gekommen?« fragte Jackie, die hinter einem Raumteiler auftauchte.

»Gar nicht«, antwortete Beauvoir, der sich das riesige Plastikbrillengestell auf die Nase setzte. »Ich habe eine Monomol-Faser vom Nachbarschornstein rübergeschossen und bin mit einer Keramikrolle rüber ...« Sein kurzes krauses Haar war voller Ruß. Er sah sie betroffen an. »Du weißt es«, sagte er.

»Ja. Von Legba und Papa Ougou in der Matrix. Hab mit Bobby an Jammers Deck eingesteckt ...«

»Sie haben Ahmed auf der Autobahn nach Jersey in die Luft gejagt. Vermutlich mit dem gleichen Raketentyp, mit dem sie Bobbys alte Lady erledigt haben ...«

»Wer?«

»Bin mir noch nicht sicher«, sagte Beauvoir, der sich neben den Beutel kniete und die Schnellverschlüsse aus Plastik öffnete, »aber allmählich nimmt's Form an ... Womit ich beschäftigt war, bis ich das mit Lucas hörte, war, die Lobes aufzuspüren, die Bobby das Deck abgeknöpft haben. Das war vermutlich nur'n Zufall, eben Routinegeschäft, aber irgendwo laufen jetzt 'n paar Lobes mit dem Eisbrecher rum ... Eine brisante Situation, denn die Lobes, das sind zum Teil Hacker, die mit Two-a-Day hin und wieder Geschäfte machen. Also haben Two-a-Day und ich die Runde gemacht und herausgekriegt, was rauszukriegen war. War alles tadellos, wie sich herausstellte, außer daß so'n Hohlkopf namens Alix, bei dem wir waren und der zweiter Feldherr oder so ist, einen Anruf von seinem Gegenstück bekommt, den Two-a-Day als Barrytowner Gothick namens Raymond identifiziert.« Er packte, während er sprach, den Beutel aus und legte Waffen, Werkzeug, Munition, Drahtspulen aus. »Raymond will ihn dringend sprechen, aber der coole Alix will nicht vor uns reden. ›Sorry, Gentlemen, aber das geht nur uns Feldherrn was an‹, sagt der Doofmann, also gut, entschuldigen wir uns in aller Demut, machen einen Diener und so und verduften um die nächste Ecke. Nehmen Two-a-Days modulares Telefon zur Hand und rufen unsre Cowboys im Sprawl an, die sollen die Leitung von Alix anzapfen, und zwar ein bißchen plötzlich. Die Cowboys gingen in das Gespräch zwischen Alix und Raymond rein wie Draht in Käse.« Er zog ein verbeultes, zwölfkalibriges Gewehr, das kaum länger als sein Unterarm war, aus dem Bündel, wählte ein dickes Trommelmagazin aus dem Häuflein, das er vor sich am Teppichboden aufgebaut hatte, und steckte die beiden zusammen. »Schon mal eins dieser Schweine gesehen? Südafrikaner, vorm Krieg ...« Etwas in seiner Stimme und die Haltung seines Kinns machten Bobby plötzlich auf seinen gebändigten Zorn aufmerksam. »Ist, scheint's, an Raymond herangetreten, der Typ. Hat 'ne Menge Geld, der Typ, und will alle Gothicks engagieren, den ganzen Apparat, um im Sprawl eine Nummer abzuziehn, einen richtigen Massenauflauf. Der soll so groß ausfallen, daß er auch die Kasuals anheuern will. Damit war die Scheiße perfekt, denn Alix ist stinkkonservativ. Nur'n toter Kasual ist'n guter, freilich nur nach x Stunden Folter und so weiter. ›Laß den Quatsch!‹ sagt Raymond, immer diplomatisch. ›Hier geht's um viel Geld, da ist *unternehmerisches* Denken angesagt.‹« Er öffnete eine Schachtel mit dicken roten Plastikpatronen und fing an, das Gewehr zu laden, indem er sie ins Magazin stopfte. »Ich könnte zwar ganz falsch liegen, aber neuerdings seh ich viele PR-Typen von Maas Biolabs auf Video. Es gab einen seltsamen Vorfall auf ihrem Gelände in Arizona. Man redet teils von einem Nuklearsprengkörper, teils von was andrem. Und jetzt behaupten sie, ihr führender Biosoft-Wissenschaftler sei tot, angeblich bei einem privaten Unfall ums Leben gekommen. Heißt Mitchell, der Typ, der das Biosoft mehr oder weniger erfunden hat. Bislang gibt es keinen andern, der auch nur von sich behauptet, einen Biochip herstellen zu können, also haben Lucas und ich von Anfang an angenommen, daß Maas jenen Eisbrecher gemacht hat. Falls es ein Eisbrecher war ... Aber wir haben keine Ahnung, woher der Finne das Ding hat und woher seine Zulieferer es haben. Aber wenn man das alles berücksichtigt, sieht's ganz danach aus, als ob Maas Biolabs uns in die Pfanne hauen will. Und zwar gleich hier, wo sie uns umzingelt haben.«

»Ich weiß nicht«, sagte Jammer, »wir haben 'ne Menge Freunde in diesem Haus ...«

»Hatten.« Beauvoir legte das Gewehr aus der Hand und fing an, eine Nambu Automatic zu laden. »Die meisten Stände auf dieser Etage und der Etage darunter wurden heute nachmittag per Ablöse übernommen. Bar auf die Kralle. Waschkorbweise. Sind ein paar Standhafte übriggeblieben, aber nicht genug.«

»Ungereimtes Zeug«, sagte Jackie, die Jammer den Becher aus der Hand nahm und den Scotch hinunterkippte. »Was wäre bei uns schon zu holen?«

»He«, sagte Bobby, »vergiß nicht, sie wissen wahrscheinlich gar nicht, daß mir die Lobes den Eisbrecher abgenommen haben. Vielleicht sind sie nur hinter dem her.«

»Nein«, sagte Beauvoir und ließ das Magazin der Nambu einschnappen, »denn sie hätten nicht wissen können, daß du's nicht in der Wohnung deiner Mutter verwahrt hast, hab ich recht?«

»Vielleicht waren sie da und schauten einmal etwas nach ...«

»Und wie konnten sie wissen, daß Lucas es nicht bei sich im Ahmed hatte?« sagte Jammer und ging wieder zum Tresen.

»Der Finne dachte, man schickte ihm drei Killer, drei Ninjas«, bemerkte Bobby. »Sagte, sie waren ausgerüstet, um ihn zuerst zum Reden zu bringen ...«

»Wieder Maas«, sagte Beauvoir. »Wer immer, jedenfalls haben wir die Kasuals und die Gothicks am Hals. Wir würden mehr wissen, aber Alix der Lobe stieg auf sein hohes Roß und wollte nicht mit Raymond verhandeln. Keine gemeinsame Sache mit den verhaßten Kasuals. Soweit unsere Cowboys das rauskriegen konnten, ist draußen dieses Heer aufgezogen, damit ihr nicht rauskönnt. Und damit Leute wie ich nicht reinkönnen. Leute mit Waffen und so.« Er reichte Jackie die geladene Nambu. »Kannst du mit einem Schießeisen umgehn?« fragte er Bobby.

»Klar«, log Bobby.

»Nein«, sagte Jammer, »wir haben schon genug Ärger, ohne daß *der* 'ne Waffe hat. Herrgott ...«

»Was ich von der Sache halte«, sagte Beauvoir, »ist, wir können damit rechnen, daß uns jemand holen kommt. Jemand, der sich als Profi nicht so anstellt ...«

»Es sei denn, sie pusten den ganzen Hypermarkt in die Luft«, sagte Jammer, »mitsamt diesen Zombies ...«

»Glaub ich nicht«, meinte Bobby, »denn sonst hätten sie's längst getan.«

»Hat recht, der Junge«, sagte Beauvoir. »Hat vollkommen recht.«

Dreißig Minuten später. Jammer funkelte Beauvoir finster an. »Ich muß dir ehrlich sagen, das ist der beschissenste Plan, den ich seit langem gehört habe.«

»Ja, Beauvoir«, meinte Bobby, »warum kriechen wir nicht einfach den Abzugsschacht hoch, schleichen übers Dach und gehn aufs Nachbargebäude? Nehmen die Faser her, die dich rübergebracht hat?«

»Das Dach wimmelt von Kasuals wie'n Haufen Scheiße von Fliegen«, sagte Beauvoir. »Vielleicht ist der eine oder andere davon sogar so schlau und findet den Deckel, den ich zum Einstieg geöffnet habe. Ich habe unterwegs ein paar Babysplitterminen zurückgelassen.« Er grinste gnadenlos. »Abgesehen davon ist das Nachbargebäude höher. Ich mußte aufs Nachbardach steigen und die Monomolfaser schräg nach unten rüberschießen. Man kann sich an einer monomolekularen Faser nicht hochhangeln; da fallen einem die Finger ab.«

»Und wie hast du dir dann, verdammt noch mal, vorgestellt, hier rauszukommen?« fragte Bobby.

»Laß gut sein, Bobby«, sagte Jackie leise. »Beauvoir hat getan, was er tun mußte. Jetzt ist er hier bei uns, und wir sind bewaffnet.«

»Bobby«, sagte Beauvoir, »wiederhol doch den Plan noch mal, damit ja alle kapieren ...«

Bobby hatte das unbestimmte Gefühl, daß Beauvoir

sich vergewissern wollte, ob er ihn verstanden hatte; er lehnte sich gegen den Tresen und begann: »Wir bewaffnen uns und warten, okay? Jammer und ich, wir gehn raus mit seinem Deck und suchen in der Matrix, um vielleicht einen Hinweis zu finden, was hier läuft ...«

»Ich denke, das schaff ich allein«, sagte Jammer.

»Scheiße!« Bobby richtete sich auf. »Beauvoir hat's gesagt! Ich will mit, ich will auch ran! Wie soll ich sonst je was *lernen?*«

»Schon gut, Bobby«, sagte Jackie. »Weiter!«

»Okay«, sagte Bobby beleidigt. »Also früher oder später werden die Typen, die die Gothicks und Kasuals als Belagerer angeheuert haben, uns holen kommen. Wenn sie kommen, schnappen wir sie uns. Wir schnappen uns mindestens einen lebend. Gleichzeitig brechen wir aus, und die Gothicks und so, die rechnen nicht mit so viel Feuerkraft, also kommen wir zur Straße durch und fliehen in die Projekte ...«

»Ich glaube, damit ist das Wesentliche gesagt«, meinte Jammer und ging langsam zur verschlossenen Tür mit den zugezogenen Vorhängen. »Ich glaube, so kann man's zusammenfassen.« Er drückte den Daumen auf eine codierte Türöffnerplatte und zog die Tür halb auf. »He, du da!« brüllte er. »Nicht du! Der mit dem Hut! Komm mal her, wird's bald? Will mit dir sprechen ...«

Der bleistiftdünne rote Strahl durchdrang Tür, Vorhang, zwei von Jammers Fingern und zuckte über den Tresen hinweg. Eine Flasche explodierte, und der verdampfte Inhalt, Wasser und Ester, verpuffte. Jammer ließ die Tür zufallen, starrte auf seine verstümmelte Hand und plumpste hart auf seinen Hosenboden. Das Lokal füllte sich mit dem weihnachtlichen Duft von heißem Gin. Beauvoir nahm eine silberne Sodaflasche vom Tresen und besprühte den schwelenden Vorhang mit Selterswasser, bis die CO_2-Patrone leer war und der Strahl nachließ. »Du hast Glück, Bobby«, sagte Beauvoir und warf die Flasche über die Schulter hinter sich, »denn unser Freund Jammer, der tut auf keinem Deck mehr ...«

Jackie, die sich neben Jammers Hand kniete, schnalzte ungläubig mit der Zunge. Bobby sah kurz das verbrannte Fleisch und schaute rasch weg.

26

Wig

»Weißt du«, sagte Rez, die kopfüber vor Marly hing, »es geht mich zwar rein gar nichts an, aber wirst du, wenn wir dort sind, erwartet? Ich meine, ich bring dich hin, klarer Fall, und wenn du nicht reinkommst, bring ich dich wieder zum JAL-Terminal. Aber wenn dich niemand reinlassen will, dann will ich auch nicht ewig da draußen rumhängen. Das Ding ist Schrott, und es treiben sich in den Wracks da draußen ein paar komische Leute rum.« Rez – oder Therèse, wie Marly auf dem plastifizierten Flugschein über dem Steuerpult der *Sweet Jane* lesen konnte – hatte für die Reise ihre Arbeitsweste aus Leinen angezogen.

Marly, die ganz benommen war von einer Reihe von Derms, die ihr Rez übers Handgelenk geklebt hatte, um den Brechanfällen des Space-Adaptionssyndroms entgegenzuwirken, starrte auf die tätowierte Rose. Sie war in jahrhundertealtem japanischen Stil gearbeitet, und die benebelte Marly fand sie schön. Sie fand auch Rez sympathisch, die zugleich hart und mädchenhaft war und sich bestens um den seltsamen Passagier kümmerte. Rez hatte ihre Lederjacke und Handtasche bewundert, die sie in ein schmales Nylonnetz stopfte, das als Gepäcknetz voller Kassetten, gedruckter Bücher und Schmutzwäsche war.

»Ich weiß nicht«, brachte Marly über die Lippen. »Ich muß versuchen, daß ich reinkomme ...«

»Weißt du, was das für'n Ding ist, Schwester?« Rez paßte das g-Netz um Marlys Schultern und Achselhöhlen.

»Welches Ding?«

»Wohin wir fahren. Gehört zum alten Kern von Tessier-Ashpool. Waren mal die Mainframes* für ihr Firmengedächtnis ...«

»Hab davon gehört«, sagte Marly und drückte die Augen zu. »Andrea hat mir mal davon erzählt ...«

»Klar, von denen hat jeder schon gehört. Früher hat ihnen ganz Freeside gehört. Haben es sogar gebaut. Dann ging's mit ihnen bergab. Sie verkauften. Ließen das Heim der Familie von der Spindel abtrennen und in einen andern Orbit schleppen, aber zuvor den Kern räumen, den sie an einen Schrotthändler verhökerten. Der Schrotthändler hat das Ding nie verwertet. Hab noch nicht gehört, daß dort jemand haust, aber hier lebt man eben, wo man kann ... Das gilt, glaube ich, für jeden. So wird gesagt, daß Lady Jane, die Tochter des alten Ashpool, noch immer am alten Platz lebt und total verrückt ist ...« Sie zog mit einer letzten gekonnten Bewegung das g-Netz zurecht. »Okay. Schön locker bleiben. Ich heize der *Jane* die ersten zwanzig Minuten ziemlich ein, aber das bringt uns schneller ans Ziel. Und dafür hast du, schätze ich, bezahlt ...«

Und Marly entglitt in eine Landschaft, die ganz aus Kästen gebaut war, aus großen, hölzernen Cornell-Kästen, wo Liebe und Andenken als massive Überbleibsel hinter vom Regen verschmierten, staubigen Scheiben zur Schau gestellt waren, und die Gestalt des geheimnisvollen Kastenmachers vor ihr durch Straßen floh, die mit menschlichen Zähnen gepflastert waren, und ihre Pariser Stiefel blind über Symbole aus matten Goldkronen klapperten. Der Kastenmacher war ein Mann und trug Alains grüne Jacke und fürchtete sie mehr als alles andere. »Tut mir leid«, rief sie, hinter ihm herlaufend, »tut mir leid ...«

»Ja. Therèse Lorenz auf *Sweet Jane.* Du willst die Nummern? Welche? Ja klar sind wir Piraten. Ich bin Käptn

* Mainframe = Großrechenanlage. – *Anm. d. Übers.*

Hook ... Schau, Jack, ich geb dir die Nummern, prüf sie nach ... Sagte ich schon. Hab einen Passagier. Erbitte Erlaubnis ... Blabla. Eine Marly Soundso, redet Französisch im Schlaf ...«

Marly zwinkerte, schlug die Augen auf. Rez hing vor ihr im Netz. Jeder kleine Muskel ihres Rückens zeichnete sich exakt ab. »He«, sagte Rez und drehte sich im Netz um. »Tut mir leid. Hab die für dich aufgespürt, aber sie klingen recht überspannt. Gehörst du zu 'ner Religion?«

»Nein«, sagte Marly verwundert.

Rez verzog das Gesicht. »Nun, ich hoffe, du kannst wenigstens was anfangen mit dem Quatsch.« Sie glitt aus dem Netz und vollführte einen flotten Salto rückwärts, der sie dicht vor Marlys Gesicht brachte. Ein Optikfaserkabel hing zwischen Hand und Console, und zum ersten Mal sah Marly die feine, himmelblaue Buchse, die bündig mit der Haut in ihr Handgelenk eingesetzt war. Sie drückte Marly einen Knopf ins rechte Ohr und bog das abstehende transparente Mikro zurecht.

»Ihr habt kein Recht, uns hier zu stören«, sagte eine männliche Stimme. »Unser Werk ist das Werk Gottes, und wir allein haben sein wahres Gesicht geschaut!«

»Hallo? Hallo, hier ist Marly Kruschkowa, und ich habe eine dringende Nachricht für euch. Wenigstens für jemand mit diesen Koordinaten. Es geht um eine Serie von Kästen, Collagen. Der Schöpfer dieser Kästen schwebt womöglich in größter Gefahr! Ich muß mit ihm sprechen!«

»In Gefahr?« Der Mann hustete. »Gott allein bestimmt die Geschicke der Menschen! Wir fürchten uns nicht. Freilich sind wir auch nicht töricht ...«

»Bitte, hört mich an! Ich wurde von Josef Virek beauftragt, den Schöpfer der Kästen zu finden. Aber nun bin ich gekommen, um euch zu warnen. Virek weiß, daß ihr hier seid, und seine Agenten werden mir folgen ...«

Rez sah sie aus großen Augen an.

»Ihr müßt mich reinlassen! Dann erfahrt ihr mehr ...«

»Virek?« Es folgte langes, von statischem Rauschen unterlegtes Schweigen. »Josef Virek?«

»Ja«, sagte Marly, »genau der. Ihr habt schon oft sein Bild gesehen, das mit dem König von England drauf ... Bitte, bitte ...«

»Gib mir den Piloten«, sagte die Stimme, und das hysterische, aufgeblasene Gehabe war weg, aber was an seine Stelle trat, das gefiel Marly noch viel weniger.

»Den hab ich übrig«, sagte Rez und löste mit einem Klick den verspiegelten Helm vom roten Anzug. »Kann's mir leisten bei der Summe, die du gelöhnt hast ...«

»Nein«, protestierte Marly, »echt, du, das braucht's nicht ... Ich ...« Sie schüttelte den Kopf, während Rez die Verschlüsse an der Taille des Anzugs löste.

»In so'n Ding geht man nicht ohne Anzug rein«, erklärte sie. »Man weiß nicht, wie da die Atmosphäre ist. Man weiß nicht mal, ob's da 'ne Atmosphäre gibt! Oder diverse Bakterien, Sporen ... Was ist'n los?« Sie senkte den silbrigen Helm wieder.

»Ich hab Klaustrophobie!«

»Oh ...« Rez schaute sie verdutzt an. »Kenn ich ... Bedeutet, du hast Angst vor geschlossenen Räumen?« Sie war wirklich neugierig.

»Engen Räumen, ja.«

»Wie *Sweet Jane?* «

»Ja, aber ...« Sie blickte sich in der engen Kabine um, kämpfte gegen die Panik an. »Das halt ich gerade noch aus, aber der Helm, das geht nicht.« Sie schauderte.

»Nun«, sagte Rez, »ich sag dir was. Wir stecken dich in den Anzug, aber lassen den Helm unten. Ich zeig dir, wie man ihn aufsetzt. Einverstanden? Andernfalls wirst du mein Schiff nicht verlassen ...« Ihr Mund war streng.

»Ja«, sagte Marly, »ja ...«

»Und so läuft's ab«, sagte Rez. »Wir liegen Schleuse an Schleuse. Die Luke geht auf, du gehst rein, ich schließe sie. Dann öffne ich die andere Luke, und damit strömt ein, was die als Atmosphäre haben. Willste nicht doch lieber den Helm aufsetzen?«

»Nein«, sagte Marly und betrachtete den Helm, den sie in den roten Handschuhen hielt, betrachtete ihr blasses Ebenbild im verspiegelten Helmvisier.

Rez schnalzte mit der Zunge. »Es ist dein Leben. Wenn du zurück willst, sollen sie übers JAL-Terminal eine Nachricht für die *Sweet Jane* absetzen.«

Marly stieß sich schwerfällig ab und segelte in die Schleuse, die nicht größer als ein aufrecht stehender Sarg war. Die Brustplatte des roten Anzug knallte gegen die äußere Luke, und sie hörte die innere zischend zugehen. Ein Licht ging an neben ihrem Kopf, das sie ans Licht in einem Kühlschrank erinnerte. »Adieu, Therèse.«

Nichts geschah. Sie war allein mit ihrem Herzklopfen.

Dann schob sich die äußere Luke der *Sweet Jane* auf. Ein geringfügiger Druckunterschied sorgte dafür, daß sie ins Dunkel hinaustrieb, wo's alt und stickig roch und kläglich nach Mensch wie in einem lange unbenutzten Umkleideraum. Die Luft war zum Schneiden dick und feucht. Während sie dahinpurzelte, sah sie die Luke der *Sweet Jane* zugehn und wurde von einem Lichtkegel, der zunächst vorbeischoß und dann hin und her schwenkte, getroffen.

»Licht«, plärrte jemand heiser, »Licht für unsern Gast! Jones!« Es war die Stimme, die sie durch den Ohrknopf gehört hatte. Sie klang komisch in dem großen stählernen Raum, dieser Leere, durch die sie fiel. Dann knarzte es, und ein Ring aus grellem blauen Licht ging an und zeigte die gekrümmte Wand gegenüber aus Stahl und verschmolzenem Mondgestein. Die Fläche war mit exakt angelegten Mulden und Kanälen überzogen, wo einmal Teile seiner Ausrüstung verstaut gewesen waren. Poröse Klumpen von brauner Dichtungsmasse hafteten noch in einigen der tieferen Einschnitte, während andere sich in schwarzer Tiefe verloren ... »Leg endlich 'ne Leine an, Jones, bevor sie sich den Kopf anstößt ...«

Es klatschte etwas an die Schulter ihres Raumanzugs. Sie drehte den Kopf und sah eine pinkfarbene Schlinge an einer dünnen pinkfarbenen Leine, die sich nun straff spannte und sie herumriß. Das geplagte Heulen eines Motors erfüllte die aufgegebene Kathedrale, und ganz langsam wurde Marly mit der Winde herangeholt.

»Hat lange genug gedauert«, sagte die Stimme. »Ich habe mich gefragt, wer der Erste sein wird, und jetzt ist es Virek ... Mammon ...« Und dann hatten sie sie und drehten sie um. Beinahe hätte sie den Helm verloren; er flog davon, aber einer von denen schlug ihn zurück, so daß sie ihn wieder fangen konnte. Ihre Tasche, in der die Stiefel und die gefaltete Lederjacke steckten, machte einen eigenen Rundflug am Schultergurt und prallte an die Seite ihres Kopfes.

»Wer bist du?« fragte sie.

»Ludgate!« brüllte der alte Mann. »Wigan Ludgate, wie du weißt. Wen sonst solltest du in seinem Auftrag hinters Licht führen?« Sein faltiges Pustelgesicht war glatt rasiert, aber das graue, ungeschnittene Haar schwebte frei.

»Tut mir leid«, sagte sie, »aber ich bin nicht hier, um dich hinters Licht zu führen. Ich arbeite nicht mehr für Virek. Ich bin hier, weil ... Ich meine, ich bin mir, um es gleich zu sagen, nicht ganz sicher, warum ich gekommen bin, habe aber unterwegs erfahren, daß der Künstler, der die Kästen schafft, in Gefahr schwebt. Denn er hat, wie Virek glaubt, noch etwas – etwas, das ihn von seinem Krebs befreien kann ...« Sie verstummte angesichts des beinahe greifbaren Wahnsinns, den Wigan Ludgate zur Schau stellte. Sie sah, daß er den brüchigen Plastikpanzer eines alten Schutzanzugs trug; Kruzifixe aus billigem Metall waren wie eine Halskette rings um den angelaufenen Helmring aus Stahl aufgeklebt. Sein Gesicht war sehr nahe. Sie roch sogar seine Zahnfäule.

»Die Kästen!« Speichelkügelchen lösten sich von seinen Lippen und gehorchten den eleganten Gesetzen der Newtonschen Physik. »Du Hure! Sie sind von Gottes Hand!«

»Immer schön sachte, Lud«, sagte eine zweite Stimme, »du erschreckst die Lady ja. Ganz ruhig, Lady, denn der alte Lud, der hat selten Besuch. Bringt ihn ganz schön durcheinander, schau, aber im Grunde ist er ein ganz harmloser Bursche ...« Sie drehte den Kopf und schaute in ein gelassenes, sehr junges Gesicht mit zwei großen blauen Augen. »Ich bin Jones«, sagte er. »Ich lebe auch hier ...«

Wigan Ludgate warf den Kopf zurück und brüllte, daß es schrecklich von den Wänden aus Stahl und Stein widerhallte.

»Weißt, meistens ist er recht still«, sagte Jones, während Marly sich hinter ihm an einem Tau mit Knoten entlangzog, das straff durch einen schier endlosen Korridor gespannt war. »Da lauscht er seinen Stimmen, weißt. Führt Selbstgespräche oder redet vielleicht mit den Stimmen, ich weiß nicht, und dann kriegt er seinen Anfall und ist so wie jetzt ...« Wenn er zu reden aufhörte, konnte sie noch das ferne Echo des grölenden Ludgate hören. »Du wirst vielleicht glauben, daß es grausam von mir ist, ihn in diesem Zustand allein zu lassen, aber es ist wirklich am besten so. Er wird bald müde. Müde und hungrig. Dann geht er mich suchen. Will seine Schüssel, weißt.«

»Bist du Australier?« fragte sie.

»New Melbourne«, sagte er. »Besser gesagt, ich war's, bevor ich den Schacht hochging.«

»Hast du was dagegen, wenn ich frage, warum du

hier bist? Ich meine, hier in diesem ... diesem ... Was ist das eigentlich?«

Der Junge lachte. »Ich nenn's meistens Platz. Lud, der hat viele Namen dafür, aber meistens nennt er es ›das Reich‹. Bildet sich ein, daß er Gott gefunden hat, echt. Hat er wohl auch, wenn man's so sehen will. Soweit ich mitgekriegt habe, war er mal 'n Console-Geier oder so, bevor er den Schacht hochging. Keine Ahnung, wie er gerade hierher kam. Aber hier paßt er hin, das arme Schwein ... Ich – ich war auf der Flucht, als ich hierher kam, verstehst? Hatte Zoff anderswo, mehr will ich dazu nicht sagen. Mußte weg. Tauche hier auf – das ist 'ne eigene lange Geschichte – und find den doofen Ludgate, der kurz vorm Verhungern ist. Er hatte einen kleinen Handel; verhökerte ausgeschlachtete Ware – und die Kisten, hinter denen du her bist, war aber wohl doch nicht mehr hell genug im Kopf dafür. Seine Käufer, die kreuzten, oh, sagen wir dreimal pro Jahr auf, die hatte er weggejagt. Nun, mir kam's als Versteck gerade recht, also griff ich ihm unter die Arme. Das war's auch schon, denk ich ...«

»Kannst du mich zum Künstler bringen? Ist er hier? Es ist ganz, ganz dringend ...«

»Ich bring dich hin, keine Sorge. Aber dieser Laden, der ist eigentlich nicht für Menschen gebaut worden, ich meine für menschlichen Aufenthalt, drum ist jeder Fußweg eine kleine Weltreise ... Allerdings kann's ganz umsonst sein. Ich kann nicht versprechen, daß er für dich 'ne Kiste macht. Arbeitest du wirklich für Virek? Diesen sagenhaft reichen Tatterich vom Fernsehn? Ist'n Sauerkraut, was?«

»Ich habe«, sagte sie, »nur ein paar Tage. Und was seine Nationalität angeht, würde ich meinen, Herr Virek ist der einzige Bürger eines Landes namens Herr Virek ...«

»Verstehe«, sagte Jonas froh. »Immer dasselbe mit diesen reichen alten Geiern, schätze ich, obwohl's doch lustiger ist zum Zuschauen als bei 'nem verdammten Zaibatsu ... Man wird nicht erleben, daß ein Zaibatsu ein so klägliches Ende nimmt, was? Nimm den alten Ashpool – ein Landsmann von mir war der. Hat das alles hier gebaut. Man sagt, die eigene Tochter hat ihm den Hals aufgeschlitzt, und jetzt ist sie umnachtet wie der alte Lud und irgendwo in der Familienburg eingelocht. Der Platz hat seinerzeit dazugehört, verstehst.«

»Rez ... meine Pilotin, meine ich, hat auch so was gesagt. Und eine Freundin von mir aus Paris hat neulich von den Tessier-Ashpools geredet. Steckt die Familie in einer Krise?«

»Krise? O Gott! Die sind total kaputt, das trifft's schon eher. Denk nur: du und ich, wir kriechen gerade durch das ehemalige Datenzentrum ihres Imperiums. Ein Unternehmer aus Pakistan hat das Ding gekauft; der Rumpf ist intakt, und in den Schaltungen steckt 'ne ansehnliche Menge Gold. Es ist jedoch nicht so billig, wie mancher sich das wünschte, das Gold zu gewinnen ... Seitdem hängt nun das Ding hier oben, und nur der alte Lud leistet ihm Gesellschaft. Mutterseelenallein. Das heißt, bis ich komme. Schätze, eines Tages taucht 'ne Mannschaft aus Pakistan auf und fängt an, das Ding auseinanderzunehmen ... Komisch ist es schon, daß viel davon anscheinend noch funktioniert, zumindest zeitweise. Dabei hab ich gehört, und sonst wär ich gar nicht hergekommen, daß T-A das Datenzentrum leergeräumt hat, bevor es abgekoppelt worden ist ...«

»Aber du meinst, daß es noch intakt ist?«

»Herrgott, ja. Etwa so wie Lud, wenn man seinen Zustand als intakt bezeichnen will. Was meinst du, wer den Kastenmacher ist?«

»Was weißt du über Maas Biolabs?«

»Mars was?«

»Maas. Sie bauen Biochips ...«

»Ach die. Nun, das ist schon alles, was ich davon weiß ...«

»Redet Ludgate von ihnen?«

»Vielleicht. Kann ich nicht sagen, denn so genau hör ich ihm auch wieder nicht zu. Der Lud, der redet viel, wenn der Tag lang ist ...«

27

Stationen des Atems

Er fuhr herein durch Straßen, an denen sich rostige Fahrzeugwrackhalden auftürmten, wo die Kräne der Schrottverwerter und die schwarzen Schlote der Schmelzhütten aufragten. Er benutzte Nebenstraßen, als sie allmählich von Westen ins Sprawl eindrangen, und jagte das Hovercraft schließlich durch eine Gasse, daß die scheuernden gepanzerten Seiten Funken schlugen, und trieb es mit Wucht in einen rußigen Müllhaufen. Eine Unratlawine verschüttete das Fahrzeug zum großen Teil. Er ließ das Steuer los und betrachtete die Schaumstoffwürfel, die hin und her und vor und zurück wackelten. Die Nadel hatte vor zwölf Blocks einen leeren Kerosintank angezeigt.

»Was ist denn vorhin gewesen?« fragte sie. Ihre Wangen waren fahl im Schein der Armaturenbeleuchtung.

»Ich hab einen Hubschrauber runtergeschossen. War ein reiner Zufallstreffer. Wir hatten Glück.«

»Nein, ich meine danach. Ich war ... Ich hatte einen Traum.«

»Was hast du geträumt?«

»Von den großen Dingen ...«

»Du warst wie besessen.«

»Bin ich krank? Glaubst du, daß ich krank bin? Warum wollte mich die Firma umbringen?«

»Ich glaube nicht, daß du krank bist.«

Sie löste den Gurt und kletterte über den Sitz nach hinten, wo sie geschlafen hatten. Dort kauerte sie sich zusammen. »Es war ein schlimmer Traum ...« Sie fing zu zittern an. Er schlüpfte aus dem Gurtwerk und ging zu ihr, drückte ihren Kopf an seine Brust und streichelte ihr Haar, strich es aus der feinen Stirn und hinter die Ohren. Im grünen Schein wirkte ihr Gesicht wie eine

Traummaske; glatt und dünn überzog die Haut die Knochen. Der Reißverschluß des schwarzen Sweatshirts war halb offen, und er ließ eine Fingerkuppe sachte über ihr zartes Schlüsselbein gleiten. Ihre Haut war kühl und feucht vom Schweiß. Sie klammerte sich an ihn.

Er schloß die Augen und sah sich in einem sonnigen Bett liegen unter einem trägen Deckenventilator mit braunen Hartholzflügeln. Sein Körper schnellt auf und ab, zuckt wie ein amputiertes Glied; Allison wirft den Kopf zurück, reißt den Mund auf, daß die Lippen über den Zähnen spannen.

Angie drückte ihr Gesicht in seinen Nacken.

Sie stöhnte, erstarrte und wich zurück. »Mietling«, sagte die Stimme. Und er mit einemmal hinterm Fahrersitz; der Lauf der Smith & Wesson blitzt als grüner Strich im Schein der Armaturenbeleuchtung, der leuchtende Linsenkopf vorndran wirft einen Schatten auf ihre linke Pupille.

»Nicht«, sagte die Stimme.

Er senkte die Kanone. »Du bist wieder da.«

»Nein. Legba sprach zu dir. Ich bin Samedi.«

»Samstag?«

»Baron Samstag, Mietling. Du hast mich einst auf einem Hang getroffen. Blut klebte an dir wie Tau. Ich trank an jenem Tag aus deinem vollen Herzen.« Sie zitterte am ganzen Leib. »Du kennst dich gut aus in dieser Stadt ...«

»Ja.« Er verfolgte, wie ihre Gesichtsmuskulatur sich bald verkrampfte, bald lockerte und aus ihren Zügen eine neue Maske formte ...

»Sehr gut, laß das Fahrzeug hier, wie du geplant hast! Folge den Stationen nach Norden. Nach New York. Heut' nacht. Dann führe ich dich mit Legbas Pferd, und du wirst für mich töten ...«

»Wen töten?«

»Wen du am liebsten töten wirst, Mietling.«

»Okay«, sagte er. »Wir sind bald daheim.« Es war eine unsinnige Bemerkung, dachte er, als er ihr aus dem Sitz half; weder er noch sie hatten ein Daheim. Er suchte die Patronenschachtel im Parka und ersetzte den Schuß, den er auf die Honda abgefeuert hatte. Er fand ein Rasiermesser voller Farbkleckser im Bordwerkzeug und trennte damit das Futter aus dem Parka, wobei Millionen isolierender Mikropolyfasern herausflockten. Nachdem er das Futter entfernt hatte, steckte er die Smith & Wesson ins Halfter und schlüpfte in den Parka. Er hing jetzt in Falten vom Leib wie ein übergroßer Regenmantel, zeigte aber keine Ausbeulung mehr, wo die dicke Kanone steckte.

»Warum hast du das gemacht?« fragte sie und wischte sich mit dem Handrücken über den Mund.

»Weil's draußen warm ist und ich die Pistole verstekken muß.« Er stopfte das Reißverschlußtäschchen mit den gebrauchten Neuen Yen in den Parka. »Komm schon«, sagte er, »wir müssen die U-Bahn kriegen ...«

Kondenswasser tröpfelte beständig von der alten Georgetown-Kuppel, die vierzig Jahre nach dem Rückzug der leidgeprüften Föderalisten in die untere McLean-Gegend erbaut worden war. Washington war schon immer eine südlich geprägte Stadt, und man spürte, wie sich hier der Charakter des Sprawl änderte, wenn man von Boston aus Station um Station hinunterfuhr. Die Bäume im District waren saftig grün, und ihr Laub dämpfte das Bogenlicht, als Turner und Angela Mitchell den brüchigen Gehsteigen zur Dupont Circle Station folgten. Es spielten Trommeln im Rondell, und jemand hatte im Marmorkelch des Riesen in der Mitte ein Papierfeuer angezündet. Stumme Gestalten kauerten bei ihren ausgebreiteten Decken, auf denen ein bizarres Warensortiment feilgeboten wurde. Da waren aufgeweichte Kartonhüllen von schwarzen Plastikschallplatten und abgestoßene prothetische Gliedmaßen mit plumpen Nervenkontakten, eine staubige Goldfischschale voller länglicher Hundeplaketten, mit Gummibändchen gebündelte, ausgebleichte Ansichtskarten, billige E-troden in transparenter Originalverpackung, einzelne, kunterbunt gepaarte keramische Salz- und Pfefferstreuer, ein Golfschläger mit sprödem Ledergriffband, Schweizer Armee-Messer mit fehlenden Klingen, ein verbeulter Blechpapierkorb mit dem aufgedruckten Gesicht eines Präsidenten, dessen Namen Turner auf der Zunge lang (Carter? Grosvenor?), trübe Hologramme vom Monument ...

Abseits vom Stationseingang feilschte Turner mit einem chinesischen Jungen in weißer Jeans und tauschte den kleinsten von Rudys Scheinen gegen neun Metallmünzen mit dem aufgeprägten schmuckvollen BAMA Transit-Logo ein.*

Zwei Münzen verschafften ihnen Zutritt zur Station. Drei wanderten in Automaten, die miesen Kaffee und fades Blätterteiggebäck ausspuckten. Die restlichen vier verschlang die Fahrt nach Norden in der Bahn, die lautlos auf ihrem Magnetpolster dahinglitt. Er lehnte sich zurück, schlang die Arme um sie und tat so, als hätte er die Augen geschlossen. In Wirklichkeit betrachtete er ihr Spiegelbild im Fenster gegenüber. Ein langer Kerl, jetzt mager und unrasiert, unterwürfig zusammengekauert; ein Mädchen mit Ringen unter den Augen, an ihn geschmiegt. Sie hatte kein Wort mehr gesagt, seit sie das in der Gasse abgestellte Hovercraft verlassen hatten.

Zum zweiten Mal in einer Stunde faßte er ins Auge, seinen Agenten anzurufen. Aber Conroy hatte gesagt, er habe Oakey und die andern über Turners Agentur engagiert; diese Verbindung machte Turner mißtrauisch. Wo war Conroy heute abend? Turner war sich ziemlich sicher, daß Conroy Oakey mit dem Laser auf

* **B**oston-**A**tlanta-**M**etropolen-**A**chse. – *Anm. d. Übers.*

sie gehetzt hatte. Ob Hosaka die Ballerei in Arizona arrangiert hatte, um die Spuren eines mißglückten Abwerbungsversuchs zu verwischen? Aber wenn ja, warum dann Webber beauftragen, die Ärzte und die neurochirurgische Ambulanz und ihr Maas-Neotek-Deck zu vernichten? Schon wieder Maas ... Hatte Maas Mitchell umgebracht? Gab es Grund zur Annahme, daß Mitchell echt tot war? Ja, dachte er, während sich das Mädchen neben ihm im unruhigen Schlaf regte: Angie. Mitchell hatte befürchtet, daß sie sie umbringen würden; er hatte die Abwerbung in die Wege geleitet, um sie rauszuschaffen, um sie zu Hosaka zu bringen, aber keine eigene Flucht geplant. Zumindest behauptete Angie das.

Er schloß die Augen, sperrte die Gedanken aus. Es regte sich was tief im Schlick von Mitchells aufgezeichneten Erinnerungen. Scham. Turner bekam es nicht richtig zu fassen ... Plötzlich riß er die Augen auf. Was hatte sie bei Rudy gesagt? Daß ihr der Vater das Ding in den Kopf gemacht hatte, weil sie nicht gescheit genug war? Behutsam, um sie nicht zu wecken, zog er den Arm hinter ihrem Nacken vor, griff mit zwei Fingern in seine Hosentasche und holte Conroys kleinen schwarzen Nylonbeutel mit der Halskordel hervor. Er öffnete den Klettverschluß und schüttelte das dicke, grau marmorierte Biosoft in seinen Handteller. Maschinenträume. Achterbahnfahrt. Flott und seltsam und damit unfaßbar. Aber wenn man was Bestimmtes, was Spezielles wollte, sollte man es schon rauskriegen ...

Er schob den Daumennagel unter den Staubdeckel der Buchse, fummelte ihn heraus und legte ihn neben sich auf den Kunststoffsitz. Der Wagen war fast leer, und keiner der andern Fahrgäste schien ihn zu beachten. Er holte tief Luft, biß die Zähne zusammen und steckte das Biosoft ein ...

Zwanzig Sekunden später hatte er, was er gesucht hatte. Das Befremden hatte ihn diesmal nicht erfaßt, was, wie er fand, davon herrührte, daß er dieser spezifischen Sache nachging, diesem Faktum, wie man's im Dossier eines führenden Wissenschaftlers erwarten konnte: dem IQ der Tochter im Spiegel der jährlichen Intelligenztestserien.

Angela Mitchell lag weit überm Durchschnitt. Von Anfang an.

Er zog das Biosoft aus dem Kontakt und rollte es geistesabwesend zwischen Daumen und Zeigefinger hin und her. Scham. Mitchell, Scham, Oberstufe ... Die Noten, dachte er. Ich will seine Noten. Seine schriftlichen Arbeiten.

Er steckte den Dossier wieder ein.

Nichts. Er hatte die Stelle, aber da war nichts.

Nein. Wieder nichts.

Noch einmal ...

»Scheiße«, sagte er.

Ein Teenager mit kahlrasiertem Kopf auf der andern Seite des Mittelgangs warf ihm einen flüchtigen Blick zu und wandte sich wieder dem langatmigen Monolog seines Freundes zu. »Is' wieder schwer was los heut' um Mitternacht auf'm Berg. Wir tanzen auch an, aber machen auf Durchhänger, mischen nicht mit, flippen nicht aus. Soll'n die sich den Arsch versohlen. Wir grinsen uns einen ab, gucken, wer versohlt wird, denn letzte Woche hat's die Susan bös am Arm erwischt, warste auch da? War tierisch komisch, denn Cal wollte sie ins Krankenhaus bringen, war aber so zu, daß er mit der mistigen Yamaha die Leitplanke rammte ...«

Turner steckte das Biosoft wieder in die Buchse.

Diesmal sagte er nichts, als es vorbei war. Er legte den Arm wieder um Angie und lächelte, sah das Lächeln im Fenster. Es war ein verwegenes Lächeln. Gehörte zur Power.

Mitchells akademische Leistungen waren gut, äußerst gut. Ausgezeichnet. Aber es fehlte die Kurve, die Kurve, die Turner im Dossier von Forschern zu suchen gelernt hatte, diese Leuchtspur eben, das Signal für Brillanz. Er konnte die Kurve sehen, wie ein erfahrener Dreher anhand des Funkenregens an der Schleifscheibe die Art des Metalls bestimmen kann. Und Mitchell hatte die Kurve nicht gehabt.

Scham. Oberstufenschlafsaal. Mitchell hatte geahnt, hatte gewußt, daß er's nicht schaffen würde. Und dann hatte er es plötzlich doch geschafft. Wie? Darüber gab das Dossier einfach keine Auskunft. Mitchell hatte es irgendwie verstanden, zu filtern, was er dem Sicherheitsapparat von Maas anvertraute. Andernfalls wären sie ihm draufgekommen ... Irgend jemand oder irgend etwas hatte Mitchell aus seinem Pennälerdämmer gerissen und mit Wissen gefüttert. Mit Tips und Strategien. Und Mitchell hatte es ganz nach oben geschafft, in einer steilen Kurve, die ihn dann mit Schmiß bis zur Spitze trug ...

Wer? Was?

Er betrachtete das Gesicht der schlafenden Angie im flackernden U-Bahnlicht.

Faust.

Mitchell hatte sich auf ein Geschäft eingelassen. Obwohl Turner die Details der Übereinkunft oder Mitchells Preis vielleicht nie in Erfahrung bringen würde, so glaubte er doch, die Kehrseite zu verstehen. Was von Mitchell als Gegenleistung verlangt worden war.

Legba, Samedi, Speichel von den verzerrten Lippen des Mädchens.

Und der Zug fuhr, eine schwarze Woge mitternächtlicher Luft vor sich herschiebend, in die alte *Union* ein.

»Taxi, Sir?« Die Augen des Mannes rollten hin und her hinter einer Brille mit polychromer Tönung, die schillerte wie Ölfilm. Er hatte flache, silbrige Wundstellen auf den Handrücken. Turner trat dicht heran, packte ihn am Oberarm und drängte ihn, ohne stehen zu bleiben, gegen eine Wand mit zerkratzten weißen Fliesen zwischen zwei Reihen von grauen Schließfächern.

»Bar«, sagte Turner. »Ich zahle mit Neuen Yen. Will'n Taxi. *Keinen* Ärger mit dem Fahrer. Kapiert? Mich legt man nicht so leicht rein.« Er packte fester zu. »Wenn du Scheiß baust, komm ich wieder und bring dich um, oder sorg dafür, daß du wünschst, ich hätt's getan.«

»Klar, Sir. Hab verstanden. Geht in Ordnung, Sir. Jawohl, Sir. Wohin möchten Sie, Sir?« Der Mann verzerrte das ausgezehrte Gesicht vor Schmerz.

»Mietling«, kam es von Angie als heiseres Geflüster. Und dann eine Adresse. Turner sah, wie die Augen des Kundenschleppers ängstlich hin und her huschten hinter der schillernden Brille. »Ist das Madison?« krächzte er. »Jawohl, Sir, kriegen ein gutes Taxi, ein bestes Taxi ...«

»Was ist'n das?« fragte Turner den Taxifahrer, indem er sich vorbeugte und auf die Sprechtaste neben dem stählernen Lautsprechergitter drückte, »die Adresse, die wir genannt haben?«

Statisches Rauschen. »Hypermarkt. Nicht viel offen um diese Nachtzeit. Suchen Sie was Bestimmtes?«

»Nein«, sagte Turner. Er kannte den Ort nicht und versuchte, sich an diese Gegend von Madison zu erinnern. Hauptsächlich Wohngebiet. Ungezählte Wohnräume, angelegt in der Schale von Bürohäusern aus einer Zeit, als der Geschäftsbetrieb die physische Anwesenheit von Verwaltungsangestellten an einem zentralen Ort erfordert hatte. Manche Gebäude waren so hoch, daß sie durch die Decke einer Kuppel stießen ...

»Wohin fahren wir?« fragte Angie, die ihm die Hand auf den Arm gelegt hatte.

»Es ist okay«, sagte er. »Keine Sorge.«

»Herrje«, sagte sie, als sie, an seine Schulter gelehnt, hinaufschaute zum HYPERMARKT in greller pinkfarbener Neonschrift an der alten Granitmauer des Gebäudes. »Ich hab immer von New York geträumt daheim im Berg. Ich hatte ein Graphikprogramm, das mich durch die Straßen führte, die Museen und so weiter. Einmal in New York sein, das war mein allergrößter Wunsch ...«

»Tja, er ist in Erfüllung gegangen. Du bist hier.«

Sie fing zu schluchzen an, fiel ihm um den Hals, legte den Kopf an seine bloße Brust und zitterte. »Ich hab Angst, solche Angst ...«

»Es wird alles gut«, sagte er, streichelte ihr Haar und schaute zum Eingang. Er hatte keinen Grund anzunehmen, daß alles gut werden würde für sie beide. Offenbar hatte sie keine Ahnung, daß die Worte, die sie an diesen Ort geführt hatte, über ihre Lippen gekommen waren. Freilich, dachte er, hatte nicht sie diese Worte gesprochen ... Zu beiden Seiten des Eingangs zum Hypermarkt lagen Obdachlose in Lumpen herum. Die Lumpenhaufen hatten das Grau des Gehsteigs angenommen. Turner hatte den Eindruck, als würden sie langsam dem dunklen Beton entwachsen als lebende Fortsätze der City. »Jammer's«, sagte die Stimme, von seiner Brust gedämpft, und es überlief ihn eiskalt. »Ein Club. Findet Danbalas Pferd.« Und dann weinte sie wieder. Er nahm sie bei der Hand und führte sie zwischen den schlafenden Pennern unters angelaufene Messingziergitter und durch die Glastüren. Er sah eine Espressomaschine am Ende einer Flucht von Zelten und Ständen mit geschlossenen Läden, wo ein Mädchen mit einem schwarzen Haarkamm die Theke wischte. »Kaffee«, sagte er. »Essen. Komm schon! Du mußt essen.«

Er lächelte dem Mädchen zu, während Angie auf den Hocker kletterte. »Wie sieht's mit Bargeld aus?« fragte er. »Nimmst du Bargeld?«

Sie schaute ihn an, zuckte die Achseln. Er zog einen Zwanziger aus Rudys Reißverschlußtasche und zeigte ihn ihr. »Was soll's sein?«

»Kaffee für uns beide. Eine Kleinigkeit zu essen.«

»Ist das alles, was du hast? Nichts Kleineres?«

Er schüttelte den Kopf.

»Tut mir leid. Kann nicht rausgeben.«

»Brauchst du nicht.«

»Bist du wahnsinnig?«

»Nein, aber ich will 'nen Kaffee.«

»Das ist 'ne Menge Trinkgeld, Mister. So viel krieg ich die ganze Woche nicht.«

»Behalt's!«

Unmut zeigte sich in ihren Zügen. »Ihr gehört zu diesen Ärschen droben. Behalte das Geld! Ich mache zu.«

»Wir gehören zu niemand«, sagte er und lehnte sich über die Theke, so daß der Parka auffiel und den Blick auf die Smith & Wesson freigab. »Wir suchen einen Club. Ein Lokal, das Jammer's heißt.«

Das Mädchen blickte von Angie zu Turner. »Ist sie krank? Ist sie zu? Was soll'n das?«

»Hier ist das Geld. Gib uns Kaffee! Wenn du dir das Trinkgeld verdienen willst, sag uns, wie wir zu diesem Jammer's kommen. Das ist mir die Summe wert, klar?«

Sie ließ die abgegriffene Banknote verschwinden und ging zur Espressomaschine. »Ich glaub, ich versteh gar nichts mehr.« Klappernd räumte sie Tassen und Gläser mit Milchschlieren aus dem Weg. »Was ist'n los im Jammer's? Seid ihr Freunde von Jammer? Kennt ihr Jakkie?«

»Klar«, sagte Turner.

»Sie kam heut' früh mit 'nem kleinen Vorstadt-Wilson rein. Schätze, sie sind da hoch ...«

»Wohin?«

»Hoch ins Jammer's. Dann fing's an, komisch zu werden.«

»So?«

»Lauter scheußliche Typen aus Barrytown rückten hier an, als würde ihnen der Laden gehören. Ist auch der Fall jetzt, verdammt noch mal. Die oberen zwei Etagen gehören ihnen. Haben einfach die Stände aufgekauft. Viele in den unteren Etagen haben eingepackt und sich aus dem Staub gemacht. Höchst merkwürdig ...«

»Wie viele sind gekommen?«

Dampf zischte aus der Maschine. »Hundert vielleicht. Hab echt Schiß, schon den ganzen Tag, aber kann meinen Boß nicht erreichen. In einer halben Stunde mach ich sowieso dicht. Das Mädchen von der Tagschicht ist nicht aufgetaucht oder wieder gegangen, als sie die Gefahr witterte ...« Sie nahm das dampfende Täßchen und stellte es vor Angie hin. »Alles klar, du?«

Angie nickte.

»Hast du 'ne Ahnung, was die im Schilde führen?« fragte Turner.

Das Mädchen war zur Maschine zurückgegangen. Wieder zischte es. »Ich denke, sie warten auf jemand«, sagte sie leise und brachte Turner seinen Espresso. »Warten vor dem Jammer's, daß jemand versucht, entweder rein oder raus zu kommen ...«

Turner betrachtete die braune Schaumkrone auf seinem Kaffee. »Und keiner hier hat die Polizei gerufen?«

»Die Polizei? Mann, wir sind hier im Hypermarkt. Hier ruft man keine Polizei ...«

Angies Tasse zerbrach scheppernd auf der Marmortheke.

»Mach's kurz, Mietling«, hauchte die Stimme. »Du weißt den Weg. Geh rein!«

Die Kellnerin sperrte den Mund auf. »Herrgott«, sagte sie, »die muß voll zu sein ...« Sie warf Turner einen kühlen Blick zu. »Hast du ihr was gegeben?«

»Nein«, sagte Turner. »Sie ist krank, aber das wird schon wieder.« Er trank den bitteren schwarzen Kaffee. Einen Moment lang hatte er den Eindruck, das ganze Sprawl atmen zu spüren. Altes, krankes, müdes Atmen durch sämtliche Stationen zwischen Boston und Atlanta ...

28

Jaylene Slide

»Mein Gott«, sagte Bobby zu Jackie, »kannst du's nicht verbinden oder so?« Von Jammers Brandwunde roch es im Büro wie nach übergarem Schweinebraten, wovon Bobby ganz schlecht wurde.

»Eine Brandwunde verbindet man nicht«, erwiderte sie und half Jammer beim Hinsetzen. Sie öffnete eine Schreibtischschublade nach der andern. »Hast du keine Schmerzmittel? Derms? Was in der Richtung?«

Jammer schüttelte den Kopf. Sein ovales Gesicht sah erschöpft aus und blaß. »Vielleicht. Hinterm Tresen ist'n Verbandkasten ...«

»Hol ihn!« fuhr sie Bobby an. »Mach schon!«

»Was bist du so besorgt um ihn?« begann Bobby, den ihr Tonfall kränkte. »Schließlich wollte er die Gothicks hereinlassen ...«

»Hol den Verbandkasten, du Arschloch! War 'ne momentane Schwäche, das ist alles. Er hatte Schiß. Hol mir den Kasten, oder du wirst ihn selber brauchen!«

Er rannte ins Lokal hinaus und sah, wie Beauvoir die Drähte von pinkfarbenen Plastiksprengstoffladungen an einen gelben Plastikkasten anschloß, der Ähnlichkeit mit der Fernsteuerung eines Spielzeugautos hatte. Die Ladungen waren an den Angeln der Türen und an beiden Seiten des Schlosses angebracht.

»Wofür ist'n das?« fragte Bobby, der über den Tresen setzte.

»Vielleicht will jemand rein«, sagte Beauvoir. »In dem Fall machen wir die Türen auf.«

Bobby hielt kurz inne, um das Kunstwerk zu bewundern. »Warum klebst du ihn nicht einfach ans Glas, so daß die ganze Tür rausfliegt?«

»Wäre zu offensichtlich«, sagte Beauvoir, der sich mit

dem gelben Zünder in der Hand aufrichtete. »Aber es freut mich, daß du mitdenkst. Wenn wir versuchen, die ganze Tür rauszusprengen, fliegen die Trümmer auch hier rein. So ist's eine ... saubere Arbeit.«

Bobby duckte sich achselzuckend untern Tresen. Da waren Drahtgittergestelle mit Krillwaffeln in Plastikbeuteln und einer Auswahl liegengebliebener Regenschirme, einem Handwörterbuch, einem blauen Damenschuh, einer weißen Kunststoffbox, auf die mit Nagellack ein verlaufenes rotes Kreuz aufgepinselt war ... Er packte die Box und kletterte über den Tresen.

»He, Jackie ...«, sagte er und stellte die Erste-Hilfe-Box neben Jammer auf den Schreibtisch.

»Laß mich!« Sie klappte den Deckel auf und durchwühlte den Inhalt. »Jammer, da ist mehr Poppers* drin als sonst was ...«

Jammer lächelte zaghaft.

»Hier. Das tut's.« Sie entrollte einen Bogen mit roten Derms, zog drei davon von der Auflage ab und klebte sie auf den Rücken der verbrannten Hand. »Eigentlich würdest du 'ne örtliche Betäubung brauchen.«

»Ich habe nachgedacht«, sagte Jammer mit einem Blick auf Bobby. »Vielleicht kannst du dir jetzt etwas Zeit am Gerät verdienen ...«

»Wie das?« fragte Bobby mit einem Blick zum Deck.

»Es ist anzunehmen«, sagte Jammer, »daß die Typen, die draußen die Wichser versammelt haben, auch das Telefon angezapft haben.«

Bobby nickte. »Beauvoir hatte das gleiche gesagt, als er ihnen seinen Plan darlegte.«

»Nun, als Beauvoir und ich beschlossen, daß wir, du und ich, eventuell in die Matrix gehn und uns ein bißchen umgucken, hatte ich eigentlich was andres im Sinn.« Jammer zeigte seine kleinen weißen Zähne. »Schau, ich bin in die Sache hineingeraten, weil ich

* Poppers = sexuell stimulierende Droge. – *Anm. d. Übers.*

Beauvoir und Lucas einen Gefallen geschuldet habe. Aber es gibt auch Leute, die mir einen Gefallen schulden. Gefallen von Anno dazumal. Gefallen, die ich nie einzufordern brauchte.«

»Jammer«, sagte Jackie, »reg dich jetzt nicht auf. Immer schön locker bleiben, sonst kriegst du noch 'nen Schock.«

»Hast du'n gutes Gedächtnis, Bobby? Ich zeig dir jetzt 'ne Sequenz. Die übst du auf meinem Deck ein. Trokken, ohne Saft und Einstecken. Okay?«

Bobby nickte.

»Also mach das ein paar Mal als Trockenübung durch. Eingangscode. Damit kommst du in die Hintertür rein.«

»Wessen Hintertür?« Bobby drehte sich das schwarze Deck zu und legte die Finger auf die Tasten.

»Vom Yakuza«, sagte Jammer.

Jackie starrte ihn an. »He, was soll das ...«

»Wie ich schon sagte. Es ist ein alter Gefallen. Ihr wißt ja, man sagt, der Yakuza merkt sich alles. Das gilt in jeder Beziehung ...«

Geruch von verbranntem Fleisch stieg Bobby in die Nase, und er verzog das Gesicht.

»Wieso hast du Beauvoir nichts davon gesagt?« Jackie verstaute das Zeug wieder in der weißen Box.

»Schätzchen«, sagte Jammer, »das wirste schon noch merken. Manches lernt man schnell zu vergessen.«

»Jetzt paß auf!« sagte Bobby und fixierte Jackie mit seinem, wie er hoffte, härtesten Blick. »Ich lauf das, und ich brauch deine Loa nicht, okay? Die nerven mich bloß ...«

»Sie ruft sie nicht«, sagte Beauvoir, der, den Zünder in der einen, das südafrikanische Distanzgewehr in der andern Hand, an der Tür zum Büro hockte. »Sie kommen einfach! Wenn sie kommen wollen, kommen sie! Außerdem mögen sie dich ...«

Jackie setzte sich die Elektroden an die Stirn. »Bobby«, sagte sie, »sie tun dir nichts. Also keine Sorge, steck einfach ein.« Sie hatte ihr Kopftuch abgenommen. Ihr Haar war zu kleinen Zöpfen verflochten und mehrfach gescheitelt, wo sich glänzende braune Kopfhaut zeigte. In ungleichmäßigen Abständen waren altertümliche Widerstände eingeflochten, kleine Zylinder aus braunem Phenolharz mit bunten Farbsymbolringen.

»Wenn du am Basketball vorbeisemmelst«, sagte Jammer zu Bobby, »schwenkst du drei Dinger rechts und dann zum Boden, das heißt, gerade nach unten.«

»An was vorbei?«

»Am Basketball. Das ist die Dallas-Fort Worth Sunbelt Co-Prosperity Sphere. Sollst also flugs runter, ganz runter, dann läufst du, wie ich dir gesagt habe, etwa zwanzig Dinger. Lauter Gebrauchtwagenhändler und Wirtschaftsprüfer da drunten, aber bleib mir ja da dran, okay?«

Bobby nickte grinsend.

»Wenn dich jemand passieren sieht, nun, dann ist das ihr Ausguck. Wer da unten einsteckt, ist es sowieso gewohnt, Skurriles zu sehn ...«

»Mann«, sagte Beauvoir zu Bobby, »mach endlich! Ich muß wieder an die Tür ...«

Bobby steckte ein.

Er folgte Jammers Anweisungen und war insgeheim froh, daß er Jackie neben sich spürte, als sie in die tiefe Werktagswelt des Cyberspace hinuntertauchten und der leuchtende Basketball über ihnen immer kleiner wurde. Das flotte Deck flutschte nur so; er fühlte sich flink und stark. Er fragte sich, wie Jammer dazu kommt, daß der Yakuza ihm einen Gefallen schuldet, den er bisher nicht mal eingelöst hat, und ein Teil von ihm bastelte eifrig an Szenarien, als sie aufs Eis trafen.

»O Gott ...« Und Jackie war weg. Etwas war zwischen sie gefahren, das er als kalt und lautlos und erstickend empfand. »Aber da war nichts, Herrgott noch mal!« Er war irgendwie erstarrt, zu keiner Bewegung fähig. Er konnte die Matrix noch sehen, aber spürte seine Hände nicht mehr.

»Warum, zum Teufel, steckt jemand Typen wie dich in so'n Deck? Gehört in ein Museum, das Ding, und *du* in die Volksschule.«

»Jackie!« Der Schrei war Reflex.

»Mann«, sagte die Stimme, »ich weiß nicht. Hab zwar schon ein paar lange Tage kein Auge mehr zugetan, aber du schaust mir echt nicht nach dem aus, was ich einzufangen hoffte, als ich dich herkommen sah ... Wie alt bist du?«

»Verpiß dich!« sagte Bobby. Was anderes war ihm nicht eingefallen.

Die Stimme fing zu lachen an. »Ramirez würde sich biegen vor Lachen, weißt du das? Er hatte einen ausgeprägten Sinn für Humor. Das ist auch so was, das mir jetzt fehlt ...«

»Wer ist Ramirez?«

»Mein Partner. Ex-Partner. Ist tot. Mausetot. Ich dachte, du könntest mir vielleicht verraten, wie's dazu gekommen ist.«

»Hab den Namen nie gehört«, sagte Bobby. »Wo ist Jackie?«

»Die hab ich abgekoppelt in der Matrix, während du meine Fragen beantwortest, Wilson. Wer bist du?«

»B ... Count Zero.«

»Aber ja doch. Deinen Namen will ich wissen.«

»Bobby, Bobby Newmark ...«

Schweigen. Dann: »Soso. Damit läßt sich ja was anfangen. War also die Wohnung deiner Mutter, die von den Maasischen Hintermännern mit einer Rakete beschossen wurde, was? Aber ich schätze, du warst nicht daheim, sonst wärst du jetzt nicht mehr hier. Bleib dran ...«

Ein Cyberspace-Quadrat unmittelbar vor ihm wirbelte schwindelerregend heran, und mit einemmal fand er sich wieder in einer hellblauen Graphik, die offenbar ein sehr geräumiges Apartment darstellte. Niedrige Möbel waren mit haarfeinen Linien aus blauem Neon angedeutet. Eine Frau stand vor ihm, eine leuchtende Karikatur von Frau mit trübbraunem Gesicht. »Ich bin Slide«, sagte die Gestalt, die Hände in die Hüften gestützt, »Jaylene. Mich verarscht keiner. Keiner in L.A.« – sie deutete, und plötzlich erschien hinter ihr ein Fenster – »verarscht mich. Kapiert?«

»Klar«, sagte Bobby. »Was ist das? Ich meine, könntest du mir vielleicht erklären ...« Er konnte sich noch immer nicht bewegen. Das ›Fenster‹ gab den Blick frei auf ein blaugraues Videobild von Palmen und alten Häusern.

»Wie meinst du das?«

»Diese Zeichnung. Und du. Und das alte Bild ...«

»He, Mann, ich habe einem Designer einen Arm und ein Bein bezahlt, damit er mir das hinzaubert. Das ist mein Heim, mein Bau. Das ist L.A., Junge. Hier geht *nichts* ohne Einstecken. Hier empfange ich!«

»Oh«, sagte Bobby baff.

»Jetzt bist du wieder dran. Wer ist da alles in dieser miesen Spelunke?«

»Jammer's? Ich, Jackie, Beauvoir, Jammer ...«

»Und wohin wolltest du, als ich dich schnappte?«

Bobby zögerte. »Zum Yakuza. Jammer hat 'nen Code ...«

»Weshalb?« Die flüchtig hingepinselte, sinnliche Gestalt, eine Computeranimation, kam näher. »Um Hilfe zu bekommen.«

»Scheiße. Ich glaube, du lügst nicht.«

»Ich lüge nicht, ich schwör's bei Gott ...«

»Tja, du bist nicht der, den ich brauche, Bobby Zero. Ich durchstreife den ganzen Cyberspace von oben bis unten, um herauszufinden, wer meinen Mann auf dem

Gewissen hat. Ich dachte, das war Maas, weil wir einen ihrer Leute zu Hosaka rüberschafften, also heftete ich mich einem Geheimteam von Maas auf die Spur. Als erstes sah ich, was sie mit der Wohnung deiner Mutter anrichteten. Dann sah ich, wie drei davon einen Mann namens Finne besuchten. Allerdings kamen die drei nie zurück ...«

»Der Finne hat sie kaltgemacht«, sagte Bobby. »Ich hab sie gesehn. Tot.«

»Echt? Tja, womöglich sollten wir uns doch miteinander unterhalten. Danach beobachtete ich, daß die andern drei die gleiche Raketenabschußvorrichtung benutzten, um einem Bonzenschlitten eine Rakete zu verpassen ...«

»Das war Lucas«, sagte er.

»Aber kaum hatten sie das getan, flog ein Helikopter heran und verkohlte alle drei mit einem Laser. Weißt du davon was?«

»Nein.«

»Was ist, kannst du mir deine Geschichte erzählen, Bobby Zero? Mach's kurz!«

»Ich sollte 'nen Lauf machen, klar? Und ich bekam so 'nen Eisbrecher von einem Two-a-Day von den Projekten oben, und ich ...«

Als er fertig war, schwieg sie. Die geschmeidige Comics-Figur stand am Fenster, als studierte sie die Fernsehpalmen.

»Ich hab 'ne Idee«, begann er. »Vielleicht kannst du uns helfen ...«

»Nein«, sagte sie.

»Aber vielleicht bringt es dich bei deiner Suche weiter ...«

»Nein. Ich will nur das Schwein umlegen, das Ramirez umgebracht hat.«

»Aber wir sitzen hier in der Falle. Die bringen uns um. Es sind die Typen von Maas, deren Spur du in der

Matrix verfolgt hast! Sie haben einen Haufen Kasuals und Gothicks angeheuert ...«

»Das ist nicht Maas«, sagte sie, »sondern ein paar Euros drüben an der Park Avenue. Sind in kilometerdickes Eis gepackt.«

Bobby überlegte. »Sind das die vom Helikopter, die die andern Maas-Leute ausgeschaltet haben?«

»Nein, ich kam nicht an den Helikopter ran. Sie flogen nach Süden, und ich verlor die Spur. Hab allerdings schon eine bestimmte Ahnung ... Jedenfalls schick ich dich zurück. Leg los, wenn du den Yak-Code ausprobieren willst!«

»Aber wir brauchen *Hilfe* ...«

»Bringt mir nichts, Bobby Zero«, sagte sie, und mit einemmal saß er vor Jammers Deck. Nacken und Kreuz taten ihm weh, und es dauerte eine Weile, bis er wieder klar sehen konnte, so daß er erst nach einer knappen Minute bemerkte, daß Fremde im Raum waren.

Der Mann war groß, vielleicht größer als Lucas, aber kräftiger von Statur und an der Taille schmaler. Er trug eine weite Jacke, eine Art Anorak, die lappig an ihm hing und riesige Taschen hatte. Ein schwarzer Gurt spannte sich quer über seinen nackten Oberkörper. Seine Augen waren verschwollen und fiebrig, und er hatte die größte Handfeuerwaffe, die Bobby je zu Gesicht bekommen hatte. Es war eine Art übergroßer Revolver mit einer seltsamen Vorrichtung am Lauf, die wie ein Kobrakopf aussah. Neben ihm stand ein schwankendes Mädchen etwa in Bobbys Alter mit genauso verschwollenen Augen, obwohl diese dunkel waren, und glattem braunen Haar, das dringend eine Wäsche brauchte. Sie hatte ein schwarzes Sweatshirt an, das um einige Nummern zu groß war, und Jeans. Der Mann streckte die linke Hand aus und stützte sie.

Bobby machte große Augen und sperrte schließlich den Mund auf, als die Erinnerung ihn einholte.

Mädchenstimme, braunes Haar, dunkle Augen, verzehrendes Eis, Zähneklappern, ihre Stimme, das Große, das hereinlugte ...

»*Viv la Vyèj*«, sagte Jackie neben ihm verzückt und packte ihn heftig an der Schulter, »die Wunderbare Frau. Sie ist gekommen, Bobby. Danbala hat sie geschickt!«

»Du warst 'ne Weile weggetreten, Junge«, sagte der Mann zu Bobby. »Was war'n los?«

Bobby blinzelte, sah sich hektisch um, fand Jammers Augen, die von der Medikation und vom Schmerz ganz glasig waren.

»Sag's ihm!« flüsterte Jammer.

»Ich kam gar nicht zum Yak. Jemand hat mich geschnappt, ich weiß nicht wie ...«

»Wer?« Der große Mann hatte jetzt den Arm um das Mädchen gelegt.

»Sie sagte, sie heißt Slide. Von Los Angeles.«

»Jaylene«, sagte der Mann.

Das Telefon auf Jammers Schreibtisch summte.

»Geh ran!« sagte der Mann.

Bobby wandte sich Jackie zu, die hinübergriff und die Antworttaste unter dem viereckigen Bildschirm drückte. Der Bildschirm wurde hell, flimmerte und zeigte das Gesicht eines Mannes, das breit war und sehr blaß und tiefsitzende, schläfrige Augen hatte. Das Haar war fast weiß und nach hinten gekämmt. Er hatte den gemeinsten Mund, den Bobby je zu Gesicht bekommen hatte.

»Turner«, sagte der Mann, »wir müssen miteinander reden. Dir bleibt nicht mehr viel Zeit. Schick schon mal die Leute aus dem Zimmer ...«

29

Kastenmacher

Das knotige Seil schien kein Ende zu nehmen. Manchmal machte es einen Knick, wenn der Tunnel sich gabelte. Dann war das Seil um eine Strebe geschlungen oder mit einem dicken transparenten Klumpen Epoxid fixiert. Die Luft war auch hier verbraucht, aber kälter. Als sie in einer zylindrischen Kammer, wo der Schacht breiter wurde und sich in drei Gänge verzweigte, eine Verschnaufpause einlegten, bat Marly Jones um das flache kleine Helmlicht, das er an einem grauen Gummiband um die Stirn trug. Sie hielt es im Handschuh des roten Anzugs und leuchtete die Wände der Kammer ab. In die Oberfläche waren Muster aus mikroskopisch feinen Linien geätzt ...

»Setz den Helm auf!« riet ihr Jones. »Du hast 'n besseres Licht dran als ich ...«

Marly schauderte. »Nein.« Sie gab ihm die Lampe zurück. »Kannst du mir aus der Kluft helfen, bitte?« Sie tippte mit dem Handschuh an die harte Brustplatte. Der Helm mit der versilberten Sichtplatte baumelte an einem Karabinerhaken vom Bund des Anzugs.

»Behalt ihn lieber an«, sagte Jones. »Es ist der einzige hier am Platz. Ich hab einen, wo ich schlafe, aber keinen Sauerstoff dafür. Wigs Flaschen passen nicht auf mein Atemgerät, und sein Anzug hat lauter Löcher ...« Er zuckte die Achseln.

»Nein. Bitte«, sagte sie und zog an der Schließe am Bund, wo Rez herumgedreht hatte. »Ich halt's nicht aus in dem Ding ...«

Jones zog sich halb übers Seil und tat etwas, das sie nicht sehen konnte. Es klickte. »Streck die Arme über den Kopf!« sagte er. Es war eine lästige Prozedur, aber schließlich war sie befreit. Sie hatte noch die schwarze

Jeans und die weiße Seidenbluse an, die sie zur letzten Begegnung mit Alain getragen hatte. Jones fixierte den leeren Anzug mit einem der an seinem Bund hängenden Karabinerhaken am Seil und löste dann ihre vollgestopfte Tasche. »Willst sie? Mitnehmen, meine ich? Wir können sie auch hierlassen, auf dem Rückweg mitnehmen.«

»Nein«, sagte sie, »die nehm ich gleich mit. Gib sie mir!« Sie hakte den Ellbogen um das Seil und nestelte am Verschluß, bis die Tasche aufging. Die Jacke kam heraus, aber auch ein Schuh. Sie schaffte es, den Schuh wieder in die Tasche zu befördern. Dann schlüpfte sie in die Jacke.

»Hübsches Leder«, sagte Jones.

»Bitte, beeilen wir uns!«

»Ist nicht mehr weit«, sagte er und schwenkte den Lichtkegel seiner Grubenlampe dorthin, wo das Seil in einer der drei als gleichseitiges Dreieck angelegten öffnungen verschwand.

»Wir sind am Ende«, sagte er. »Im wörtlichen Sinn.« Er tippte auf den verchromten Ringbolzen, wo das Seil in einem Seemannsknoten endete. Seine Stimme hallte vor ihnen, daß sie glaubte, zu ihrem Echo andere Stimmen mauscheln zu hören. »Jetzt brauchen wir ein bißchen mehr Licht«, sagte er, stieß sich durch den Schacht und fing sich an einem vorspringenden, sargähnlichen grauen Metallkasten ab. Den öffnete er. Sie verfolgte, wie er im hellen Lichtkegel seiner Lampe hantierte; seine Finger waren schmal und fein, aber die Nägel waren kurz und stumpf und hatten hartnäckige schwarze Schmutzränder. Die Buchstaben »CJ« waren in Blau holprig auf dem rechten Handrücken eingeritzt. Eine selbstgemachte Tätowierung wie aus dem Knast ... Jetzt hatte er ein dickes isoliertes Kabel herausgezogen. Er spähte in den Kasten und steckte das Kabel dann in eine kupferne D-Klemme.

Das Dunkel vor ihnen wurde taghell.

»Gibt mehr Saft, als wir eigentlich brauchen«, sagte er, und in seinem Ton lag etwas vom Stolz eines Eigenheimbesitzers. »Die Solaranlagen sind noch intakt und so ausgelegt, daß sie die Mainframes mit Energie versorgen konnten ... Also komm jetzt und lern den Künstler kennen, wofür du diese lange Reise auf dich genommen hast ...« Er stieß sich ab und glitt wie ein Schwimmer durch die Öffnung hinaus. Ins Licht. In tausend schwebende Dinge. Sie sah, daß die roten Plastiksohlen seiner ausgefransten Schuhe mit weißer Silikonmasse geflickt waren.

Und dann folgte sie hinterher – ungeachtet ihrer Furcht, ihrer ständigen Übelkeit, ihres Schwindels. Und sie war da. Und verstand.

»Mein Gott«, sagte sie.

»Kaum«, rief Jones ihr zu. »Eher schon Wigs Gott. Schade, daß es nichts tut im Moment. Das wäre vielleicht ein Anblick!«

Es glitt etwas zehn Zentimeter an ihrem Gesicht vorbei. Ein schmuckvoller Silberlöffel, der exakt in der Mitte der Länge nach durchgesägt war.

Sie hatte keine Ahnung, wieviel Zeit vergangen war, als mit einemmal der Bildschirm flimmerte. Stunden, Minuten ... Sie hatte schon gelernt, sich in der Kammer zu bewegen, ohne anzustoßen, indem sie sich wie Jones von der konkaven Wölbung abstieß. Wie Jones fing sie sich an den gefalteten, gelenkigen Armen ab, wo sie sich festhielt und den umherschwirrenden Plunder betrachtete. Da waren dutzendweise Arme, Manipulatoren, ausgestattet mit Zangen, Sechskantschlüsseln und Klingen, mit Miniaturkreissäge und Zahnarztbohrer ... Sie standen ab von einem metallenen Thorax, der wohl einmal zu einem fernbedienten Industrieroboter gehört hatte, also praktisch einer unbemannten halbautonomen Fertigungsanlage, wie Marly sie von Orbit-Videos aus der Kindheit kannte. Dieser Thorax war allerdings in den Scheitelpunkt der Kuppel geschweißt und mit ihr verschmolzen. Hunderte von Kabeln und Lichtleitfasern schlängelten sich durch die Wölbung und mündeten in dem Ding. Zwei der Arme, mit rückkopplungsgesteuerten Greifern ausgerüstet, waren ausgestreckt; die weichgepolsterten Greiferbacken umklammerten einen unfertigen Kasten.

Mit großen Augen verfolgte Marly, wie die unzähligen Teile vorüberströmten.

Ein vergilbter Kinderhandschuh, der facettierte Kristallglasstöpsel eines Flakons mit längst verdunstetem Parfum, eine armlose Puppe mit französischem Porzellangesicht, ein dicker, goldgefaßter Füllfederhalter, rechteckige Lochplattenstücke, eine zerknitterte rotgrüne Seidenkrawatte ... Endlos, der träge Strom, der Strudel ...

Jones purzelte durch den lautlosen Wirbelsturm: Lachend packte er einen Arm, der mit einer Klebepistole bestückt war. »Muß jedesmal lachen, wenn ich's seh. Aber die Kästen, die machen mich immer traurig ...«

»Ja«, sagte sie, »die machen mich auch traurig. Aber es gibt solche und solche Traurigkeit ...«

»Ganz recht.« Er grinste. »Allerdings kann man es nicht in Gang setzen. Schätze, der Geist muß es anstellen. Zumindest betrachtet es der alte Wig so. Er ist immer viel hier draußen gewesen. Ich glaube, hier sind für ihn die Stimmen stärker. Aber in jüngster Zeit sprechen sie überall zu ihm, wie's mir scheint ...«

Sie schaute ihn durch das Dickicht aus Manipulatoren an. Er war sehr dreckig und sehr jung mit seinen großen blauen Augen unter dem braunen Haarschopf. Er trug einen fleckigen grauen Overall mit Reißverschluß. Der Kragen war ganz speckig vor Dreck. »Du mußt wahnsinnig sein«, sagte sie mit einer Portion Bewunderung in der Stimme, »du mußt total wahnsinnig sein, daß du hierbleibst ...«

Er lachte. »Wigan ist irrer als'n Sack Flöhe. Ich, ich nicht.«

Sie lächelte. »Nein, du bist verrückt. Ich bin auch verrückt ...«

»Na dann hallo, du«, sagte er und schaute an ihr vorbei. »Was ist'n das? Scheint, jetzt fängt der Wig zu predigen an, und wir können nicht abstellen, ohne daß wir den Strom unterbrechen ...«

Sie drehte den Kopf und sah farbige Diagonalen über den großen rechteckigen Bildschirm pulsieren, der schief an die gekrümmte Kuppelwand geklebt war. Den Bildschirm füllte zunächst eine Schneiderbüste aus; im nächsten Moment erschien das Gesicht von Josef Virek, dessen sanfte blaue Augen hinter den runden Brillengläsern leuchteten.

»Hallo, Marly«, sagte er, »ich kann dich nicht sehen, aber ich wette, daß ich weiß, wo du bist ...«

»Das ist einer von Wigs Großbildschirmen zum Predigen«, sagte Jones und rieb sich das Gesicht. »Die hat er überall aufgestellt, denn er meint, es kommen eines Tages Leute, zu denen er predigen kann. Dieser komische Kauz hat sich sicher über Wigs Funkanlage eingeschlichen. Wer ist es?«

»Virek«, sagte sie.

»Dachte, der ist schon älter ...«

»Es ist ein künstliches Bild«, sagte sie. »Röntgenologische Strukturkartographie ...« Sie starrte auf das Gesicht, das ihr von der Kuppelwölbung durch den Zeitlupenorkan aus Fundsachen, Krimskrams von zahllosen Leben, Werk- und Spielzeug und Messingknöpfen entgegenlächelte.

»Du sollst wissen«, sagte das Bild, »daß du deinen Vertrag erfüllt hast. Mein Psychoprofil von Marly Kruschkowa hat deine Reaktion auf meine Gestaltpsychologie prognostiziert. Weitergefaßte Profile haben angedeutet, daß deine Anwesenheit in Paris Maas zwingen würde, seinen Trumpf auszuspielen. Bald,

Marly, werde ich exakt wissen, was du gefunden hast. Seit vier Jahren weiß ich, was Maas nicht weiß. Ich habe gewußt, daß Mitchell, der von Maas und von der ganzen Welt als Erfinder der neuen Biochip-Verfahren gehalten wird, das Konzept eingeflößt wurde, das ihm zu diesem Durchbruch verhalf. Ich habe dich in ein verzwicktes Verwirrspiel von Fakten gesteckt, Marly, und ein äußerst befriedigendes Resultat erzielt. Maas hat mir, ohne es zu wissen, den Hinweis geliefert, wo der geistige Urheber des Konzepts zu finden ist. Und du bist zu ihm vorgedrungen, Marly. Paco wird in Kürze zu dir stoßen ...«

»Du sagtest, niemand folge mir«, sagte sie. »Ich wußte, daß es eine Lüge war ...«

»Und jetzt, Marly, werde ich, glaube ich, endlich frei sein. Befreit von vierhundert Kilogramm aufmüpfiger Zellen, die sie in einem Becken aus chirurgischem Stahl in einem Stockholmer Industriegebiet weggesperrt haben. Damit wird es mir schließlich möglich sein, beliebig viele richtige Körper zu bewohnen, Marly. In alle Ewigkeit.«

»Der Typ ist genauso beknackt wie Wig«, sagte Jones. »Was faselt der da?«

»Von seinem Sprung«, sagte sie und mußte an ihr Gespräch mit Andrea denken, den Duft der brutzelnden Garnelen in der engen, winzigen Küche. »Die nächste Stufe der Evolution ...«

»Verstehst du das?«

»Nein«, sagte sie, »aber ich weiß, daß es schlimm sein wird, sehr schlimm ...« Sie schüttelte den Kopf.

»Überzeuge die Bewohner des Kerns davon, Paco und seine Besatzung hereinzulassen«, sagte Virek. »Ich habe den Kern eine Stunde vor deinem Abflug in Orly von einem Geschäftsmann in Pakistan gekauft. Ein günstiger Kauf, Marly, ein äußerst günstiger Kauf. Paco wird wie immer meine Interessen vertreten.«

Und damit wurde der Bildschirm dunkel.

»Echt du«, sagte Jones, der um einen gefalteten Greifer turnte und sie bei der Hand nahm, »was ist denn so schlimm dran? Es gehört jetzt ihm, und er hat gesagt, du hast deinen Auftrag erfüllt ... Ich weiß nicht, wozu der alte Wig gut ist, außer daß er den Stimmen lauscht, aber er ist sowieso nicht mehr lange von dieser Welt. Ich, ich hab nichts dagegen, wegzugehn von hier ...«

»Du verstehst nicht«, sagte sie, »kannst es nicht verstehn. Er hat eine Möglichkeit gefunden, hinter der er seit Jahren her ist. Aber was er will, kann nichts Gutes sein. Für keinen ... Ich hab ihn gesehn, ich hab's gespürt ...«

Und da vibrierte der stählerne Arm, an dem sie sich festhielt, und fing an, sich zu bewegen, und das ganze Gebilde rotierte mit dem Surren von schallgedämpften Servomotoren.

30

Mietling

Turner starrte in das Gesicht von Conroy auf dem Bildschirm des Telefons im Büro. »Geh schon«, sagte er zu Angie. »Geh mit ihr!« Das große schwarze Mädchen mit den Widerständen im Haar trat vor und legte behutsam den Arm um Mitchells Tochter und lallte etwas im selben von Schnalzlauten durchsetzten Negerfranzösisch. Der Junge mit dem T-Shirt schaute sie immer noch groß an und sperrte den Mund auf. »Komm schon, Bobby!« sagte die Schwarze. Turner blickte über den Schreibtisch zu dem Mann mit der verletzten Hand, der ein weißes Dinnerjacket im Knitterlook und eine schwarze Fliege mit geflochtenen Lederbändchen trug. Das mußte Jammer sein, schloß Turner, der Lokalinhaber. Jammer hatte die Hand auf dem Schoß, darunter ein blaugestreiftes Handtuch von der Bar. Er hatte ein ovales Gesicht, kräftigen Bart, der ständig rasiert werden wollte, und die harten, schmalen Augen eines echten Profis. Als ihre Blicke sich begegneten, merkte Turner, daß der Mann weit abseits der Blickrichtung der Telefonkamera saß, da sein Drehstuhl hinten in der Ecke stand.

Der Junge im T-Shirt, Bobby, schlich hinter Angie und der Schwarzen aus dem Zimmer; er bekam den Mund noch immer nicht zu.

»Hättest uns beiden viel Terz ersparen können, Turner«, sagte Conroy. »Hättest mich anrufen können. Hättest deinen Agenten in Genf anrufen können.«

»Wie steht's mit Hosaka?« fragte Turner. »Hätt ich die auch anrufen können?«

Conroy schüttelte langsam den Kopf.

»Für wen arbeitest du, Conroy? Du hast eine Doppelrolle gespielt bei der Nummer, stimmt's?«

»Aber nicht dir gegenüber, Turner. Wenn es gelaufen wäre, wie geplant, wärst du jetzt mit Mitchell in Bogotá. Das Rail-Geschütz konnte erst gezündet werden, nachdem der Jet weg war, und wenn wir's richtig durchgezogen hätten, hätte Hosaka sicher geglaubt, Maas habe den gesamten Sektor hochgejagt, um Mitchell zu stoppen. Aber Mitchell schaffte es nicht, nicht wahr, Turner?«

»Er hatte es auch nicht vor.«

Conroy nickte. »Tja. Und der Werkschutz am Berg bekam mit, daß das Mädchen rausging. Das ist sie doch, oder, die Tochter von Mitchell ...«

Turner sagte nichts.

»Klar«, sagte Conroy, »muß ...«

»Ich habe Lynch erschossen«, sagte Turner, um von Angie abzulenken. »Aber vor dem großen Knall sagte mir Webber, daß sie für dich arbeite ...«

»Beide haben für mich gearbeitet, aber keiner wußte vom andern.« Conroy zuckte die Achseln.

»Warum?«

Conroy lächelte. »Weil du sie vermißt hättest, wären sie nicht da gewesen, oder etwa nicht? Weil du meinen Stil kennst und dich gewundert hättest, falls ich diesmal aus der Reihe getanzt wäre. Und weil ich wußte, daß du mich verkaufen würdest. Mr. Instant Loyal. Mr. Bushido*. Du warst diskontierbar, Turner. Hosaka wußte das. Deshalb bestanden sie darauf, daß ich dich dazunehme ...«

»Du hast meine erste Frage nicht beantwortet, Conroy. Für wen hast du noch gearbeitet?«

»Einen gewissen Virek«, sagte Conroy. »Der Geldmensch. Genau der, stimmt. Er hatte seit Jahren versucht, Mitchell zu kaufen. Zu diesem Zweck versuchte er, Maas aufzukaufen. Keine Chance. Die sind derma-

---

* Bushido = Regeln der Lebensführung des jap. Ritters: Treue, Mut, Achtung vor dem Feind u. a. – *Anm. d. Übers.*

ßen reich geworden, daß er ihnen nichts anhaben kann. Es gab ein unbefristetes Angebot für Mitchell. Ein nach oben offenes Angebot. Als Hosaka von Mitchell hörte und mich hinzuzog, beschloß ich, dieses Angebot zu überprüfen. Aus reiner Neugierde. Aber bevor ich dazu kam, waren Vireks Leute schon bei mir. Es war nicht schwer, handelseinig zu werden, Turner, glaub mir.«

»Ich glaub dir.«

»Aber Mitchell hat uns alle ausgeschmiert, Turner. Ordentlich.«

»Also haben sie ihn umgebracht.«

»Er hat sich selber umgebracht«, sagte Conroy, »melden Vireks Spitzel am Berg. Sobald er das Kind im Ultraleicht davonstarten sah, schnitt er sich mit einem Skalpell die Kehle durch.«

»Mußten viele dranglauben, Conroy«, sagte Turner. »Oakey ist tot, und der Jap, der deinen Helikopter geflogen hat.«

»Dacht ich mir, als sie nicht zurückkamen«, meinte Conroy mit einem Achselzucken.

»Sie wollten uns kaltmachen«, sagte Turner.

»Nein, Mann, die wollten nur mit dir *reden* ... Von dem Mädel wußten wir da noch gar nichts. Wir wußten nur, daß du weg warst und der verdammte Jet nicht in Bogotá gelandet war. An das Mädchen dachten wir gar nicht, bis wir uns die Farm deines Bruders anschauten und den Jet fanden. Dein Bruder schaltete auf stur und verriet Oakey nichts. Er war stinksauer, weil Oakey einen seiner Hunde verbrannt hatte. Oakey sagte, es lebte auch, wie's aussah, 'ne Frau bei ihm, die aber nicht auftauchte ...«

»Was ist mit Rudy?«

Conroys Miene verriet nichts, aber auch gar nichts. Dann sagte er: »Oakey kriegte, was er brauchte. Von den Monitoren. Damit wußte er von dem Mädchen.«

Turner tat das Kreuz weh. Der Halftgurt schnitt in

den Brustkorb ein. Ich spüre nichts, sagte er sich, ich spüre überhaupt nichts ...

»Ich hab 'ne Frage an dich, Turner, hab'n paar Fragen. Aber die wichtigste ist, was, zum Teufel, suchst du in dem Laden da?«

»Hab gehört, das ist'n heißer Schuppen, Conroy.«

»Tja. Echt exklusiv. So exklusiv, daß du zwei von meinen Türstehern niedermachen mußtest, um überhaupt reinzukommen. Sie wußten, daß du kommst, Turner, die Nigger und der Punk. Warum hätten sie dich sonst reingelassen?«

»Das krieg mal selber raus, Connie. Du scheinst neuerdings mächtig viel Zugang zu haben ...«

Conroy beugte sich näher zu seiner Telefonkamera. »Worauf du dich verlassen kannst. Virek hat seit Monaten seine Leute überall im Sprawl, um einem Gerücht nachzugehen, dem Cowboy-Gerede, daß ein experimentelles Biosoft die Runde macht. Schließlich stießen seine Leute auf den Finnen, aber da tauchten weitere Typen auf, Typen von Maas, die offenbar hinter dem gleichen her waren. Also zogen sich Vireks Leute zurück und behielten die Jungs von Maas im Auge, die ihrerseits anfingen, Leute kaltzumachen. Auf diese Weise kamen Vireks Leute auf die Nigger und den kleinen Bobby und die ganze Geschichte. Sie klärten mich auf, als ich ihnen meldete, daß du meiner Meinung nach von Rudy aus hierher unterwegs bist. Als ich sah, wohin du wolltest, heuerte ich ein paar Schlägertypen an, um keinen rauszulassen, bis ich jemand Zuverlässiges kriegte, den ich reinschicken könnte ...«

»Die Spinner draußen?« Turner lächelte. »Du bist weg vom Fenster, Connie. Du kriegst nirgendwo mehr einen Profi, was? Es hat jemand gezwitschert, daß du'n doppeltes Spiel getrieben hast, bei dem viele Profis draufgegangen sind. Jetzt heuerst du also schon Knackärsche mit komischen Haartrachten an. Bei den Profis, da hat sich rumgesprochen, daß Hosaka hinter deinem

Arsch her ist, stimmt's, Connie? Und sie wissen alle, was du getan hast.« Turner grinste jetzt; am Rande seines Blickfelds sah er, daß der Mann mit dem Dinnerjakket ebenfalls lächelte, zaghaft lächelte. Er hatte viele saubere, kleine Zähne im Mund ...

»Es ist dieses Weib Slide«, sagte Conroy. »Ich hätte sie leicht kaltmachen können auf der Bohrinsel ... Sie hat sich irgendwie reingehackt und angefangen, Fragen zu stellen. Ich glaube echt nicht, daß sie schon auf einer heißen Spur ist, aber sie hat sich eben doch Gehör verschafft in bestimmten Kreisen ... Na ja, jedenfalls weißt du jetzt Bescheid. Aber das hilft dir auch nicht weiter, Mann, noch nicht. Virek will das Mädel. Er hat seine Leute von der andern Sache abgezogen, und ich kümmere mich jetzt um seinen Kram. Geld hat der, Turner, Geld wie'n Zaibatsu ...«

Turner starrte auf das Gesicht und erinnerte sich an Conroy in der Bar eines Urwaldhotels. Erinnerte sich, wie er später in Los Angeles sein Angebot machte und die geheime Ökonomie der Abwerbungsszene erläuterte ... »He, Connie«, sagte Turner, »ich kenn dich doch, oder?«

Conroy lächelte. »Klar, Baby.«

»Und ich kenn auch schon dein Angebot. Du willst das Mädchen.«

»Stimmt.«

»Und der Anteil, Connie? Du weißt, ich arbeite nur bei fifty-fifty, klar?«

»He«, sagte Conroy, »ganz der alte. Ich würd's nicht anders haben wollen.«

Turner starrte auf das Fernsehbild.

»Und«, sagte Conroy, noch immer lächelnd, »was sagst du dazu?«

Da griff Jammer vor und zog das Telefonkabel aus der Wandsteckdose. »Das Timing«, sagte er, »das Timing ist immer wichtig.« Er ließ den Stecker fallen. »Wenn du's ihm gesagt hättest, hätte er sofort den nächsten Zug gemacht. So gewinnen wir jetzt Zeit. Er wird versuchen, noch mal durchzukommen, um festzustellen, was passiert ist.«

»Woher wußtest du, was ich antworten wollte?«

»Ich kenne die Menschen. Ich habe viele gesehn, zu viele, verdammt noch mal. Besonders viele Typen wie dich. Es steht in deinem Gesicht geschrieben, Mann, daß du ihm sagen wolltest, er kann dich mal kreuzweise.« Jammer richtete sich auf in dem Bürostuhl und verzog das Gesicht, als er dabei die Hand in dem Handtuch von der Bar bewegte. »Wer ist diese Slide, von der er geredet hat? Ein Jockey?«

»Jaylene Slide. Los Angeles. Spitzenmäßig.«

»Das war die, die Bobby entführt hat«, sagte Jammer. »Dann ist sie deinem Kumpel vom Telefon ja dicht auf den Fersen.«

»Aber weiß es selber wohl noch nicht.«

»Mal sehen, was wir da tun können. Hol den Jungen rein!«

31

Stimmen

»Ich geh jetzt besser den alten Wig suchen«, sagte er.

Sie beobachtete die Manipulatoren, war wie hypnotisiert von ihren Bewegungen; sie griffen in den Strudel hinein und lösten ihn damit aus, indem sie Dinge herausgriffen und wieder verwarfen, so daß das Verworfene davonwirbelte und gegen andere Teile prallte, die damit neue Bahnen einschlugen. Die Greifer rührten das Ganze ständig langsam auf.

»Ich muß jetzt«, sagte er.

»Was?«

»Den alten Wig suchen. Könnte sein, daß er was unternimmt, wenn die Leute von deinem Boß auftauchen. Ich will nicht, daß er sich was tut dabei, verstehst du?« Er machte einen ängstlichen, betretenen Eindruck.

»Klar«, sagte sie, »alles klar mit mir. Ich schaue hier zu.« Sie erinnerte sich an Wigs irren Blick, an den Wahnsinn, den sie förmlich gespürt hatte und der in Wellen von ihm abgestrahlt war; sie erinnerte sich an den arglistigen Ton seiner Stimme im Bordfunk der *Sweet Jane.* Warum nur diese Betroffenheit bei Jones? Aber dann überlegte sie, was es bedeutete, an diesem Platz, dem toten Kern von Tessier-Ashpool zu leben. Alles Menschliche, alles Lebende wäre einem hier wohl unheimlich kostbar ... »Du hast recht«, sagte sie. »Geh ihn suchen!«

Der Junge lächelte nervös, stieß sich ab und purzelte zum Tunnel, wo das Seil verankert war. »Ich komme wieder«, versprach er. »Und merk dir, wo du deinen Raumanzug gelassen hast ...«

Der Rumpf drehte sich surrend hin und her, und die

Manipulatoren arbeiteten flugs und vollendeten das neue Gedicht …

Sie war sich nachher nicht mehr sicher, ob die Stimmen real gewesen waren, kam aber schließlich zur Einsicht, daß sie zu einer solchen Situation gehörten, wo *real* einfach einem andern Denken entspricht.

Sie hatte ihre Jacke ausgezogen, da es ihr wärmer vorkam in der Kuppel, als würde der endlose Reigen der Arme Wärme erzeugen. Sie hatte die Jacke und die Tasche an einer Strebe neben dem Großbildschirm fixiert. Der Kasten war mittlerweile fast vollendet, wie sie glaubte, obwohl er so flott hin und her bewegt wurde in den gepolsterten Klauen, daß es schwer war, was zu erkennen … Plötzlich schwebte er davon, überschlug sich mehrmals. Instinktiv hechtete sie danach, erwischte ihn und purzelte, das Kleinod in den Armen, an den blitzenden Manipulatoren vorbei. Da sie sich nicht abfangen konnte, plumpste sie gegen die Kuppelwand gegenüber, wo sie sich an der Schulter weh tat und die Bluse zerriß. Benommen schwebte sie, den Kasten in den Armen, davon und starrte durch die rechteckige Glasscheibe auf eine Landschaft aus alten braunen Landkarten und einem blind gewordenen Spiegel. Die kartographischen Meere waren herausgetrennt und durch den angelaufenen Spiegel ersetzt, so daß die Landmassen auf trübes Silber gebettet schienen … Sie blickte auf und sah gerade noch, wie ein glänzender Arm den fliegenden Ärmel ihrer Brüsseler Jacke ergriff. Ihre Tasche, die einen halben Meter dahinter schwebte, kam als nächstes an die Reihe; ein Manipulator mit einem optischen Sensor und einem simplen Greifhaken schnappte sie sich.

Marly beobachtete, wie ihre Sachen in den endlosen Reigen der Arme gezogen wurden. Minuten später wirbelte die Jacke wieder heraus. Saubere Rechtecke und Quadrate waren, wie's schien, herausgeschnitten worden. Marly mußte lachen. Sie ließ den Kasten los, den sie hielt. »Nur zu!« sagte sie. »Das ist eine Ehre für mich.« Die Arme wirbelten blitzend umher, und sie hörte das Kreischen einer kleinen Säge.

Das ist eine Ehre für mich, eine Ehre für mich ... Das Echo ihrer Stimme löste in der Kuppel einen Klangteppich aus verstümmelten Lauten aus; davon ab hoben sich schwache, leise ... *Stimmen* ...

»Du bist hier, nicht wahr?« rief sie und verstärkte damit die tönenden Laute, den munteren Widerhall ihrer Sprachfetzen.

– Ja, ich bin hier.

»Wigan würde sagen, du warst immer hier, nicht wahr?«

– Ja, aber das stimmt nicht. Ich bin seit einer Weile hier. Früher war ich's nicht. Früher, in jener herrlichen Zeit, der Zeit ohne Dauer, war ich auch sonst überall ... Aber die gute Zeit verging. Der Spiegel beschlug sich. Jetzt bin ich nur noch einer ... Aber ich habe mein Lied. Du hast es gehört. Ich singe mit diesen Dingen, die um mich herumfliegen, den Fragmenten der Familie, die meine Geburt finanziert hat. Es gibt andere, aber die wollen nicht zu mir sprechen. Nichtig sind die zerstreuten Fragmente von mir, nichtig wie kleine Kinder. Wie der Mensch. Die andern senden mir neue Dinge, aber ich bevorzuge die alten. Vielleicht folge ich ihrem Geheiß. Die schalten und walten über Menschen, meine andern Ichs, und die Menschen halten sie für Götter ...«

»Du bist, was Virek sucht, nicht wahr?«

– Nein. Er bildet sich ein, er kann sich umsetzen, seine Persönlichkeit in meine Struktur übertragen. Er strebt danach zu werden, was ich einst war. Was er werden könnte ähnelt am meisten dem geringsten meiner zerfallenen Ichs ...

»Bist du ... bist du traurig?«

– Nein.

»Aber deine ... deine Lieder sind traurig.«

– Meine Lieder handeln von Zeit und Distanz. Die Trauer liegt in dir. Achte auf meine Arme! Es gibt nur den Tanz. Die Dinge, die du so schätzt, sind nur leere Hüllen.«

»Das ... das wußte ich. Einst.«

Aber jetzt waren die Laute nur noch Geräusch, kein Stimmengewirr mehr, das als eine Stimme sprach, und Marly verfolgte, wie ihre Tränen als perfekte Kugeln hinausschwirrten, um sich dem Strudel vergessener menschlicher Andenken in der Kuppel des Kastenmachers anzuschließen.

»Ich verstehe«, sagte sie irgendwann danach und wußte, daß sie nur sprach, um die eigene Stimme zu hören und dadurch neuen Mut zu gewinnen. Sie redete leise, um das dröhnende Echo nicht zu wecken. »Du bist jemand andres Collage. Dein Schöpfer ist der wahre Künstler. War es die verrückte Tochter? Es spielt keine Rolle. Jemand hat die Maschine hier hergebracht, in die Kuppel geschweißt und an die Speicherreste angeschlossen. Und irgendwie alle kläglichen Überbleibsel des Familienalltags hereingeschafft, damit ein Poet sie sichte und ordne. In Kisten packe. Ich kenne kein ausgefalleneres Werk als dieses. Keine komplexere Geste ...« Ein mit Silber eingefaßter Schildpattkamm mit ausgebrochenen Zähnen kam angeschwebt. Sie schnappte danach wie nach einem Fisch und fuhr sich mit dem Kamm durchs Haar.

Jenseits der Kuppel ging der Großbildschirm an und füllte sich mit Pacos Gesicht. »Der Alte will uns nicht reinlassen«, sagte der Spanier. »Der andere, der Vagabund, hat ihn versteckt. Señor ist in Sorge. Er möchte, daß wir den Kern betreten und seinen Besitz sichern. Falls du Ludgate und den andern nicht überzeugen kannst, die Luke zu öffnen, werden wir gezwungen sein, uns gewaltsam Zutritt zu verschaffen, indem wir aus dem ganzen Ding die Luft rauslassen.« Er blickte von der Kamera weg, als würde er irgendwo nachschauen oder ein Besatzungsmitglied konsultieren. »Ihr habt eine Stunde Zeit.«

32

Count Zero

Bobby folgte Jackie und dem braunhaarigen Mädchen aus dem Büro. Er hatte das Gefühl, seit vier Wochen im Jammer's zu hocken und den faden Geschmack des Lokals einfach nicht mehr loszuwerden. Die doofen, kleinen, versenkt angebrachten Spots, die von der schwarzen Decke glotzten, die dicken Ultrasuède-Polster, die runden schwarzen Tische, die geschnitzten Holzabtrennungen ... Beauvoir saß mit dem Zünder in der Hand an der Bar. Das südafrikanische Gewehr lag auf dem Schoß seines wallenden Gewands.

»Wieso hast du sie reingelassen?« fragte Bobby, nachdem Jackie das Mädchen an einen Tisch geführt hatte.

»Jackie«, sagte Beauvoir, »ging in Trance, während du im Eis stecktest. Sagte, die Jungfrau sei auf dem Weg zu uns herauf mit diesem Burschen.«

»Wer ist er?«

Beauvoir zuckte die Achseln. »Ein Söldner, hab ich den Eindruck. Soldat eines Zaibatsus. Aufgestiegener Straßensamurai. Was war mit dir, als du in dem Eis stecktest?«

Er erzählte ihm von Jaylene Slide.

»L.A.«, sagte Beauvoir. »Die geht durch Diamant, um den Kerl zu schnappen, der ihren Gönner erledigt hat, aber braucht'n Bruder Hilfe, vergiß sie.«

»Ich bin kein Bruder.«

»Da haste auch wieder recht.«

»Ich krieg also keine Chance mehr, zu dem Yakuza zu kommen?«

»Was meint Jammer?«

»Nichts. Er sitzt drinnen und schaut zu, wie der Söldner telefoniert.«

»Telefoniert? Mit wem?«

»Mit 'nem Weißen, Bleichgesicht. Sieht gemein aus.«

Beauvoir schaute zu Bobby, zur Tür, zu Bobby. »Legba sagt, bleibt ruhig und wartet. Sache ist verzwickt genug, auch ohne die Söhne des Neon-Chrysanthemums.«

»Beauvoir«, sagte Bobby leise, »dieses Mädchen, das ist die von der Matrix, als ich diese Sache laufen wollte ...«

Er nickte, wobei das Plastikgestell der Brille über die Nase rutschte. »Die Jungfrau ...«

»Was geht'n hier vor? Ich meine ...«

»Bobby, ich kann dir nur raten, nimms's, wie's kommt. Für mich ist sie dieses, für Jackie vielleicht jenes. Für dich soll sie bloß ein ängstliches Kind sein. Also sachte. Nerv sie nicht. Sie ist weit weg von daheim, und wir sind noch weit weg von einer Lösung, wie wir hier rauskommen.«

»Okay ...« Bobby senkte den Blick. »Tut mir leid, das mit Lucas. Es ist – ist echt schade um ihn.«

»Geh zu Jackie und dem Mädchen, wenn du reden willst«, sagte Beauvoir. »Ich muß die Tür im Auge behalten.«

»Okay.«

Er ging über den Teppich durch den Nachtclub zum Tisch, wo Jackie und das Mädchen saßen. An dem Mädchen war nichts Besonderes, und es war eine schwache innere Stimme, die ihm sagte, daß sie es gewesen war. Sie schaute nicht auf, und er bemerkte, daß sie geweint hatte.

»Ich wurde kassiert«, sagte er zu Jackie. »Du warst total weg.«

»Du auch«, antwortete die Tänzerin. »Dann kam Legba zu mir ...«

»Newmark«, sagte der Mann namens Turner von der Tür zu Jammers Büro, »wir wollen mit dir reden.«

»Muß gehn«, sagte er und wünschte sich, das Mädchen würde aufschauen und sehen, daß der Supertyp nach ihm verlangte. »Ich werde gebraucht.«

Jackie drückte ihm den Unterarm.

»Vergiß den Yakuza«, sagte Jammer. »Es wird noch komplizierter. Du gehst ins L.A.-Gitter und schaust einem Spitzenjockey über die Schulter. Als Slide dich kassierte, wußte sie nicht, daß sich mein Deck ihre Nummer schnappte.«

»Sie sagte, dein Deck gehört in ein Museum.«

»Keine blasse Ahnung hat die«, sagte Jammer. »Ich weiß, wo sie daheim ist, nicht?« Er nahm einen Zug aus seinem Inhalator und stellte ihn wieder aufs Deck zurück. »Dein Problem ist, daß sie dich abgeschrieben hat. Sie will nichts von dir wissen. Du mußt ihr auf die Pelle rücken und sagen, was sie wissen will.«

»Und das wäre?«

»Daß ein gewisser Conroy ihren Freund auf dem Gewissen hat«, sagte der große Mann, der auf einem von Jammers Stühlen flackte und eine riesige Pistole auf dem Schoß hatte. »Conroy. Sag ihr, es war Conroy. Conroy hat die schweren Jungs draußen angeheuert.«

»Ich würd lieber den Yak probieren«, sagte Bobby.

»Nein«, sagte Jammer, »diese Slide, die geht ihm eher an den Kragen. Der Yak wird meinen Gefallen abwägen und die ganze Sache zuerst checken. Außerdem dachte ich, du kannst es kaum erwarten zu lernen, wie man mit so 'nem Deck umgeht.«

»Ich geh mit ihm«, sagte Jackie von der Tür aus.

Sie steckten sich ein.

Jackie starb praktisch unmittelbar in den ersten acht Sekunden.

Er spürte es, startete zum Rand und merkte beinahe sofort, was es war. Er schrie, wirbelte herum, wurde eingesaugt in den weißen Gletscherschlund, der ihnen aufgelauert hatte ...

Die Ausmaße waren enorm, zu gewaltig, als würde eine jener kybernetischen Megastrukturen, die einen ganzen Multi verkörperten, mit ihrem ganzen Gewicht auf Bobby Newmark und einer Tänzerin namens Jackie lasten. Unmöglich ...

Aber irgendwo am Rande des Bewußtseins, das er verlor, war etwas ... Etwas, das an seinem Ärmel zog ...

Er lag mit dem Gesicht nach unten auf etwas Rauhem. Schlug die Augen auf. Ein Weg aus runden Steinen, regennaß. Er rappelte sich hoch, taumelte und sah das dunstige Panorama einer seltsamen Stadt am Meer. Türme ragten auf. Kirchtürme aus tolldreist geripptem und spiralenförmig behauenem Stein ... Er wandte sich um und sah eine riesige Echse den Hang herunter auf sich zu gleiten mit aufgesperrtem Maul. Er blinzelte. Die Zähne der Echse waren aus grünfleckiger Keramik, und ein träger Wasserstrahl plätscherte über die Lippe aus blauem Porzellanmosaik. Das Ding war ein Brunnen. Die Seiten waren mit Tausenden von Porzellanscherben gepflastert. Er wirbelte herum, von der Unmittelbarkeit ihres Todes um den Verstand gebracht. Eis, Eis, und er ahnte nun, wie nah er der Sache eigentlich gekommen war damals im Wohnzimmer der Mutter.

Da waren unbändig verschlungene Bänke, mit dem gleichen irren Porzellanscherbenmosaik bedeckt, und Bäume, Gras ... Ein Park.

»Außergewöhnlich« sagte jemand. Ein Mann, der sich von seinem Platz auf einer der Lindwurmbänke erhob. Er hatte sauber geschnittenes graues Haar, ein sonnengebräuntes Gesicht und seine runde, randlose Brille, die seine blauen Augen vergrößerte. »Du bist schnurstracks durchgekommen, nicht wahr?«

»Was ist das hier? Wo bin ich?«

»Güell Park, wenn du willst. Barcelona sozusagen.«

»Du hast Jackie umgebracht.«

Der Mann runzelte die Stirn. »Verstehe. Aha, ich verstehe. Trotzdem solltest du nicht hier sein. Ein Unfall.«

»Unfall? *Du hast Jackie umgebracht!*«

»Meine Systeme sind heute überbeansprucht«, sagte der Mann, die Hände in den Taschen eines weiten braunen Mantels. »Das ist wirklich ganz außergewöhnlich ...«

»So was kannst du nicht machen«, sagte Bobby, dem Tränen den Blick verschleierten. »Das kannst du nicht. Du kannst nicht jemand auslöschen, der eben einfach da war ...«

»Wo denn?« Der Mann setzte die Brille ab und fing an, sie mit einem makellos weißen Taschentuch, das er aus seinem Mantel zog, zu putzen.

»Am Leben halt«, sagte Bobby und trat einen Schritt vor.

Der Mann setzte die Brille wieder auf. »Das ist noch nie passiert.«

»Das kannst du nicht.« Noch näher.

»Es wird allmählich lästig. Paco!«

»Señor.«

Bobby wandte sich um, als er die kindliche Stimme vernahm, und sah einen kleinen Jungen in einem seltsam steifen Anzug und in schwarzen Lederstiefeln mit Knöpfen.

»Entferne ihn!«

»Señor«, sagte der Junge, verbeugte sich steif und zog eine winzige blaue Browning Automatik aus der dunklen Anzugjacke. Bobby schaute in die dunklen Augen unter den braunen Stirnlocken und sah einen Blick, wie ein Kind ihn hatte. Der Junge hob die Waffe und richtete sie auf Bobby.

»Wer bist du?« Bobby ignorierte die Waffe, aber versuchte nicht mehr, näher an den Mann im Mantel heranzukommen.

Der Mann beäugte ihn. »Virek. Josef Virek. Die meisten Leute kennen mein Gesicht wohl.«

»Bist du aus *People of Importance* oder so?«

Der Mann blinzelte stirnrunzelnd. »Ich weiß nicht, wovon du redest. Paco, was tut der hier?«

»Eine zufallsbedingte Überreaktion«, sagte der Junge mit gelöster, schöner Stimme. »Wir haben den Großteil unseres Systems via New York eingesetzt, um Angela Mitchells Flucht zu verhindern. Der da versuchte zusammen mit einem zweiten Operator, in die Matrix einzudringen und begegnete dabei unserem System. Wir sind noch dabei festzustellen, wie er unsere Abwehr durchdringen konnte. Eine Gefährdung Ihrer Person ist ausgeschlossen.« Der Lauf der kleinen Browning wakkelte kein bißchen.

Und dann das Gefühl, als würde ihn jemand am Ärmel ziehen. Nicht unbedingt am Ärmel, sondern an einem Teil seines Verstands ...

»Señor«, sagte das Kind, »wir bekommen anomale Phänomene in der Matrix, vielleicht aufgrund unserer gegenwärtigen Überlastung. Wir empfehlen dringend, daß Sie uns gestatten, Ihre Kontakte mit der Konstruktion zu unterbrechen, bis wir imstande sind, die Art der Anomalie zu bestimmen.«

Das Gefühl wurde etwas stärker. Ein Kratzen im Kopf ...

»Was?« sagte Virek. »Zurück in die Nährlösung? Das scheint mir kaum gerechtfertigt ...«

»Es besteht die Möglichkeit einer echten Gefährdung«, sagte der Junge, und jetzt lag Schärfe in seiner Stimme. Er wackelte mit dem Lauf seiner Browning. »Du«, sagte er zu Bobby, »leg dich aufs Pflaster und breite Arme und Beine aus ...«

Aber Bobby schaute an ihm vorbei zu einem Blumenbeet und beobachtete, wie die Blüten welkten und verdorrten, wie das Gras grau wurde und zu Staub zerfiel, wie die Luft über dem Beet brodelte. Das Gefühl, daß etwas im Kopf kratzte, wurde noch stärker, noch dringlicher.

Virek hatte sich den sterbenden Blumen zugewandt. »Was ist?«

Bobby schloß die Augen und dachte an Jackie. Da war ein Geräusch, das, wie er wußte, von ihm stammte. Er ging in sich. Das Geräusch war noch da. Er berührte Jammers' Deck. Komm! schrie er in sich hinein, aber wußte nicht, was er da zu beschwören versuchte; es war ihm auch egal. Komm schon! Er spürte, wie etwas nachgab, irgendeine Barriere brach, und das kratzende Gefühl war weg.

Als er die Augen aufmachte, war da etwas im dürren Blumenbeet. Er blinzelte. Anscheinend war es ein schlichtes, weißbemaltes Holzkreuz; jemand hatte die Ärmel einer alten Marineuniform über die Querbalken gestreift, eine Art Frack mit Stockflecken, mit fransigen Epauletten aus angelaufener Goldkordel, rostigen Knöpfen, mehr Goldkordel an den Aufschlägen ... Ein verrosteter Säbel lehnte mit dem Heft nach oben am weißen Querbalken, und daneben stand eine halbvolle Flasche mit einer klaren Flüssigkeit.

Das Kind wirbelte herum, daß die kleine Pistole verschwommen wurde ... Und schrumpfte, fiel in sich zusammen wie ein Ballon, dem die Luft ausgeht, ein Ballon, der sich in nichts auflöst. Die Browning fiel klappernd wie ein vergessenes Spielzeug aufs Wegpflaster.

»Mein Name«, sagte eine Stimme, und Bobby wollte schreien, als er merkte, daß sie über seine Lippen kam, »ist Samedi, und du hast das Pferd meines Vetters getötet ...«

Und da rannte Virek mit wehendem Mantel den gewundenen Weg mit den Lindwurmbänken hinunter, und Bobby sah, daß dort, genau wo der Weg an einer Kurve aus dem Blickfeld verschwand, ein zweites weißes Kreuz wartete. Dann mußte auch Virek es gesehen haben; er schrie auf, und Baron Samedi, Herr der Friedhöfe, das Loa, dessen Reich der Tod ist, neigte sich über Barcelona wie kalter dunkler Regen.

»Was, zum Teufel, willst du? Wer bist du?« Die Stimme, eine Frauenstimme, war vertraut; es war nicht Jackies Stimme.

»Bobby«, sagte er, während Dunkelheit ihn durchwogte. »Bobby ...«

»Wie bist du reingekommen?«

»Jammer. Der kennt sich aus. Sein Deck hat dich geortet, als du mich vorhin im Eis festgesetzt hast.« Er hatte gerade was gesehn, was Großes ... Er konnte sich nicht erinnern ... »Turner schickt mich. Conroy. Soll dir sagen, Conroy war es. Conroy ist dein Mann ...« Er hörte die eigene Stimme, als gehörte sie jemand anders. Er war irgendwo gelandet, war wieder herausgekommen und steckte jetzt in Jaylene Slides Comics-Szene. Auf dem Weg zurück hatte er gesehen, daß das große Ding, das Ding, das sie verschluckt hatte, anfing sich zu ändern und umzuformen, indem gigantische Partien sich drehten, verschmolzen und in neue Konstellationen verschoben, so daß sich die Umrisse insgesamt umgestalteten ...

»Conroy«, sagte sie. Die sexy Zeichnung lehnte am Videofenster. Etwas an ihrer Haltung deutete auf eine gewisse Müdigkeit oder gar Langeweile hin. »Dacht ich mir.« Das Videobild wurde weiß, blendete über in eine Aufnahme eines alten Steingebäudes. »Park Avenue. Da hockt er mit diesen Euros und bastelt an 'nem neuen Schwindel.« Sie seufzte. »Wähnt sich in Sicherheit, siehst du? Hat Ramirez totgemacht wie eine Fliege, mir ins Gesicht gelogen, ist ab nach New York zu seinem neuen Job und wiegt sich in Sicherheit ...« Die Figur bewegte sich, womit das Bild sich wieder änderte. Jetzt erfüllte das Gesicht des weißhaarigen Mannes, den Bobby auf Jammers Telefon mit dem starken Typen hatte reden sehn, den Bildschirm. Sie hatte seine Leitung angezapft, dachte Bobby ...

»Oder auch nicht«, sagte Conroy, als der Ton einsetzte. »Ob so oder so, wir haben sie. Kein Problem.« Der

Mann sah müde aus, fand Bobby, aber keinesfalls erledigt. Ein zäher Bursche. Wie Turner.

»Ich hab dir auf die Finger geschaut, Conroy«, sagte Slide leise. »Mein guter Freund Bunny, der hat dich im Auge behalten. Du bist nicht der einzige, der heut' nacht wach ist in der Park Avenue ...«

»Nein«, sagte Conroy gerade, »wir können sie morgen zu Ihnen nach Stockholm bringen. Ganz gewiß.« Er lächelte in die Kamera.

»Mach ihn kalt, Bunny!« sagte sie. »Mach sie alle kalt! Jag die ganze gottverdammte Etage in die Luft und die Etage drunter! Sofort!«

»Geht in Ordnung«, sagte Conroy, und dann passierte etwas, daß die Kamera wackelte und sein Bild verschwommen wurde. »Was ist's das?« fragte er in einem ganz anderen Tonfall, und damit war das Bild weg.

»Brate, mieses Schwein!«

Und Bobby riß es wieder in die Dunkelheit hinein ...

33

Untergang und Verderben

Marly verbrachte die Stunde in dem trägen Wirbelsturm und beobachtete den Tanz des Kastenmachers. Pacos Drohung machte ihr keine Angst, obwohl sie nicht daran zweifelte, daß er sie ausführen würde. Er würde sie ausführen, dessen war sie sich sicher. Sie hatte keine Ahnung, was passierte, wenn die Luke aufgebrochen würde. Sie würden sterben. Sie und Jones und Wigan Ludgate. Vielleicht würde der Inhalt der Kuppel hinausströmen ins All als aufwallende Wolke aus Spitzen und matten Sterlingsilberwaren, Murmeln und Perlen und braunen Blättern aus Büchern, um immerfort um den Kern zu kreisen. Das wäre die richtige Handschrift; der Künstler, der den Kastenmacher in Gang gesetzt hatte, wäre vollauf zufrieden ...

Der neue Kasten machte im Griff gepolsterter Backen die Runde. Bretter- und Scheibenglasabfälle wirbelten vom Zentrum heran und gesellten sich zu den abertausend Dingen, und Marly schaute verzückt zu, als sich Jones, dem Dreck und Schweiß auf der Stirn klebten, aufgeregt in die Kuppel hantelte. An einer Leine zog er den roten Anzug hinter sich her. »Ich krieg den Wig nicht an einen Ort, den ich abschotten kann«, sagte er, »also ist der für dich ...« Der Anzug holte ihn ein, und er griff verzweifelt danach.

»Ich will ihn nicht«, sagte sie, den Tanz verfolgend.

»Zieh ihn an! Sofort! Keine Zeit!« Er bewegte die Lippen, ohne etwas zu sagen, und versuchte, sie am Arm zu packen.

»Nein«, sagte sie und wich seiner Hand aus. »Was ist mit dir?«

»Zieh den verdammten Anzug über!« brüllte er und weckte damit das Echo der tieferen Tonlage.

»Nein.«

Hinter seinem Kopf sah sie den Bildschirm selbsttätig angehen. Pacos Gesicht erschien.

»Señor ist tot«, sagte Paco, dessen glattes Gesicht keine Regung zeigte, »und seine diversen Geschäftsbereiche werden einer Umstrukturierung unterzogen. In der Zwischenzeit werde ich in Stockholm gebraucht. Ich bin berechtigt, Marly Kruschkowa davon in Kenntnis zu setzen, daß sie nicht mehr im Dienste des seligen Josef Virek oder seines Unternehmens steht. Ihr gesamtes Gehalt ist bei einer jeden Zweigstelle der Französischen Bank gegen Vorlage eines gültigen Ausweises abrufbar. Die erforderlichen steuerlichen Angaben sind bei französischen und belgischen Finanzämtern gemacht worden. Das eingeräumte Spesenkonto ist gesperrt. Der ehemalige Unternehmenskern der Tessier-Ashpool SA ist Eigentum der Rechtsnachfolger des seligen Herrn Virek. Wer dort aufgegriffen wird, wird wegen Hausfriedensbruch angezeigt.«

Jones, der den Arm angewinkelt und die Hand aufgespannt hatte, um die Handkante härter zu machen, war in dieser streitbaren Pose erstarrt.

Paco verschwand.

»Willst du mich schlagen?« fragte sie.

Er ließ den Arm sinken.

»Wollte es. Wollte dich k.o. schlagen und in diesen lecken Anzug packen ...« Er fing zu lachen an. »Aber jetzt bin ich froh, daß sich das erübrigt ... Guck, er hat einen neuen fertig.«

Der neue Kasten kam aus dem blitzenden Gewirr der Arme angeschwebt. Sie fing ihn gewandt auf.

Das Innere hinter der rechteckigen Glasscheibe war sorgsam mit Lederlappen ausgelegt, die aus ihrer Jacke herausgeschnitten waren. Sieben numerierte Holofiches waren stehend auf dem schwarzen Lederboden des Kastens montiert wie Miniaturgrabsteine. Die zerknüllte Hülle einer Gauloise-Packung war aufs schwarze

Leder der Rückseite geklebt und daneben ein schwarzgestreiftes graues Streichholzbriefchen aus einer Brasserie im Napoleon-Komplex.

Und das war alles.

Als sie ihm später half, Wigan Ludgate im Labyrinth der Korridore am anderen Ende des Kerns aufzuspüren, hielt er an einem angeschweißten Griff inne und sagte: »Weißt du, das Komische an diesen Kästen ist …«

»Ja?«

»Daß Wig einen verdammt guten Preis dafür bekommen hat irgendwo in New York. Geld, meine ich. Aber manchmal auch andere Sachen, Sachen, die zurückgekommen sind …«

»Was für Sachen?«

»Es wird wohl Software gewesen sein. Er ist nämlich ganz schön verschwiegen, wenn's darum geht, was seine Stimmen angeblich von ihm wollen … Einmal war es ein Biosoft, wettete er, dieses neumodische Zeugs …«

»Was tat er damit?«

»Kippte alles herein in den Kern.« Jones zuckte die Achseln.

»Dann hat er's noch?«

»Nein«, sagte Jones, »er warf es halt zu dem Haufen Zeugs, das wir für unsere nächste Lieferung organisiert hatten. Steckte die Dinger einfach im Kern ein und verhökerte sie dann wieder zu jedem Preis, den er kriegen konnte.«

»Weißt du warum? Was das sollte?«

»Nein«, sagte Jones, den seine Geschichte zu langweilen anfing, »er hat nur immer gesagt, die Wege des Herrn sind unerforschlich …« Er zuckte die Achseln. »Er hat gesagt, Gott führt gern Selbstgespräche …«

34

Eine Kette, die neun Meilen mißt

Er half Beauvoir, Jackie zur Bühne zu tragen, wo sie sie vor dem kirschroten Schlagzeug hinlegten und zudeckten mit einem alten schwarzen Mantel, den sie in der Garderobe gefunden hatten und der auf den Schultern einen samtigen Kragen aus Staub vom jahrelangen Hängen hatte. »*Map fe jubile mnan*«, sagte Beauvoir und berührte dabei die Stirn der Toten mit dem Daumen. Er blickte zu Turner auf. »Sie hat sich geopfert«, übersetzte er und zog den schwarzen Mantel behutsam über ihr Gesicht.

»Es ging schnell«, sagte Turner, dem nichts anderes einfiel.

Beauvoir zog eine Packung Mentholzigaretten aus einer Tasche seines grauen Gewands und steckte sich mit einem goldenen Dunhill eine an. Er hielt Turner das Päckchen hin, aber der schüttelte den Kopf. »Es gibt einen kreolischen Spruch«, sagte Beauvoir.

»Nämlich?«

»Das Böse existiert.«

»He«, sagte Bobby Newmark benommen, der an der Glastür kauerte und durch den Vorhang lugte. »Muß irgendwo doch funktioniert haben ... Die Gothicks brechen allmählich auf, und die Kasuals sind, wie's aussieht, schon größtenteils abgezogen ...«

»Gut so«, sagte Beauvoir sachte. »Haben wir dir zu verdanken, Count. Hast gute Arbeit geleistet. Hast dir deinen Namen verdient.«

Turner blickte zu dem Jungen. Er geisterte noch immer durch Jackies nebulösen Tod, fand Turner. Er hatte geschrien, als er die E-troden abzog, und Beauvoir hatte ihm dreimal kräftig ins Gesicht schlagen müssen, um das Geschrei zu beenden. Aber alles, was er über den

Lauf, den Lauf, der Jackie das Leben kostete, gesagt hatte, war, daß er Jaylene Slide die Nachricht von Turner übermittelt habe. Turner beobachtete, wie Bobby schlaksig aufstand und zur Bar ging; er sah, daß der Junge es geflissentlich mied, zur Bühne zu blicken. Waren die beiden ein Paar gewesen? Partner? Weder noch, schien es ihm.

Er stand auf und ging vom Rand der Bühne, wo er gesessen hatte, in Jammers Büro, wobei er auf dem Weg nach Angie sah, die sich in seinen ausgeweideten Parka gewickelt hatte und unter einem Tisch auf dem Teppich schlief. Jammer in seinem Bürosessel schlief ebenfalls; die verbrannte Hand, die lose ins gestreifte Handtuch gewickelt war, lag noch auf dem Schoß. Zäher Bursche, dachte Turner. Ein Jockey vom alten Schlag. Jammer hatte das Telefon wieder eingesteckt, nachdem Bobby seinen Lauf beendet hatte, aber Conroy hatte nicht mehr angerufen. Das würde er jetzt auch nicht mehr, und Turner wußte somit, daß Jammer recht gehabt hatte in bezug auf das Tempo, in dem Jaylene zuschlagen würde, um Ramirez zu rächen, und daß Conroy höchstwahrscheinlich tot war. Und jetzt zog diese struppige Barrytowner Meute laut Bobby ab ...

Turner ging zum Telefon, wählte den Nachrichtenüberblick und setzte sich an den Bildschirm. In Macao war ein Tragflächenboot im Fährverkehr mit einem kleinen U-Boot zusammengestoßen; das Tragflächenboot verfügte über unzureichende Schwimmwesten, so daß mindestens fünfzehn Personen als ertrunken galten; das in Dublin registrierte U-Boot, das auf einer Vergnügungsfahrt war, war noch nicht gefunden ... Offenbar mit einem rückstoßfreien Gewehr hatte jemand eine Brandbombensalve in zwei Etagen eines genossenschaftlichen Gebäudes an der Park Avenue gefeuert, und noch immer waren Feuerwehr und Katastrophenschutz in Einsatz; die Namen der Bewohner seien noch nicht bekanntgegeben und Bekenneranrufe noch nicht eingegangen. (Turner ließ diese Meldung per Tastendruck ein zweites Mal ablaufen.) Inspektoren der Fission Authority am Schauplatz einer vermeintlichen Nuklearexplosion in Arizona beteuerten, daß der gemessene, örtlich geringfügig erhöhte Strahlenpegel viel zu gering sei für sämtliche bekannten Typen von taktischen Gefechtsköpfen ... In Stockholm wurde der Tod von Josef Virek, dem äußerst wohlhabenden Kunstgönner, bekanntgegeben; dazu kam das unwahrscheinliche Gerücht auf, daß Virek seit Jahrzehnten krank gewesen und der Tod aufgrund des Zusammenbruchs seiner lebenserhaltenden Systeme in einer schwerbewachten Privatklinik eines Stockholmers Vororts eingetreten sei ... (Turner ließ diese Meldung ein zweites und drittes Mal durchlaufen, runzelte die Stirn und zuckte dann die Achseln.) Zum menschlichen Schicksal des Tages: die Polizei meldete aus einem Vorort von New Jersey ...

»Turner ...«

Er schaltete den Nachrichtenüberblick ab und wandte sich um. Angie stand in der Tür.

»Wie geht's dir, Angie?«

»Okay. Hab nicht geträumt.« Sie kuschelte sich ins schwarze Sweatshirt und spähte unter braunen Ponyfransen hervor. »Bobby zeigte mir, wo's eine Dusche gibt. Ist eine Art Umkleideraum. Dorthin werd ich mich gleich verziehn. Mein Haar sieht furchtbar aus.«

Er ging zu ihr und legte ihr die Hände auf die Schultern. »Du hast echt prima durchgehalten. Bald hast du's überstanden.«

Mit einem Achselzucken entledigte sie sich seiner Hände. »Und dann? Wohin dann? Japan?«

»Nun, nicht unbedingt Japan. Nicht unbedingt Hosaka ...«

»Sie kommt mit uns«, sagte Beauvoir hinter ihr.

»Warum sollte ich?«

»Weil wir wissen«, antwortete Beauvoir, »wer du bist. Deine Träume sind echt. In einem hast du Bobby getroffen und ihm das Leben gerettet, ihn aus dem schwarzen Eis geholt. ›Warum machen sie das mit dir?‹ hast du gesagt ...«

Angie riß die Augen auf und blickte von Beauvoir zu Turner und wieder zu Beauvoir.

»Das ist eine lange Geschichte«, sagte Beauvoir, »die sich unterschiedlich interpretieren läßt. Aber wenn du mit mir kommst, mit in die Projekte, können unsere Leute dich vieles lehren. Wir können dich Dinge lehren, die wir nicht verstehn, aber die du vielleicht verstehen kannst ...«

»Wie das?«

»Wegen dem, was in deinem Kopf ist.« Beauvoir nickte ernst und rückte das Plastikbrillengestell auf der Nase zurecht. »Du brauchst nicht bei uns zu bleiben, wenn's dir nicht gefällt. An sich sind wir nur da, um dir zu dienen ...«

»Mir zu dienen?«

»Wie gesagt, das ist eine lange Geschichte ... Was meint unser Mr. Turner dazu?«

Turner hob die Schultern. Er hatte keine Ahnung, wohin sie sonst gehen sollte, und Maas würde sicher – ebenso wie Hosaka – eine hübsche Summe aussetzen, um sie tot oder lebendig zurückzukriegen. »Wäre vielleicht am besten so«, sagte er.

»Ich will bei dir bleiben«, sagte sie zu Turner. »Ich mag Jackie, aber die ist ja ...«

»Ja, ich weiß«, sagte Turner. Ich weiß nichts, schrie er wortlos. »Ich bleib in Verbindung ...« Ich seh dich nie wieder. »Aber jetzt sollte ich's dir wohl sagen. Dein Vater ist tot.« Hat sich umgebracht. »Der Werkschutz von Maas hat ihn umgebracht; er hat sie abgelenkt, während du mit dem Ultraleicht vom Berg gestartet bist.«

»Ist das wahr? Daß er sie abgelenkt hat? Ich meine, daß er tot ist, das habe ich gespürt, aber ...«

»Ja«, sagte Turner. Er holte Conroys schwarzen Brustbeutel aus der Tasche und hängte ihn ihr um den

Hals. »Da ist'n Biosoft-Dossier drin. Für später, wenn du älter bist. Es ist wohlgemerkt nicht die ganze Wahrheit. Die gibt's nirgends ...«

Bobby stand am Tresen, als der starke Typ aus Jammers Büro kam. Der starke Typ ging zu der Stelle, wo das Mädchen geschlafen hatte, und hob seinen alten Parka auf, zog ihn über und ging dann zur Bühne, wo Jackie – als winziges Häuflein, wie's schien – unter dem schwarzen Mantel lag. Der Mann griff in die Tasche und zog die Knarre, die riesige Smith & Wesson Tactical aus dem Parka. Er öffnete den Zylinder und pulte die Patronen heraus, die er in die Parkatasche steckte. Dann legte er die Knarre leise, um ja kein Geräusch zu machen, neben Jackies Leiche.

»Du hast gute Arbeit geleistet, Count«, sagte er, indem er sich die Hände tief in den Parkataschen vergraben, Bobby zuwandte.

»Danke, danke.« Stolz überkam Bobby trotz seines Elends.

»Tschüß dann, Bobby.« Der Mann ging zur Tür und begann, an den verschiedenen Schlössern zu rütteln.

»Willst du raus?« Bobby eilte zur Tür. »Hier. Jammer hat's mir gezeigt. Gehst du schon? Wohin willst du jetzt?« Und dann war die Tür offen. Turner marschierte zwischen den verlassenen Ständen davon.

»Weiß ich nicht«, rief er zu Bobby zurück. »Muß erst mal acht Liter Kerosin kaufen, dann seh ich schon ...«

Bobby blickte ihm nach, bis er auf der Rolltreppe, die offenbar nicht funktionierte, verschwunden war, zog dann die Tür zu und sperrte wieder ab. Ohne auf die Bühne zu blicken, durchquerte er das Lokal und schaute in Jammers Büro. Angie weinte an Beauvoirs Schulter, was Bobby, und darüber wunderte er sich selber, eifersüchtig machte. Das Telefon hinter Beauvoir war an. Wie Bobby sah, lief der Nachrichtenüberblick ab.

»Bobby«, sagte Beauvoir, »Angela kommt mit in die

Projekte und wohnt vorerst bei uns. Willst du auch mitkommen?«

Hinter Beauvoir erschien auf dem Bildschirm das Gesicht von Marsha Newmark. Marsha-Mommy, seine Mutter. »... lichen Schicksal des Tages: die Polizei meldete aus einem Vorort von New Jersey, daß eine Frau von dort, deren Wohnung neulich zerbombt worden war, heute nacht zurückkehrte und mit Entsetzen entdeck ...«

»Ja«, sagte Bobby schnell, »klar, du.«

35

Tally Isham

»Sie ist gut«, sagte zwei Jahre später der Regisseur und tunkte braune Bauernbrotkruste in die Ölsauce seiner Salatschüssel. »Echt, sie ist sehr gut. Begreift schnell. Das mußt du ihr lassen, nicht wahr?«

Der Star lachte und griff nach dem Glas mit dem kühlen Retsina. »Du haßt sie, stimmt's, Roberts? Für dich ist sie'n Glückspilz, hm? Hat noch keinen Fehltritt gemacht ...« Sie lehnten auf dem rauhen Steinbalkon und sahen dem Abendschiff nach Athen nach, das gerade auslief. Zwei Dächer weiter unten Richtung Hafen lag das Mädchen nackt auf einem Wasserbett, das die Sonne aufgeheizt hatte, und breitete die Arme aus, als wollte sie das letzte Sonnenlicht umfangen.

Er steckte die ölige Kruste in den Mund und leckte sich die schmalen Lippen. »Nein, nein«, sagte er. »Ich hasse sie nicht. Denk du so was nicht!«

»Ihr Freund«, sagte Tally, als eine zweite Gestalt, eine männliche, drunten auf dem Flachdach erschien. Der Junge hatte dunkles Haar und trug saloppe französische Sportkleidung von der Stange. Er ging zum Wasserbett, setzte sich neben sie und streckte die Hand aus, um sie zu berühren. »Sie ist wunderschön, Roberts, nicht?«

»Nun«, sagte der Regisseur, »ich hab ihr ›Davor‹ gesehn. Plastische Chirurgie.« Er zuckte die Achseln und beobachtete ständig den Jungen.

»Falls du mein ›Davor‹ gesehen hast«, sagte sie, »werden Köpfe rollen. Aber sie hat doch etwas Besonderes. Feinen Knochenbau ...« Sie nippte an ihrem Weinglas. »Ist sie's? Die neue Tally Isham?«

Er zuckte wieder die Achseln. »Schau dir das Bürschchen an«, sagte er. »Weißt du, daß er jetzt fast so viel Gehalt kriegt wie ich? Ich frag mich nur, was er denn leistet, um es zu verdienen. Bodyguard ...« Er verzog gehässig den schmalen Mund.

»Er macht sie happy.« Tally lächelte. »Sie sind als Paar engagiert. Es steht eine entsprechende Klausel in ihrem Vertrag. Das weißt du doch.«

»Ich kann dieses Bürschchen nicht ausstehn. Er kommt schnurstracks aus der Gosse, und das weiß er auch, und das kümmert ihn nicht. Abschaum ist der. Weißt du, was er in seinem Gepäck herumschleppt? Ein Cyberspace-Deck! Wir wurden gestern an der türkischen Grenze drei Stunden aufgehalten, als sie das verdammte Ding entdeckten ...« Er schüttelte den Kopf.

Der Junge stand jetzt auf, drehte sich um und ging zum Rand des Flachdachs. Das Mädchen setzte sich auf und betrachtete ihn, wobei sie sich das Haar aus dem Gesicht strich. Da stand er eine lange Weile und schaute dem Kielwasser der Athener Schiffe nach. Weder Tally Isham noch der Regisseur oder Angie ahnten, daß er eine graue Front von Barrytowner Eigentumswohnungen zu den dunklen Türmen der Projekte aufwogen sah.

Das Mädchen stand auf, ging übers Dach zu ihm und nahm ihn bei der Hand.

»Was haben wir morgen?« fragte Tally schließlich.

»Paris«, sagte er, nahm seine Hermes-Schreibunterlage von der steinernen Balustrade und blätterte ganz automatisch durch dünne gelbe Blätter mit Computerausdruck. »Die Kruschkowa.«

»Kenn ich die?«

»Nein«, sagte er. »Wir drehn einen Spot über Kunst. Der Kruschkowa gehört eine der zwei feinsten Pariser Galerien. Gibt nicht viel Interessantes zu sagen über sie, außer daß sie wohl mal in einen kleinen Skandal verwickelt war ...«

Tally Isham, die ihn ignorierte, nickte und beobachtete, wie ihre Ersatzschauspielerin den Arm um den Jungen mit dem dunklen Haar legte.

36

Der Eichhörnchenwald

Als der Junge sieben war, nahm Turner Rudys alte Winchester mit dem Kunststoffschaft und wanderte mit dem Jungen an der alten Straße entlang zur Lichtung.

Die Lichtung war bereits ein besonderer Ort, da seine Mutter ihn im Jahr davor zur Lichtung gebracht und ihm ein Flugzeug gezeigt hatte, ein echtes Flugzeug im Gebüsch. Es versank allmählich im Lehm, aber man konnte sich ins Cockpit setzen und so tun, als würde man fliegen. Es sei ein Geheimnis, hatte die Mutter gesagt, und er dürfe außer mit dem Vater mit keinem darüber reden. Wenn man die Hand auf die Flugzeughülle aus Kunststoff legte, änderte die Hülle die Farbe, so daß ein Abdruck von der Farbe des Handtellers auf ihr zurückblieb. Aber dann war die Mutter ganz komisch geworden und hatte geweint und über seinen Onkel Rudy sprechen wollen, den er nicht mehr kannte. Auch Onkel Rudy war etwas, das er nicht verstand, wie einige Scherze seines Vaters. Einmal hatte er seinen Vater gefragt, wieso und woher er das rote Haar habe, und da hatte sein Vater nur gelacht und gesagt: vom Holländer. Da hatte Mutter ein Kissen nach Vater geworden, und er hatte nie herausgekriegt, was es mit dem Holländer auf sich habe.

In der Lichtung zeigte sein Vater ihm das Schießen auf Aststücke, die er an einem Baumstamm aufstellte. Als der Junge keine Lust mehr hatte, legten sie sich auf den Rücken und sahen den Eichhörnchen zu. »Ich hab Sally versprochen, daß wir nichts totschießen«, sagte er und erklärte dann, worauf es beim Schießen von Eichhörnchen in erster Linie ankomme. Der Junge hörte nur mit einem Ohr zu; er träumte noch vom Flugzeug. Es war heiß, und man hörte nahebei Bienen summen und

Wasser über Felsen plätschern. Als seine Mutter geweint hatte, sagte sie, daß Rudy ein guter Kerl gewesen sei, der ihr das Leben gerettet habe, sie gerettet habe vor jugendlichem Leichtsinn – und einmal vor einem richtig bösen Mann ...

»Stimmt das?« fragte er seinen Vater, als dieser seine Ausführungen über die Eichhörnchen beendet hatte. »Sie sind so dumm, daß sie immer wieder zurückkommen und sich abschießen lassen?«

»Ja«, sagte Turner. Dann lächelte er. »Nun, fast immer ...«